Barbara Deißenberger · Eine Geschichte in Weiß

1. Auflage 2022
BUCHER Verlag
Hohenems – Vaduz – München – Zürich
www.bucherverlag.com

Coverbilder: *Mischa Skorecz*
Lektorat: *Miriam Gartner*
Gestaltung: *Lisa Gamper*
Herstellung: *BUCHER Druck, Hohenems*
Bindung: *Koller* & *Kunesch*

ISBN 978-3-99018-625-1

Printed in Austria

Barbara Deißenberger

EINE GESCHICHTE IN WEIß

BUCHER

Für Mischa

Dieser Roman hat seinen Ausgangspunkt und einige Anhaltspunkte im Leben einer der Autorin bekannten Wiener Malerin. Grundlegende biografische Eckdaten, beruflicher Werdegang sowie Einblicke in das künstlerische Schaffen stimmen mit denjenigen der malenden Heldin dieses Buches überein. Alle anderen Personen, Handlungen, Gespräche, Gedanken, Meinungen, Vorfälle, Episoden und Szenen sind frei erfunden. Historische und zeitgeschichtliche Hintergrundfakten, Institutionen und Organisationen bleiben gewahrt. Existierende Orte und Milieus sind subjektiv künstlerisch nachempfunden.

Minna

Ein Himmel wie gestocktes Blei. Weiß mit Sehnsucht nach Schwarz ergibt Grau. Rauchig hängt es in den Baumästen und verspinnt die Gedankengänge Vorbeikommender. Nicht meine. Mein Kopf ist klar wie der Fahrtwind, der mir ins Gesicht bläst. Mandy läuft neben mir, wie immer, wenn ich Rad fahre. Unser Ziel ist der Park: zu dieser Jahreszeit ein Sumpf aus schwarzem Laub und Diesigkeit. In seinem Dunstkreis riecht der Nebel nach Hundeurin und Herbst. Zwei konturlose Gestalten bei der Weggabelung: Beim Näherkommen werden sie zu Bekannten.

»Servus, Sophie, hallo, Igor!« Die Begrüßung ist ein Wölkchenhauch vor meinem Mund.

Sophie schickt ein Begrüßungswölkchen zurück. Dann legt sie los: »Ein Kanalschaden im Haus ... Stell dir vor!«

Ich tue ihr den Gefallen. Nachfragen, Kopfschütteln, Nicken. Nach einer Weile ebbt ihre Empörung ab: Wind aus den Segeln. Ich mache eine abschließende Bemerkung. Wir lachen. Wärme schwappt in Wellen von Zwerchfell zu Sonnengeflecht. Mandy und Igor bellen. Zeit, sich zu verabschieden. Ich hebe die Hand, steige aufs Rad und winke: »Also dann.«

»Baba!« Sophies Abschieds-Atemwolke löst sich unter ihren lachenden Augen auf.

Ich trete in die Pedale, fahre einen Umkehrbogen. Sophie stapft mit dem tänzelnden Igor davon. Bald sind sie wieder im Grau des Nebels verschwunden. Erst jetzt bemerke ich, dass es nieselt. »Fahren wir heim«, ich sage es mehr zu mir als zu Mandy.

Hell gesprenkelte Zaunplanken: Das ist die erste Begrüßung unseres Hauses. Bis September hatte Efeu seine Tentakel dort haften. Im Oktober habe ich alles ausgerissen, damit ich im November mehr Licht habe. Schluss mit Gewucher. Hustend gehe ich durch den Vorgarten. Hellblaue Mauer, schmiedeeiserne

Tür, dann – ein Aufatmen. Jetzt stimmt das Licht. Das ist die zweite Begrüßung unseres Hauses: die weiße Veranda. Nicht mit gleichmäßigen Sprossenscheiben, sondern wundersam ineinander übergreifenden Versatzstücken alter Fenster und Türen ist sie gebaut. Querverkehrt und hoch zu öffnen, wenn sie denn noch zu öffnen wären. Drei Pfosten heben das Ganze ein paar Zentimeter vom Boden ab. Das Holz hab' ich in Milchschlieren-Optik lasiert. Die Veranda ist ein Nebelfang, eine Eisfläche zum Quadrat, eine Geschichte in Weiß.

Gebaut hat sie Fred. Fred, ein Künstler des Räumlichen, der gerade eine Ölgemälde-Phase hat. Die Fenster stammen aus seiner Sammlung. Manchmal glaube ich, in den dünnen Scheiben noch etwas von den Blicken zu spüren, die früher durch sie gingen. Still zufriedene auf einen Taubenschlag, sehnsüchtige auf einen schwarzen Himmel und traurige durch einen Regenschleier – oder waren es Tränen?

Mandy ist ein Hund gewordener Pfeil, der auf die Verandafenster zeigt. Sie spürt meine Aufmerksamkeit. Kaum wende ich mich ab, dreht sie sich um und drängt zur Tür. Ich sperre auf. Vier Schlammpfoten Richtung Küche. »Da geblieben!« – ein Griff nach dem Hundehalsband, ich putze den gröbsten Dreck mit einem Fetzen weg. Dann kümmere ich mich um mich. Streife Schuhe, Jacke und Stirnband ab. Meine Kleidung ist schwarz. Wer die Farben in sich trägt, braucht außen keine zu zeigen.

In der Küche empfangen uns Ofenwärme und knacksende Glut. Das ist die dritte Begrüßung des Hauses. Ich lege Scheite nach. Funken schlagen aus. Ein Anblick zum Eisblumenschmelzen. Jetzt noch Kaffeewasser aufsetzen und etwas Süßes für den Mund – so liebe ich den Herbst. *Biscuits*, denke ich, als mir der erste Keks auf der Zunge zergeht. Ich fühle mich *very British*, obwohl ich keinen Tee dazu trinke. Zwischen den Zähnen verwandelt sich das Gebäck zurück in süßen Teig. Auch Mandy bekommt *biscuits*. Der Nieselregen hat einen Wasserschleier vors Fenster gezogen.

Im Topf auf der Herdplatte zischt es. Während ich mit der Zunge zuckrige Masse von den Zähnen lecke, leere ich heißes Wasser über das Sieb mit dem Pulver. Kurzes Gluckern, Kaffeeduft, rein in die Tasse damit. *Häferl* heißt das auf Wienerisch. Mein Kaffeehäferl zeigt ein Bild in Kupferstichmanier: Zillen im Wasserwald. Wahrscheinlich hat so früher die Lobau ausgeschaut – während der Napoleonischen Kriege: eine Insel inmitten mäandernder Donauarme. Von dort rückte der kleine große Korse mit seinem Heer nach Norden vor. Um die Flüsse zu überqueren, ließ er behelfsmäßige Brücken bauen: miteinander verbundene Holzteile und Boote, die auf dem Wasser schwammen. Was war die Natur den Soldaten, den Kriegern? Deckung, strategischer Ausgangspunkt für einen Angriff. Haben sie am Waldboden geschlafen? Haben sie geschlafen? Das Rauschen des Hochwasser führenden Hauptflusses im Ohr, Schlamm in den Stiefeln und graue Erschöpfung, die auf dem ständig unter Adrenalin stehenden Dasein hin und her schwappte wie jene behelfsmäßigen Pontonbrücken auf dem Wasser. Ich sehe das Bild eines Soldaten vor mir. Er beugt sich über einen Teich, wäscht sein Gesicht. Neben ihm Weidenzweige, knapp über der Wasseroberfläche hängend. Vielleicht gleitet ein Molch an seiner Hand vorbei. Kurz spürt er die nachgiebig klebrige Haut des Tieres. Es ist klein, schwarz und schnell – ein schlechtes Omen. Was war der Tod den Soldaten, den Kriegern? Ehre und Pflicht fürs Vaterland? Und in unerlaubten Momenten die Trauer, einen geliebten Menschen nie wiederzusehen.

Nichts davon steht in der Bezirkszeitung, die wiederholt das Jubiläum zum Anlass nimmt, an diese Schlacht zwischen Österreichern und Franzosen zu erinnern. Dafür erfährt man, dass Erzherzog Karl Aspern bald wieder zurückeroberte, Essling hingegen länger von den Angreifern besetzt blieb. Auch auf die obeliskförmigen Gedenksteine der Gegend wird man hingewiesen. Überall, wo in Österreich – und, soviel ich weiß, auch in Deutschland – der französische Feldherr größere Schlachten geschlagen hat, ist ein »Napoleonstein« aufgestellt. Als ich in der Lobau einmal einen Hund dagegenpinkeln sah, wurde mir klar, was der Stein bedeutet: Reviermarkierung. *Napoleon was here.* Auch Namen in der Au erinnern an diese Zeit. Als Jugendliche benannte ich allzu martialische um: nicht *Durchschlag-* und *Streit-*, sondern *Orchideenhäufel*, nicht *Übergang der Franzosen*, sondern *Eberübergang*, nicht *Kasern-*, sondern *Heißländenboden*, nicht *Franzosenfriedhof*, sondern *Silberpappelwörth*. Das passte auch besser zu *Fuchshäufel*, *Biberbaumwiese* und *Mühlgründel*.

Für die Erinnerung an Kriege muss das Museum reichen. Tatsächlich gibt es ein solches in Essling. Es ist in einem winzigen Raum des Schüttkastens, einem großen ehemaligen Getreidespeicher, untergebracht. »Das Schüttkasten-Diorama«, ließ mich vor Jahrzehnten ein Nachbar bei Gelegenheit wissen, »muss man kennen. Mit über achttausend Miniatursoldaten, -pferden und -fahrzeugen ist es das größte Europas.« Ich glaubte ihm kein Wort, nickte aber, um ihn loszuwerden. Er war von der Art Menschen, die einem immer eine Spur zu nahe kommen. Dazu roch er aus dem Mund. Als ich einige Wochen später mit meinem damaligen Hund Artus spazieren ging, traf ich Sibylle Stockinger, eine Hundebekanntschaft. Sibylles Golden Retriever Diana verstand sich prächtig mit Artus. So war ich wiederholt gezwungen, mit ihr zu plaudern. An diesem Tag machte ich den Fehler, die Bemerkung des Nachbarn zu erwähnen.

»Du solltest das Museum wirklich besichtigen«, meinte sie, die wässrig blauen Augen auf mich gerichtet, ohne mich anzusehen. »Das Vergangene«, setzte sie nach, »bleibt in unsichtbaren Schichten an den Orten erhalten. Vielleicht erfährst du ja etwas über einen dir wichtigen Ort.«

»Na sicher«, erwiderte ich.

Sibylle überging meinen Sarkasmus und lächelte. Sie weiß, dass ich mit Esoterik nichts am Hut habe. Aber sie versucht's immer wieder. Ich zuckte die Schultern. Wenn ich mir das Schüttkasten-Museum ansah, könnte ich mir wenigstens mein eigenes Bild machen. Das würde ich dann allen, die mir noch einmal mit diesem Museum kamen, entgegenhalten.

Gedacht, getan. Am übernächsten Tag war Sonntag und das Museum geöffnet. Kaum eingetreten, sah ich es schon. Auf einer erhöhten Fläche in der Mitte des Raums, eingerahmt von Glaswänden: das Kriegsszenario. Vom Schüttkasten selbst bis zur Asperner Kirche waren Soldaten, Bäume, Felder, Häuser und ein nass glänzend lackierter Flusslauf *en miniature* nachgestellt. Dazu gedämpftes Gedonner aus Lautsprechern und illuminierte Lichtlein als Flammen in den Papierhäuserfenstern. Ein paar Bauschen dreckige Watte, die aus den Fensterchen hingen, waren der Rauch. Die Verletzten, das Blut, die beißenden Schwaden in der Luft zeigte man nicht. »Es dient nicht der Verherrlichung, sondern ist Mahnung«, sagte der Museumswärter. Trotzdem: Was halten von adretten Zinnfiguren in soldatischen Formationen? In den Bildern an den Wänden waren die Schlachten auch in ihrer Grausamkeit dargestellt. Aber aus der Mitte der Toten und Verwundeten erhob sich fast immer irgendein ruhmreicher Reiter mit Flagge. Angesichts der gemalten Rösser fiel mir ein, dass das Gebäude nun von einem Pferdehof umgeben ist. Träge klappernde Hufe – im Sommer wirbelt Staub, im Winter Schnee auf. Wo war Napoleons Kavallerie, als sich die verbliebenen Truppen hier verbarrikadierten? Prompt hörte ich Sibylles Kommentar in meinem Kopf: Natürlich treten die heutigen Pferde einen Boden, der vom Blut ihrer Artgenossen getränkt wurde. Die Vergangenheit eines Orts wirkt sich auch auf seine Gegenwart aus. Pah ... Als ob wir etwas von der Vergangenheit Fremder unvoreingenommen wissen könnten. Die Geschichte der Menschheit und der Erde, die wir uns erzählen, haben wir uns doch selbst nach Vorlagen und Nachuntersuchungen zusammengebastelt. Nicht das Vergangene wirkt in die Gegenwart hinein, sondern die Gegenwart bestimmt die Erzählung über die Vergangenheit. In Wien ein Erzherzog-Karl-Reiterdenkmal am Heldenplatz und eine nach ihm benannte Straße samt Siegesplatz, weil er der Erste war, Napoleon an Land zu besiegen. In Paris eine *Avenue de Wagram*, um an den Ort des kriegsentscheidenden Sieges von Napoleon über den österreichischen Erzherzog zu erinnern. Und man muss nicht einmal über den Tellerrand des eigenen Landes schauen. Vor der Asperner Kirche mahnt ein steinerner Löwe, der »am 21. und 22. Mai ruhmvoll gefallenen österreichischen Krieger« zu gedenken. Um die Ecke aber setzt *Napoleons Schnitzelimbiss* unbeeindruckt lieber auf den berühmten Namen des Gegenspielers. So prägt die Gegenwart die Erinnerung an die Vergangenheit. Sibylle freilich würde behaupten, dass Napoleon beim Schnitzelimbissplatz einmal ein Proviantlager gehabt hat.

Zur Hölle mit Sibylle. Ein Nachteil des vielen Zuhörens. Manchmal muss ich meinen Kopf richtiggehend auskehren, um die Stimmen der anderen loszuwerden. Durchatmen und Augen schließen. Gleichmäßig prasselnde Tropfen gegen Fensterscheiben: das einzige Geräusch hier und jetzt. Musik der Natur. Das Nieseln ist in Regen übergegangen. Einmal muss ich heute noch raus mit dem Hund. Fürs Erste aber ...

Ich muss eingedöst sein. Als ich aufstehe, sind meine Beine steif. Der Rücken schmerzt. Ich hole mir ein Glas Wasser von der Leitung. Es ist Zeit: Das ostseitige Zimmer wartet. Mandy steht auf, trottet voran. Jeden Tag bin ich an die vier Stunden im ostseitigen Zimmer. So, wie ich jeden Tag mindestens eine Stunde draußen bin. Bloß nie zur gleichen Zeit – kein rhythmischer Tagesablauf. Dieses Korsett habe ich abgelegt. Lieber ausufern, eine Venus sein, Venus von Willendorf. Ablenkungen nachgeben: Verzögerungen, Besuche, Telefonanrufe, Jausen-Pausen, Dinge, die in Haus und Garten zu erledigen sind. So lang, bis die Spannung stark genug ist und der Plan im Hintergrund gereift: Größenverhältnisse, Papier, Stifte – bunt oder schwarz? –, Pinsel, Farben. Dann beginnt es. Im ostseitigen Zimmer bin ich ganz bei mir. Bin Auge, bin Arm, Hand, Daumen und Zeigefinger, Pinselspitze und Pigment. Auf dem

Papier vor mir bildet sich heraus, was mein Blick einfängt. Jede Faser, jede Linie, jeder Schattenhauch wird übertragen: hauchdünn, Schicht für Schicht. Farbe und Form wachsen langsam unter der Pinselspitze.

Ein fertiges Bild stellt den im Laufe von Stunden, Tagen, Wochen und Monaten gewachsenen Idealtypus einer Pflanze dar. Das Sonnenlicht hält sich im ostseitigen Zimmer nur morgens. Danach ist es das Grün der Eibe und der dichten Konifere vorm Fenster, das in den Raum strahlt. Tageslicht ist unzuverlässig. Es ändert sich. Für meine Kunst brauche ich Kunstlicht: eine Lampe, die im immer gleichen Winkel aufs Papier gerichtet ist. Ich sitze auf einem Holzhocker, eine Armlänge von mir entfernt das zu malende Objekt, vor mir weißes Papier: dreihundert Gramm, satiniert. Objekt – das klingt so sachlich. Was ich male, ist die Natur. Damit sie mir, bevor ich sie auf Papier bringe, nicht in einem bestimmten Zustand entgeht, mache ich Fotos. *Zustand* – das hört sich so statisch an. Ich male keine *nature morte*, sondern die wachsende, wandelnde, lebendige, vergänglich wie nur je. Wobei auch das eine Frage der Perspektive ist. In Wirklichkeit sind Pflanzen beständiger als andere Lebewesen. Wir pflanzen uns fort. Sie bleiben, was sie sind. Wir geben mit dem Tod unsere Gestalt auf. Die Natur aber praktiziert die Wiederkehr des ewig Gleichen. Ein Teil von uns lebt in unseren Kindern, ein anderer Teil in der Erde, in der wir verrotten, weiter.

Aber zurück zu meinem Blatt. Vor einigen Tagen habe ich eine Weißtanne – *Abies alba* – begonnen. Mit Bleistift auf Skizzenpapier, das über dem Aquarellpapier liegt. Die Striche haben sich durchgedrückt – ein erster Anhaltspunkt auf der weißen Fläche. Bei einem Drittel des Zweigs sind die Striche nachgezogen. Ein Zapfen ist fertig gemalt. Meine Hand hat ihr eigenes Gedächtnis. Behutsam taucht sie die Pinselspitze in den Farbklecks am Teller. Die Angst vorm nächsten Strich, der alles verderben kann, ist meine Grundspannung. Ein Balancieren über dem Abgrund. Mandy seufzt. Beim

Malen bin ich außerhalb von Zeit und Raum. Ist die Spannung unerträglich, wünschte ich, sie möge anhalten, bleiben. Jetzt berührt die Pinselspitze das Papier, zieht eine Linie und noch eine. Mein zwischen Pflanze und Bild pendelnder Blick stellt eine Kongruenz her, die meine Hand in Zeichen umsetzt. So und nicht anders hat sich Pigment an Pigment zu fügen. Die Pinselspitze tanzt zwischen Wasser, Farbe und Papier. Allmählich erwächst aus den verschiedenfarbigen Strichen die Farbe Ocker. Der Pinsel wird zur Seite gelegt, der Stift zur Hand genommen. Bis die eben gemalte Stelle trocknet, verfeinere ich Konturen. Hell streicht die Mine – Metronom meiner Konzentration – übers Papier. Der Stift ist sicher zu führen, Radieren nicht vorgesehen. Es beschädigt die Oberfläche. Dann saugt sie mehr Farbe an. Das Papier darf nicht verletzt, das Werk nicht verdorben werden.

Je mehr Übung ich in einer Technik bekomme, desto schneller verfliegen Selbstzweifel. Es treibt mich, Schwierigeres zu probieren. Neben der Weißtanne beginne ich ein Schlehdornbild. Hundertmal dünner als die Spitze eines Schulbleistifts ist die Spitze meines Zeichenstifts. Kurztriebe, Dornen, filzige Rinde, Fruchtstiele, Fruchtbecher, Fruchttrauben – das Schlehdornbild wächst, so wie die Pflanze vor mir. Sie lebt noch, ihre Früchte sind prall gefüllt und traubenblau.

Ich bin entspannt und konzentriert zugleich. Mein Malkasten ist ein Wörterbuch und ich bin die Übersetzerin. Farben mischen und entmischen, bis daraus der Farbton wird, den die Natur hervorgebracht hat. Für eine getreue Übersetzung ist Verstehen nötig. Man muss interpretieren, was man wahrnimmt. Aus feinen Schichten übereinandergelagerter Farbpigmente erwachsen allmählich Formen. Wenn ich gut bin, schaffe ich es, in einer Stunde einen Quadratzentimeter Natur nachzugestalten. Weil es kein Abbilden ist, sondern Interpretation. Ich interpretiere die Pflanze zu einer bestimmten Tageszeit in einem bestimmten Winkel. Jedes Mal exakt der gleiche Lichteinfall, jedes Mal exakt die gleiche Perspektive. Licht und Schatten müssen berechenbar bleiben. Zirkel und Lupe dienen der Kontrolle.

Prunus spinosa, mein Schlehdorn, was weiß ich von dir? Früchte, jede für sich ein kleiner Planet: Steinkern im Mittelpunkt, Fruchtfleisch als nächste Schicht und eine Oberfläche, deren Atmosphäre von Raureif über pigmentiert zu glänzend wechselt. Ein Zweig wie eine Kralle mit spitzen Seitentrieben, blinzelnden Narben, am Ende in scharfe Dornen auslaufend. Nach Tagen der Beobachtung und Deutung hat sich mir etwas vom Wesen dieser Pflanze eröffnet. Ein widerständiges Wesen: widersteht dem Winter. Ein Rosengewächs, das Früchte trägt, wenn die Wärme geht. Oktober bis November ist Fruchtreife. Erst der Frost macht die Früchte aromatisch – ein willkommenes Winterfutter für Vögel. Das Tier nährt sich, scheidet aus, die Pflanze vermehrt sich – ein vollkommener Kreislauf.

Meine Augen brennen. Der Tribut für jahrelange Blicke in kleinste Details. Ich muss Pause machen. Früher konnte ich mehrere Stunden am Stück arbeiten. Heute sind es einige Stunden über den Tag verteilt. Pausenzeit, Jausenzeit. Die Küchenkredenz bietet mir Gläser mit verschiedenfarbigen Inhalten. Ich entscheide mich für eins in Moosgrün mit beigen Einsprengseln: selbst gemachtes Gierschpesto mit Mandelsplittern. Dazu frisches Brot. Die Kruste kracht beim Hineinbeißen. Mein Blick gleitet durchs Fenster ins Himmelsgrau.

Schmelzender Brotteig und gewürztes Öl im Mund, schalte ich das Radio ein. *Blowin' in the Wind.* Malen ist Gegenwart, Musik ist Abdriften. Bob Dylans poetisch-rhetorische Fragen an eine Zukunft, die schon wieder Vergangenheit ist. Kanonenkugeln hinterlassen Spuren. Eine davon führt zur Lannesstraße, benannt nach Maréchal Lannes, dem in der Schlacht bei Essling von einer Kanonenkugel die Beine weggerissen wurden. Schall und Rauch ist sein Name: im Bus als Haltestelle eingedeutscht und falsch ausgesprochen. Wie hat der Museumswärter gesagt? Mahnung, nicht Verherrlichung. Mahnung vor der Kraft

österreichischer Kanonenkugeln? Oder vor der Grausamkeit des Kriegs allgemein? Eine Antwort heult der Wind vor den Fenstern.

Ich esse den letzten Bissen Brot. Der Giersch fürs Pesto stammt aus dem Auwald. Vom Rand eines Wegs, der zu einem idyllischen Platz führt. Dort erheben sich fünf Exemplare der *Populus alba* mit freigelegten Wurzeln aus einer Vertiefung: noch so eine Spur, diesmal grasüberwachsen. Wo früher die Kanonenkugel einschlug, spielen heute Kinder in den Krakenarmen des Wurzelgeflechts. Rauscht der Wind durch die silbrigen Blätter der Weißpappel, klingt es, als streiche man mit einem trockenen Pinsel über Seidenpapier. Mehr als einmal bin ich als Kind in diesem Seidenstreichelgeräusch eingeschlafen. Blätter-Geflimmer und Zweige-Wanken gaukelten mir die Bäume als grün-silbern geschuppte Unterwasserpflanzen vor. Ich war getröstet, war geschützt. Die Natur heilt Narben. Mitten im Wald, wo das Denken still wird. Es nur mich, die Pflanzen und das Wasser gibt.

Geht man in die Zivilisation zurück, fängt alles wieder an. Schon wieder soll eine Autobahn gebaut werden, diesmal durch den Wiener Teil der Lobau. Kann nicht endlich Ruhe sein? Ich war dabei 1984, bei der Aubesetzung in Hainburg. Es war Dezember, die Landschaft mit Schnee überzuckert, der bereits wieder vereist war. Wir froren. Die Bagger hatten mit dem Landschaftsmord – »Rodungsarbeiten« nannte es die Donaukraftwerke AG – schon begonnen. Wir umarmten die Bäume, marschierten mit Transparenten, bildeten Menschenketten, stellten und setzten uns versammelt vor die Baufahrzeuge. Polizisten in Dunkelgrau zerrten Leute aus den ersten Reihen an Armen und Beinen weg.

»Räumen Sie den Platz!«, schrien sie in ihre Megafone. »Räumen – Sie – den Platz!«

Wir blieben. Für die, die sie wegzerrten, rückten andere nach. Arbeiter standen neben Studenten, Alte neben Jungen.

Etliche Menschen aus der Gegend waren auf unserer Seite. Sie brachten uns heißen Tee und warmes Essen. Sogar die *Neue Kronenzeitung* stand mit ihrer Berichterstattung hinter uns. Bundeskanzler Fred Sinowatz war gezwungen, zu verhandeln. Zwei Übernachtungen hielt ich mit meinem Freund in einem windgebeutelten Minizelt mit Strohunterlage durch. Dann fuhr ich heim. Die Österreichische Hochschülerschaft hatte Shuttlebusse von und nach Wien eingerichtet. Mit Schnupfen, Ohrenstechen und dem guten Gefühl, etwas getan zu haben, kam ich zu Hause an. Frank, mein Freund, würde noch einige Tage und Nächte ausharren.

Was folgte, bekam ich fassungslos über die Medien mit. Schlagstöcke, Wasserwerfer und scharfe Hunde wurden von der Polizei eingesetzt. Dutzende Verletzte – Frank! Ein Bekannter rief mich von einer Telefonzelle aus an: »Du sollst in Wien bleiben. Frank geht's gut. Sie fällen jetzt die Bäume zu Hunderten.«

Was tun? Wenn ich wegen Frank noch einmal nach Hainburg fuhr, würde meine Vierzehnjährige mitkommen wollen. Das durfte ich nicht riskieren. Am selben Abend wurde in Wien demonstriert. Ich ging mit meiner Tochter hin. »Die Schande von Hainburg«, las man am Titelblatt der *Kronenzeitung*. Fotos bewiesen, wie brutal die Staatsgewalt vorging. Nicht einmal mehr die Kirche konnte dazu schweigen. Der Wiener Kardinal sprach sich gegen eine gewaltsame Konfrontation aus. Weihnachtsfrieden, Rodungsstopp. Im neuen Jahr wurde nach einer Beschwerde des World Wildlife Funds beim Verwaltungsgerichtshof der Baubeginn offiziell untersagt. Wir hatten es geschafft! Es war die Sternstunde der grünen Bewegung.

Zwei Jahre später zog Freda Meissner-Blau ins Parlament ein. Sie war es auch, der ich Jahrzehnte später, 2003, beim Uferhaus von DOK III anfeuernd zupfiff. Ein Haufen Niederösterreicher und Wiener, hörten wir uns die Reden von Grünen und Umweltschutzorganisationen an. Solidarität flimmerte in der Luft. Meissner-Blau rief: »Ich werde auch noch mit achtzig als Protest auf einen Bagger klettern!« Das war der entscheidende Funke – unser Enthusiasmus flammte auf. Wir würden die geplante Lobau-Autobahn verhindern, komme, was wolle!

Was kam, waren monatelange Diskussionen und ein endloses Pro und Kontra, das ich schließlich nur mehr in Zeitungen, Bezirksblättern, seltener im Rundfunk verfolgte. Bis mir auch das auf die Nerven ging. Die mediale Aufmerksamkeit erlosch. Ich hakte das Thema ab und widmete mich wieder meinen Sachen.

Vor zwei Jahren wurde alles erneut virulent. Wird auch nichts dabei herauskommen, sagte ich mir. Die werden schon nicht bauen. Trotz schlechten Gewissens war ich bei der Au-Besetzung nicht mehr dabei. Am Rande bekam ich mit, dass sie diesmal über einen Monat dauerte. Ähnlich wie in Hainburg konnte man Baumaschinen daran hindern, vorzudringen. In diesem Fall wurden Probebohrungen vereitelt. Bravo, dachte ich. Die kommen gut ohne mich aus. Nicht, dass ich mich zu alt gefühlt hätte. Ich war vierundfünfzig. Kein Vergleich zu Freda Meissner-Blau, die bei der Demo 2003 sechsundsiebzig gewesen ist. Es war nur, dass nach Jahrzehnten an Schattendasein die Malerei endlich in meinem Leben ins Licht rückte. Das konnte ich mir nicht mehr nehmen lassen. Ein Rückzug in den Elfenbeinturm? Vielleicht, nein. Ich hörte doch weiterhin anderen zu. Ließ mich auf sie und auf die Natur ein.

Mandy bellt. Hat es geläutet? Dummerweise übertönt ihr Bellen manchmal die Glocke. Wahrscheinlich hängt jemand ein Sackerl Hühnerfutter an den Zaun. Mandy betrachtet sich als Hüterin unserer Sulmtaler, die ein Gehege im Vorgarten bewohnen. Ein schneeweißes, ein weiß-braunes und ein zimtfarbenes Huhn – letzteres hab' ich den Großen als befruchtetes Ei ins Nest gelegt. Sie brüteten es abwechselnd aus. Kaum ging sein Kükenflaum in Gefieder über, war es vorbei mit der Brutpflege. Die Großen gingen zur Hackordnung über. Baden und salben musste ich's, so übel richteten sie es zu. Jetzt ist das Zimtfarbene das Schlauste von den dreien. Nähert sich jemand dem Gehege, hüpft es auf die Wurzel eines umgelegten Baumstamms und flattert als Erstes zum angebotenen Futter.

Da! Wieder ein Klingeln, diesmal eindeutig. Ich schaue aus dem Fenster. Der Hund drängt zur Tür. Es muss wer Bekannter sein.

Valerie

Sie hat wieder einmal nicht durchgehalten. Was gestern Nacht passiert ist, wird in einer imaginären Liste unter »überforderte Mutter« gereiht. Noch überwiegen die Begebenheiten unter »funktionierende Mutter«, aber Julian ist auch erst drei Wochen alt.

»Wenn sie so klein sind, ist es noch schön, genießen Sie's«, bekommt Valerie zu hören. Und wirklich ist Julian ja auch das süßeste Wesen der Welt für sie. Also sind die Hormone schuld. Dabei hat Valerie in der Schwangerschaft alles über sie gelesen und an sie geglaubt. Wie sonst könnte man monatelang ohne freien Tag, ohne Durchschlafen vierundzwanzig Stunden lang auf Abruf bereit sein? Hormone verleihen übermenschliche Kräfte. *Supermom* ist die neue *Wonderwoman*.

Valerie schließt die Augen. Beinahe hätte sie sich hingesetzt. Hinsetzen geht gar nicht. Dann rollt die Müdigkeit als mächtige Welle über einen hinweg. Besser auf den Beinen bleiben, die gewohnten Handgriffe erledigen und die Zeit nutzen, wo Roland mit dem Kleinen im Auto einkaufen gefahren ist. Ist das also Valeries neue Normalität? Auch samstags, wo sie immer ausschlafen konnte, ab fünf Uhr wach sein. Keine kollektivvertraglich geregelten Arbeitszeiten für Mamas. Sicher, Roland nimmt ihr am Wochenende was ab. Er fährt mit Julian einkaufen und ... Aber sie sollte sich beeilen, damit sie mit dem Staubsaugen fertig ist, wenn er zurückkommt.

Staubsaugen ist seit Julians Geburt Valeries einziger Sport. Heute liegt sie gut in der Zeit. Fleischlaibchen und Erdäpfel schmoren bereits in der Pfanne und das Gemüse dünstet im Topf, als Roland den Wagen vorm Gartenzaun einparkt. Valerie strafft sich: *Supermom* – die Familie umsorgen und den Haushalt schaukeln. Durch die geschlossenen Fenster und die Mauern dringt Julians Weinen. Gleich wird die Tür aufspringen und das Babygeschrei gellend ins Haus schwappen. Dann wird das Gebäude zu einem Raumschiff auf Alarmstufe Rot. Es gilt, in höchster Eile das Fläschchen zu bereiten. Valerie dreht schnell die Herdtemperatur zurück, damit das Mittagessen nicht anbrennt, greift sich die Packung mit dem Milchpulver, nimmt den Messlöffel ...

Roland tritt ein. Hält Julian mit rotem Schreigesichtchen im Arm. Bietet ihm einen Schnuller an – umsonst. Valerie sieht ihr Baby den Schnuller ausspucken und seufzt. Nerven oder Kraft sparen, das ist die Frage. Meist entscheidet sie sich fürs Erste. So nimmt sie auch jetzt Roland das brüllende Baby ab. Ihr linker Arm schmerzt. Weil sie Julian immer links aufnimmt, um mit dem rechten Arm anderes erledigen zu können. Für die paar Minuten, denkt Valerie zu oft, zahlt sich das Umschnallen der Babytrage nicht aus. Schschhh ... Julian wiegen und das Fläschchen unter kaltes Wasser halten. Sein Geschrei ebbt ab, nur mehr Schluchzen – Nerven gespart. Valerie und Roland sind gut vorbereitet auf Alarmstufe Rot. Eine Thermoskanne enthält abgekochtes, circa fünfzig Grad heißes Wasser. Weil, wie es auf der himmelblauen Packung steht, das Milchpulver bei dieser Temperatur mit der Flüssigkeit vermischt werden soll. Zum Trinken muss es dann noch auf Körpertemperatur abgekühlt werden. Genau das ist die Zeitspanne, die Julian nicht mehr durchhält. Gleich wird sein in Schluckauf übergegangenes Schluchzen wieder zu lungenfüllendem Gebrüll werden.

Roland holt die Einkäufe aus dem Auto. *Supermom* und *Superdad*. Valerie ist ihm für jeden Handgriff dankbar. Drei weiße Tropfen auf den Puls ihrer Linken geträufelt – Temperatur passt. In den Sessel sinken, Sauger ansetzen, Stille. Säugling mit geschlossenen Augen – ein Mensch im Anbeginn. Von Julian geht jetzt eine Ruhe aus, die sich auf alles überträgt. Friedlich leuchtet das Herbstgesteck, matt schimmern die Töpfe in der Küche, lang gestreckt weilt der Holztisch. Für einige Sekunden unterbricht Roland, Einkaufssäcke schleppend, mit der sich öffnenden Haustür das Gleichgewicht im Raum. Dann gehört sein auf und ab arbeitender Rücken, als er die Lebensmittel in den Kühlschrank räumt, dazu.

Reich sind wir, denkt Valerie. Wir haben alles. Gut, ein wenig näher am Stadtzentrum zu wohnen, wäre ihr lieber gewesen. Aber Hauptsache zusammen. Spielt doch keine Rolle, wo sie leben, solange sie zusammen sind und es ihnen an nichts fehlt. Wie eine Pfingstrosenknospe liegt Julians Kopf in Valeries Hand. Seine Finger sind frisch entpuppte Schmetterlinge, die bald ihre Flügel entfalten werden. Zug um Zug senkt sich das Weiß im Fläschchen. Valerie sieht aus dem Fenster. Auch die Luft draußen ist weiß. Vielleicht nach dem Mittagessen, wenn Julian ein Schläfchen hält, vielleicht ... Immerhin ist Samstag und Roland da. Am Wochenende kann Valerie es sich aussuchen. Wenn sie eineinhalb der drei Stunden von Julians Schlaf für Sachen nutzt, die sich mit wachem Säugling nicht erledigen lassen, bleiben immer noch eineinhalb Stunden übrig. Schlaf nachholen oder hinaus in die Welt?

Nach dem Essen, Tischabräumen und Wäscheaufhängen weiß sie es. Frisch gewickelt übergibt sie Roland den Kleinen, dem schon die Augen zufallen.

»Kannst du ihn, während er schläft, übernehmen? Ich mach' noch Bad und Post, dann geh' ich spazieren. Bin zurück, bevor er aufwacht.«

Sie beugt sich zu Roland. Ihre Lippen berühren sich flüchtig über dem Babykopf. Guter Mann, guter Vater. Ein paarmal wiegt er den Kleinen noch in den Armen. Dann legt er ihn ins Gitterbett und deckt ihn zu. Sogar das Fläschchen-, Sauger-, Schnuller-Sterilisieren und Wasserabkochen für die nächste Thermoskanne übernimmt er wochenends. Valeries Freizeit ist nur noch ein paar Handgriffe entfernt: Waschbecken, Wanne und Spiegel putzen. Das Kontrollieren der Mails am Laptop steht schon an der Schwelle zur Freiheit. Auch wenn es für Valerie am Computer nichts mehr zu arbeiten gibt, ist die Arbeitsecke wichtig. Newsletter und Werbemails – aber, es hätte ja sein können ... Sie klappt den Computer zu. Mit der gleichen Erwartung dreht Valerie jeden Tag den Schlüssel des Postkastens im Schloss. Worauf sie wartet, weiß sie nicht. Heute jedenfalls ist frische Luft dran. Schlaf nachholen kann sie nächstes Wochenende. Als sie an Rolands Arbeitszimmer vorbeikommt, hört sie ihn am Computer tippen. Er muss immer irgendwas für die Schule arbeiten. Mit den Hausschuhen in der Hand schleicht Valerie zur begehbaren Garderobe. Der Schlaf des Kindes ist eine heilige Wüste, die das Haus zu einer Oase der Stille macht. In dieser Stille weihen die Eltern ihre Zeit dem Ungestörtsein und Nicht-unterbrochen-Werden.

Rot, Rosa, Orange, Flieder, Dunkel- und Himmelblau, Grün und Türkis. Valeries Kleidung blüht in vielen Farben. Zum ersten Mal diese Woche hat sie Zeit, sich zu überlegen, was sie anziehen mag. Blau, heute ist ein Tag für die Farbe des Wassers. Jeans und T-Shirt werden gegen Pullover und Rock getauscht. Dazu eine warme Strumpfhose und hinter die Ohren Parfüm. So ist sie bereit für die Welt da draußen. Vor die Tür tritt nicht Mama, sondern Valerie, eine dreiunddreißigjährige Wienerin.

Zügig schreitet sie die Straßen entlang. Es gibt kaum Verkehr in diesem Teil der Siedlung. Dann wird sie langsamer, weil sich da die metallene Klinke einer Gartentür in einer Regenlache spiegelt und dort Schlammspritzer auf einem Zaun ein bemerkenswertes Muster bilden. Tief saugt Valerie die tropfnasse Luft ein. Es erfrischt wie kalte Milch. Wo hat sie bloß die ganze Zeit über ihre Augen gehabt? Beim Kind, immer beim Kind natürlich. Jetzt steht sie staunend vor der wassergesättigten Wiese und das feuchtdunkle Relief der nassen Kirschbaumrinde wird ihr zum Wunder. Selbst die spitzigen Steine, die im Matsch des Parkwegs stecken, sind ein Stück Welt, das Valerie wiedergewinnt.

So wach wie seit Tagen nicht mehr, geht sie zwischen den ausgreifenden Zweigen der Bäume und Sträucher. Pflückt unter vielen roten die einzige schwarz verdorrte Hagebutte und steckt sie in die Manteltasche. Während ihre Finger mit der kruppigen Oberfläche spielen, folgt sie mit den Augen einer Schar rufender Vögel am Himmel. Sie hat ein Kind. Hat ein Kind und ist trotzdem frei. Jetzt. Hier. Beinahe hätte Valerie die Arme ausgebreitet. Das Auftauchen eines alten Mannes, der ihr mit seinem Dackel entgegenkommt, hindert sie. Die Welt ist immer noch für sie da. Warum also gestern Abend ...? Weil es so spät geworden ist bei Roland. Sie muss ihm das beichten, nein, beichten nicht, nur ausjammern, ein bisschen. Julian ist immerhin auch sein Kind. Eine Krähe blickt Valerie spöttisch vom Boden herauf an. Die Bäume halten ihre kahlen Äste erhoben. Valerie fröstelt.

Auf dem Heimweg kommt sie an Frau Spierlings Haus vorbei. Roland will die Zeit, wo Julian schläft, immer gut nutzen. Besser, sie stört ihn nicht. Wenn sie nun stattdessen ... Valerie zögert, sieht auf die Uhr. Vor einer halben Stunde wird Julian nicht wach sein. Sie steht vorm Gartentor mit dem hölzernen Briefkasten und schaut auf das verwitterte Holz. Der Zaun ist niedrig. Man kann den Weg sehen, der Richtung Haus führt. Am Ende des Wegs führt eine schmiedeeiserne Tür durch eine himmelblaue Mauer und dahinter liegt die verwunschene Veranda. So nennt sie Valerie bei sich. Manch ein Fensterflügel, der vertikal zu öffnen wäre, ist quer eingebaut. Eindeutig die Veranda einer Künstlerin.

Kaum hat Valerie das gedacht, schlägt im Haus der Hund an. Jetzt ist es einerlei. Mandy hat sie angekündigt. Ein Griff nach der Holzperlen-Glockenschnur, Rabimmel-Rabammel, schon wird die Haustür geöffnet. Schnell ein unbeschwertes Gesicht aufsetzen. Der Hund läuft ihr schweifwedelnd entgegen. Das hilft.

»Na, du Hübsche.« Valerie streckt den Arm über den Gartenzaun Richtung Mandy. »Grüß' Sie, Frau Spierling!«

Freundlich graublaue Augen: »Hallo, Frau Granbirger. Wie geht's?«

Was hindert Valerie jetzt daran, ihr das Herz auszuschütten? Sie steht unschlüssig, lügt: »Gut.«

Täuscht sie sich oder schaut die andere mitfühlend? »Wenn Sie was brauchen, Sie wissen ja, mein Kollege …«

Valerie schluckt und nickt. »Danke«, sagt sie, murmelt noch etwas von »nur Hallo sagen« und geht wieder.

Früher hat sie sich in anstrengenden Zeiten gesagt: Auch solche Tage gehen vorüber. Nun aber folgen auf verausgabende Tage erschöpfende Nächte. Und jeder Tag ist wie der vorige. Kein Ende in Sicht. Oder doch? Mit vier Monaten schlafen die meisten Babys durch, verspricht in verschnörkelter Schrift Valeries Lieblings-Homepage. Darunter das Bild eines schlafenden Babys auf gelber Flausch-Decke, den Mund schmollend verzogen. Wahrscheinlich im Weinen eingeschlafen, denkt Valerie. Woche für Woche klickt sie sich durch die Seiten, was sich Wundersames in der Entwicklung ihres Babys tut. Das Motorische bekommt man ja mit. Aber bei der kognitiven Entwicklung könnte man was verpassen ohne diese Infos. Ein Link ist speziell den Müttern gewidmet. »Gönnen Sie sich eine Auszeit!«, heißt es dort oder: »Der Mythos *Supermom*«. Dazu die üblichen Fotos einer attraktiven Frau im Schaumbad, die an einem Glas Rotwein nippt, oder einer, die im schicken Kostüm das Baby im einen und den Laptop im anderen Arm hält. Als Anekdoten erzählte Alltagsbeschreibungen, in denen Mütter sich wiederfinden sollen, fehlen auch nicht. Aufgepeppt durch Ratschläge von Experten. Was Valerie fehlt, ist das mütterliche Pendant zur wöchentlichen Baby-Entwicklung. Nach wie vielen Wochen hat sich die frischgebackene Mutter daran gewöhnt, bei offener Klotür ihren Bedürfnissen Genüge zu tun, weil sonst das Baby schreit und sich nicht wieder beruhigen lässt? Ab welchem Monat hat sich ihr Tages- und Nachtrhythmus dem Drei-Stunden-Schlaf-System ihres Kindes angepasst? Wann geht bei ihr der Adrenalinspiegel nicht mehr hoch, weil sie über eine Stunde lang nicht den geringsten Laut aus Babys Schlafzimmer vernimmt?

Valerie seufzt und dreht den Kopf Richtung Gitterbett. Kleine, tiefe Atemzüge. In der Nacht schläft Julian bei ihnen im Zimmer. Rolands Seite ist leer. Er arbeitet noch. Valerie hat keine Arbeit, nur ein Kind. Es ist Abend. Höchste Zeit, dass sie sich zu Julian ins Schlafzimmer gelegt hat. So kriegt sie noch über zwei Stunden Schlaf ab. Ganz kurz hat sie sich vorhin noch eine Entspannung vergönnt und in einem Versandkatalog geblättert. Mit Eselsohren und Kugelschreiber Seiten und Artikel markiert. Nicht, dass sie etwas kaufen wird. Aber all die Möglichkeiten ... So kann man sich, während man im geblümten Baumwollnachthemd auf der Couch sitzt, im türkisen Cocktailkleid mit gerafftem Oberteil auf einer Vernissage sehen. Oder glauben, dass einen der Besitz jener Slimfit-Jeans motiviert, den ausgeleierten Schwangerschaftsbauch wegzutrainieren. Ein lachsfarbenes Satin-Nachthemdchen wiederum würde raffiniert von der Cellulite auf ihren Oberschenkeln ablenken. Lachs auf welligem Grund – schon schwimmt ein Fisch neben Valeries Beinen. Sie zuckt im Dahindämmern auf. Dann ist sie eingeschlafen.

»Kommst mich besuchen?«

Mit Frau Spierling ist eine Veränderung vor sich gegangen. Sie lächelt geheimnisvoll, streckt die Arme aus und hält ihr die Hände entgegen. Das Kleid, das sie trägt, hat Valeries Lieblingsfarbe: einen hellen Zyklamton. Schuhe hat sie keine an.

Valerie macht ein paar Schritte und zögert vor einem Bach im Vorgarten. Als sie dann hineinsteigt, geht er ihr nur bis zu den Knöcheln. Ein lachsfarbener Fisch hüpft neben ihr aus dem Wasser. Sie beeilt sich. Kaum auf der anderen Seite herausgestiegen, sind ihre Füße wieder trocken. So einfach geht das, denkt Valerie. Man muss sich nur trauen. Ihre Füße stecken jetzt in zyklamfarbenen Schuhe, die perfekt zu Frau Spierlings Kleid passen.

Frau Spierling nickt: »Nenn mich Minna.«

Sie zieht Valerie in ein Turmzimmer, in dessen Mitte ein riesiger runder Herd heizt. Schon sitzt Valerie auf einer Küchenbank vor einer Tasse heißer Schokolade. Sie streift die Schuhe ab und nimmt einen Schluck. Dann streckt sie die Beine unter einem aus halbierten Baumstämmen gezimmerten Tisch aus. Der Hund darunter grummelt. Sie vergräbt ihre Zehen in seinem Fell.

»Gestern um elf Uhr in der Nacht habe ich geschrien: ›Hör auf! Hör – jetzt – auf!‹«

Minna schenkt ihr einen Blick, dass Valerie sich am liebsten in ihre Arme werfen möchte. Minna versteht. Ihr kann sie alles sagen.

»Zwei Stunden lang hat er durchgebrüllt. Ich konnte einfach nicht mehr. Die Blähungen ... sonst fehlt ihm ja nichts.«

Die Farbe von Valeries Schuhen geht in einen violettstichigen Blauton über. Die Luft im Turmzimmer bekommt einen milchigen Ton. Valerie verschluckt sich, hüstelt und gestikuliert mit den Armen.

»Fast hätte ich ihn geschüttelt. Dabei hat er in Wirklichkeit ...«, sie verbirgt das Gesicht in den Händen, »... gerade mal eine Dreiviertelstunde geschrien.«

Minna berührt sie an der Schulter und fragt: »Wie viel schläfst du zurzeit?«

Der Hund unterm Tisch grunzt, als Valerie antwortet: »Drei Stunden von zweiundzwanzig bis ein Uhr und dann, eine Stunde später, noch einmal drei. Weil ich nicht stillen kann! Warum ...«

»Schhh ...«, befiehlt Minna und gibt dem Hund ein Zeichen. Er trägt eine Kleenex-Box herbei. Valerie entnimmt ihr dankbar ein violettes Taschentuch und schnäuzt sich. Die Ungerechtigkeit der Fläschchenmacherei, denkt sie und schnieft. Stillen-Können ist nicht so umständlich ... Minna hebt die Brauen. Sie kann Valeries Gedanken lesen. Das Holz im Herd knackt. Ein Funken stiebt aus der Öffnung der Platte. Valerie seufzt.

»Und die Milch«, jammert sie, »behält er nicht unten, wenn man ihn nach dem Bäuerchen nicht herumträgt.«

Mittlerweile ist die ganze Luft bis auf eine schmale Säule überm Herd violettstichig. Minna lächelt.

»Aber wehe«, fährt Valerie fort, »man übersieht den Zeitpunkt, wo seine Verdauung einsetzt. Dann heißt's auch noch Windeln wechseln mitten in der Nacht.«

»Was ist mit Roland?«, fragt Minna.

Mittlerweile rotiert eine milchfarbene Säule über dem Herd. Valerie reibt sich die Augen. »Er arbeitet so viel.«

Minna schnippt mit der Hand. Der Hund bringt eine Packung Kekse. »Unsinn. Wie viele Stunden arbeitet er und wie viele du mit Baby und Haushalt?«

Valerie hat zu lang auf die sich drehende Säule gestarrt. Ihr ist schwindlig.

»Fläschchen machen kann auch ein Papa«, setzt Minna nach. Der Hund gähnt und entblößt zwei Reihen beachtlicher Wolfszähne. »Roland soll dich nachts ablösen, wenigstens am Wochenende.«

»Wenigstens am Wochenende ... Wochen ... ende ...«, wiederholt Valerie und nickt schläfrig. Weil doch, denkt sie, das Prolaktin ... Dann kann genauso gut der Papa ... Wenn der Kleine nach Milch schreit und es sich anfühlt, als wäre ich gerade erst eingeschlafen. Eingeschlafen ... einschlafen ... schlafen ...

Julians Weinen ist ihr ins Turmzimmer gefolgt. Valerie wacht auf. Es ist wieder so weit. Das Baby braucht Milch.

Minna

An Valerie Granbirger sieht man, wie sich die Geschichte mit den Männern und Kindern wiederholt. Ihr Mann scheint ein netter Kerl zu sein, aber die Sache mit dem Durchschlafen kapiert er auch nicht. Männer, die sich vierundzwanzig Stunden am Tag einer Aufgabe widmen, und das sieben Tage die Woche jeden Monat im Jahr, sind Helden. Mütter? Das Selbstverständlichste auf der Welt. Für berufliche Leistungen gibt's Geld und Anerkennung. Familie gründen und Kinder aufziehen ist privat. Wenn's die Frauen mal nimmer freut, sterben wir eben aus. Als Valerie Granbirger heute vor meiner Gartentür stand, hat man ihr nichts angesehen. Wuschelhaar, schicke Haube, weinroter Dufflecoat. Es waren diese kaum merkliche Verlangsamung der Bewegungen, diese leichte Verwischtheit des Blicks, die mir alles verrieten: Schlafentzug. Nicht umsonst gilt er als »Weiße Folter«. Körperlich und psychisch schwer nachweisbar.

Vor sieben Jahren glaubte ich Valerie Kriethner auf dem Weg Richtung Freiheit. Den Job geschmissen und auf nach Frankreich – ein bisschen übereilt, aber ein Neuanfang. Auch das Studium, von dem sie mir jetzt erzählt hat, geht in diese Richtung. Und dann ... die Liebe. Die führt Frauen nicht unbedingt immer in die Freiheit. Das weiß ich von mir selbst leider nur allzu gut. Sicher, mit Frau Kriethners Vorgeschichte ist ein bürgerliches Familienleben auch eine Errungenschaft. Jedenfalls kann ich jetzt nichts mehr tun für sie.

Muss ich's ihr denn direkt erklären? Ich hab' doch alles fast wie M. damals bei mir gemacht. M., den ich verfolgt habe. Freundliche Distanz. Wahrscheinlich war es zu viel, dass ich sie mit dem Baby zu mir eingeladen habe. Sie hat halt so drauf gewartet. Eine Frau, die gerade entbunden hat ... Trotzdem, ich hätte es besser wissen müssen. Nach allem, was damals im Schloss Mühldorf mit M. gelaufen ist.

Angefangen hat es damit, dass in dieser ehemaligen mittelalterlichen Wasserburg mit gotischem Torturm, gelben Fassaden und weißen Sprossenfenstern zweiwöchige Gruppendynamik-Seminare angeboten wurden. An die sechzig Personen nahmen daran teil. Introspektion, kollektive Entwicklung mit persönlicher und therapeutischer Reflexion – das bedeutete auf theoretischer Ebene Diskussionen über Handlungsfreiheit, Bindungsfähigkeit und Strategien, seine Aufmerksamkeit für eigene und fremde Äußerungen zu schärfen. Auf praktischer Ebene bedeutete es, dass wir im Denken und Handeln bald derart sensibilisiert waren, dass wir uns untereinander in allen möglichen Kombinationen verliebten. Jeder Handgriff war eine Botschaft, jeder Augenblick eröffnete Möglichkeiten, jede Berührung erzeugte ein Spannungsfeld. Auch die Gebäude produzierten Bedeutungen. Hochaufgerichtet ragten die Türme. Ausladend erstreckten sich die Wirtschaftsgebäude. Und heimelig lockte das Einlasspförtchen neben dem Hauptportal. Mit getrimmten Buchsbaumhecken und herbstgoldenen Kastanienbäumen bot der Park kultivierte Natur innerhalb schützender Mauern. Wir spazierten die Wege entlang – den Kopf voller Bedeutsamkeiten, das Herz in Aufruhr, die Hormone auf Hochtouren. Im Schlossinnern durchschritten wir lange Gänge, nahmen die Mahlzeiten in einem Speisesaal unter Kreuzrippengewölbe ein und schliefen in teils verwinkelten Zimmern mit kalten Mauern.

Meine Autonomiebestrebungen ließen es nicht zu, dass ich mich innerhalb der Rangdynamik in einen Geringeren als den Seminarleiter des Gruppen-Experiments verliebte. Dr. M. – souverän, unparteiisch und kritisch. Ich – empathisch, führungskompetent und reformfreudig. So ähnlich fasste man das in der damaligen soziologischen Fachsprache zusammen. Jedenfalls: Wir waren füreinander geschaffen. Zumindest ich sah das so.

Wo ist die Grenze zwischen Normalität und Neurose? In einem der Seminare gab es eine Diskussion über den Fall einer Schizophrenen. Sie hatte sich vom Therapeuten gewünscht, mit einem Apfel gefüttert zu werden. Er sollte ihr die Frucht an den Mund halten und sie würde abbeißen, wie ein Kind. Nur dass sie eben kein Kind mehr war. Erotische oder erotisierende Übertragung, das war die Frage. Und: Durfte der Analytiker ihr den Wunsch erfüllen? Wenn das mütterlich Nährende so gebraucht wird, meinten die einen. Zulassen des Bedürfnisses – ja. Befriedigung desselben – nein, sagten die anderen, eine unzulässige Überschreitung der Therapeutenrolle, die den Heilungsprozess hindert. Dr. M. beschränkte sich wie meist darauf, in bestechender Klarheit die verschiedenen Positionen systematisch zu unterlegen. Ich studierte sein Verhaltensrepertoire in Bezug auf mich. Nicht der kleinste Hinweis darauf, dass er mich besonders beachtete. Mein Ehrgeiz war angestachelt. Die berufliche Rollenaufteilung vor Ort war ein Problem. Das war mir klar. Aber später ... Man müsste in Kontakt bleiben, vorerst rein beruflich, versteht sich. Und ihn davon überzeugen, dass ... Aber damit musste ich schon in Mühldorf beginnen.

Trafen wir uns zufällig in einer der Gangschluchten, grüßte er mich unverbindlich. Ich bemühte mich, seinen Blick länger zu halten. Er sollte was merken. Schließlich, verdammt noch mal, bot ich ihm einen klugen Kopf und einen neun Jahre jüngeren Körper. Abends vorm Einschlafen rief ich mir jedes Wort, das er am Tag zu mir gesagt hatte, ins Gedächtnis: nichts. Sein Blick war immer tiefgründig, nicht nur bei mir. Seine Gesten waren immer bestimmend. Das war seine Rolle. Privat wusste ich nichts von ihm. Nur, dass er unverheiratet war. Ob er eine Lebensgefährtin hatte ...? Ich war zu dieser Zeit selbst nicht ungebunden. Allerdings lag die Beziehung in den letzten Zügen. Mein Freund betrog mich und es war mir egal.

Zurück in Wien war ich ganz auf M. eingestellt. Das Blut pochte an meinen Schläfen und mir wurde flau im Magen, wenn ich ihn in den Seminaren sah. Um klare Verhältnisse zu schaffen, löste ich einige Monate nach Mühldorf meine Beziehung. Aber das klärte nichts. Ich war frei. Dr. M. blieb unnahbar. Gut, auch hier zwangen uns die Rollenverhältnisse in parallele Linien. Aber dieses Muster würde ein Ende haben – in eineinhalb Jahren, wenn die Gruppentherapie-Ausbildung fertig war.

Ich schaffte es tatsächlich, zu warten und mit Dr. M. in beruflichem Kontakt zu bleiben. Als wir uns schließlich im Café trafen, sprach ich die damals virulente Problematik des Therapeutenberufs an: »Die Berufsbezeichnung muss endlich klar definiert und geschützt werden. Dass sich jeder Esoteriker Therapeut nennen darf, schadet der ganzen Berufsgruppe.«

Dr. M. gab mir recht. Ich saß ihm mit überschlagenen Beinen gegenüber. Mein Rock endete oberhalb der Knie. M. verschwendete keinen Blick darauf. Wie eh und je befeuerte seine Sachlichkeit meine Sehnsucht. Einmal nur diesen geschliffenen Geist aus der Fassung bringen …

»Was wäre«, kam ich zum Kern meines fachlichen Anliegens, »wenn ein Therapeutenkollektiv ein Institut für eine Gruppenpraxis gründete? Vom Österreichischen Arbeitskreis für Gruppentherapie und Gruppendynamik gibt es zumindest für die Gruppenpsychotherapie-Ausbildung eine offizielle Anerkennung.«

Dr. M. fand es eine interessante Idee. »Haben Sie schon Leute dazu?«, wollte er wissen.

»Nein, aber …«

Er hob die Hände. Stopp, signalisierten seine geöffneten Handflächen. »So ein Vorhaben steht und fällt mit den Menschen, die es umsetzen. Wenn es konkret ist, können wir gern noch einmal darüber sprechen.«

Seine Hände waren wieder auf den Tisch gesunken. Für einen Augenblick sah ich sie an: dunkel behaart und auf maskuline Art elegant. Wie sie sich wohl anfühlten? Mein linkes Augenlid begann zu zucken. Ich strich mir – unauffällig, wie ich hoffte –

mit dem Zeigefinger übers Auge. Merkte er denn wirklich nichts von meiner Befindlichkeit?

Keine zwei Wochen später rief ich erneut an. Es sei nun konkret. Ich hätte die Gruppe beisammen. Er lud mich fürs kommende Wochenende zum Mittagessen bei ihm ein. Bei ihm …! Jetzt war es so weit.

Ich kleidete mich schwarz, figurbetont und benutzte ein neues Parfüm. Er hatte gekocht und reichte mir die Speisen: Kotelett, Erdäpfel, Rahm. Keine Anspannung, keine Anziehung von seiner Seite. Er war ganz distanzierte Freundlichkeit, wie immer. Mit einem Mal fiel mir die Diskussion übers Apfelfüttern ein. War ich hier die Schizophrene? Wurde ich gefüttert, weil ich zu verstehen gegeben hatte, ich brauchte das? Ja, so war es. Augenblicklich stieg mir das Blut ins Gesicht. Dr. M. handelte verantwortungsvoll und vorbildlich professionell. Ich musste es wahrhaben.

Trotzdem: Meine Flammen erstickten nur zögerlich. Es brauchte Monate, bis alles in Glut zusammenfiel, und ein Jahr, bis es zu Asche erkaltete. Auch Valerie Granbirger wird das verstehen müssen. Ein professionelles Vertrauensverhältnis kann nicht in eine persönliche Beziehung übertragen werden. So leid es mir tut.

Jetzt sind es doch drei Scheiben Brot mit Gierschpesto geworden. Ich werde später mittagessen. Zurück ins ostseitige Zimmer. Mandy folgt mir. Die Zimmertür bleibt offen. Das Haus ruht und ist nur für uns da: meine Schale zur Außenwelt, Stätte meiner Kunst.

Glutbraun, lehmocker, transluzentorange und diaphangelb flammen die Farben des Bildes. Der erste gemalte Zapfen von *Abies alba* ist der unreife. Er wächst aus einem grünen Zweig. Daneben sieht man den reifen Zapfen in Holzbraun, Opalgrau und Glimmerweiß. Zwischen seinen Deckschuppen drängen rostorangene Samenschuppen hervor. Die nächste Metamorphose zeigt eine dornige Spindel – in ihrer Mitte eine letzte verbliebene

Schuppe mit Flügelsamen. Eine für sich allein stehende hölzerne Schuppe sowie ein mit Flügeln verwachsener Doppelsamen und ein Einzelsamen vervollständigen die Teile des Bildes.

Seit drei Monaten arbeite ich daran. Ausbedungen habe ich mir ein Jahr. Es ist eine Auftragsarbeit. Tannenzapfen der *Abies alba* sind schwer zu beschaffen. Sie fallen nicht vom Baum. Tannenzapfen, die samt Schuppen und Samen vom Baum fallen, sind eine botanische Unmöglichkeit. Mit der Reife fallen die Schuppen ab und die Flügelsamen werden vom Wind verweht. Was – womöglich erst Jahre später – abfällt, ist die leere Spindel. Also habe ich das Forstamt angeschrieben und meine Lage erklärt. So bin ich an die Zapfen gekommen. Meine Lage, das ist eben die Krux, ist eine Auftragslage. Das wirkt zeitverzögernd. Etwas tun müssen ... wie soll ich da ... wo ich doch an nichts denken darf beim Malen. Nur der inneren Spannung folgen bis zur Entrückung. Ohne Entrückung kein gutes Werk. Es gelangt nicht zur Vollendung. Reine Technik. Reine Technik ist bloß die Hälfte.

Mittagspause. Bald ist die Küche von verführerischen Gerüchen durchzogen. Nicht die sämigen Melanzani, die süßen Zwiebeln und Zucchini, auch die chiliroten Tomaten nicht, sondern schmelzender Butterkäse ist es, der am verheißungsvollsten duftet. Ohne Süßes hielte ich es tagelang aus, ohne Käse nicht. Ich koche auch für mich allein – eine Frage des Genießens. Ab und zu bekomme ich Besuch. Aber nicht mehr so oft wie früher.

Ich lebe auch mit keinem Mann mehr zusammen. Das hatte ich zur Genüge. Was ich jetzt genieße, ist eine Art von Freiheit, die man in unseren Breitengraden für gewöhnlich in jungen Jahren auslebt. Denn zwischen siebzehn und einundzwanzig lief etwas anders als geplant in meinem Leben. In diesen Jahren, wo andere Mädchen am Wochenende ihren Freund treffen, wurde ich schwanger, heiratete, zog mein Kind auf und machte meine Ausbildung zu Ende. Zeit, um mir klar zu werden, was ich wollte, gab es keine. Mit achtzehn heiratete ich den Vater von Nadja. Mit einundzwanzig war ich fertig ausgebildete Volksschullehrerin. Eine Idee meiner Mutter. Vater hätte Besseres mit mir vorgehabt. Ich sollte Bahnbrechendes erfinden, nie Dagewesenes komponieren, zumindest aber Pilotin werden. Zeichnen war Unsinn, vertane Zeit. Da wenigstens waren er und Mutter sich einig. Manchmal, wenn ich kein Papier mehr bekam, wurde ich auf andere Weise als von Vater gewünscht erfinderisch. Heimlich klaubte ich die Verpackungskartons von Mutters Strümpfen aus dem Mistkübel, um darauf zu zeichnen. Es war nicht die schlechteste Maloberfläche. Die meisten meiner Bilder habe ich allein aufgrund ihrer Menge vor den Eltern versteckt. Was Mutter guthieß, war mein Interesse für den Garten. Dabei konnte ich ihr zur Hand gehen. Neben Unkrautjäten, Düngen und Gießen schaute ich mir bald auch das Samenziehen, Sprösslinge-Pikieren und Jungpflanzen-Einsetzen ab. Ich zeigte mich so verständig, dass es ab zwölf Jahren meine Aufgabe wurde. Freilich hatte auch das nur Hobby zu bleiben wie das Malen.

Zum Malen gekommen bin ich wie die meisten Menschen unserer Gesellschaft: im Kindergarten. Eine Welt erschaffen, wo Freude rote Tupfe, Ärger ins Papier gerissene Zacken und Traurigkeit lila Wolken sind! Wo der Fisch im Himmel und die Sonne im Wasser schwimmt! Während Pubertät und Jugend war ich vorzugsweise in Schwarz-Weiß unterwegs. Malte Gespenster – so nannte ich meine ersten abstrakten Versuche – mit Tusche und Kohle und schwarz-weiße Seelen-Landschaften. Die zeigte ich ab und zu Oma. Daneben übte ich Porträtzeichnen. Davon zeigte ich auch manchmal etwas den Eltern. Zu Vaters Porträt mit dem verschatteten Blick nickte Mutter. Als Vater es sah, glomm etwas in seinen Augen auf.

»Gut«, meinte er, und sein Tonfall verbot es, einen weiteren Kommentar einzufordern.

Neben Menschen, die ich kannte, zeichnete ich auch Starplakate einer Jugend-Zeitschrift ab, die ich offiziell gar nicht haben durfte. Zum Aquarell fand ich erst als Erwachsene. Mit dieser Technik betrieb ich jahrzehntelang das naturalistische Malen bis zur Perfektion. Kam ein kurzer Abstecher zu Acryl. Acrylfarben lassen sich gut mit unterschiedlichen Materialien kombinieren. Trotzdem, es ist eine Plastikfarbe, zu glänzend, zu grellbunt. Ich wechselte zur Ölmalerei und ging ins größere Format über. Bald verließ ich die naturalistischen Pfade und begann zu experimentieren. Als ich mir das erste Malseminar bei Giselbert Hoke leistete, eröffneten sich neue Wege in die Abstraktion. Hoke, ein Künstler mit Van-Gogh-Bart und mokkabraunem Lederhut, der im Krieg einen Arm verloren hatte, entflammte uns mit seiner Kunst, seinen Fertigkeiten. Er war in der Architektur ebenso zu Hause wie in der Malerei. Ich beschloss, weiter bei ihm zu lernen. Parallel zu Abstraktionen in Öl und Gouache begann ich mit dem Aktstudium in Kohle und Rötel. Der menschliche Körper ist faszinierend. Spiegelsymmetrisch gebaut. In gleichen Abständen ordnen sich Arme und Beine um eine vertikale Mittelachse. Das Zusammenspiel aus Knochen, Muskeln, Fasern und Haut in einer Pose einzufangen, ist anspruchsvoll.

Und das botanische Malen? Es hat all die Jahre über in mir geschlummert. Ich erinnere mich: Ich muss ungefähr fünf gewesen sein. Oma nahm mich zu einer Frau mit, deren zu einem Dutt hochgestecktes Haar sich mir einprägte. Noch stärker aber prägte mich das, was diese Frau tat. Sie zeichnete eine dunkelrosa Blume in einer Blechvase, die aussah wie ein Feen-Zauberstab: Blüte auf Blüte war auf den grünen Stängel gefädelt, dessen Spitze die Knospen bildeten.

»Eine Gladiole«, erklärte die Frau.

»Geht die schwer zu malen?«, fragte ich.

»Ja«, antwortete sie, »weil die Blume noch lebt und sich bewegt.«

Ich staunte: Die Blume bewegt sich! In den nächsten Tagen überlegte ich, was die Frau gemeint haben könnte. Ich kam zu dem Schluss, dass die Blume sich, wie ich es von den Pflanzen am Fensterbrett kannte, zur Sonne neigte. Vielleicht, dachte ich weiter, schloss sie auch wie Löwenzahn bei Nacht ihre Blüten, um sie am Morgen wieder zu öffnen. Und Löwenzahn, einmal gepflückt, welkte schnell. War das nicht auch Bewegung? Das Sterben einer Blume?

Diese Begegnung war der erste Keim meines botanischen Malens. Natürlich kann es auch umgekehrt gewesen sein und das Erlebnis wirkte nur deshalb so stark auf mich, weil es bereits auf fruchtbaren Boden traf. Malen – mein Anker. Natur – mein Kompass. Ich hab' meine auf Papier erschaffene Welt umrundet. Der wachsenden Stille in mir entspricht das stille Wachstum der Pflanzen. Von abstrakter zu detailrealistischer Malerei ist es ein Riesensprung. Für mich aber fühlt es sich an, als schließe sich damit nach all der Zeit ein Kreis. Vor ein paar Jahren begann es. Neben der abstrakten Malerei versuchte ich wiederholt auch Pflanzen abzubilden, ihr Wachsen einzufangen, ihr Wesen zu erfassen. Einen entscheidenden Impuls brauchte es noch. Ich bekam ihn vor zehn Monaten von Margareta Pertl. Auf einem Seminar der Zoologisch-Botanischen Gesellschaft in Wien.

Seitdem bin ich ihm verfallen, dem botanischen Malen. Kein Tag, an dem ich nicht an einem solchen Bild male. Kein Spaziergang, keine Reise, wo ich nicht Pflanzen und Pflanzenteile in allen Wachstums- und Verwitterungsstadien sammle. Ich lernte schauen. Die Natur spiegelt das Größte im Kleinsten wider. Strukturen, Muster, Symmetrien. Auch im Winter finde ich genügend Schätze zum Zeichnen: Hagebutten, Mistelzweige, Fichtenzapfen, Gänse-, Fasan- und Eulenfedern, verwelkte Dahlien und Mangostanfrüchte. Tief durchatmen und mich am Anblick des Gartens weiden, der sich mir durchs Fenster bietet.

Das Haus duftet mittlerweile nach gebackenem Blätterteig. Auf der Herdplatte dampft eine Terrine. Mit Topflappen und Geschirrtuch trage ich das Essen zum Tisch. Mandy sitzt erwartungsvoll auf den Hinterpfoten. Wenn mein Essen für sie verträglich ist, bekommt sie etwas davon ab. Essen teilen hat was archaisch Verbindendes. Vielleicht sollte ich doch noch eine Mahlzeit mit Valerie Granbirger …? Nein. Ich bin nicht mehr für sie zuständig. Wenn sie weitere therapeutische Hilfe braucht, muss sie sich an den Kollegen halten, den ich ihr empfohlen habe. So ist es üblich.

Nach dem Mittagessen machen Mandy und ich noch eine Runde. Diesmal treffen wir niemanden. Die Köpfe gegen den Nordwind gestemmt, der uns Regen ins Gesicht treibt, kommen wir zäh voran. Plötzlich bin ich sicher, die Herdtür nicht richtig geschlossen zu haben. Schon sehe ich ein Stück Glut auf den Flickenteppich fallen. Zuerst glost es bloß. Dann entzünden sich die Fasern. Eine erste Flamme schnellt hoch. Der Teppich brennt. Die Flammen schwärzen das Holz des Bodens und verbinden sich mit der Oberfläche. Das Feuer erfasst die Dielen. Bis ich mit dem Hund zu Hause bin, dauert es über fünf Minuten. Zeit genug, dass das Feuer die ganze Küche erfasst? Welche Bilder lagere ich noch mal in der Eckbank? Wenn es bloß nicht aufs ostseitige Zimmer übergreift!

Loderndes Inferno vor Augen radle ich mit dem Wind im Rücken. Als ich mit zitternden Händen die Tür aufschließe, spüre ich meine Finger nicht mehr. Meine Wangen brennen. Mandy ist helle Aufregung. Die Tür ist offen: nichts, kein Rauch. Der Hund schüttelt sich und trottet mit gesenktem Kopf ins Vorzimmer. Ich laufe in die Küche. Von draußen fällt fahles Licht auf die blau emaillierte Herdtür. Sie ist zu. Alles wie immer. Meine Angstfantasien – hört das denn nie auf ...

Ich greife nach der Keksdose und beschließe, mich auch mit der allwissenden Datenmüllhalde des Computers zu sedieren. Ein Knopfdruck und Sekunden später öffnet sich das Fenster zu einer virtuellen Welt. Ein Handschwenk, ein Doppelklick und keine Minute später treffe ich Menschen, die genauso freiwillig wie ich ins Netz gegangen sind: Indra aus Singapore, Matteo aus Florenz, Kyusung aus Seoul, Étienne aus Lyon, Rose aus Adelaide, Patty aus Quebec, Vojtech aus Sopron, Jelisaweta aus Moskau und Liam aus Dublin. Vor ein paar Monaten hab' ich mir eine gute Kamera geleistet und einen Facebook-Account erstellt. Seither fotografiere ich meine Bilder ab und tausche mich über die Landesgrenzen hinweg mit anderen botanisch Malenden aus. Ob es schon eine Antwort wegen des Frostkeimers gibt? Ein *Like* auf Facebook ist schnell angeklickt, ich weiß. Aber ein »*estupendo trabajo*«, »*rapturously lovely*« oder ein »*delicato e meraviglioso!*« von Menschen, die sich in der gleichen Kunst üben wie ich, bedeutet wirklich etwas.

Neben der Digitalisierung nutzt unsere Gruppe auch eine alte Tradition. Wir schicken uns unsere Skizzenbücher quer durch die Welt. Sie machen die Runde von Asien durch Europa nach Amerika und wieder zurück. Jeder fügt eine Zeichnung hinzu. Am Ende bekommt man sein eigenes Skizzenbuch gefüllt mit den Bildern der anderen wieder zurück: ein kostbarer Schatz. Die besten Bilder möchte man abschlecken, einatmen, schlürfen. Sie strotzen, leuchten, leben und machen klar, was Früchte und Blüten eigentlich sind: Verführung pur.

Am Spätnachmittag gehe ich noch einmal ins ostseitige Zimmer. Das Farbspektrum in den Tiegeln des Malkastens ist für meine Zwecke bescheiden: eine Reihe Rot- und Gelbtöne, Blau- und Grün- sowie Braun- und Schwarztöne. Damit will ich auskommen. Eine botanisch Malende muss jede beliebige Farbe mischen können. Auf der Innenseite des Kastendeckels klebt ein Musterblatt: jede Farbe im Verlauf von dick- bis fast nicht-pigmentiert auf Papier. So weiß ich, wie sie gemalt aussehen. Gemischt wird auf einem Porzellanteller. Dort wirken die Farben wieder anders. Farbgupfe und Vermischtes – solange ein Bild nicht vollendet ist, bleibt alles auf dem Teller. Getrocknete Schichten sind gestockte Erinnerungen, die man mit Wasser wiederbeleben kann. Dieses Wasser wechsle ich nur sparsam. Die darin gelösten Farbpigmente tragen womöglich ihres zur Authentizität der gemischten Farbe bei.

So was dürfte man Sibylle nicht erzählen. Die würde einem gleich wieder mit Vergangenheitsschichten ganz anderer Art kommen. Wie war das noch mal mit den Gebäuden …? Sie speichern die Erinnerung an frühere Bewohner ganz stark, hat sie behauptet. Wenn dem so wäre, würde ich nicht in diesem Haus wohnen. Es ist mein Elternhaus. Wobei, stimmt: Für mich ist es von Oma geprägt. Sie war es, die sich um mich kümmerte, als die ganze Familie hier von meinem sechsten bis zum zehnten Lebensjahr wohnte. Und vorher hab' ich sowieso bei ihr und Opa in Klosterneuburg gelebt. Die Mutter meines Vaters hätte näher gewohnt, ein paar Häuser weiter in Essling. Aber sie hatte zwölf Kinder und war offenbar auf ihre Enkelkinder nicht neugierig. Meine Eltern jedenfalls hatten sieben Jahre nach Ende des Zweiten Weltkriegs keine Zeit für das Kind, das sie in die Welt gesetzt hatten.

»Das war so früher«, hat Mutter gemeint. »Kinder wurden in der Nachkriegszeit schon mal von den Großeltern aufgezogen.«

Die Nachkriegszeit. Sie stand im Zeichen des Aufbaus. Auch für meine Eltern. Ein neues Haus und eine berufliche Laufbahn wollten sie sich aufbauen. Aus dieser Zeit habe ich kaum Erinnerungen an sie. Ob sie mich öfters bei Oma besucht hätten, wollte ich einmal von Mutter wissen. Nein, hat sie gesagt, es wäre zu weit weg gewesen. Ich habe nicht weiter gefragt. Zuhören statt fragen, lautete die Devise. Vor allem bei Vater. Kaum lebte ich bei den Eltern, fing Vater an, mir seine Geschichten zu erzählen. Mutter konnte nicht so gut zuhören wie ich. Mit Mutter konnte man überhaupt nicht wirklich reden, so Vater.

Seine Geschichten drehten sich alle um drei entscheidende Jahre seines Lebens. Als ich sechs war, erzählte er mir zum ersten Mal davon, wie er als Siebzehnjähriger von den Nazis ins Lager Rollwald deportiert worden war. Als politischer Häftling, weil er als Jugendlicher probeweise einige Male zu Versammlungen der kommunistischen Partei gegangen war. In zugigen Viehwaggons waren sie gewesen, sagte er. Man hätte nur Platz zum Stehen gehabt und all die Stunden nichts zu essen, nichts zu trinken. Wenn einer vor Schwäche kollabierte, konnte er nicht einmal umfallen.

Als ich sieben war, hat er mir den Gürtel gezeigt. Ein speckiges, dunkles Lederband, das er im Lager getragen hatte. Mit beiden Händen hielt er ihn vor mein Gesicht und wies mit dem Zeigefinger der Rechten auf das innerste Loch: »So dünn war ich. So dünn wirst du auch, wenn du nicht anständig isst.« Mit einer Scheibe Brot am Tag hätten sie auskommen müssen. Die wenigen Rübenschnitzel in der Brühe, die in riesigen Fässern gebracht wurde, waren heiß begehrt und fielen nur den Stärksten zu.

Als ich acht war, wusste ich von den Winter-Appellen in Mauthausen, wo die Gefangenen sich nackt ausziehen mussten und mit einem Kübel kaltem Wasser übergossen wurden. Die Vorstellung des öffentlichen »Scheißbalkens« verfolgte mich. Hatten dort wirklich alle vor allen …? Dazu Durchfall, Gestank und Krankheiten, Dreck und Ungeziefer … Schopenhauers Weltbild war das meine, noch bevor ich wusste, wer Schopenhauer war. Wie war es möglich, so viel Leid zu ertragen?

Als ich neun war, wollte ich Vater retten. Er war so unglücklich! Warum konnte ich ihn nicht retten? Er hatte mir auch das ganz Schreckliche erzählt. Wie einer im Viehwaggon beim Weitertransport nach Auschwitz ein Rasiermesser gehabt hatte. Damit hatte er sich den Bauch aufgeschlitzt, dass die Gedärme hervorquollen. Sie hatten sie ihm zurückgestopft und versucht, die klaffende Wunde mit Händen zusammenzuhalten. Eins der umstehenden Mädchen schrie in einem fort. Er verblutete. Der Gestank aus Kot und Blut ließ einige im Waggon die Besinnung verlieren.

Mit zehn Jahren war mir die Mauthausener Todesstiege ein Begriff. Abends vorm Einschlafen kämpften sich in meiner Vorstellung bis zum Skelett ausgemergelte Gestalten mit geschulterten Steinblöcken über riesige Felsstufen. Das Weinen kam in Anfällen über mich. Es brauchte gar keinen bestimmten Anlass mehr. Wochenlang habe ich jeden Tag geweint und konnte nicht sagen, warum. Die Eltern sorgten sich wegen der schlechten Noten. Ich wurde einige Male zum Kinderpsychiater geschickt: ein ernster alter Mann in einer finsteren Wohnung, der mir ein weißes Pulver verschrieb. Niemand erklärte mir etwas. Ich hatte nur wochenlang das Briefchen mit dem weißen Pulver aufzureißen und mit Wasser einzunehmen. Das war alles.

Meine Eltern waren in der kommunistischen Partei. Wenn mich in der Schule jemand fragte, was mein Vater arbeitete, sagte ich: »Mein Vater ist ein Spion.« Denn so viel er über seine KZ-Zeit redete, so sehr schwieg er sich über seine Aufgabe in der Partei aus. Feststeht, dass er, der gelernte Werkzeugmacher, quer durch Österreich fuhr, um Pakete und Briefe für die KPÖ zu befördern, die man offenbar der normalen Post nicht anvertrauen wollte. Tatsächlich gab es bis 1955 in Wien eine rege Spionagetätigkeit, da die Besatzungsmächte einander nicht trauten. Dass Vater nicht nur Post, sondern auch kommunistische Parteiobere beförderte und dabei öfters mit riesigen schwarzen Limousinen fuhr, passte zu meiner Vermutung. Wegen dieser Autos galten wir als reich, obwohl wir's nicht waren. Ich hatte das Gefühl, die ganze Siedlung schaute auf uns, wenn Vater wieder einmal mit so einer pompösen Karosse durchfuhr. Manches Mal durfte ich mitfahren. Dann saß ich andächtig in dem Luxusvehikel und bewunderte den gepolsterten Himmel der Wagendecke.

Mein Vater, der Spion. Eine späte Kompensierung seiner Leiden – wenigstens in meiner Vorstellung. Nachmittags war er oft zu Hause, während Mutter den ganzen Tag als Kanzleidame bei der WÖK, der Wiener Öffentlichen Küche, arbeitete. Kanzleidame war etwas Besseres als die Hilfskräfte, die in der Küche und Essensausgabe beschäftigt waren. Mutter hatte es fein in der WÖK und trug mit ihrer Arbeit zum Aufbau der nachkriegsverhungerten Bevölkerung bei. Sie war nicht gebrochen, Vater war es. Bald schwang sie sich zum inoffiziellen Haupt der Familie auf. Vater kümmerte sich nachmittags um Haushalt und Garten. Mutter machte Karriere. Er wurde noch schweigsamer ihr gegenüber. Seine Selbstmordandeutungen gehörten zum Alltag und regten Mutter schon lang nicht mehr auf. Erst gegen Ende, als es zu spät war, dämmerte ihr, wie depressiv er wirklich gewesen war.

Die Hauptadressatin von Vaters KZ-Geschichten blieb nach wie vor ich. Mittlerweile hatte ich meine Ohnmacht in Albträumen und Angstfantasien untergebracht. Seltsamerweise kam der Selbstmord meines Vaters darin nicht vor. Mit siebzig hat er sich eine Kugel in den Mund geschossen. Im Sitzen. Er ist nicht umgefallen dabei. Eine Radfahrerin hat ihn in der Lobau entdeckt. Er saß merkwürdig schief auf einer Bank mit starrem, blutigem Gesicht. Sie schrie, trat wie in Trance an ihn heran und berührte ihn an der Schulter. Da kippte er um. Ich war sechsundvierzig. Vier Monate zuvor war Oma an einem Schlaganfall gestorben. Ich war bei ihr, bis einige Stunden vor dem Tod.

Vergangenheit und Gegenwart. Draußen flüstert der Wind. Hier drin flüstern nur meine Pinsel. Gewichtslos liegt das Holz des Einser-Pinsels zwischen Daumen und Zeigefinger. Drei Pinsel sind zurzeit in meinem Dienst. Wolkenanthrazit verbindet sich mit Himmels-Indigo – draußen. Hier drin wird die erste Linie der *Silybum marianum* geboren. Ein Bild nur für mich. Ohne Auftrag – meine Mariendistel. Aus stacheligem Korb erwächst ihre zyklamfarbene Blüte. Spitz auslaufende Hüllblätter beschirmen wehrhaft die Blütenkrone. Zwittrige Röhrenblüten verheißen duftend die Stechkorn-Frucht. Weißgeädertes Blatt, Mariens Milchgänge – kein Muster in der Natur ohne Mythos. Sitze ich drei, vier Tage vor einer Pflanze, eröffnet sich mir ihr Wesen. Meine Mariendistel ist wie keine andere mehr. Ich habe sie mir vertraut gemacht. Bis in ihre nadelfein dornigen Ausläufer, bis in ihre klebrig filzigen Härchen, bis in den hauchzarten Haarkranz ihrer einsamigen Schließfrucht. Ich male ihr Lob. Ich zeichne ihre Ehre. Zum Idealtypus ihrer Gattung habe ich sie auserkoren. Die Pinselspitze gleitet, bildet nach, bildet ab. Ein fließender Wechsel an Punkten, Strichen, keine Linie ist wirklich gerade, keine Fläche wirklich eben. Farbpigment auf Farbpigment bringt Raum hervor, Tiefe.

Ich atme ein. Habe einige Sekunden vergessen, Luft zu holen, so versunken war ich. Mandy zeigt wieder ihr Synchron-

empfinden und seufzt im selben Moment. Ich lehne mich zurück, kneife prüfend die Augen zusammen: Ja, doch, ich denke, für heut' bin ich fertig. Die Distel auf dem Papier wird wieder zu einem Bild. Behutsam lege ich den Pinsel ab. Die Rotmarderhaare kommen auf einem weichen Fetzchen zu liegen, wie ein Kleinod auf einem Samtkissen – mein kostbares Werkzeug. Gezeichnet wird nur mit dem vordersten Pinselhaar. Alle anderen Haare stützen es und versorgen die Spitze mit Farbe und Wasser.

Ich stehe auf und lockere die Schultern. Abend.

Roland

Eigentlich wollte Roland kein Auto. In der Stadt kommt man mit Rad und öffentlichen Verkehrsmitteln aus. Die Frage ist: Leben sie noch in der Stadt? Die nächste Busstation ist zehn Gehminuten, die nächste U-Bahnstation über eine halbe Stunde Busfahrt entfernt. Grünruhelage am Stadtrand.

Das haben sie ihm zu verdanken. Oder dem Mallorca-Urlaub. In der fremden, weichen Luft ist – zunächst unbemerkt – ein Drittes in ihr Leben gekommen. Zurück in Wien stellten Roland und Valerie fest, dass ihre Beziehung an einer Gabelung angelangt war. Roland entschied sich rasch. Er war vierunddreißig und hatte eine feste Anstellung. Valerie zögerte. Dabei lag der Weg klar vor ihnen. Dieses Semester würde sie ihr Bachelorstudium abschließen. Das würde sich gerade noch vor der Geburt des Kindes ausgehen. Ein Zeichen! Und dann ... Roland hätte endlich die Chance, einem Kind etwas beizubringen, das Freude am Lernen hat. Anders als in der Schule. Dort hieß es: motivieren, animieren, einmahnen. Im Computerraum konnten sich die Kids vor scheinbar unterdrücktem Bewegungsdrang nicht konzentrieren. Im Turnsaal war es umgekehrt. Die gleichen Kinder waren mit einem Mal Nerds und Prinzesschen, für die jede unnötige Bewegung eine Zumutung war. Gut, drei bis vier Sportliche gab es in jeder Klasse. Aber der Rest ... Mit seinem Kind würde das ganz anders werden. Geistig-körperliche Harmonie – Roland würde es ihm vorleben.

Hinauf, hinan! Am liebsten wäre er sofort nach dem Ergebnis des Schwangerschaftstests losgewandert – mit schweren Schuhen in dünne, unverbrauchte Luft. Himmel und Berge, wohin man blickt, und den Alltag als Miniatur zurücklassen. Was wäre besser geeignet, um so eine Nachricht gebührend zu feiern? Leider konnte er in diesem Fall nicht einfach allein oder mit Freunden losziehen. Zuerst mussten sie als Paar feiern. Und weil Valerie für die Berge nun mal nicht zu haben ist, wurde es eine Radtour. Beim Neusiedlersee – ein flaches Gebiet mit Wasser, denn auch beim Radfahren durfte es für Valerie nicht bergauf gehen. In seinem Überschwang achtete Roland zu wenig darauf, dass Valerie nicht seine Kondition hat. Pause und abermals Pause – an Ausdauersport und optimale Fettverbrennung war ohnehin nicht zu denken. Aber er hätte komplett umdenken sollen. Sich über die physiologischen Veränderungen einer Schwangeren informieren. Obwohl es nur die kleine Seewinkel-Tour war – keine siebzehn Kilometer, bitte –, überanstrengte sich Valerie. In der Folge lag sie eine Woche mit entzündeten Mandeln, Schwindel und Kopfweh im Bett. Was jedoch schwerer als die Verkühlung wog, waren die Langzeitfolgen. Denn Valerie reagierte von nun an verschnupft auf jede größere Unternehmung.

»Alles in Maßen«, sagte sie, während ihr Körper sich anschickte, extreme Ausmaße anzunehmen.

Als Valerie in der 11. Schwangerschaftswoche mit Recherchen für ihre Bachelorarbeit beschäftigt war, traten bei Roland erste Entzugserscheinungen auf. Ja, sicher, er war einmal mit einem Freund auf der Rax gewesen und fuhr ab und zu am Donaukanal Rad. Aber der Verkehr der nahe gelegenen mehrspurigen Straße vermieste ihm die Radfahrten. Was er brauchte, war frische Luft! Veränderung. Nie war Roland so stark aufgefallen, wie dröhnend die Fahrzeuge ihren Dreck in die Luft stießen. Nie, wie viele Hundehaufen in den umliegenden Parks waren, wo er mit Valerie spazieren ging. Wie sollte hier ein Kind unbeschwert spielen können? Rolands Kindheit war anders gewesen. Er sah sich als Fünfjährigen mit schmutzigen Backen, der stolz von einem Kirschbaum herunter grinst, als Siebenjährigen mit Sommersprossen, der glücklich aus dem Schotterteich watet, als Neunjährigen mit zerrissenen Hosen, der auf einer Wiese den Fußball hoch ins gleißende Sonnenlicht kickt. Am Land gab es Berge, Seen, Wälder und Platz für ein Kind, das seine Flügel ausbreiten wollte. Leider war Valerie ein Stadtkind, durch und durch. Wenigstens waren sie sich einig, dass seine Mietwohnung zu klein für eine Familie sein würde. Mit Anfang April begannen sie, nach einer größeren Wohnung zu suchen. Das Leuchten in Valeries Augen, wenn sie einen renovierten Altbau mit Dachterrasse besichtigten, erlosch, als sie ihre Kreditmöglichkeiten kannten. Nach dem dritten Finanzierungsgespräch bei einer Bank hatten sie es schwarz auf weiß: so viel und nicht mehr. Mit höflichem Lächeln nahmen sie den Schnellhefter entgegen, wo alles aufgelistet war. Der Bankangestellte lächelte gewinnbringend zurück.

Ab der 12. Schwangerschaftswoche begann es. Heimlich fing Roland an, im Internet nach Häusern und Grundstücken am Stadtrand zu suchen. Von den Grundstücken ließ er schnell wieder ab. Vor einem Hausbau würde Valerie zurückschrecken. Aber ein bezugsfertiges Haus in Grünruhelage ... Bald war Roland von der Idee besessen, er müsse »es« nur finden: das ideale Haus. Das, zu dem Valerie nicht Nein sagen könnte. Von seiner Existenz war er überzeugt. Groß war das Land und weit war das Web. Während Valerie für ihre letzten Prüfungen lernte, wurde Roland zum Fachmann für Hundert-Quadratmeter-Häuser auf Dreihundert-Quadratmeter-Grund am nördlichen Wiener Stadtrand.

Dabei hatte er in der Schule gerade genug zu tun. Wie jedes Jahr war mit den Schülern ab der ersten Frühsommerhitze nichts mehr anzufangen. Ihre Motivation für den Unterricht schmolz wie Eis in der Sonne. Verließ Roland am Nachmittag das Schulgebäude, kam ihm die belebte Josefstädter Straße vergleichsweise ruhig vor. Zu Hause gönnte er sich einen Isodrink, öffnete den Laptop und machte sich wieder auf die Suche. Wenigstens war ihm klar, wo das Haus liegen sollte. Die ideale Lage hatte sich durch eine späte Eingebung herauskristallisiert. Nachdem Roland pflichtschuldig in Valeries werdende Bachelorarbeit hineingelesen hatte, durchfuhr es ihn wie ein Blitz: Fluvialmorphologische Systeme! Sie brauchte eine Gegend mit Wasser! Das war es, was die geborene Wienerin Valerie Kriethner an den Grünrand der Stadt locken würde. Der Auwald war die Lösung für ihr leidiges Stadt-Land-Spiel.

»Es ist gesünder für ein Kind, am Land zu wohnen!«, war sein letzter Beitrag dazu gewesen.

Valerie hatte ihn gekontert mit: »Aber das geistig-kulturelle Klima ist in der Stadt gesünder!«

Pah! Roland hatte schmale Lippen bekommen und geschwiegen. Für Valerie setzte sich die Landbevölkerung hauptsächlich aus Boulevardblattlesern und Rassisten zusammen. Dass er vom Land kam und weder Kleinformate las noch xenophob war, bestätigte ihre Meinung: Alle, die vernünftig sind, ziehen fort in die Stadt. Nun, sie würden in der Stadt bleiben. Der Kompromiss zwischen Stadt und Land hieß Stadtrand. In diesem Fall im Nordosten, wo die Untere Lobau ein Teil von Wien war. Ihr zukünftiges Leben würde seinen Bezugspunkt im Wasserwald haben. Die Lobau – gut für das Kind, gut für Roland, gut für Valerie. Und – rein zufällig – ein geologisch faszinierendes Ökosystem, in dessen Nähe man seinen Lebensmittelpunkt haben sollte, falls man sich für eine Masterarbeit in Fluvialmorphologie interessierte. In der Au würde Valerie Mutter- und Wissenschaft in idealer Weise verbinden können. Wie hatte es in dieser Fußnote ihrer Bachelorarbeit geheißen? *Deregulierte Flussabschnitte nach Hochwasser* … Prächtig. Valerie würde mit dem Baby in der Wanderkraxe durch idyllisch überflutete Wasserläufe waten und Sedimentproben wie Pilze sammeln. Dazu Geländeanalysen, wo sie ihr über die Wiese krabbelndes Kleinkind sorgsam durch die Linse eines Theodolits ins Auge fasste. Alles würde gut werden – in der Lobau.

In der 17. Schwangerschaftswoche war es so weit. Drei Häuser waren in die engere Wahl gekommen. Mit Google Earth hatte Roland sich die Gegend angeschaut, Termine mit Maklern ausgemacht und für den ersten Termin schon einen Leihwagen reserviert. Als gemütlichen Ausflug ins Grüne hatte er es angekündigt. Und das Wetter spielte mit: strahlend blauer Himmel, aber nicht zu heiß. Die Sträucher der umliegenden Gärten blühten um die Wette. Weiß erstrahlte die Doppelhaushälfte. Mit den Worten »Ich möchte dir was zeigen.« ging er auf das Haus zu. Der Makler kam ihnen entgegen.

»Ah, Herr und Frau Granbirger, begrüße Sie!«

»Was ist das jetzt?« Valerie war nicht erfreut.

Der glatzköpfige Makler streifte Roland mit einem Seitenblick: »Die gnädige Frau … weiß nicht Bescheid?«

»Eine Überraschung«, erklärte Roland und legte Valerie den Arm um die Schulter. Sie verspannte sich, sagte aber nichts. Roland wusste, welche Fragen ihr auf der Zunge brannten. »Hundertzehn Quadratmeter, voll unterkellert, mit zweihundertfünfundzwanzig Quadratmeter Garten, um 215.000 Euro«, sagte er.

Der Makler unterstrich Rolands Worte mit einem breiten Lächeln. »Schau'n wir's uns an«, meinte er daraufhin. »Schauen kostet nichts, haha.«

Valerie verzog keine Miene. Jetzt verspannte Roland sich auch. Sie betraten das Haus. Zum Glück setzte in der Folge das Gespür des Maklers für Typen von Kauflustigen ein. Er verstand: Hier galt es, die Dame zu überzeugen. Er blickte öfters Valerie als Roland an und unterließ weitere Scherze. Die Dame teilte seinen Sinn für Humor nicht, war kein Typ für flockige Überredungstaktik. Also Fakten. Mit ernstem Gesichtsausdruck erklärte er Valerie die Vorteile des Passivhauses und vergaß auch nicht, auf die Solarpaneelen am Dach hinzuweisen. Ihr Interesse war geweckt. Roland hielt innerlich den Atem an. Konnte es sein? War »es« gleich das erste Haus, das sie besichtigten? Valerie stellte eine Frage zu den Zimmern, dann zur Terrasse und zum Garten. Es schien zu laufen, endlich. Natürlich konnten sie sich nicht gleich festlegen. Aber sie versprachen dem Makler, sich baldigst zu melden. Der strahlte mit seiner Glatze um die Wette.

Der nächste Schritt: Gegend anschauen. Roland hatte sich vorbereitet. Sie fuhren ein kleines Stück mit dem Leihwagen.

Dann gingen sie zu Fuß weiter. Dank Google Earth wusste er, in welche Richtung sie mussten.

»Jetzt kommt der versprochene Ausflug ins Grüne«, kündigte er an.

Valerie genoss die Sonne auf ihrem Gesicht und Roland achtete darauf, dass sie in gemütlichem Tempo spazierten. Vorbei an blühenden Gärten, nur das Zwitschern der Vögel und ab und zu das Brummen eines Buses auf einer entfernteren Straße waren zu hören. Die einzigen Autos, die sie auf ihrem Weg zu Gesicht bekamen, standen geparkt vor den Häusern. Schließlich mündete die Straße in eine Gasse, die auf einer Seite von Feldern gesäumt war. Hellgrün und saftstrotzend wuchsen die Jungpflanzen darin, dahinter lag als dunkelgrünes Versprechen der Auwald.

Minna

Eben habe ich Valerie Granbirger mit ihrem Baby im Park getroffen. Das Kind hat mich angelächelt. Engelslächeln – das klingt schön und ich sollte wissen, dass es nur der Reflex eines Neugeborenen auf ein ihm zugewandtes Gesicht ist. Dennoch habe ich dieses Lächeln auf mich bezogen. Ich könnte schwören, dass der Kleine auch lachende Augen hatte.

»Wenn er auf dem Bauch liegt«, sagte seine Mutter und streichelte ihm über die Schläfen, »kann er schon allein den Kopf heben.«

Ich nickte. Es ist und bleibt verrückt, wie hilflos wir auf die Welt kommen. Als achtzehnjährige Mutter hab' ich mir über solche Sachen zunächst nicht viel Gedanken gemacht. Aber durch die pädagogische Ausbildung begann ich bald, darauf zu achten, was als allgemeine Entwicklungsphase und was als individuelle Besonderheit meines Kindes gelten konnte. Nadja, Nadescha, meine Hoffnung auf ein eigenes Leben.

Begonnen hat es damit, dass Vater dem Schnitter aus der Vergangenheit am Wochenende davonflog. »Wilhelm Kress« hieß das Flugzeug, das den Mitgliedern des Hobbyfliegervereins am Flugfeld Aspern zur Verfügung stand. Es war ein Motorschlepper für Segelflugzeuge. Gemeinsam mit Vaters von mir so genannter Spionagetätigkeit war sein Pilotentum die glänzende Seite der Medaille. Vaters Geschichten zogen mich hinab in die Dunkelheit, seine Flieger trugen mich hinauf in das Licht.

Er flog sowohl mit Motorschleppern als auch mit Segelfliegern. Es war um die Zeit, als das neue Haus meiner Eltern fertig wurde. Mit nicht ganz elf Jahren zog ich endgültig zu ihnen. Obwohl Oma nur einige Straßen weiter wohnte, war es ein Abschied. Vielleicht ahnte Vater, wie es mir ging. Vielleicht hatte er auch einfach nur mehr Zeit und Geduld, weil der Hausbau abgeschlossen war. Jedenfalls durfte ich ab diesem Jahr nicht nur ab und zu, sondern regelmäßig mit ihm fliegen.

Jedes Wochenende kletterte ich hinter ihm ins offene Cockpit. Gegen die Sturmbraut, Loreley der Lüfte, die Stirne und Ohren verdarb, trugen wir Lederhauben mit Kinnriemen. Bald war diese Welt aus Wind, Ölgeruch und sirrenden Riesenlibellen auch die meine. Das Anlegen der Hosenträgergurte, die an den Hartschalensitzen hingen, wurde mir so selbstverständlich wie Schuhbänder binden. Vater hatte einen Fallschirm umgeschnallt, ich saß – als Sitzerhöhung – auf einem drauf. Eine Handbreit baumelten meine Beine über dem Metallboden.

Dann ging es empor. Als silbern glänzendes Band floss die Donau durch Grün, das allmählich in grau-weiß-ziegelrote Würfel überging – das war Wien. Ein Flickenteppich aus Recht- und Dreiecken in Gelb-, Grün- und Brauntönen mit weißen Schächtelchen – das waren Essling und das Marchfeld. Vater machte Kunststücke. Zog die Propellerschnauze hoch, flog scharfe Kurven und kippte uns, bis wir fast kopfüber flogen. Wurde mir schwindelig, schrie ich und Vater hörte auf. An den seltenen Wochenenden, wo ich bei Mutter zu Hause blieb, konnten wir beide Vater eine Schleife über das Haus fliegen sehen.

»Er winkt mit der Tragfläche«, sagte Mutter. Und wusste, es war Zeit, Erdäpfel zuzustellen und Schnitzelpanier anzurichten. In einer halben Stunde würde Vater zurück sein.

Für die Hobbypiloten am Flugfeld war ich das »Dirndl vom Dengler-Schorschi«. Ich weiß nicht mehr genau, wann, es muss nach meinem zwölften Lebensjahr gewesen sein, als sich die Männer am Flugplatz veränderten. Mit einem Mal hatten sie muskulöse Arme und sehnige Beine unter der Fliegermontur. Sie hatten Wangenknochen mit Bartschatten und Münder mit schmalen Lippen. Sie rochen nach Zigaretten, etwas undefinierbarem Herb-Bitteren und Schweiß.

Im Laufe des folgenden Jahrs entwickelte ich meine eigene Flugfeld-Montur: schwingende Röcke und ein schwarzes

T-Shirt. Allen machte ich schöne Augen. Komplimente sammelte ich wie Schmuckstücke, die man zu Hause vorm Spiegel noch einmal anprobiert. Vater wollte von meiner Koketterie nichts bemerken. Bis ich zwölf war, musste ich einen Seitenzopf tragen. Das galt den Eltern als anständige russische Frisur – nur keine amerikanische Schludrigkeit! Kaum war ich aus dem Haus und um die Ecke, löste ich den Zopf. Bevor ich heimging, flocht ich ihn wieder. Mutter verlor kaum ein Wort über meine Erscheinung. Was solche Dinge betraf, herrschte zu Hause eisiges Schweigen. Stets wechselte ich von kalt zu warm, wenn ich aus dem Haus trat. Das Lösen des Zopfs war der erste Schritt, mich auf die Welt da draußen einzulassen.

Es lag etwas in der Luft zu der Zeit. Etwas Buntes, das seine Flügel entfalten und tanzen würde. *A Taste Of Honey*, *Please Mr. Postman*, *Boys*! Englische Musik kannte ich nur fallweise aus dem Radio. Ich wusste, dass sie »Hits« genannt wurde und es in Deutschland eine Hitparade gab. Bei uns zu Hause war das verpönt. In der Volksschule dachte ich deshalb sogar eine Zeit lang, »Hitparade« hätte was mit Hitler zu tun. Mit dreizehn war ich von meinen Eltern hinlänglich aufgeklärt, dass Beatles, Rolling Stones und Beach Boys amerikanische Moden waren, die wieder vergehen würden.

»Beschäftige dich mit was Bleibendem«, sagte Vater und ließ mich die *Internationale* auswendig lernen. Dazu gab er mir das *Kommunistische Manifest* und andere Schriften von Marx zu lesen. Mein Blick für gesellschaftliche Hintergründe, Klassenkampf und die industrielle Revolution sollte geschärft werden. Ich las lustlos und mit wenig Verständnis.

Die sexuelle Revolution interessierte mich mehr. Der »Knigge für Verliebte« aus dem *Bravo*-Heft lieferte mir die nötigen Hintergrundinformationen. Rebecca Brandstätter, das modernste Mädchen der Klasse, hatte immer die neueste Ausgabe mit, die dann unter Auserwählten die Runde machte. Wir anderen bekamen zumindest das vorige oder ein älteres Heft in die Hände. Wenn die älteren Hefte die Runde gemacht hatten, durften wir manchmal das ein oder andere mit nach Hause nehmen: ein kostbarer Schatz! Ich hortete meine paar Hefte sorgsam versteckt im Schrank und begann, in der Schule meine Röcke auf Mini-Länge hochzurollen. Den Wulst in der Taille nahm ich in Kauf – Hauptsache »in«! Statt der gebrauchten Kleidung von anderen zog ich nun manchmal Selbstgenähtes an. Die begehrten bunten Indie-Stoffe besorgte ich mir über einen Tauschhandel mit Schulkolleginnen. Reine Baumwolle! Nach all dem Perlon- und Dralonzeugs, das meine Eltern als einzige Ausnahme neu bei Billig-Tandlern am Mexikoplatz für mich kauften, war das der pure Luxus. Meine Flower-Power-Kleider hatten magische Kräfte. Trug ich ein solches, wurde mein Gang schwingend, meine Haut strahlend und meine Stimme bekam einen verheißungsvollen Ton. Ließ dann einer der Männer am Flugfeld eine Bemerkung fallen wie: »Na, die Minna macht sich aber, die wird bald allein ausfliegen!«, lachte Vater bloß ärgerlich und winkte ab.

Ein wacher, melancholischer Blick, ein bisschen wie bei Vater, war das Erste, das mir an Kurt auffiel. Er war der Jüngste am Flugfeld und zweiter Mechaniker. In meiner Erinnerung an diese Zeit ist er immer gebräunt, mit hochgekrempelten Ärmeln und Werkzeug in der Hand. An seinen drahtigen Armen traten bei der Arbeit die Sehnen hervor. Sein kohlrabenschwarzes Haar glänzte in der Sonne und seine Zähne blitzten, wenn er lächelte. Er lächelte oft, wenn er mich sah.

War Vater in der Luft und niemand in der Nähe, bot er mir manchmal eine Zigarette an. Einmal nahm er seine eben Angerauchte und steckte sie mir in den Mund. Ich kicherte, probierte einen Lungenzug und gab sie hustend zurück. Dabei berührten sich unsere Finger. Die Härchen an meinem Arm stellten sich auf. Kurt tat einen tiefen Zug und blickte mir, ohne ein Wort zu sagen, in die Augen. Dann reichte er mir wieder die Zigarette. Ich steckte sie zwischen die Lippen und sog. Diesmal hustete ich nicht. Auf diese Art ging der Glimmstängel zwischen uns hin und her, bis nur noch ein kurzes Stück übrig war. Die ganze Zeit sahen wir uns dabei in die Augen. Dann ließ Kurt die Zigarette fallen. Es hätte mich nicht gewundert, wäre sie in diesem Moment in Flammen aufgegangen, so sehr knisterte es zwischen uns.

Ab da hatten wir etwas miteinander. Mein Kichern, seine Blicke, mein Gang, wenn er in der Nähe war, sein Tonfall, wenn er mich grüßte – bald war es für alle offensichtlich. Am Schluss bekam es sogar Vater mit. Nach einigen Wochen Gebrummel tolerierte er die Beziehung. »Wenn schon ein Freund«, sagte er, »dann wenigstens ein Flieger und Kommunist.«

Ich durfte Kurt auch außerhalb des Flugfelds treffen. Bloß früh zu Hause sein musste ich, damit nichts passierte. Was längst schon passiert war, war mein erster Kuss. Er schmeckte nach Zigaretten, Sonne und Leder. Ich war dreizehn, Kurt neunzehn. Auch bei ihm durfte ich mitfliegen. Leider machte er öfters Kunststücke als Vater und hörte auch nicht auf, wenn ich schrie. Erst als ich einmal drohte, ich würde nicht mehr mitkommen, ließ er davon ab. In Kurts Besitz war ein weiteres abenteuerliches Gefährt: eine cremegelbe Puch 250 TF. Sooft wir konnten, rasten wir auf dem Motorrad die weitläufigen Marchfeldstraßen entlang. Ich an Kurts speckige Lederjacke geschmiegt, schaudernd und triumphierend. Am Boden wurde mir nicht so leicht schwindlig. Ich war in Kurt verliebt wie nur eine Dreizehnjährige verliebt sein kann: wild, unmäßig und unsicher, bereit, beim geringsten Anlass wegzuflattern.

Dann wurde das Familiengefüge bei uns zu Hause erschüttert: Opa starb. Etwas in Oma brach. Bis zu diesem Zeitpunkt war sie mein Schutzschild gegen Mutters Kälte gewesen. Nun ging ihr Blick oft ins Leere und sie hielt sich aus den Streitereien zwischen Mutter und mir heraus. Ich begann, mich mehr an Kurt zu halten. Mit knatternden 94 km/h entflohen wir auf dem Motorrad dem Einfluss unserer Eltern. Ziel waren die wilden Sechziger. Nieder mit dem Establishment. Wer mit dreizehn schon mit einem pennt, hat es fast geschafft. Kurts Hände brachten meine Wangen zum Glühen, indem sie mich ganz anderswo anfassten. Obwohl er Kommunist war, hörten wir bei Kurt zu Hause Schallplatten mit der von meinen Eltern verpönten angloamerikanischen Musik. *I Got You Babe*, versicherten Sony & Cher und *We Can Work It Out* die Beatles. Ich machte es mit Kurt. Weil ich sowieso nichts durfte: Nicht die Musik hören, die mir gefiel, keine Jugendzeitschriften lesen und nicht so viel malen, wie ich wollte. Dann wenigstens heimlich bumsen.

Entgegen dem Zeitgeist blieben Kurt und ich ein volles Jahr zusammen. Als die Stones jaulten: *I Can't Get No Satisfaction*, und Nancy Sinatra verkündete: *These Boots Are Made For Walkin'*, gingen wir wieder getrennte Wege.

Was blieb, war meine heimliche *Bravo*-Leserei. Jede Woche präsentierten die Coverseiten einen neuen Mädchenschwarm. Die großformatigen Gesichter wechselten vom sinnlich blickenden Pierre Brice über den schmachtend Zähne blitzenden Elvis, den markant das Kinn vorreckenden Freddy Quinn bis zum kussbereit schmollmundigen Mick Jagger. Mein Kopf war voll von ihren Physiognomien. Ich brachte sie zu Papier – meine heimlichen Porträts. Dicker Lidstrich, Ponystirnfransen und toupierte Haare – die abgebildeten weiblichen Idole zeigten, wie man zu dieser Zeit aussehen und was man tragen konnte. Ein Eierwärmer aus Pelz gehörte nicht dazu. Trotzdem wünschte sich Vater, dass ich winters seine selbst genähte Mütze trug. Als ob es nicht reichte, dass er meinen Kopf mit seinen Geschichten gefüllt hatte, musste oben drauf auch noch diese Mütze: grau-weiß, aus echtem Pelz. Er war so stolz darauf, sie selbst genäht zu haben. Was ich nicht alles versuchte, um sie tragbar zu machen – oben eindrücken, schief aufsetzen oder verkehrt herum. Es half alles nichts. Die Mütze sah aus wie ein Eierwärmer.

Eines Abends wollte ich wieder meine Zeitschriften-Schätze durchblättern. Ich konnte ja weder die Poster noch meine gezeichneten Porträts aufhängen, weil die Eltern nichts von der

Bravo wissen durften. Als ich den Schrank öffnete und unter den Stapel Pullover griff, erstarrte ich. Da war: nichts! Ich räumte die ganze Kleidung aus dem Fach und suchte verzweifelt – nichts. Keine *Bravo*, keine Porträts. Die Eltern ... Sie mussten meine Schätze entdeckt und weggeworfen haben. Etwas drückte von innen gegen meine Augen, meinen Brustkorb. Nicht weinen!

Ich schlich ins Vorzimmer, streifte mir Jacke und Schuhe über und ging, ohne nachzudenken, weg. In den 10. Bezirk zu Peter, mehr fiel mir in diesem Moment nicht ein. Peter hatte ich während einer Freistunde im Café *Charles* nahe der Schule kennengelernt. Ich wusste nicht, wo genau in Favoriten er wohnte. Wir hatten uns bis dahin nur einige Male in diesem Café getroffen. *Melancholie im September* ... Wo hatte ich das gehört? Egal, es passte zu meinem Zustand. Ziellos streifte ich umher, in der Hoffnung, Peter zufällig zu treffen.

Ein Taxler wurde auf mich aufmerksam. Noch heute hab' ich sein kopfschüttelndes »Jo wo ghörst du denn hin, Madl?« im Ohr. Aber das wusste ich eben nicht. Dorthin, wo ich herkam, jedenfalls nicht. Statt wegzulaufen, machte ich den Fehler, dem Mann ins Gesicht zu schauen. Da war ... Mitleid! Das war zu viel. Meine Fassade bröckelte. Ich begann zu heulen, unfähig zu antworten.

»Aber geh, Madl ...«

Bestürzt und ratlos brachte mich der Taxler zum nächsten Polizei-Revier. Ich war so geschockt, dass ich mitging. Abhauen und frei sein hatte ich wollen. Und wo endete das alles? Bei der Polizei.

»Na, das Fräulein ... Herumflitscherln, ha?«, sagte der Beamte.

Meine Septembermelancholie überzog sich mit Schwarz. Flüssiges Pech, das die Seele verklebte. Ich wünschte, mir würde auch schwarz vor Augen.

Aber die Wirklichkeit blieb unerbittlich und fragte mit schneidender Stimme: »Name? Adresse? Geburtsdatum? Telefonnummer?«

Kurz verschränkte ich die Arme vor der Brust und wagte einen trotzigen Blick. Der Beamte trat näher. Ich entschied mich, mitzuspielen. Gab Wort für Wort preis, worin für diese Männer meine Identität bestand. Einer von ihnen notierte und rief bei meinen Eltern an. Keine halbe Stunde später stand Vater vor mir. Ich sah an ihm vorbei auf das Stück Nacht im geöffneten Türrahmen.

Im Auto sagte ich leise: »Ihr habt meine Zeitschriften und Bilder weggenommen.«

Vater blieb stumm. Hatte er mich überhaupt gehört? Unser Schweigen wuchs zu einer bleiernen Kuppel, die mir auf den Brustkorb drückte.

Mutter rief zu Hause als Erstes: »Bist du wahnsinnig?«, kaum dass die Haustür hinter uns zufiel. »Wie stehen wir da, wenn das in die Zeitung kommt?« Sie fuhr sich mit der Hand über die Stirn. »Womit hab' ich das verdient?«

Keine Fragen nach dem Warum und was los mit mir war. Mutter war gekränkt. Das hatte ich ihr persönlich angetan. Wie immer in solchen Situationen weinte sie ein wenig und Vater legte hilflos den Arm um sie. Das Schwarz dieser Nacht versiegelte mir den Mund. Die Einsamkeit grub ein finsteres Loch in meine Seele, in das ich mich ab nun zurückzog, wenn Mutter wieder durch meine »unmögliche« Art, mein »furchtbares« Verhalten und meine »unglückliche« Existenz gekränkt war.

Wegen dieser Episode durfte ich noch Jahre später abends nicht weg. Dass ich im Gymnasium die Mitschülerinnen darum beneidete, in die Tanzschule gehen zu dürfen, war eins. Dass ich nicht einmal mit Hertha, dem Nachbarmädel, in den Müllner Grand Prix Club in Essling und die Lido-Disco bei der Alten Donau gehen durfte, war ein anderes. Im Lido, hatte Hertha erzählt, gab es den »Fünf-Uhr-Tee«, wo auch andere unter Achtzehnjährige aus Essling hindurften. War dieser zu Ende, mussten alle Teenager heim, denn dann konnte jederzeit der berüchtigte Boxer Hans Orsolics mit seiner wilden Partie antanzen. Für mich blieb sogar dieser Fünf-Uhr-Tee unerreichbar. Die Discos in den Pfarrheimen von Aspern und Breitenlee waren als kirchliche Stätten sowieso tabu für ein Mädchen aus anständigem kommunistischem Haus. Ich versuchte nicht einmal, die Verbote der Eltern zu umgehen. Alles in der Nähe wäre ihnen zu Ohren gekommen. Und Vergnügungsstätten wie die *Tenne* oder das *Chattanooga* im ersten Bezirk, von denen die Schulkameradinnen redeten, waren fast zwei Stunden Fahrtzeit entfernt. Bei Kurt hatte ich *Hang On Sloopy* gehört. Das war ich! »*Hang on*« hieß »durchhalten«. Ich musste einfach durchhalten, bis die Zeit kommen würde, wo auch ich dazugehörte. Wo ich die Trompetenärmel meines Flower-Power-Kleids schütteln und Lungenzüge machen würde, ohne zu husten.

Ein Jahr später konnte ich wenigstens zu Hause meine Musik hören, wenn auch nur heimlich. Es gab einen neuen Sender, der den Geschmack von uns Jungen traf wie kein anderer: Ö3. Entdeckten die Eltern, dass »der narrische Sender« eingestellt war, drehten sie das Radio auf eine andere Frequenz. Dabei ließen sich die Zeichen der Zeit nicht einmal in Österreich wegdrehen. Im letzten Schulmonat dieses Jahres gab es auch hier einen 68er-Eklat: »Uni-Ferkelei!«, titelte die größte Boulevardzeitung des Landes. Sex, Fäkalien und Perversionen – wir Jugendlichen gerieten unweigerlich in den Bann des Skandalösen. Die Eltern redeten nicht darüber. Erst recht nicht, wenn sie kommunistisch waren. Meine Eltern standen darüber, dass die Aktionisten von der Presse als »Sex-Kommunisten« verunglimpft worden waren. Das hatte nichts mit uns zu tun. Und Kunst war das sowieso keine. Punkt.

Kamen die Sommerferien 1968. Sie boten mir unerwartete Gelegenheit, erstmals wirkliche Freiheit zu kosten. Ein Onkel von Mutter kannte eine Lehrerfamilie in Irland. Da ich in Sprachen nicht gut war und die Möglichkeit im Raum stand, mich dort kostenlos unterzubringen, wurde es beschlossene Sache. Ich sollte einen Sprachaufenthalt auf der grünen Insel machen. In Dublin. Natürlich züchtig bewacht von der dortigen Lehrerfamilie. Ha! Das malte ich mir anders aus. Wäre ja gelacht, wenn ich so weit weg von den Eltern nicht mehr Freiheit schnuppern könnte.

In der Sandymount High School hielt Mr. Byrne, der onkelbefreundete Lehrer, Englisch-Sommerkurse und ich flatterte tatsächlich – im Vergleich zu Wien – relativ frei zwischen Schule und Haus hin und her. Ein gewisser Alistair MacClary, natürlich rothaarig, natürlich sommersprossig, bekehrte mich zu heimlich beschafftem *Cider and Blackcurrant*. Dieser war unter dem nachhaltigen Einfluss von Irish Folk Music zu genießen. Unter dem Vorwand, mich mit zwei anderen Sprachschülerinnen zum Englischlernen zu treffen, traf ich mich spätnachmittags mit Alistair. Er nahm mich mit ins *O'Donoghue's Pub*, dem Olymp der Dubliners. Altersbedingt bekamen wir keinen Alkohol ausgeschenkt. Aber die Fideln und Banjos der Folkbands wirbelten uns auch so in ekstatische Bewusstseinszustände. Trunken vor unverdünntem Irish Folk torkelten wir aus dem Pub. Alistair holte die Spirituosen aus seinem Geheimversteck hinter den Büschen bei einem Trafikstand und wir gingen Richtung Strand. Trotz mehrmaliger Pausen mit heftigem Geknutsche war Alistair poetisch genug, Sandymount Strand anzupeilen.

»*Let's pretend it's Bloomsday …*«, wisperte er in mein Ohr.

Was es mit diesem Tag auf sich hat, hatte mir Mr. Byrne gleich zu Beginn erklärt. Die Dubliner waren stolz auf ihre literarische Bekanntheit durch James Joyce. Was der Strand mit *Bloomsday* zu tun hatte, darüber ließ mich wiederum Alistair nicht lange im Unklaren. Salztang-Geruch in der Nase und Alistairs rostrote Haarsträhnen zwischen meinen Fingern, erhitzte sich bald der kühle Sand, auf dem wir lagen.

Zweieinhalb Wochen später wurde ich beim Abschlussfest der Englischkurse zur *Miss Holiday-Sandymount* gekürt. Ich weiß nur mehr, dass mein Kleid schwarz und eng war. Das einzige Foto, das davon existiert, ist bei einem Umzug verloren gegangen. Woran ich mich allerdings genau erinnere, ist, dass ich am nächsten Morgen um drei Erfahrungen reicher war: Erstens, *Cider and Blackcurrant* verträgt sich nicht mit Rotwein, zweitens, Schönheitsköniginnen-Ruhm währt nicht ewig, und drittens, *Célia is a bitch*. Selbstverständlich war Alkohol auf der Veranstaltung verboten gewesen. Und selbstverständlich hatte sich jemand gefunden, der ihn heimlich in den Schulhof schmuggelte. Nach dem großen Feiern kam der große *hangover* und die ernüchternde Erkenntnis: Alistair macht sich nichts aus mir. Wie sonst hätte er mit der blonden belgischen Klapperstange Célia so hemmungslos flirten können? Der Blick, den mir diese in den folgenden Tagen zuwarf, vergällte mir die letzte Woche meines Aufenthalts und den ganzen Schönheitsköniginnen-Sieg. Alistair machte sich rar und es kam nie zu einer Aussprache.

Zurück in Wien brauchte es Monate, bis die keckernden Strandmöwen, die sich anschleichende Flut und der kühle Sand zwischen meinen Zehen wieder eine versöhnliche Einheit mit Alistairs rotem Schopf vor blaugrauem Himmel bildeten. Was mir unmittelbar nach dem Aufenthalt klar wurde, war jedoch, wie wichtig diese Etappe für die Abnabelung von Vater gewesen war. Seine Geschichten haben sich mir auf immer ins Gedächtnis geprägt, aber für seine traurigen Augen war ich diesen einen Sommer unerreichbar gewesen.

Zurück in Österreich ging ich gelegentlich wieder mit Kurt aus. Ich erzählte nicht viel von Dublin, schon gar nicht vom Sandymount Strand und Alistair. Ö3 war nun mein Tor zu den Dubliners, Beatles, Bee Gees und anderen in *Bravo* präsentierten Bands. Ich malte mir den *Summer of Love* aus, in dem Tausende Jugendliche in Amerika ihr Elternhaus verlassen hatten. Viele von ihnen strandeten als verlorene Blumenkinder in Haight-Ashbury, San Francisco. Wo ich strandete, wenn ich von zu Hause fortlief, hatte ich schon erlebt. Einmal Polizeirevier reichte mir. Kurt. Kurt war zu dieser Zeit eine Antwort. Durch seine Kontakte als Mechaniker hatte er immer wieder auch ein Auto zur Verfügung. Wir flohen wochenends nach Groß-Enzersdorf ins neu eröffnete Autokino. Auf der Leinwand die großflächige Illusion, in den Autos das kollektive *love-in*.

Jene Nacht, die mein Leben für immer verändern sollte, begann mit Pommes und Cola-Rum in einem Wagen am Kinoparkplatz. Es war Mitte September und die Luft noch satt von Sommerwärme und üppigem Grün. Die schmale Straße neben dem Autokino-Eingang führte geradewegs in die Lobau. Bei Einbruch der Dunkelheit begann der Film, irgendein Italowestern mit einem Helden namens Django. Der Ton dazu kam aus einer Radiofrequenz, die man beim Bezahlen am Kassenhäuschen erfuhr. Das hier war unser San Francisco, unser *love-in*. Der Film zelebrierte Geballer und Kämpfe, wir protestierten nach Leibeskräften mit Liebe. *Make love, not war* – es war eine durch Dunkelheit und Privatgefährte geschützte Gruppenveranstaltung. Da die Neigungsgruppe Petting, dort Freies Turnen. Kurt und ich gehörten zur letzteren Fraktion. Freie Liebe: frei von Sorge, Angst und Anpassung, wenigstens für die Dauer der Aktion. Unsere Wagenfenster standen zur Hälfte offen, damit wir nicht an unseren verschlungenen Atemwegen erstickten. Kurt verpasste den Moment zum Aufpassen.

Freiheit, schöner Götterfunken – es hatte gezündet. Das wurde mir in den folgenden Wochen klar. Abends legte ich meinen mit einem Mal ein Geheimnis bergenden Körper schlafen und kam selbst nicht zur Ruhe. Mutter würde sich in kalter Verachtung von mir abwenden, Vater würde ich in abgrundtiefe Enttäuschung stürzen und ich selbst würde bei der Geburt des Kindes schmerzend verbluten. Die Hände am Bauch beschwor ich das neue Leben inständig, mich wieder zu verlassen. Es blieb. Jeden Morgen, wenn ich erwachte, wurde mir meine Lage neu bewusst. Wackersteine statt Schmetterlinge im Bauch und um den Nacken einen Mühlstein, schleppte ich mich durch die Tage. Irgendwann hielt ich es nicht mehr aus und vertraute mich Vater an. Er schaute ernst, griff sich mit der Hand an die Stirn und schwieg. Der Mühlstein zog mich hinunter.

»Tja«, sagte er schließlich, nahm die Hand vom Kopf und blickte mir in die Augen, »dann müsst ihr eben heiraten.«

Augenblicklich löste sich der Druck um meinen Hals und Wasser stieg mir in die Augen. Der Damm war gebrochen. Das war's? Keine Vorhaltungen, wie sehr ich ihn enttäuscht hatte, kein Sich-Abwenden in eisigem Schweigen.

Freilich, Mutter war außer sich, als sie es von Vater erfuhr. »So etwas«, schrie sie, »so etwas sagt man immer zuerst der Mutter, immer!«

Zutiefst beleidigt behandelte sie mich zwei Tage lang wie eine Aussätzige. Wenn ich im Haus an ihr vorbeimusste, straffte sie den Rücken und ihre Schultern spannten sich. Nicht einmal anstreifen, sagte ihre Haltung. So eine wie ich war das Letzte. Ging ich aus dem Haus oder kam zurück, grüßte sie mich nicht. Das Essen stellte sie mir mit abgewandter Miene auf den Tisch. Ich brachte nichts hinunter. Von den Seelenrändern her begannen mir Eisblumen zu wachsen, die mir ins Herz schnitten.

Die ersten Worte, die Mutter am dritten Tag an mich richtete, waren: »Flicht dir Zöpfe, zieh eine ordentliche Bluse an und den blauen Faltenrock. In einer Stunde fahren wir zum Frauenarzt.«

Sie hatte eine Untersuchung bei einem befreundeten Gynäkologen organisiert. Zöpfe flechten? Ich tat, was sie mir angeschafft hatte. Als sie beim Arzt so komisch herumredete, wie ich, das junge Ding, doch noch kindlich sei, verstand ich.

Der Arzt ließ sich nicht darauf ein und meinte nach der Untersuchung: »Die ist gesund. Die kriegt das Kind.«

Ich war erleichtert und geschockt. Abtreibung! Hätte Mutter es mir wirklich zugemutet? 1969 war das illegal und stand im Ruch eines schmuddelig-gefährlichen Eingriffs. Ich hätte daran sterben oder verbluten können. Aber selbst, wenn alles medizinisch korrekt durchgeführt worden wäre, hätte ich immer noch wegen Mutter mein Kind getötet und das Gesetz gebrochen. Besser, ich bekam dieses Kind, heiratete Kurt und kehrte meinen Eltern ein für alle Mal den Rücken.

Gebären! Hieß das nicht: schreien vor Schmerzen, Blutverlust und das Risiko, zu sterben, genau während man Leben gab? Trotzdem, es war meine Chance, ein eigenes Leben zu führen. Wie hatte die Mitzi-Tant' gesagt: »Erst mit dem eigenen Kind wird man erwachsen.«

Erwachsen sein ... und endlich abwerfen, was die Eltern einem aufgeladen haben. Ich verdrängte die Angst vor der Geburt. Es war ja noch lang bis dahin und ich war mit dem Lernen für die Matura genug beschäftigt. Als es so weit war, trat ich mit dickem Kugelbauch unter schwarz-weiß geblümtem Kleid an. Vater zuliebe trug ich das flachsblonde Haar zu einem Seitenzopf geflochten. Ich hatte beträchtliche Kreuzschmerzen, aber die Lehrerinnen und Lehrer waren rücksichtsvoll. Nie musste ich lang stehen. Auch bei der mündlichen Prüfung durfte ich sitzen. Einmal wurde mir kurz schwummrig. Ich fragte, ob man das Fenster öffnen könne. Eine Lehrerin eilte herbei. Ich bestand die Prüfungen.

Acht Tage später wurde geheiratet. Die Eltern hatten eine standesamtliche Zeremonie im Bezirksamt organisiert. Kurt und ich hatten da nichts mitzureden. Fing so das eigene Leben an? Mit schweren Beinen und geschwollenen Gelenken stand ich in einem furchtbar cremefarbenen Kleid, das mir Mutter übertragen besorgt und Großmutter zurechtgeschneidert hatte, vorm Standesbeamten.

»Ja«, sagte ich und unterschrieb eine Urkunde. Kurt starrte abwechselnd in die Luft oder auf den Standesbeamten. Mein zum Platzen runder Bauch war ihm sichtlich peinlich. Es war die unromantischste Hochzeit, die man sich vorstellen kann.

Dann ging alles recht schnell. Am 15. Juni gegen drei Uhr nachmittags begann, wovor ich mich neun Monate lang gefürchtet hatte. Ich hatte schon etwas geahnt, weil in den vorangegangenen Tagen immer wieder Bauchkrämpfe gekommen waren. Noch nicht, bitte noch nicht, dachte ich auch an diesem Tag, als der Schmerz sich wieder vom Rücken her anschlich.

Immer begann es mit Kreuzschmerzen, die auf den Bauch ausstrahlten und wuchsen, bis ich glaubte, es nicht mehr auszuhalten. Dann war es vorüber. Erleichterung. Aber diesmal fing es, bevor eine halbe Stunde vorüber war, wieder von vorn an. Ignorieren, reine Willensanstrengung, es hatte nichts zu bedeuten. Nach zwanzig Minuten – noch einmal das Gleiche. Durchs Küchenfenster sah ich Vater im hinteren Garten mit dem Rasenmäher herumfuhrwerken. Das Motorengeräusch schnitt mir in die Eingeweide. Der spitze Zeiger der Küchenuhr stachelte meine Nervosität an, sodass fünfzehn Minuten später die nächste Schmerzsirene in mich fuhr. Mutter war nicht da. Sie arbeitete.

Mit Bleigewichten an den Füßen bewegte ich mich auf Vaters Gestalt bei den Forsythien-Sträuchern zu. Das Motorgeräusch pflügte noch einmal meine Bauchdecke um, dann war Stille. Ich stand einige Meter vor Vater. Er sah mich wortlos an, nahm mich am Arm und zog mich – viel zu schnell für meine Benommenheit – zurück Richtung Haus. Dort reichte er mir meine Weste, setzte seinen Hut auf und klopfte mir auf die Schulter: »Na komm.«

Ich stieg ins Auto, die Bleigewichte waren in meinen Bauch gewandert. Krankenhaus Lainz. Am liebsten hätte ich mich übergeben. Alles hätte ich getan, um das, was nun kommen würde, hinauszuzögern. Aber es ließ sich nicht länger hinauszögern. Ich behielt meinen Mageninhalt und zog mich in den letzten Winkel meines Kopfes zurück. Von dort aus verfolgte ich, wie der Wagen vorm Krankenhaus hielt, Vater und ich ausstiegen, er die schwere Glastür öffnete und wir eintraten.

Vater meldete mich bei der Krankenschwester an und verabschiedete sich von mir mit den Sätzen: »Wird schon so schlimm nicht werden. Die Reisbäuerinnen in China kriegen's am offenen Feld.«

Da sprang ich verzweifelt in meinen Körper zurück und hielt einen Moment lang flehentlich seine Hand fest. Er schüttelte den Kopf. Mein Griff wurde schwächer. Er entzog mir die Hand und ging. Überdeutlich sah ich seine Silhouette mit Hut vor der geöffneten Krankenhaustür. Dann war er weg.

»Tztz, eine ganz Junge«, schnalzte die Schwester neben mir mit der Zunge.

Ich bemühte mich, trotz Schmerzen mit ihr Schritt zu halten. Was wusste die schon! Eine Nacht im Autokino ... eine einzige nur – und deshalb ging ich jetzt einen langen weißen Korridor Richtung Kreißsaal entlang.

Kurz davor öffnete sie die Tür zu einem Nebenraum und sagte: »Einlauf. Machen Sie sich frei.«

Mit der Hand wies sie auf ein halb offenes Krankenhaus-Nachthemd, das über einem Sessel hing. Dann hantierte sie mit Schlauch und Leibschüssel. Ich zog mich um. Musste das sein? Krämpfe im Bauch und dann noch Wasser hinten rein? Ein Durchfallgefühl, ein Schamgefühl – zu mehr kam ich nicht, schon reichte sie mir ein paar Blätter Klopapier und deutete mir, aufzustehen. Einige Schritte nur, viel zu schnell stand ich vor der Doppelflügeltür. Die Schwester öffnete sie und schob mich hinein.

Halb entblößte Frauen, nur notdürftig verborgen in einer Art Koje – ein kollektives *pain-in*! Schon musste auch ich mich in einer Koje auf den Rücken legen: ein hilfloser Käfer, der bei lebendigem Leib aufgerissen wird. Die mir zugeteilte Hebamme strickte. Ab und zu unterbrach sie ihre Tätigkeit kurz, um einen flüchtigen Blick auf meinen Unterleib zu werfen. Allein unter Fremden. Das also war Geburt. Einsam inmitten von Schreien, stickiger Luft, grau klappernden Nadeln und einer Hebamme, die in mich blickte wie in einen Gebärtunnel. Alles in mir sträubte sich dagegen, an diesem Ort mein Innerstes nach außen zu kehren.

Links und rechts von mir wurde geboren. Mein Kind kam nicht. Das fahle Haar unter der Schwesternhaube der Hebamme begann Wellen zu schlagen. Die weißen Kacheln der Wände dehnten sich. Schwärze sickerte in den Saal, als sie splitternd barsten. Ich lag am Rand meiner Seele, waidwund geschlagen, und konnte nicht fliehen. Die Hebamme schlug mir leicht auf die Wangen. Ein Mann in Weiß kam mit jungen Leuten, die mir interessiert ein Hörrohr an den Bauch hielten. Ich genierte mich in meinem offenen Kittel und biss die Zähne zusammen. Bloß nicht wimmern vor denen.

Es kam kein Wimmern und auch kein Kind. Die Nadeln der Hebamme webten ein Luftloch nach dem anderen, in das ich in lautloser Agonie stürzte. Zeit war da zum Leiden. Mein Körper ein Schmerzmetronom. Eine Minute tropfte auf die andere, jetzt wieder eine Wehe – aber das Kind kam nicht. Fassungslos spürte ich, wie der Arzt mir auf den wunden Leib drückte, um es herauszupressen. Es kam nicht. Ich wurde an einen Tropf gehängt.

»Die Reisbäuerinnen in China kriegen's am offenen Feld, offenen Feld, offen, offen, offen ...« Vaters Worte drehten sich in meinem Kopf. Seine wegwerfende Handbewegung: »Wird schon so schlimm nicht werden.« Die Hand wandte sich ab von mir. War nie eine schützende über mir gewesen und verwarf meine Schmerzen. Meine Angst: ein Nichts. Meine Schmerzen: inexistent für Vater und Mutter. So wurde ich selbst zur Mutter.

Zwölf Stunden dauerte die Geburt. Als ich den Kopf hob, um das Neugeborene zu sehen, drängten sich als Erstes die blutbespritzten Kacheln in meinen Blick. Dann lag ich mit einem Kind im Arm da und schwor mir, das kein zweites Mal mehr durchzumachen. Es war der 16. Juni 1970 gegen drei Uhr früh. Jemand begann zu mir zu gehören wie noch nie zuvor in meinem Leben.

Nadja

Alles verwischt. Nur sie nicht. Sagt, riecht, klopft vertraut. Klopfen im weichen Runden. Wie drin im roten Warmen. A-d-a, macht sie und mit dem Mund einen Bogen. Schöner Bogen! Nachmachen. Aaa! macht sie und mit den Augen ein Licht. Strampeln – Freude. Hoch hebt sie – Kopf halten: geht nicht – pff. Sie hält den Kopf, streichelt und macht: ei-e A-d-a. Kopf in ihrer Hand. Weiche Hand. Augen schließen, Schaukeln, Wärme. Augen öffnen: allein! Wuähh! Sie kommt. Nimmt hoch. Wieder gut? Mund trocken. Bauch saugt. Nicht gut. Wuähh! ... ahh, mamamm. Weich, rund. Saugen, saugen: süß vertraut. Mund gut, Bauch gut. Hoch hebt sie, klopft. Glucksen im Bauch: Rlbs! Drücken im Bauch: hinten nass. Hin legt sie. Zieht weg: eins und noch eins. Kühl. Sie wischt, wischt, tupft, tupft: hinten trocken. Sie gibt: eins und noch eins. Warm. Augen zu, dunkel schweben.

Er. Trägt anders, klingt anders, riecht anders. Hinein ins Brumm, hinaus aus dem Brumm: Licht auf Licht, Gesicht auf Gesicht, Stimmen, Klopfen, Quietsch, Puiiii, Piep. Wuähh! A-e A-d-a! macht er und alles rollt vorbei. Hand im Mund, Halt im Mund: weich und rund. Saugen, saugen, saugen. Lutschen, festhalten: vertraut. Hand darauf, Finger daran, drum herum. Zurück ins Brumm. Bauch trocken – Mund saugen. Wuähh!

Valerie

Sie erinnert sich noch genau. Mitte Juli zogen sie um. Valerie war im fünften Monat. Kartons, Kisten und Möbel, die am falschen Platz standen – nichts fand man auf Anhieb. Nichts ging weiter mit Auspacken, weil sie nicht schwer heben durfte und im Laufe einer Stunde ächzend auf einen Sessel sank. Roland montierte Regale zusammen, bohrte Löcher in die Wände, steckte Dübel rein, schraubte Regale an und wurde nicht müde, Valerie in den Garten zu scheuchen.

»Du brauchst dich um nichts zu kümmern, Schatz«, freute er sich.

»Ich muss aber was tun! Es ja nicht auszuhalten mit dem Schachtel- und Kartonchaos hier«, wandte sie ein.

Roland schüttelte den Kopf. »Geh in den Garten. Wir haben einen Garten, Schatz! Es ist Sommer. Du bist schwanger und darfst dich ausruhen.«

So einfach war das für Roland. Und hatte er nicht recht? Von der Gartenliege aus blickte Valerie über ihren Bauch hinweg auf ihren neuen Garten: zwei hohe Fichten, Flieder, Jasmin, Forsythien und Holundersträucher. Die letzteren beiden wucherten fast bis zur Hausfassade. Zurückschneiden, zurechtstutzen, gestalten. Konnte sie nicht wenigstens ein bisschen Gartenarbeit machen?

»Ich brauche eine Gartenschere, Schaufeln, Gartenhandschuhe und einen Rechen«, kam sie ins Haus zurück. Roland setzte zu einer Antwort an. »Jetzt«, schnitt sie ihm das Wort ab.

Seufzend legte er sein Werkzeug zur Seite. Dann fuhren sie mit den Rädern – Roland hatte an seinem einen Anhänger – zur Gärtnerei. Sträucher zurückschneiden, in der Erde buddeln, Pflanzloch bewässern, Grünes einsetzen – für eine Weile vergaß Valerie die wartenden Kisten und Kartons.

Und natürlich fehlte zu Mittag die beste Pfanne, auch kein Salzstreuer weit und breit. Klebebänder aufschneiden, Geschirr auspacken, Zeitungspapier zusammenknüllen, suchen. Mit ausgestreckten Beinen saß Valerie auf dem Sessel im Esszimmer und blickte um sich. »*ochgeschirr*«, war auf einer Seite des aufgerissenen Kartons vor ihr zu lesen. Das *K* war mit dem Klebeband abgegangen. Auf dem weinrot-beigen Schachbrett-Muster des Bodens lagen zerknüllte Zeitungspapierhäufchen. Matt glänzten die länglichen Edelstahlgriffe der Küchenschränke. Ein neuer Herd, spiegelblank, mit vier Cerankochfeldern, und in der Ecke des Raums ein mannshoher Kühlschrank. Valeries Blick fiel wieder auf den Tisch. Immerhin: zwei Edelstahltöpfe, ein Kochlöffelset und die unbeschichtete Minipfanne. Der Kühlschrank war voll. Auch mit diesem Geschirr konnte man ein gutes Mittagessen bereiten. Ein wenig fade vielleicht ohne Salz, aber ...

Als Valerie aufstand, rumorte es in ihrem Bauch. Ein ungutes Kitzeln von innen und dann ein Plopp – das Baby hatte getreten! Zum ersten Mal war Valerie sich sicher. Lauschend blieb sie stehen, beide Hände am Leib. Nichts mehr. Erst als sie sich wieder in Bewegung setzte, spürte sie es noch einmal. Komm, sagte sie zu ihrem Kind, gehen wir essen. Summend ließ sie das Leitungswasser in den Topf rinnen. Die Zwiebeln waren in zu viel Öl gebraten, das Gemüse in zu viel Wasser gedünstet – das war die Schuld der verschwundenen Schichtpfanne. Und alles würde wegen des unauffindbaren Salzstreuers etwas fade schmecken. Aber Valerie saß mit Roland am Tisch und sie lächelten sich an. Eben hatte sie es ihm gesagt. Und nun war es da, dieses Gefühl, zum ersten Mal: Wir essen zu dritt.

Alles war in Ordnung, wenn Roland da war. Auch wenn er eine Stunde weg war, wurde ihr nicht bang. Dauerte es länger, zog es Valerie mächtig zu ihrem Handy hin. Nicht sofort anrufen, sagte sie sich dann vor und hielt vielleicht noch fünfzehn, zwanzig Minuten durch. Nach zwei Stunden aber ... Er hatte doch gesagt, nur noch mal kurz zum Baumarkt, nur eine kleine Runde mit dem Rad durch die Au. Sie schaute in der Anrufliste ihres Telefons nach: bloß ausgehende Anrufe, dreimal hintereinander seine Nummer. Valerie tippte sie an. Nach einigen Sekunden kam sie auf seine Sprachbox. Verdammt. Warum war er immer so schlecht erreichbar?

Manchmal begann sie dann, Freundinnen anzurufen. »Wie geht's dir denn so? Schon lang nichts mehr voneinander gehört.« Aber nach ein paar Sätzen platzte es aus ihr heraus: »Ich kann Roland nicht erreichen und jetzt ist er schon über zwei Stunden weg!«

Die Freundinnen verstanden nicht. Er hat doch gesagt, wo er hingeht. Keine sah, wie allein Valerie in dem unausgepackten neuen Haus war und dass mit dem Baby im Bauch jederzeit etwas sein konnte. Keine bot ihr an: Komm doch auf einen Sprung zu mir – oder: Ich komm' kurz zu dir. Was früher möglich war, floss nun wegen einer halben Stunde U-Bahnfahrt plus einer halben Stunde Busfahrt den Bach hinunter.

Valerie schaute der Zeit beim Verfließen zu. Langsam ging die vergangene Minute in Flüssigkristall unter. Wo – war – Roland? Das Display verschwamm vor ihren Augen. Da hörte sie die Gartentür gehen. Sie stürzte hinaus – in ihrer Vorstellung. In Wirklichkeit blieb sie mit starrem Blick sitzen und wartete, bis Roland hereinkam.

»Was ist los, Schatz?«

Er verstand auch nicht. Nur gleich noch auch was anderes gesucht und gekauft beim Baumarkt, bloß eine neue Radroute erkundet und sich in der Zeit verschätzt.

»Geh bitte, Liebling!«

Erst nach und nach begriff Roland. Hier draußen war Valerie nicht länger als angekündigt alleine zu lassen. Hier draußen konnte alles Mögliche passieren und sie kannte doch noch niemanden in der Siedlung.

So ging es dahin. Anfang August war der Großteil ihrer Habe ausgepackt und eingerichtet. Mitte August standen ein Gitterbett im Kinderzimmer und ein Kinderwagen im Gartenhaus.

Anfang September begann Valerie mit einem Geburtsvorbereitungskurs: Rücken stärken, richtig atmen, Fragen, Antworten und am Schluss eine praktische Massageanleitung. Anfang Oktober lagen weiße Still-BHs und Erstlingswäsche im Schrank.

Das Baby beschloss, tiefer zu rutschen. Seine Morsezeichen kamen als Bauchkrämpfe bei Valerie an. Sie ließ sich ein Bad ein. Nach zwanzig Minuten im warmen Wasser hatte sich die Lage beruhigt. Valerie stieg aus der Wanne. Etwas fühlte sich anders an. Sie musste dringend aufs Klo. Schnell rubbelte sie sich trocken und zog ihren Bademantel an. Endlich am stillen Örtchen, hinsetzen und plätschern lassen. Entspannung. Oder doch nicht? Es kam nichts mehr, aber der Druck auf der Blase ließ einfach nicht nach. Jetzt verstand sie. Träufelte ätherisches Orangenöl auf ihre Handgelenke und vermied nun nicht mehr nur jede Berührung an ihrer schmerzhaft geschwollenen Brust, sondern auch an ihrem prallen Bauch.

In der Nacht passierte es doch manchmal und machte ihr gemeinsam mit dem ungewohnten Seitwärtsliegen das Schlafen zur Sturmfahrt. Valerie war ein Boot, in das noch und noch geladen wurde. Hinab sank sie, tiefer und tiefer. Das Schaukeln begann in der Mitte und stieg zu den Rändern hin an. Incubus! Mit Mühe tauchte sie empor und schüttelte den Alb und die Übelkeit ab.

Ein neuer Tag – aufstehen. Valeries Körperschwerpunkt hatte sich zu einer Schwerkugel entwickelt und nach vorne verlagert. Ihre Lendenwirbel protestierten und schickten Schmerzsignale ans Gehirn. Dazu das Gefühl, nie so viel Luft, wie man brauchte, in seine Lungen füllen zu können. Der Brustkorb zu eng, alles wurde schön langsam zu eng in Valerie. Die Organe mussten zur Seite rücken für den neuen Gast. Bald war es dem Magen zu viel und er protestierte mehrmals täglich in Form von Sodbrennen.

Roland hatte Respekt vor dem sich wandelnden Leib seiner Frau. Sie schliefen nicht mehr in Löffelchen-Manier aneinandergeschmiegt ein. Stattdessen gab es eine vanillegelbe Mondsichel, die Valerie sich abends zwischen die Waden klemmte. Stillkissen, still küssen – Roland sah ein, dass er ab der 34. Schwangerschaftswoche nichts mehr zwischen Valeries Beinen verloren hatte.

Zu Beginn der 38. Schwangerschaftswoche erreichte Valeries nächtliche Seekrankheit ihren Höhepunkt. Kurz vor dem Übergeben wankte sie aufs Klo. Dort ging es wider Erwarten am anderen Ende los. Wasser aus allen Poren und Zotteln – als es vorüber war, rief sie geschwächt nach Roland. Er stützte sie zurück ins Bett. Ein Ziehen im Rücken, ein Schmerz das Kreuz hinauf, der bis in die Eingeweide ausstrahlte. Eine Darmgrippe, auch das noch ... Roland eilte ins Bad, um Globuli und Elektrolytpulver zu holen. Valerie klammerte sich an die Mondsichel. Bis er die Lösung mit Wasser angerührt, ihr ein Glas eingeschenkt und gebracht hatte, war ihr etwas aufgefallen.

»Die Krämpfe, sie kommen so regelmäßig«, sagte sie.

Roland wurde blass. Hart kam das Glas mit der Elektrolytlösung am Nachttisch zu stehen. Nebelweiße Flüssigkeit schwappte über den Rand. Valerie ließ die Mondsichel los. Roland und sie blickten einander an.

Das wäre der Moment, ab dem es heißen müsste: Dann ging alles sehr schnell. Aber gar nichts ging schnell. Valerie trank zur Sicherheit das Glas noch aus.

Roland sagte: »Wir haben genug Zeit«, machte die Tür des Kleiderschranks auf und suchte übertrieben ruhig sein Gewand zusammen.

Valerie stieg aus dem Bett, um sich auch anzuziehen. Die nächste Schmerzwelle rollte heran. Roland knöpfte sein Hemd zu. Valerie schaffte es noch bis zu Unterwäsche und Bluse. Dann krampfte sie ihre Hände über den Bauch und atmete stoßweise durch den Mund. Eine dritte, eine große, eine warme Hand legte sich dazu. Dankbar schloss Valerie die Augen und schnaufte. Die Welle verebbte.

»Wo ist die Tasche?«, fragte Roland und verstand Valeries Kopfschütteln falsch.

Immer diese Ahnungen, dachte sie und antwortete: »In der Abstellkammer.« Denn vor zwei Tagen hatte es ihr keine Ruhe mehr gelassen. Sie hatte eine Tasche mit Sachen fürs Spital gepackt. Dabei war es noch zu früh für den Geburtstermin. Aber die Zeichen setzten sich durch, gegen die Zeit. Rückenschmerzen, Durchfall, regelmäßige Kontraktionen – ja und nochmals ja! Die Zeichen fügten sich zu einer Zeichnung, in der sie, Valerie, in einer geschwungenen Linie von der Seite zu sehen war, durchsichtig, und hinter der Linie kauerte kopfabwärts gerichtet schon das Kind.

»Brauchst du noch etwas?«

Mit der marineblauen Reisetasche in der Hand stand Roland vor ihr. Brauchte sie noch was? Ihr Lieblingsparfüm? Schokopralinen? Eine zweite Wellness-Hose?

»Nein.«

Kurz darauf saß sie neben Roland in dem neu gekauften gebrauchten Auto und wusste: Jetzt wird's ernst. Wie hatte die Hebamme Susi in der Geburtsvorbereitung gesagt? Ein Marathon. Sie müssen mit Ihrer Energie bis zum Schluss auskommen. Das gedacht, begann Valeries Herz freilich in doppelter Frequenz zu schlagen. Veratmen, befahl Schwester Susis Stimme in ihrem Kopf, aber Valerie hatte vergessen, ob das nicht bloß für die Senkwehen galt. In diesem Zweifel verhedderte sich die Hebammen-Stimme und das Autogebrumm erreichte Valeries Magen. Ein Glück, dass sie sah: Roland hatte beide Hände fest um das Lenkrad vertäut. Ein Fels in der Brandung. Hoffentlich zerschellte ihr Boot nicht daran.

Im überschaubaren nächtlichen Vorstadtverkehr kamen sie flüssig Richtung Krankenhaus voran. Straßenlaternen, Leuchtschilder und einzelne erhellte Fenster in den Wohntürmen waren die illuminierten Vorboten ihrer Fahrt ins Abenteuer. Keinen Marathon, einen stürmischen Segeltörn sah Valerie vor sich. Auf ins Unbekannte! Sie verstand von dem einen so wenig wie von dem andern. Noch war Roland am Steuer, aber bald würde sie selbst den Kurs bestimmen, der am besten zum Ziel führte.

In der Abteilung für Geburtshilfe machte Roland ihre Hebamme ausfindig. Zu dritt steuerten sie den Kreißsaal an: ein kleiner Raum mit zwei Betten. Das zweite stand leer. Valerie war seekrank wie nur was und hätte sich am liebsten ganz dem Wasser übergeben. Aber weil das Baby um drei Wochen zu früh dran war, wollte die Hebamme von der geplanten Wassergeburt nichts mehr wissen.

»Das kriegen wir ohne Spompanadeln!«, sagte sie und hisste Valeries Krankenhausnachthemd.

Große Saugnäpfe an ihrem Bauch: Wellenzählen. Jetzt baute sich eine neue auf und – brach. Wilde Brandung, auch wenn am Bildschirm nur eine dünne Linie zu sehen war. Über ihren Bauch hinweg blickte Valerie auf eine schmale Küchenzeile mit Spüle, Waschbecken und Arbeitsfläche: die Kombüse.

»Flach atmen!«, befahl die erste Matrosin und Valerie leitete es an Lungen und Nase weiter. In ihren Ohren sang der Wind. Schwer drückte der Himmel auf den Horizont. Der Schmerz war eine violette Wolke vor Valeries Bewusstsein. Alles schaukelte. Wie gut, dass ihre Hand fest in der von Roland vertäut war. Wellen durchbrandeten sie, Wellen überfluteten sie.

»Hecheln!«, kommandierte die erste Matrosin und Valerie gehorchte, obwohl doch sie die Kapitänin war. Wie gemein Schmerzen sein können! Aber Valerie würde keinesfalls das Ruder abgeben. Nur nicht schwächeln und hüftabwärts gelähmt sein. Bloß nicht epidural in der See! Die Sturmwehen in ihrem Leib sollten in einer Spontangeburt münden. Gegen Backbord und Steuerbord, gegen Luv und Lee, gegen Bug und Heck presste Valerie ihren Willen in diese Richtung. Ihr Bauch war eine Bucht mit Flussmündung. Und das neue Leben sollte ins große Weltenmeer entlassen werden.

»Hecheln!«, befahl die Matrosin wieder und in einer enormen Druckwoge wurde der Kindskopf geboren. Valerie schaukelte im Wellental. Es dauerte eine Weile bis zur nächsten Woge. Dann mündeten die Kindsschultern und schließlich sein ganzer

Körper in der Welt. Der Wind drehte ab. Stille in der Luft. Ein erster Schrei.

Matrosin Anna legte Valerie einen fruchtverschmierten, verknautschten, winzigen Menschen auf die Brust. Er roch nach Regenbogen über Wasserfall, Schmetterlingstanz in der Sonne und Walderdbeeren mit Vanille. Nie wieder würde Valerie von diesem Geruch lassen.

Eine Windbö kam und drängte eine Nachwelle in die Flussmündung. Rot-lila Frucht-Palatschinke, von der sich das Kind neun Monate lang mit einem Nabelschnur-Strohhalm ernährt hatte. Jetzt sollte Roland den blassen Schlauch durchtrennen. Leicht ging es nicht. Das Band von Mutter und Kind war stark. Als er es schaffte, spürten sie's nicht. Zwischen dem Winzling mit geschlossenen Augen und der Frau mit den Schweißtropfen auf der Stirn war eine neue Verbundenheit eingetreten. Beim Anblick dieses Kindes ging eine Stärke auf Valerie über, die sie nicht anders denn als heftigste Liebe bezeichnen konnte. Eine große, eine warme Hand legte sich auf ihren Arm und den Kopf des Kindes. Sie sah Roland an. Einen Augenblick lang wurde die Welt neu begonnen.

Minna

Was tut so ein kleiner Mensch, fragte ich mich. Schreien, trinken, in die Windel machen, schlafen. Tochter mit rosenfrischen Sohlen – alles war neu und zart an ihr. Nicht einmal die volle Windel roch, solange Nadja nur Milch bekam. Stillgesicht mit geschlossenen Augen, der kleine Mund saugend. Lachgesicht mit glänzendem Augenstern, die kleinen Arme hoch gereckt. Schlafgesicht mit ernsten Atemzügen – pochendes Herz. Mein Herz, meine Seele: Nadja.

Manchmal kam Kurt über Mittag von der Autowerkstatt heim. Wir aßen, was er als Mahlzeit mitbrachte: Wurstsemmeln oder Würstel mit Schwarzbrot. Die Ellbogen auf den türkisweiß melierten Tisch gestützt, ließen wir es uns direkt vom Pappteller schmecken. Dazu gab's Sprudel oder Bier. Es fühlte sich richtig an. Wir hatten unser Nest – eine Mietwohnung im Floridsdorfer Gemeindebau. Gut, meine Eltern hatten sie über Beziehungen aus der Partei für uns erstanden. Trotzdem: Hier war mein eigenes Leben, meine eigene Familie.

Ich erinnere mich noch gut an den hohen Bogendurchgang, der in den großen Hof der Wohnhausanlage führte. Die Hufeisenform des Frontbaus, die weißen Sprossenfenster und die mächtigen Ahornbäume im Hof – sie alle waren Begleiter meines neuen, eigenständigen Lebens. Jedes Mal, wenn ich mit dem Kinderwagen an den Terrakotta-Portalen von Stiege eins vorbeikam, studierte ich die Farbzusammenstellung der Majolikafliesen-Säulen. Wir wohnten auf Stiege fünf. Auf dem schmalen Platz hinterm schmiedeeisernen Geländer ließ ich den Kinderwagen stehen, hängte meine Tasche um und nahm Nadja in den Arm. So stieg ich die zweieinhalb Stockwerke zu unserer Wohnung hinauf.

Unsere Wohnung: Wir hatten ein Bad mit Warmwasser, eine eigene Toilette, ein Schlafzimmer mit Fenster, eine modern furnierte Einbauküche und einen Wohn-Essraum mit Blick auf die Innenhof-Kastanien. Es fehlte an nichts. Höchstens an Zeit für mich.

In Nadjas erstem Jahr zeichnete ich einige Skizzen mit Kohle und Rötelstift – zu fahrig, zu erschöpft, um das Wesentliche zu treffen. Heut' würde es mich interessieren, in welchem Gekritzel sich mein Zustand damals geäußert hat. Aber die Blätter sind längst verloren gegangen. Wenn ich mich richtig erinnere, fing ich erst wieder wirklich zu malen an, als Nadja in die Volksschule ging. Aquarell auf Büttenpapier vom Ausblick auf den Innenhof, so sehe ich es vor mir – auch dieses Bild ist mittlerweile unauffindbar.

»Schön, sehr schön«, sagte Kurt zu meinen Bildern. Seine Bewunderung mündete immer in Ratlosigkeit, was er noch sagen sollte. Seite an Seite lebten wir und nahmen die Welt doch so anders wahr. Hätten wir uns darüber austauschen können ... Aber schon mein erster Versuch, Kurt an etwas teilhaben zu lassen, das mir wichtig war, scheiterte. Nadja war einige Wochen alt, als ich beschloss, Kurt einzuweihen, an welch besonderem Tag unsere Tochter geboren war. Gut, ich hätte meinen *Summer of Love* mit Alistair am Sandymount Strand weglassen können. Aber all das ist für mich mit dem *Bloomsday* verbunden. Alistairs Rolle beschrieb ich ohnehin nur in knappen Sätzen.

Kurt strich sich schulterzuckend übers glänzende Haar: »Da waren wir eh grad' nicht zusammen.«

»Eh nicht.«

Er klopfte eine Zigarette aus der Packung. Ich streckte die Hand aus. Er rauchte sie an und steckte sie mir zwischen die Finger. »Bitte, Minnie-Maus.«

Ich zeigte ihm die Zunge. Er wusste, wie sehr ich diesen Spitznamen hasste. Nach einem tiefen Zug gab ich ihm die Zigarette zurück. Kurz funkelte es in unseren Augen. Einen Moment lang schien wieder alles möglich.

Ich deutete mit dem Kopf zu Nadja, die im Stubenwagen schlief: »Und sie ist an diesem irischen Feiertag zur Welt gekommen, dem *Bloomsday*.«

»Plumpsdei – häh ...?« Kurt zog eine Braue hoch und stieß Zigarettenrauch aus.

Ich erklärte: »Ein Tag in Dublin, der über 900 Seiten lang in einem Roman erzählt wird, von James Joyce. Den haben die Iren zum Feiertag gemacht.«

»Den Tschoiss?«

Ich lachte. »Nein, den Tag.«

Mit den Fingerknöcheln seiner Rechten fuhr Kurt sich übers Kinn und zog eine Schnute, als überprüfe er seine Rasur. »Ah so«, meinte er. »Ein Feiertag für ein Buch ... So was kann's auch nur in England geben.«

»Irland«, besserte ich aus.

Er winkte ab. »Ist doch das Gleiche.«

Ein bitterer Geschmack am hinteren Gaumen – das war meine Enttäuschung. Kurt dämpfte die Zigarette im metallenen Drehascher aus und drückte den zylindrischen Knopf. Die Seitenteile öffneten sich, der Stummel verschwand. *Flush*, dachte ich, Zigarettenklo. Poesie ging für Kurt bloß mit »Album« zusammen und das war was für Schulmädchen. Dass unsere Tochter am einzigen literarischen Feiertag der Welt geboren war, bedeutete ihm nichts. Mir fiel das Gerede früherer Schulkameradinnen wieder ein: »Ein Mechaniker ...«, hatten sie die Nase gerümpft. »Und du wirst Matura haben! Wie soll das gut gehen?«

Daran, dass Kurt einfach eifersüchtig auf Alistair gewesen sein könnte, dachte ich damals nicht. Was Gefühle betraf, ließ er sich nie viel anmerken. Und womöglich war ich genauso. Als ich ihn zehn Jahre später darauf anredete, Nadja sei ja nun größer und das Gröbste geschafft, hatte er keine Ahnung, worauf ich hinauswollte. Offenbar hatte er all die Jahre nicht den leisesten Hinweis von mir empfangen.

Dabei waren wir unser Familienleben mit gutem Willen angegangen. Das erste Jahr war Ausdauertraining für mich. Aber ich war jung genug, Baby und Ausbildung zu schaukeln. Stillen, tragen, wickeln, baden, trocknen, anziehen, wiegen, trösten, spazieren führen. Dadada-Nadja – sie war keine, die ruhig im Stubenwagen liegen blieb. Also Kind in den Arm und Bildmaterialien für den Sachunterricht der dritten Klasse didaktisieren. Im Bad rumpelte die Waschmaschine, in der Spüle türmte sich Geschirr.

»Schau, Nadja: Sooo eine schöne Spieluhr! Mit Marienkäfern ...«

Der Mülleimer war fast so oft voll wie die Windeln von Nadja.

»Maikäfer, flieg!«

Kinderlieder im Jahreskreis, ab der ersten Klasse überflog ich neben Wäsche-Aufhängen und Windeln-Entsorgen. Dazu Weißzeug vorwaschen – so was von unpraktisch für ein sabberndes Baby –, ein typisches Geschenk meiner Mutter.

»Träumeland ist abgebrannt ...«

Wenn Nadja schlief, hatte ich die Wahl zwischen Geschirr abwaschen oder für eine Prüfung lernen. Zeit war Sand, der mir durch die Finger lief. Schon wieder eine Woche vorbei. Fuhr ich nach Strebersdorf in die Pädagogische Akademie, kam Mutter, um auf Nadja aufzupassen. Manchmal brachte ich die Kleine auch zu ihr. Das war die einzige Zeit, wo ich es bereute, eine Stunde Fahrt zwischen mir und Mutter zu haben. Dass 1970 die 317er-Tram nach Groß-Enzersdorf eingestellt wurde, machte die Sache nicht leichter.

In Essling war es dann oft Oma, die sich wirklich um Nadja kümmerte. Ich fand es durch Nachfragen heraus. Offiziell war es jedenfalls Mutter, die auch auf diese Art ihr dortiges Ansehen vergrößerte. Mutter, die gut und tüchtig war und jetzt auch noch auf mein Kind aufpasste. Ich könne froh sein, so eine Großmutter für die Kleine zu haben. Und wer hatte mich als Kind aufgezogen? Wie viel hatte ich von dieser guten, tüchtigen Mutter bis zu meinem zehnten Lebensjahr gehabt? Dankbar müsse ich sein, weil sie mir eine Ausbildung ermögliche. Die verordnete Dankbarkeit hing mir zum Hals heraus. Keiner von denen hatte erlebt, wie eiskalt diese Frau sein konnte.

Nie so werden wie sie, sagte ich mir, wenn Nadja mit ihrem Geschrei meine Geduld prüfte, Bauklötzchen gegen den Fernseher schmiss und – da war ich einmal kurz eingenickt – Nähnadeln in den Mund steckte. Alles normal, der ganz normale Alltag mit einem Kind, und ich war eine normale Mutter. Als Nadja mit ungefähr einem Jahr acht Stunden durchschlief und ich abgestillt hatte, fühlte ich mich allmählich auch wieder wie eine normale Neunzehnjährige. Zumindest, was die Energiereserven betraf. Untertags brachte ich mich neben der Hausarbeit mit Radiomusik in Schwung – man spielte anlässlich ihrer Trennung viel von den Beatles. Und nachts konnten Kurt und ich wieder an unser früher so starkes Band knüpfen: Sex.

Es war im ersten Jahr meiner Ausbildung, 1971 – in der Hitparade röhrten T-Rex *Hot Love* und die Stones knautschen *Brown Sugar* –, als Kurt eines Abends bei der Zigarette danach laut überlegte: »Die FKKler von der Dechtantlacke … ob die's wohl untereinander treiben? So gruppensexmäßig, mein' ich.«

Ich musste grinsen: »Bist neidisch?«

Kurt betrachtete die Zigarette in seiner Hand. »Sowieso. Jetzt, wo wir bürgerlich verheiratet sind und ein Kind haben, können wir so was nicht mehr …«

Durch den Rauch meiner Zigarette sah ich unsere Füße am Bettende unter der Decke hervorlugen. Waren wir bürgerlich?

»Wer sagt das?« Ich blies ihm Rauch ins Gesicht.

Er lachte kehlig: »Pass auf, was du sagst, Minnie-Maus.«

Die folgenden Wochen hatte ich jede Menge für Jahresprüfungen zu lernen. Und Kurt war in seiner arbeitsfreien Zeit mit dem Training fürs nächste Fliegerabzeichen beschäftigt. Dazu stand Nadjas erster Geburtstag an. Natürlich war ich für die Familienfeier zuständig. Es galt, das Geschenk zu besorgen – ein Schaukelpferd mit dunkelbraunem Plüschfell –, einen Tag zu finden, an dem alle Zeit hatten, und schließlich eine Marzipantorte mit einer Eins aus Zuckerguss zu backen. Mutter gab mir gut gemeinte Ratschläge zu Tortenverzierung und Nadjas Erziehung. Um des lieben Friedens willen ließ ich ihre Sätze ohne Antwort an mir abperlen. Die Schwiegereltern saßen anfangs eingeschüchtert bei Tisch. Erst als Oma von Opa, dem Abenteurer, erzählte, tauten sie auf. Oma gab die Afrika-Geschichte zum Besten. Wie Opa eines Tages zu allen gesagt habe: »Jetzt fahr' ich nach Afrika!«

»Wie machst'n das?«, hatten sie ihn ausgelacht.

»Ich steig' in die 317er-Tram, fahr' zum Südbahnhof, dort steig' ich in an' Zug und fahr' nach Italien. Von dort gibt's immer Schiffe nach Afrika.«

Und genau so machte er's dann, der Großvater. Ich erinnere mich noch, dass ich den braungebrannten Mann mit Bart, der nach einem Jahr wieder bei Oma auftauchte, nicht erkannte. Er hatte die Wüste durchquert und war mit über hundert Fotos von der Schiffsfahrt zurückgekommen. Keinem einzigen von der Wüste.

Vater hörte nur mit halbem Ohr zu. Er kannte Omas Geschichten und unterhielt sich lieber mit Kurt über die Fliegerei. Allen außer Mutter schmeckte meine Torte. Zumindest lobten sie Kurts Eltern, Nadja zerbröselte und mampfte ein Stück und Schwiegermutter und Oma holten sich Nachschlag. Nadja war entzückt von ihrem neuen Schaukelpferd und wollte ihm Torte verfüttern. Mutter schimpfte, als sie den Teller auf den Boden schubste und Brösel an sein Plüschmaul drückte.

»Mutter, bitte!«

Mein Blick ließ sie verstummen. Was mischte sie sich ein? Das war unser Esszimmer. Hier machte ich sauber. Sie hatte sich nicht wichtigzumachen.

Die Geburtstagsfeier ging leidlich zu Ende und ich atmete auf. Nur mehr lernen müssen und sich neben dem Alltag mit Kind auf die Prüfungen konzentrieren. Leider stürzte Nadja ein paar Tage später unglücklich auf einem Schotterweg im Park.

Nadja

Buntes Tier fliegt! Nachlaufen, angreifen, fangen, streicheln. Flügel flattern, ling-ling Schmetter – nachlaufen! Krrrrk! Hart auf Fuß … Fallen, Kopf angehaut – Auuuuuu! Luft … Mama schreit, kommt, hebt. Alles verschwommen, jetzt aber Luft: Auuuuuuaa! Mama jammert, schsch. Mama ist da. Alles weh, Mama ist da, schsch. Tut soo weh, warum? Wer hat gehaut? Böser Stein! Mama summt, erzählt. Ling-ling Zauberschmetter fliegt, nimmt das Aua weg, bald. Schsch. Mama streichelt, trocknet Nass vom Gesicht. Soo weh … Mama singt und summt. Augen schwer. Weg vom Aua. Drinnen dunkel, ruhig. Mmhmh summt Mama und bringt weg. Weg von draußen.

Minna

Keine fünf Meter vor mir sah ich es kommen und lief los. Aber ich kam so langsam voran, als ob meine Beine im Sumpf steckten. Zu spät! Ich konnte es nicht glauben. Auch dann nicht, als Nadjas Kopf – warum nicht die Hände vorgestreckt, Mäuschen! – dieses dumpfe Geräusch auf dem Stein machte. Diesem Stein, der da nicht hätte sein sollen, aber plötzlich auf dem Weg gelegen war.

In der ersten Schrecksekunde schrie nicht sie, sondern ich. Dann war ich endlich bei ihr, nahm sie in die Arme und hob sie hoch. Mein Mäuschen, gerade erst laufen gelernt ... Ich wiegte sie, summte. Der erste schrille Schrei entrang sich ihrem kleinen Körper. Zittern, krampfartiges Weinen.

»Schsch ...«, machte ich und ging mit ihr im Arm auf und ab.

Wenigstens rang sie nicht mehr nach Atem. Ich erzählte ihr vom Zauberschmetterling, der jedes Aua wegnimmt. Mit nassem Gesicht und weit aufgerissenen Augen hörte sie mir zu. Ich trocknete ihre nassen Wangen und wiegte sie noch eine Weile. Dann setzte ich sie vorsichtig in den Kinderwagen. Allmählich beruhigte sie sich und schien einzunicken.

Bis wir zu Hause waren, hatte sie eine Riesenbeule auf der Stirn. Ich legte ein Geschirrtuch mit Eiswürfeln drauf und wollte sofort ins Krankenhaus. Bald darauf war sie aber so fest am Sofa eingeschlafen, dass ich's nicht über mich brachte, sie zu wecken. Dazu die ewig lange Wartezeit in der stickigen Ambulanz ... Wenn wir uns das ersparen könnten ...? Eine Stunde später geschah das Wunder: Nadja wachte auf und wollte mit ihren Puppen spielen! Mit der Erleichterung kamen die Tränen. Schnell blinzelte ich sie weg und lächelte meinem Kind zu. Am Abend aß sie mit normalem Appetit – wir hatten es überstanden.

In der Nacht aber wachte sie auf, weinte und war nicht zu beruhigen. Gehirnerschütterung! Und ich hatte sie nicht ins Spital gebracht. Eine innere Blutung im Kopf meiner Tochter, die zu einem Blutgerinnsel wurde und nun etwas irreversibel in ihr schädigte. Nadja würde für immer Probleme beim Sprechen oder Gehen haben. Ich hatte mein gesundes Kind aus Fahrlässigkeit behindert werden lassen.

Schnell, die Rettung! Kurt verstand nicht. Wegen Heulerei und einer Beule ins Krankenhaus? Die Kleine würde schon wieder aufhören zu weinen. Ich ließ ihm keine Ruhe. Also stand er auf, wir zogen uns an und fuhren mit dem Kind ins Floridsdorfer Spital. Nadja weinte weiter und hustete, als ich sie ins Auto setzte, wurde aber ruhiger, als ich ihr zwei ihrer Lieblingspuppen in den Arm drückte.

Die unbequemen Plastiksessel auf der Ambulanz und mein konstant hoher Adrenalin-Spiegel ließen mich vergessen, dass es mitten in der Nacht war. Nadja lag im Kinderwagen, die Puppen im Arm und starrte ins Deckenlicht. Ich beugte mich über sie, machte »Guckguck« und las ihr aus einem Bilderbuch vor, bis sie wieder eindöste. Wir hatten Glück und kamen innerhalb einer Stunde dran.

»So schöne Puppen«, sagte der Arzt mit ruhiger Stimme und lächelte Nadja an. Sie schaute groß. »Wie alt ist sie?«, fragte er mich, ohne den Blick vom Kind zu wenden.

»Eins«, antwortete ich.

»Jetzt kommt kurz ein Licht-Sternchen«, sagte er zu Nadja und leuchtete ihr mit einer Lampe zuerst ins eine, dann in das andere Auge. »Pupillenreaktion in Ordnung«, murmelte er.

Dann deutete er Nadja aufzustehen und ein paar Schritte zu machen. Zum Abschluss befragte er mich zum Unfallhergang und dem Verhalten des Kindes seither.

»Sie müssen sie natürlich noch beobachten«, meinte er dann. »Aber wie's ausschaut, ist alles in Ordnung.«

Erneut traten mir Tränen der Erleichterung in die Augen. Nadja würde gesund bleiben! Kurt brummte und schüttelte dem Arzt die

Hand. Wir fuhren heim. Ich lag noch einige Zeit wach, den Satz mit »natürlich noch beobachten« im Ohr. Dann sackte endlich die Anspannung der vorigen Stunden zusammen und ich schlief ein.

Das Blutgerinnsel erreichte die Augäpfel meines Kindes. Entsetzt stand ich auf und versuchte, Nadja zu wecken. Ich schüttelte sie und hob ihren erschlafften kleinen Körper hoch – zu spät. Sie schlug die Augen auf. Rote Iris.

Keuchend erwachte ich. Weiße Ballondeckenleuchte, grüner Vorhang, Dämmerung. 5:40 zeigten die fluoreszierenden Ziffern des Weckers. Alles wie immer. Wozu das schlafwarme Bett verlassen? Ich raffte mich trotzdem auf. Musste Gewissheit haben. Schon beugte ich mich übers Gitterbett. Nadjas Brustkorb hob und senkte sich gleichmäßig, alles in Ordnung. Sie spürte meinen Blick und bewegte sich im Schlaf. Leise schlüpfte ich ins Bett zurück und nickte noch einmal ein.

Danach begann ein Tag wie jeder andere. Das Kind schlief, während Kurt eilig seinen Kaffee trank und frühstückte. Mir tat der Kopf weh, als hätte auch ich eine Beule darauf. Bald nachdem Kurt das Haus verlassen hatte, hielt ich es nicht mehr aus und weckte Nadja. Sie brauchte ihre üblichen fünf Minuten, bis sie ganz da war. Nein, schüttelte sie schließlich das Köpfchen – es tat nicht mehr weh. Als sie ihren Grießbrei mit Appetit mampfte, gelang es mir, das »natürlich noch beobachten« in den hintersten Winkel meines Bewusstseins zu verbannen. Ich hatte für Prüfungen zu lernen, Kopfweh hin oder her. Eine Tablette und weiter geht's.

Abends, als Nadja die Banane nicht essen wollte und weinte, kehrte der Satz des Arztes zurück. War Nadja nicht auffällig still gewesen, als Oma sie gebracht hatte? Ein geschwollenes Blutgefäß konnte auch später noch im Kopf platzen.

»Einmal hinfallen – ich bitt' dich!«, hatte Mutter abgewiegelt. Aber von ihr konnte man sich ohnehin nicht raten lassen.

Am nächsten Tag war Nadjas Beule noch rot, aber nicht mehr so geschwollen. Am dritten Tag war es eindeutig: Die Beule hatte sich in einen blau-gelben, leicht erhöhten Fleck verwandelt. Ich hob mein Blumenkind hoch und tanzte mit ihm.

»Mein Mäuschen ist gesund, die Beule ist weg!«

Ihre Augen blau und rund wie Murmeln – morgens, wenn ich ihre zwei Milchzähnchen putzte, summte ich wieder *My Lady Rose*. Dass Nadja am *Bloomsday* auf die Welt gekommen ist, vergaß ich keinen Augenblick. Sie hat das rostrote Haar und die Sommersprossen von Alistair. Versteht sich von selbst, dass ich das Sibylle gegenüber nie erwähnte.

Der Sommer kam. Juli, August nutzten wir das alte Elternhaus in Essling immer als Urlaubsdomizil. Nachdem Großvater gestorben war, wohnte Großmutter jahrelang bei meinen Eltern im neuen Haus. Bis sie mit siebzig wieder nach Klosterneuburg zog, zu ihrem Freund. Das alte Haus wurde jeweils nur auf kurze Zeit vermietet.

Süß duftete der Jasmin und der Kirschbaum leuchtete mit prallen roten Früchten. Wann immer es ging, radelte ich mit Nadja in die Lobau, am Wochenende kam Kurt mit. Sonntags packten wir Zutaten für ein Picknick in Stoffsäcke und fuhren mit dem Auto zur Lobau. Von dort ging es zu Fuß mit dem Kinderwagen weiter zu einem der Schwimmplätze. Ich cremte Nadja mit Sonnenschutz ein, fütterte sie mit Birnenmus, setzte ihr einen Hut auf und zog sie im Schwimmreifen im Wasser hin und her. Leuchtend rot ihr Lockenschopf, klar die Wassertropfen auf ihren Wimpern, glucksend ihr Lachen – der Sommer war unser Paradies.

Da war es nur natürlich, dass alle nackt herumliefen. Wir waren wieder einmal bei der Dechantlacke, dem größten FKK-Platz der Lobau. Vom Wasser aus sah ich, wie Kurt mit einem Gitarre spielenden Typen ins Gespräch kam. Seine brünette Freundin bemerkte meinen Blick und lächelte mir zu. Das gab es erst seit dem Kind, dass andere Frauen mir zulächelten. Eigentlich lächelten sie ja die Kleine an. Mir galt es bloß ein wenig – als Mutter. Ich lächelte zurück. Meine Schultern hatten zu viel

Sonne abbekommen. Mit einer Kopfbewegung versuchte ich, mein Haar als Schutz darüberzubreiten. Es war diese Geste, auf die Birgit mich später ansprach.

Gegen halb sechs machten wir uns auf den Heimweg – ich mit dem Kinderwagen, den Seesack um die Schultern und die Handtücher auf den Wagengriff gehängt, Kurt mit vollgestopftem Rucksack, seine olivgrüne Kappe schief auf dem Kopf. Nadja war überdreht und plapperte in einem fort von »Wassa« und »Fosch«, weil sie gesehen hatte, wie ältere Kinder einen Frosch fingen. Zu Hause ließ ich sie sich Grießbrei um den Mund schmieren, um ungestört Abendessen machen zu können. Um acht Uhr war Bettruhe für die Kleine.

Dann hieß es für Kurt und mich im Garten noch »Prost!«. In der Mitte der rot-weiß karierten Tischdecke standen feierlich zwei Flaschen Bier. Wir nickten uns zu und tranken direkt aus der Flasche.

Ins Grillengezirpe des Sommerabends hinein fragte Kurt: »Hast du was dagegen, wenn wir morgen Abend Besuch kriegen?«

Ich zuckte die Schultern. »Wer kommt denn?«

Kurt langte nach der Zigarettenschachtel am Tischende und zündete sich umständlich eine Zigarette an. »Ein Paar von der Dechantlacke, das ich« – hier kippte seine Stimme – »kennengelernt hab'.«

Ich schaute ihn an. Mir dämmerte was. »Bist du narrisch ...«, murmelte ich.

Gleichzeitig spürte ich, wie ein Prickeln mein Rückgrat hinauflief. In einem Zug trank ich den Flaschenrest aus. Tschirp-tschirp-tschirp, lockten die Grillen mit ihrem Flügelreiben die Weibchen an. Es klang, als wären es Dutzende, wahrscheinlich waren es nur ein paar. Der Abend wurde dunkelblau. Kurt berührte meinen Arm.

Sie hießen Christian und Birgit, er blond, sie brünett, beides hübsche Menschen. Aber das waren wir ja alle in unseren Zwanzigern. Bei den ersten paar Malen spülten wir unsere Hemmungen mit eineinhalb Flaschen Rotwein weg. Danach wälzten wir uns zu viert im Bett herum, aber jeder blieb bei seiner Partnerin. Anfangs war es aufregend genug, den anderen zuzuschauen und selbst gesehen zu werden. Einen Monat später tauschten wir bereits alles Mögliche aus: Partner, Zärtlichkeiten, Handgreiflichkeiten, Körperflüssigkeiten.

Kam die Phase, in der ich Birgit anziehender fand als die Männer. In dieser Phase gestand sie mir, sie hätte sich in dem Moment, als ich lächelnd im Wasser gestanden und mein Haar geschüttelt habe, in mich verliebt. Was soll ich sagen ... Ich war neunzehn, sie dreiundzwanzig und die Swinger-Mode gerade von Amerika zu uns herübergeschwappt. Wahrscheinlich gehörte das Ganze in die Reihe meiner mehr oder weniger unbewussten Sex-Rebellionen gegen das streng kommunistische Elternhaus. So wie die Eskapaden mit und vor Kurt, die ich den Eltern zum Trotz betrieben hatte. Erst im Nachhinein merkt man, wie sehr man samt seiner Rebellion im Trend der Zeit gelegen ist.

Ich malte erotische Akte von Birgit in Kohle und Aquarell. Als wir uns trennten, forderte sie die Bilder ein. Ich überließ sie ihr. Eins gab sie mir zurück: »Zur Erinnerung.« Dazu schenkte sie mir ihr typisches Birgit-Lächeln – leicht verhalten, um den spitzen Zahn auf der linken Seite zu verbergen.

Nach ziemlich genau einem Jahr lösten wir unsere wilde Bettgemeinschaft. Christian hatte sich beschwert, Birgit wolle es überhaupt nicht mehr mit ihm allein machen. Damit brachte er Kurt zu der Erkenntnis, dass es zwischen uns genauso war. Mit einem Mal gab das Binnen-Verhältnis von uns Frauen, das die Männer anfangs so anregend gefunden hatten, Anlass zu Eifersucht und Streit. Mein Standpunkt war, man könne nicht alles haben. Birgits Standpunkt war, wer braucht Kurt und Christian überhaupt noch. Christians Standpunkt war, er würde da nicht mehr mitmachen. Und Kurts Standpunkt war, er würde zur Not auch nur zu dritt, mit mir und Birgit. Das Ganze endete damit, dass Christian seine Taktik änderte und wieder um Birgit warb. Sie gestand es mir, die paar Male, die sie sich noch bei mir blicken ließ – diskret zu Zeiten, wenn die Männer arbeiteten. Beim dritten Besuch zeigte sie mir zur Begrüßung ihre linke Hand. Ein weißgoldener Ring mit Zirkoniastein steckte am Ringfinger. Das war der Tag, an dem sie die Aktbilder mitnahm.

Drei Wochen später steckte eine verschnörkelte Hochzeitseinladung im Briefkasten: »*Wir laden euch zu unserem Fest ein – am 18. August ist es so weit: Jetzt wird geheiratet! Christian Podlaha und Birgit Kammhofer.*«

Es war eine stinknormale bürgerliche Feier mit kirchlicher Trauung. Niemand hätte vermutet, was sich Monate zuvor erotisch und emotional zwischen uns abgespielt hatte. Erst ein Jahr später habe ich Kurt das bei mir verbliebene Aktbild gezeigt – ein Aquarell mittleren Formats: Birgit, auf der Wiese im Garten sitzend, wie die Meerjungfrau von Kopenhagen.

Im übernächsten Jahr begann eine neue Etappe in meinem Leben. Nadja war drei und kam in den Kindergarten. Ich war fertig ausgebildet und kam in die Volksschule: als Lehrerin.

Dutzende heller Stimmen aus zig aufgeweckten bis trotzigen Gesichtern ergaben eine Polyphonie aus Geplärr, Gelächter, Geheule. Es dauerte, bis ich mich bei den Kindern durchsetzte. Dabei hatten's mir gerade die finster Schauenden angetan, die wenig bis nichts sagten. Das Bild, das ich von meiner Klasse hatte, war ein Boot, das aufnahm und rettete. Leider konnte ich es nicht frontal auf Gegenkurs zur gängigen Leistungsbewertung steuern. *Stört notorisch den Unterricht, verhaltensauffällig, Betragen: Fünf. Bringt keine Hausübungen, ist schlampig, Schrift unleserlich: Vier.* Fragt denn keiner, warum die Kinder so sind, ärgerte ich mich. Es war offensichtlich, dass sie spiegelten, was sich in ihrem Umfeld abspielte.

Ich suchte Gespräche mit den Eltern. Das Einzige, was dabei ab und zu rauskam, war, dass ich den Kindern für ein paar

Stunden eine Auszeit verschaffen konnte. Wir machten Ausflüge – in die Lobau. Die Natur ist und bleibt eine geschützte Zone, fernab vom Wahnsinn, den Menschen einander antun können. Davon war ich noch immer überzeugt. Wir waren allerhöchstens zu fünft, Nadja miteingeschlossen. Im Heranwachsen war ihr die Gegend vertraut geworden. Bald nachdem sie ein Volksschulkind wurde, kannte sie unsere Wege in der Lobau auswendig. So flatterte sie bei diesen Ausflügen gewohnt frei im Wald umher, mit Kleid oder Hose, immer aber in Turnschuhen. Die Buben kickten meist Steine oder einen Ball vor sich her. Die Mädchen schauten manchmal missmutig bis misstrauisch und wussten nicht recht, was von dem Ganzen halten.

Ich erinnere mich an eine dicke Schülerin, die kaum zum Gehen zu bewegen war. Nadja war damals um die neun und blieb mit der Jüngeren bei der Esslinger Furt zurück. Ich machte mit ihnen aus, dass sie in ungefähr zehn Minuten nachkommen sollten. Unser Ziel war nicht weit weg: der Bombenkrater mit den Silberpappeln. Kaum angekommen, stürzten die Kinder sich auf die Bäume: Klettern, Verstecken, mit abgefallenen Ästen Tipis bauen. Einzige Regel hier draußen war, nichts Lebendiges mutwillig zu zerstören und niemanden zu hauen. Das stellte ich immer gleich zu Beginn klar. Denn jedes Mal gab's welche, die sonst sofort Äste abgebrochen und als Nächstes damit gegen die Rinde gedroschen hätten.

Als ich den Eindruck gewann, alle hielten sich an die Regel, wurde ich wieder wegen der Mädels unruhig. Waren sie nicht schon zu lange weg? Ich ging Richtung Hauptweg und behielt die anderen Kinder im Auge, indem ich mich ab und zu umdrehte. Mir war, als hörte ich ein Heulen. Nadja war es nicht. Ihre Stimme kannte ich auch aus der Entfernung. Ich rief ihren Namen. Ein Heulton war die Antwort. Er kam von der Esslinger Furt, kein Zweifel. Was tun? Drei andere Kinder alleinlassen und hoffen, dass ihnen kein Unsinn einfällt?

Ich lief ein paar Meter zurück und schrie: »Ich komme gleich wieder!«

Ein Ball flog durch die Luft und landete vor einem Strauch. »Tor!«, grölten sie und hüpften. Wenigstens einer hatte mich gehört und rief ein kurzes »O.K.« in meine Richtung.

Ich lief los. Mittlerweile war ich überzeugt, dass die Laute von der dicken Schülerin kamen. Ich beruhigte mich: Hatte es nicht eher aufgeregt als schmerzhaft geklungen? Mit Seitenstechen kam ich beim ersten Holzbrückchen an. Und da sah ich es: Nadja und die Schülerin, deren Namen ich vergessen habe, waren im Bach. Er war seicht und wäre ihnen eigentlich nur bis zu den Waden gegangen. Aber aus einem mir unerfindlichen Grund saßen die beiden samt ihrer Kleidung im Wasser. Sie wirkten fidel. Innerlich atmete ich auf, äußerlich stemmte ich die Hände in die Hüften.

»So!«

»Mama«, japste Nadja und sprang auf. »Die …« – nennen wir sie Susi – »ist als Erste ins Wasser gefallen, weil sie einen Fisch fangen wollte.«

Schimpfend sammelte ich die zur Hälfte waschelnassen Mädchen ein. Aber gut, es war Ende Mai und zumindest ihre Schuhe hatten sie ausgezogen. Solche und andere kleine Abenteuer kamen vor. Das gehörte zum Wald, zur Au, zur Kindheit. In Pfützen und Schlamm wurde gehüpft, auf Bäume geklettert und von ihnen heruntergefallen. In Wiesen lag man oder balgte sich. Und Blumen wurden gepflückt für Sträuße und Kränze. Solang sie sich nicht ernsthaft prügelten, ließ ich sie. Die brauchen das, wusste ich. Gab es dann Wurstsemmel und Himbeersaft als Jause, wurden manche gesprächig.

»Ich darf im Fernsehen alles anschauen!«, gab einer an.

»Mein Papa kommt immer so spät heim und der Mama wird dann alles zu viel«, verriet ein anderer.

Fußballer oder Sängerin wollten sie werden. Manche fragten auch mich etwas:

»Bist du reich?«

»Haut dich dein Mann?«

»Hat dich schon mal ein Hund gebissen?«

Der Heimweg aus der Au war immer anders als der Hinweg. Von außen war kaum ein Unterschied zu merken: eine laute, überdrehte Rasselbande von Volksschulkindern. Es war dieser Funken Freiheit in ihren Augen, diese Spur Unbeschwertheit in ihrer Stimme. Ein halber Tag in der Natur – es war nicht viel, aber etwas war es.

In den Ferien gab es mehr Möglichkeiten. Wenn wir für den Sommer ins alte Elternhaus nach Essling übersiedelten, durften einige Schulkinder sogar bei uns übernachten. Nadja jubelte: Spielgefährten! Kirschen pflücken, schwimmen gehen und am Abend Polsterschlachten, Getuschel und Gekicher. Viele der Schulkinder kamen aus der Großfeldsiedlung oder ähnlich tristen Wohnhausanlagen. Im Vergleich dazu war unser Haus mit Garten ein Paradies.

»Zustände«, nannte Kurt solche Zeiten überbordenden Lebens bei uns. Nadja und ich wechselten Blicke.

Kurt

Wir sind eine adrette Familie, dachte er, als er vorm Spiegel seine Koteletten trimmte. Zu Minnas Vergnügen nannte er sie jiddisch »*Beikeles*«. Ein Mann um die dreißig, der was auf sich hält, geht mit der Mode. Heute trug Kurt ein spitzkragiges Hemd mit Papageienmuster und enge Jeans. Seinem Beruf und seiner Konstitution hatte er es zu verdanken, dass er noch immer in Form war. Auch Minna war nach wie vor fesch. Am meisten liebte Kurt es, wenn sie eins ihrer schicken Kleider aus dem Toskana-Urlaub trug und darunter eine perlmutt-schillernde Kombinage.

Abgesehen von Minnas Helfergeschichten, die ab und an mal in Kinderhorden-Zuständen im Haus mündeten, kamen sie gut zurecht. Nadja war das süßeste rothaarige Mädel, das man sich denken kann, Minna eine fesche, g'scheite Volksschullehrerin und er ein sportlicher Mechaniker und Hobbypilot. Samstags machten sie gemeinsam Großeinkauf. Sonntags gingen sie manchmal ins Museum. Was will man mehr. Kurt konnte nicht nur das Auto, sondern auch jedes Haushaltsgerät reparieren. Bei schönem Wetter unternahmen sie einen Ausflug in die Lobau.

Und dann natürlich die Flugabzeichen. Klar, dafür ging Freizeit drauf. Aber Minna hat ja gewusst, worauf sie sich mit ihm einlässt. Distanz, Höhe, Ziel, Wingover und Looping – so was muss man trainieren, trainieren und wieder trainieren. Über die technischen Details konnte man sich prachtvoll mit Schorschi, Minnas Vater, unterhalten. Bronze und Silber hatte Kurt schon. Das Nächste war Gold und Diamant im Strecken- und Kunstflug.

Kurt kannte ihn schon, diesen wissenden Blick von Minna, wenn er nach dem Training zu spät heimkam. Freilich war er müde und musste sich fürs Erste mal aufs Ohr hauen. Sie machte das eh super, mit dem Kind. Kurt musste sich um gar nichts groß kümmern. Und wie man an den Zuständen in den Ferien sah, war Minna als Volksschullehrerin ein Kind allein offenbar nicht genug. Mit Nadja spielen? Kurt hätte gar nicht gewusst, was. Er zum Beispiel hatte überhaupt keinen Vater gehabt. Die alleinerziehende Mutter gab ihn, als sie ein zweites Kind mit einem neuen Mann hatte, einfach ins Kinderheim. Da war er drei gewesen. Also: Kein Vater und so richtig dann auch keine Mutter mehr. Na ja, so war das eben damals. Aber heute, er – er konnte seiner Familie wirklich was bieten, nicht zuletzt das Fliegen. Mit Frau und Kind durch die Lüfte, das war Freiheit! Die Beinchen der Kleinen reichten nicht mal bis zum Boden.

»Wie bei mir in Papas Flieger«, lächelte Minna und erzählte unserem Mädchen von den Fallschirmspringern – eine Springerin sei auch dabei gewesen –, deren Ballons wie Löwenzahnsamen vom Himmel herunterschwebten. Sie machte große Augen, die Kleine, wenn Minna vom kunstfertigen Zusammenfalten der Schirme erzählte. Auf langen Tischen sei der endlos weite, grau fließende Stoff nach einem bestimmten Muster gefaltet worden.

»Bist du auch Fallschirm gesprungen?«, fragte sie dann ihre Mama.

Minna verneinte. Die Loopings ihres Vaters hätten ihr gereicht. Und dann mahnte sie ihn, bevor sie starteten, einmal mehr: »Keine Kunststücke, wenn wir dabei sind!«

Kurt hielt sich daran. Ließ den Flieger bloß ab und an elegant auf einer Windbank vorangleiten. Dann spürte er, dass Minna das Gleiche fühlte: Sie waren dem Alltag enthoben hier oben. Sie waren – eine Familie.

Nadja

Papa ist der tollste Papa der Welt. Er kann fliegen und sein Flugzeug tanzen lassen wie einen Zauberschmetterling. In der Schule finden sie es toll, dass Nadjas Papa Flieger ist. Außer ein paar dummen Buben, die sagen, sie sei angeberisch. Die sind nur neidisch, sagt Mama. Papa redet nicht viel und ist oft in der Arbeit. Er ist eben ein braver Komnist, tröstet Mama sie, wenn er wieder mal nicht für ihr Gute-Nacht-Bussi da ist. Nadja weiß nicht genau, was ein Komnist ist. Aber Mama sagt, Oma und Opa sind auch welche. Opa ist außerdem auch ein Flieger. Er fliegt nur nicht mehr, weil seine Augen schon schlecht sind. Trotzdem wird er immer ein Flieger bleiben, hat Papa gesagt. Schade, dass Nadja nicht bei Papa mitfliegen darf, wenn er die ganz echten Kunststücke in der Luft macht.

Minna

Eine Zeit lang erlebte Nadja wie ich einst eine intensive Phase als Fliegertochter. Kurz vor ihrem siebten Geburtstag wurde das Flugfeld Aspern auch für die Hobbyfliegerei geschlossen. Der Club übersiedelte nach Wiener Neustadt. Wir begleiteten Kurt seltener. Und er, der zu Beginn so stolz darauf gewesen war, in einem »Arbeiterpalast« zu wohnen, hielt sich wochenends immer weniger zu Hause auf.

Unser Ehe-Gerüst begann zu schwanken. Kurt war lässig. Kurt war lieb und hing an mir. Aber er war weder ein großer Geistesblitz noch ein großer Gefühlsmensch. So viel uns auch verband, in mancher Hinsicht waren wir uns nie nähergekommen.

Als ich ihm zwei Jahre später sagte, ich wollte nicht mehr, fiel er aus allen Wolken. Nadja war neun, ich siebenundzwanzig, Kurt dreiunddreißig. Zeit für uns alle, ein neues Leben zu beginnen. Ich zog mit Nadja ins alte Elternhaus im 22. Bezirk. Aus diesem Jahr gibt es ein großformatiges Bild – Öl auf Leinwand – in Kupfergrün, Antimongelb, Kobaltblau und Manganviolett: die Majolikafliesen von Stiege eins. Ich muss Heimweh gehabt haben.

Valerie

Nun steht sie da: mit Bachelor und Baby. Ersterer in Erdwissenschaften und Zweiteres ... na ja, das war ihre Landung in der Realität. Der Geburtsvorbereitungskurs, so viel ist Valerie jetzt klar, war eine Frage von Glauben und Wissen. Gewusst hat sie danach vieles. Geglaubt hat sie das meiste nicht. Was von der Natur vorgesehen ist, kann doch nicht so kompliziert sein.

»Stell dir vor, du musst einen Fußball durch eine Zahnpastatube quetschen«, hatte ihr die Mitzi-Tant' einmal auf die Frage geantwortet, wie Kinderkriegen sei. Damals hat sie noch gelacht. Jetzt weiß sie, wie man auf die Erbsünde der Frau verfallen ist. Für irgendwas muss das doch die Strafe sein.

Valerie fühlt sich wund. *Milcheinschuss* ... Allein schon das Wort tut weh. Warum heißt es nicht *Prolaktin-durchströmt* oder so? Aber es strömt ohnehin nichts bei Valerie: *Milchstau* – schon wieder so ein Wort ... passt gut zu *Dammbruch*. Valeries Brust ist schmerzhaft geschwollen. Massieren und ausstreichen, hat die Hebamme empfohlen. Am besten unter der Dusche. Was bei Valerie ungebeten fließt, sind Nachblutungen. Julian trägt Windeln, Valerie Binden. Ist das der natürliche Zustand, in dem man sich um sein Neugeborenes kümmert? Valerie dämmert, wie zäh und gutmütig Frauen sind. Sonst wäre die Menschheit längst ausgestorben. Zurückstellen der eigenen Bedürfnisse. Pah! Und all ihre Pläne für das »zu dritt« nachher ...

»Ich stell' dir ein maßgeschneidertes Mom-Workout zusammen«, hat Roland versprochen. Sport mit einem Körper, der seit Wochen mit zweimal drei Stunden Schlaf auskommen muss ... Valerie fühlt sich wie ein ferngesteuerter Zombie. Im Vergleich dazu war sie als Schwangere topfit. Die Radausflüge in die Lobau ... selbst wenn sie oft genug nach einer Stunde die Heimfahrt antrat. Sobald Roland darauf geachtet hatte, verlässlich am Handy erreichbar zu sein, durfte er allein weiterfahren.

Kam der Herbst. Die Luft wurde frischer, Valeries Leib schwerer. Sie blieb öfters zu Hause. Mobile fürs Babybett basteln, Bilder aufhängen, Lavendelsäckchen nähen, schmökern im Kinderkatalog – für eine Weile fand sich immer Beschäftigung. Außerdem wollte sie den Ort erkunden, abseits ihrer üblichen Wege *Supermarkt – Gartenhandlung – Friseur*. Ab September gab es dann noch die Donnerstagvormittage: zu Fuß zum Bus, mit dem Bus zur Bim, mit der Bim zum Spital. Sechs Wochen lang profitierte Valerie gemeinsam mit einem Dutzend anderer Frauen vom Erfahrungs- und Wissensschatz der Hebamme Susi. Jede Woche ein anderes Thema.

Zum Thema Geburtsschmerz stellte eine dick geschminkte Braunhaarige die Sinnfrage.

»Physik und Chemie«, lächelte Hebamme Susi. Dann erzählte sie über Oxytocin, Endorphine, Prostaglandine, Prolaktin und das Wunder der instinktiven Bewegungen, die vor Beckenbeschädigung schützen. Sie schloss mit dem *Fetus Ejecton Reflex* und dem Satz: »Kurzum, die Schmerzen sind der natürliche Führer durch die Geburt.«

Am letzten Vormittag war die Besichtigung des Kreißsaals dran. Auf dem Weg dorthin bildeten sich lose Kleingruppen. Valerie hatte bemerkt, dass einige Frauen bereits Telefonnummern ausgetauscht hatten. Mit einigen von ihnen wäre sie auch gern in Kontakt geblieben. Aber niemand sprach sie an. Natürlich, sie hätte auch selbst ... Aber irgendwie war sie beleidigt. Was war es, was die anderen von ihr fernhielt? Die wirkten ja gar nicht introvertiert – so wie sie. Genau das war wahrscheinlich ihr Problem. Valerie beobachtete zu viel und redete zu wenig. In Paris, in der Sprachschule, da hatte das niemanden gestört. Dort hatte sie Kontakte geknüpft. Natürlich, Fremde in einem anderen Land zu sein, schafft von vornherein eine gewisse Gemeinschaft. Aber das galt auch für einen Geburtsvorbereitungskurs. Erstgebärende begaben sich ebenso auf ein fremdes Terrain. Das sollte doch trotz aller Unterschiedlichkeit einen.

Valerie versuchte es mit einem Lächeln. Sie schenkte es der nett aussehenden Gudrun in der ersten Reihe. Die lächelte zwar zurück, wurde dann aber in der Pause von zwei anderen in Beschlag genommen. Valerie gesellte sich dazu. Sekunden vergingen, Minuten. Man bedachte sie mit einem Seitenblick, bezog sie jedoch nicht ins Gespräch mit ein. O.K., dachte Valerie, dann habt's mich gern. Es gibt immer noch Emma und Fifi, auch wenn die gerade nicht schwanger sind.

So kam's, wie es kommen musste. Der Kurs ging zu Ende und Valerie war mit keiner der Frauen in Kontakt geblieben. Emma und Fifi: Ein paar Besuche am Stadtrand waren ihnen wohl zumutbar. Nach der Einstandsfeier schaffte es jedoch bloß Emma, sie noch einmal zu besuchen. Valerie schlug ein Treffen in der Stadt vor, als sie Bücher in die Bibliothek zurückbringen musste. Sie hatte alles genau geplant und der letzte Tag, bevor die Gebühren anfielen, war am günstigsten für sie. Zugegebenermaßen hatte sie bei den Freundinnen nur drei Tage vorher angefragt. Tatsache war: Keine hatte Zeit. Nicht einmal eine Studienkollegin, die sie stattdessen fragte. Hat nichts zu bedeuten, sagte sich Valerie. Aber ab da begann sie zu zweifeln. Sollte es wahr sein? Lebten sich Freundinnen auseinander, wenn eine ein Kind bekam und die andere nicht?

Das Bild der spiralförmigen Wasserkurbel aus dem Donauparkspielplatz ging ihr im Kopf herum. »Eine archimedische Schraube«, hatte Roland erklärt. Man dreht die Spirale und befördert so das Wasser über eine schräge Ebene von unten nach oben. Das war es. So sah ihre Hoffnung aus, dass Freundschaften über die Windungen der Zeit hinaus bestehen bleiben konnten. Valerie presste die Lippen zusammen. Wenn die zeitliche Achse das Gewünschte nicht zutage förderte, musste sie eben die räumliche Achse bemühen. Neue Wege beschreiten, im wahrsten Sinn des Wortes.

Ab da galten Valeries Spaziergänge nicht mehr bloß dem Erkunden der Gegend. Sie war auf der Suche. Unbekannte Richtungen einschlagen. Immerhin, dachte sie, bin ich guter Hoffnung. An Tagen mit blauem Himmel, vor dem sich leuchtend das Gelb der Ahornbäume abhob, war es leicht. An Tagen mit verhangenem Himmel, der vor Feuchtigkeit troff, fiel es ihr schwer. Die Mütze über den Ohren, die Hände in den Manteltaschen, erschienen Valerie die Häuser dann wie warm beheizte Nester. Farb- und formeinheitlich in der Fertigbauvariante, individuell bei älteren Baujahren. Die Vorderfronten der Reihenhaussiedlungen glichen glatt renovierten Zahnreihen, fernsehtauglich. Abwechslung bot vor allem die Gartensiedlung. Als wären erst hier Farben erlaubt, erblühten die Häuser in Grün, Mint, Blau, Lachs und Rosa. Sogar die Formen der Gebäude fielen kreativ aus, auch wenn das bloß der Beschränkung auf eine bestimmte Bauhöhe geschuldet war. Bäume, Sträucher, Biotope und Gartenmöbel ließen auch im Oktober etwas vom Geschmack ihrer Besitzer erahnen. Englische Rasen wurden gern mit Plexiglasdach-übertunnelten Minipools kombiniert. Und Plastikmöbel gingen oft mit Thujenhecken einher. So weit, so Klischee.

Valerie dachte an ein lukenförmiges Fenster in der Krone eines gelben Hauses. Daneben wächst eine majestätische Fichte. Ein Steinweg führt zu den Stufen der Eingangstür. Das ist ihr Haus – seit diesem Jahr. Keine Sekunde bereut sie es, dass ihre Wahl auf ein älteres Gebäude gefallen ist. Der Altbestand an Sträuchern und Bäumen bedeutet unaufwiegbaren Reichtum. Dass es überhaupt möglich ist, all das Blühen und Verwurzeltsein in der Erde mit so was wie Geld zu kaufen … Als sie Haus und Garten zum ersten Mal besichtigten, leuchtete das Gelb der Forsythie durch den Nieselregen. Es sah aus, als käme die Sonne durch. Während der Renovierungsarbeiten blühte Flieder – weiß auf der Südseite, violett im Westen. Später lockten Holunderblüten Bienen an und bald darauf warf Jasmin seinen duftigen Brautschleier über den Garten. Valerie ließ die abgefallenen Blüten auf dem Boden liegen. Und über allem wachte die Fichte: ihr Schutzbaum, ihr Freund.

»Unter der wird sich kein Rasen halten«, warnte die Schwägerin.

»Die Nadeln werden die Dachrinne verstopfen«, prophezeite der Schwager.

Roland wiederum fluchte, weil eine Wurzel als Stolperstelle aus der Erde ragte. Valerie blieb dabei: Der Baum muss sein.

Offensichtlicher als der Baum wuchs ihr Bauch. Schwangerschaftshormone überwanden die Blut-Hirn-Schranke. Valerie stellte es sich als einen in der Nacht funkensprühenden Regenbogen vor. Untertags spazierte sie weiterhin durch Essling – immer auf ihrer Suche. Der Wind verblies die Farben des Herbsts. Bunte Blätter lagen auf Windschutzscheiben und schwammen in Pfützen, bis sie braun und dann schwarz wurden. Immer öfter lagen nun morgens Nebelschleier über dem Ort. Valerie strich über ihren Bauch und dachte: Vollmondkind. Es spielte keine Rolle, ob es tatsächlich an einem Vollmond empfangen oder geboren wurde. In diesen Oktobertagen war das der heimliche Name, den sie ihm gab. Egal, wohin ihre Suche sie führen würde, das eine war gewiss: Bald würde ihr Vollmondkind kommen. Valeries geheime Innenwelt war warm und wohlig. Daran dachte sie, sobald ihr draußen die nasskalte Luft ins Gesicht schlug. Wenigstens eine halbe Stunde, nahm sie sich vor, stellte den Mantelkragen auf und ging durch die Gartentür.

An einem solchen Tag ist es gewesen, dass ihre Suche ein Ende hatte. Sie war noch nicht weit gegangen, als sie von einer Frau auf dem Rad überholt wurde. Die Frau trug ein schwarzes Stirnband und hielt einen schwarzen Hund an der Leine. Fröhlich trabte er neben ihr her. Valerie stutzte. War das nicht ...?

»Frau Magister Spierling!«, rief sie ihr nach.

Die Frau blieb stehen und wandte den Kopf. Der Hund lief noch einen Schritt weiter und brachte sie fast zu Fall.

Valerie schlug sich die Hand vor den Mund: »Entschuldigung ...«

»Mandy, da bleibst!«

Die andere zog den Hund zurück und schaute Valerie an. Blond-grauer Haarschopf, verständnisvolle Augen. Sie sieht genauso aus wie früher, dachte Valerie.

»Mandy, nein ...«

Schon strebte der Hund auf sie zu. Frau Spierlings Blick fiel kurz auf Valeries Bauch.

»Ah, jetzt fällt's mir ein, Frau Kriethner«, sagte sie. »Wie geht's? Wieder zurück aus Frankreich?«

»Paris ...«, Valerie machte eine Handbewegung, »ist nicht so gelaufen, wie ich's mir vorgestellt hatte. Aber wenigstens wusste ich nachher, dass ich studieren will.« Die andere schaute erfreut. »Geologie in Wien«, setzte Valerie nach, »mit Selbsterhalterstipendium. Ich hab'« – deutete sie mit der Hand auf ihren Bauch – »gerade noch den Bachelor geschafft.« Was redete sie da? Jetzt konnte sich Frau Spierling doch zusammenreimen, dass ihr Kind nicht geplant ... »Ich bin jetzt verheiratet«, beeilte sie sich hinzuzufügen.

»Gratuliere. Und wer ist der Glückliche?«

»Ein Sport- und Informatiklehrer.« Als ob das was über Roland aussagte ... »Er war zweiter Läufer beim Staffel-Lauf des Wien-Marathons.«

So ein Blödsinn. Valerie konnte auf einmal die einfachsten Fragen nicht mehr beantworten. Sie war nervös. War es wirklich möglich, dass so ihre Suche ein Ende hatte?

Sie fragte die andere: »Und Sie? Was verschlägt Sie denn hierher?« Ein Windstoß wirbelte Laub auf. Am Rande nahm Valerie zwei auf der Straße liegende Nüsse wahr.

»Ich wohne hier.«

»Wirklich!« Valeries Herz klopfte bis zum Hals. Sie war sicher. Jetzt hatte sie gefunden, wonach sie suchte. »In welcher Straße?«

Frau Spierling deutete mit dem Kopf nach links: »Da unten bei der letzten Gasse im Lobauvorland.«

Jetzt bloß nicht drängen, nicht voreilig sein ... »Komisch, dass wir uns nicht schon früher begegnet sind«, sagte Valerie. Ein Hoch auf Konversationshülsen.

Der Hund schnappte nach einem fallenden Blatt. »Ich war die letzten Wochen in der Steiermark.«

»Auf Urlaub?«

»Nein, auf Malseminar.« Es war knapp dahingesagt.

»Sie malen?«

Ein gutmütiges Lachen perlte aus dem Gesicht der Frau. Valerie wurde bewusst, dass sie die andere noch nie lachen gehört hatte. Monatelang hatten sie sich regelmäßig getroffen und sie wusste nichts über diese Frau. Dafür wusste diese umso mehr über sie.

»Ich male, seit ich denken kann«, holte sie Frau Spierlings Stimme in die Gegenwart zurück.

»Ah so.« Valerie bückte sich nach einer der Nüsse auf der Straße.

»Die wird nichts mehr sein – zu nass.«

Trotzdem schälte Valerie die grün-schwarze Schale von der Frucht und zupfte an den schwarzen Fäden. Der Hund trippelte am Stand. Wie es angehen? Im Kopf rechnete Valerie nach. Sieben Jahre. So lang war es her, seit sie Frau Mag. Spierling das letzte Mal gesehen hatte. Der Au-pair-Job in Paris hatte ihren Treffen ein Ende gesetzt. Valerie steckte die Nuss in die Manteltasche und blickte auf. Der Hund bellte.

»Besser, wir gehen ein Stück«, sagte Frau Spierling.

Valerie nickte. Die Herbstsonne spiegelte sich in den Pfützen des Vortags. Am Straßenrand lag Laub. Still nebeneinander gehen hat was Einigendes, dachte Valerie. Lang hielt sie es allerdings nicht durch.

»Wie heißt denn der Hund?«, fragte sie.

»Mandy.«

»Schöner Name.«

Von einem Baum flog ein Vogelschwarm auf. Sie waren beim Park angelangt. Der Hund wurde an die lange Leine gelassen und sprang auf die Wiese. Vereinzelt hingen noch gelbe Blätter an den Bäumen. Auf einigen Sträuchern leuchteten rote Beeren.

Valerie schaute dem Hund zu, um Zeit zu gewinnen. Nun trottete er mit gesenktem Kopf übers Gras. Seine zotteligen Schlappohren schlenkerten. Es sah nach Mädchen mit Zöpfen aus. Fingerspitzengefühl, dachte Valerie. Sie hatte eine neue Freundin gesucht und diese Frau getroffen. Frau Spierling wohnte hier. Sie kannten sich von früher. Sie war verständnisvoll, einfühlsam. Alles passte. Nein. Irgendetwas passte nicht. Frau Mag. Spierling war ihr um vieles voraus, und nicht nur von Berufs wegen. Sie war älter – zwischen fünfzig und sechzig, schätzte Valerie. Und sie …

»Wie sind Sie denn auf diese Gegend gekommen?«, unterbrach die andere ihre Gedanken.

»Ähm … wegen der Familiengründung. Mein Freund, also … mein Mann wollte ins Grüne wegen dem Kind.«

Frau Spierling lächelte. Valerie entspannte sich ein wenig. Ihr wurde bewusst: Nur mehr drei Wochen! Drei Wochen und ihr Leben würde sich von Grund auf ändern. Alle Zurückhaltung fiel von ihr ab.

»Wenn wir jetzt quasi Nachbarinnen sind … Sie müssen uns unbedingt besuchen! Überhaupt könnten wir uns öfters treffen. Haben Sie noch dieselbe Telefonnummer?«

Die andere nickte.

»Ich nicht. Aber warten Sie, ich rufe Sie an, dann haben Sie meine neue Nummer.« Nur nicht den gleichen Fehler machen wie beim Geburtsvorbereitungskurs … Valerie ergriff selbst die Initiative. Schaute Frau Spierling jetzt skeptisch?

Die nächste Frage beruhigte Valerie wieder: »In welcher Straße wohnen Sie denn?«

»Zwiebelstraße, das alte Haus in der Nähe der Kreuzung.«

»Ah, das frühere Planninger-Haus. Wurde vor drei Jahren teilrenoviert.«

Valerie nickte. »Wir mussten es nur mehr innen herrichten lassen. Elektrik, Verputz, Wasserleitungen und so was.«

Sie waren am Ende des Parks angekommen. Der Hund kam wieder an die kurze Leine. Zwei Autos fuhren über die Straße. Wenig Verkehr, viel Grün. Valerie betrachtete ihre schlammbespritzten Stiefeletten. Das nächste Mal ziehe ich festeres Schuhwerk an, ging es ihr durch den Kopf. Für dieses Mal aber ... Halt! Mehr, sie musste mehr machen als nur Telefonnummern tauschen. Wenn die andere ihre neue Freundin werden sollte, vielleicht sogar ihre neue beste ...

»Am Sonntag, sind Sie diesen Sonntag noch frei?«

Sie querten die Straße. Schweigend. Auf der anderen Seite angelangt, hörte Valerie die erlösenden Worte: »Ja, am Sonntag habe ich noch Zeit.«

Ihr Herz tat einen kleinen Sprung. »Sehr gut. Dann kommen Sie doch zum Mittagessen zu uns! Mögen Sie Hendl und Reis? Ist zwölf Uhr zu früh?«

»Ja, nein – passt alles, passt. Aber jetzt muss ich wirklich – der Hund ...«

Valerie war es recht. Sie hatte ihr Treffen. Etwas Neues würde beginnen. Sie war ganz sicher.

Am Sonntag pünktlich um zwölf stand Frau Mag. Spierling schwarz gekleidet vor der Tür. Es gab Curryhuhn mit Reis und gemischtem Salat. Den Wein lehnte sie ab. Die Esstischgarnitur aus Kiefer gefiel ihr. Mit Roland kam sie auf die Schule zu sprechen. Valerie hatte nicht gewusst, dass sie auch als Lehrerin gearbeitet hatte. Weil immer nur Valerie geredet hatte. Aber das würde sich jetzt ändern.

Eineinhalb Wochen später entband sie, etwas früher als gedacht, ein gesundes Baby: Julian, 47 cm, 2,8 kg Geburtsgewicht. Seine Ankunft verwandelte das Haus. Jetzt machte die vorangegangene Nestbauerei Sinn. Bewohnt war die Gitterbett-Bucht im ehelichen Hafen, bestückt mit Kuscheldecken die Matratze, besteckt mit Nachtlicht und Mobile die Wand. Ihr Herbstkind sollte es warm haben. Im ersten Winter würde Elternliebe fehlende Sonnenstrahlen wettmachen.

So bald wie möglich rief Valerie Frau Spierling an und rang ihr die Zusage ab, sie mit dem Baby besuchen zu dürfen. Als es so weit war, packte sie Julian in Flausch und Wolle, legte ihn in den weich gepolsterten Kinderwagen und ging los. Bloß eine Viertelstunde, die sie von ihrer neuen Freundin trennte. Ein Katzensprung. Bei Frau Spierling angekommen, vergaß Valerie ihren Vorsatz, die andere reden zu lassen. Zu voll war sie von ihrem neuen Leben mit Kind. Frau Spierling hörte zu wie immer: einfühlsam, verständnisvoll. Dazu gab es Kaffee und Mohnstrudel. Als der Besuch vorbei war und Valerie den Kinderwagen nach Hause schob, schlief Julian. Wenn er ein bisschen größer ist ..., nahm sie sich vor. Dann würde sie nicht mehr in diese Rolle kippen. Sie wollte doch alles über ihre neue Freundin wissen. Schade, dass noch kein weiteres Treffen ausgemacht war. Aber jetzt würden sie in Kontakt bleiben. So viel stand fest.

Eine orangene Lampe beleuchtet Julians Schlafgesicht. Valerie sitzt im Schaukelstuhl, das Kind im Arm. Das wäre ein passendes Foto für ihre Lieblings-Homepage, denkt sie. »Ausspannen zu zweit!«, stünde darunter. Und niemand würde vermuten, dass dieses friedlich schlafende Baby bis vor zwei Minuten Valeries Ausdauer mit halbstündigem Gebrüll geprüft hat. Julians Hände sind zu Fäustchen geballt, sein Kopf ruht in ihrer Armbeuge. Gerechter Schlaf liegt schwer auf seinen Lidern. Sein Atem hell und drängend. Rascher Herzschlag, wie er kleinen Lebewesen zu eigen ist. Sich ausstrecken und auch ein Nickerchen ... Aber es geht ja nicht. Eine Bewegung zu viel und das Baby wacht auf. Man kann sich auch in vollkommener Reglosigkeit entspannen. Kann man, wenn man nicht muss. Und der rechte Arm nicht so unbequem ... An ihre Nackenmuskeln darf Valerie gar nicht denken. Schlaf, Julian, schlaf. So pfirsichfarben, ihr Söhnchen ...

Valerie lässt die schönste Puppe der Welt in warmes, plätscherndes Wasser gleiten. So nachgiebig und weich, die Puppe. Sie riecht nach rosa Marzipan und ihre Hände, Finger, Füße und Zehen sind winzig und perfekt. Valerie ist ein kleines Mädchen, das der Puppe die runde Stirn streichelt. In Liegeposition sind die Puppenaugen geschlossen. Das Wasser schlägt blaue Blasen. Valerie weiß: Vollwaschprogramm für Bubenpuppen. Was sie sich vorher nicht überlegt hat, ist, ihre Ärmel hochzukrempeln. Schon saugt sich der Pulloverstoff mit blauem Wasser voll. Wird immer schwerer und zieht Valeries Arm nach unten. Die Puppe schlägt ihre Augen auf.

Valerie erwacht, im rechten Arm einen dumpfen Schmerz. Tief geht Julians Atem. Es wagen, den Arm zu wechseln? Nein. Sie muss aufstehen. Auch ihre Blase macht sich bemerkbar. Also ins obere Stockwerk gehen und das Kind ins Bettchen legen. Zu Schilf, das im Wind wogt, müssen Valeries Beine werden. Sie steht auf. Schlaf, Kindchen, schlaf. Valeries Arme sind Vogelschwingen, die Julian federweich durch Luft und Himmel tragen. Ein Wiegen im Traum, ein Wogen. Schlaf, Kindchen, schlaf. Behutsam landet Julian im Gitterbett. Geschafft.

Valerie deckt ihn zu und geht leise zur Treppe. Trippelt hinunter, lässt die dritte Stufe aus, die knarrt, und huscht zur Toilette. Rock hoch, Hose runter – endlich. Hätte Valerie vor einem Monat jemand gesagt, dass sie bald keine Zeit mehr für ihre Grundbedürfnisse finden würde, hätte sie gelacht.

Nach dem Händewaschen geht sie zum Kühlschrank: Nudeln vom Vortag, Käse, Milch, Joghurt und Salat. Roland hat heute Elternabend – also keine Umstände. Nudeln und Fertigsugo auf einen Teller und das Ganze in die Mikrowelle.

»Geomorphologische Entwicklungen auf einem Abschnitt von einem Kilometer der Traisen nach erfolgter Renaturierung des Flussbetts.« War das wirklich vor drei Monaten noch ihre Welt gewesen?

Pling! Valerie zuckt zusammen – die Mikrowelle. Ein Lauschen Richtung Obergeschoß – nichts zu hören. Sie nimmt den Teller und schenkt sich ein Glas Saft ein.

Im Esszimmer zu bleiben, wäre vernünftig. Aber hier hat sich Roland bei der Einrichtung durchgesetzt. Alles ist hell und funktional. Schuld daran ist das Jahr, in dem er von einer Kollegin in Karenz den Klassenvorstand übernommen hatte. So kam Roland, obwohl nur Nebenfächer unterrichtend, zu seiner einzigen Schulauslandsreise. Dann ging alles Schlag auf Schlag: Brünn, Besichtigung der Villa Tugendhat und Funktionalismus. Roland bekam sein bislang einziges und daher umso prägenderes bauästhetisches Erlebnis. In seiner Wohnung hatte er Valerie Spielraum gegeben für das, was er »Nippes« nannte. Im neuen Haus beanspruchte er nun seinerseits Spielraum für seine Vorstellung von Schöner Wohnen.

»Küche und Esszimmer sind stark durch ihre Funktion definiert«, sagte er. Und: *»Form follows function.«*

Alles soll logisch und übersichtlich sein. Das Ergebnis: viel Edelstahl, helle Kiefer und ein weinrot-beiger Schachbrett-Boden. Dazu hätte er am liebsten die gesamte Küchenwandfront verfliest. Das verbat sich Valerie. Schließlich war sie es, die hier arbeiten und putzen würde. Zu Vorhängen in Esszimmer und Küche ließ er sich nicht überreden, sosehr Valerie auch mit deren Funktionalität im Untergeschoß argumentierte.

»Wenn ich schon südseitig keine versenkbare Glasfront vor der Terrasse haben darf, soll mir wenigstens kein Stoff das Tageslicht verderben«, so Roland.

Für Valerie bleibt das Wohnzimmer. Fast immer, wenn sie allein ist, nimmt sie ihre Mahlzeiten dort ein. Auch hier lassen die Fensterscheiben untertags großzügig Sonnenstrahlen und Himmelsblau ein. »Man sieht jede Schliere«, ärgert sie sich manches Mal. Aber abends verwandelt sich der Raum in eine schützende Höhle. Kirschholz, ein dunkler Teppich und viel indirekte Beleuchtung – das ist Valeries Geschmack. Irgendwann wird sie hier auch noch eine alte Truhe aufstellen. So eine, wie Pippi Langstrumpf sie hat: wuchtig und mit Eisen beschlagen.

Valerie füttert zur Abwechslung sich selbst. Eine Gabel und noch eine – süß ist die Tomatensauce, tröstlich die Wärme. Sie betrachtet das Muster der Bastkorb-Stehleuchte. Die grüne Jugendstillampe im Bücherregal beleuchtet Bachmann, Bernhard und Bulgakow. Ihr alphabetisches Ordnungssystem lässt sogar Roland gelten. Mit dem Löffel schiebt sie die letzten Reste des Essens zusammen und fragt sich: Bin ich bereit für mein neues Leben? Nur eine Nacht durchschlafen ... dann könnte man besser denken. Aber Roland hat's auch nicht leicht. Wahrscheinlich ist sein Abendessen wieder aus den Überbleibseln des Schulbuffets zusammengestellt. Valerie trinkt Saft und schließt die Augen.

»Ja, natürlich«, grinste der blonde Staffelläufer und nahm den Tetrapack Orangensaft entgegen, den sie ihm hinhielt. Es war keine Minute, nachdem er die Staffel dem anderen Läufer übergeben hatte. Für einen Moment hielt sein gletscherblauer Blick den ihren fest. Gleich darauf starrte Valerie auf seinen Adamsapfel, der beim Trinken auf und ab hüpfte. Es wurde später ihr Running Gag: Bio-Orangensaft – ihre private Staffel-Übergabe mit Amor. Rolands Marathon-Abschnitt war zu Ende, ein anderer hatte begonnen.

Auch mit Julian hat ein neuer Abschnitt begonnen. Familie, Bürgerlichkeit und Palatschinken – nie hätte Valerie gedacht, dass so ihr neues Leben aussehen würde. Immerhin, sie macht ihre Sache gut. Für jemanden, der all das nie gehabt hat. Ein Haus in Grünruhelage – der Inbegriff von Luxus. Kaum zu glauben, wie sich ihr Leben verändert hat.

Acht Jahre Assistentin bei Öko-Life – das waren acht Jahre Daten in Excel, Briefe in Word, PR-Präsentationen in Power Point und Kaffeemacherei. Selbstredend war das Arbeitsamt begeistert über diese Fähigkeiten gewesen. Einige Wochen, nachdem Valerie gekündigt hatte, zog sie die vorgeschlagenen Bewerbungen durch. Dann ließ sie auch das bleiben. Sollten sie ihr doch die Arbeitslose streichen.

Sie ließ sich gehen. So sehr, dass ihre frühere Kollegin und weitere Freundin Emma ein Lob auf die psychologische Beratungsstelle im Allgemeinen Krankenhaus anstimmte. Damit

Emma endlich Ruhe gab, ging Valerie hin. Dreimal hatte sie sich aufgerafft, die ehemalige Stadtbahn-Strecke mit der U-Bahn zu fahren. Hatte sich bei der Station mit der Rolltreppe raufbringen lassen. War über die Brücke mit den Zeitungsverkäufern und der immer gleichen Bettlerin zum Krankenhaus gegangen. War eingetaucht in ein System aus weiß und grün Gekleideten, Menschen im Schlafmantel und Studierenden. Von denen im Schlafmantel standen immer einige rauchend beim Eingangsportal. Gleichgültig glitt ihr Blick über Ankommende und Fortgehende. Anders die Studierenden: Ihr Blick war wach und unbekümmert. All das bekam Valerie in einer Genauigkeit mit, die sie erstaunt hätte, wäre sie zu diesem Zeitpunkt zu so einem Gefühl fähig gewesen. Es war, als würden die Wahrnehmungen durch sie hindurchgehen. Ihr Ich war substanzlos und bildete keine feste Grenze mehr zur Außenwelt. Sie erteilte ihrem Körper Befehle, aber die entsprechenden Empfindungen zu den Handlungen fehlten. Bei der dritten Sitzung im AKH empfahl man ihr Einzeltherapie und zwei mögliche Therapeutinnen. So kam sie zu Frau Mag. Spierling.

Sie setzten sich mit dem Anlass des Therapiebeginns auseinander: Valeries berufliches Dilemma. Wie sie hineingeschlittert war in die Sekretärinnen-Rolle, die sie nach der Matura als Praktikum begonnen hatte. Es war nur als Sprungbrett gedacht gewesen, um in die Umweltschutzorganisation hineinzukommen. Dann aber verpasste sie den Absprung: weg vom Administrativen, Organisatorischen. Auch hier kann man seinen Teil für die gute Sache beitragen, sagte sie sich. Und: Bloß nicht kleinlich sein. Auch wenn immer die wortgewandten Typen und selbstbewussten Frauen die interessanten Aufgaben zugeteilt bekamen.

Nach fünf Jahren forderte Valerie ein Gespräch mit dem Chef. Es lief gar nicht schlecht.

»Ach so, mal was anderes beisteuern, nach so vielen Jahren Erfahrung. Mhm. Und an was hätten Sie dabei gedacht, Valerie?«

»Die kommende Plastikaufklärungskampagne«, antwortete sie prompt. »Aber – projektumfassend, weil ich in diesem Bereich ja schon jahrelang in der Assistenz …«

Er schnitt ihr das Wort mit einer Geste ab. »Einverstanden.«

Sie konnte es kaum fassen. So leicht war das? Man musste nur etwas fordern.

In der Folge arbeitete sie mit Jakob, dem Chemiker, zusammen. Sie übernahm das Thema *Plastik im Meer*. Er hatte den lokalen Teil der Kampagne übernommen. Sie schrieb über die Gefahr, dass sich, wenn es so weiterginge, noch regelrechte Inseln aus Plastik in den Ozeanen bilden würden. Er konzipierte gemeinsam mit dem Grafik-Team eine Broschüre: »Vorsicht Plastik! Was Sie im Umgang mit dem allgegenwärtigen Kunststoff wissen sollten.« So ergänzten sie sich. Wo Valerie ein Negativszenario von Walfischen entwarf, die mit dem Plankton auch Plastikteile fraßen und verendeten, spannte Jakob den Bogen von Lebensmittelverpackungen über Kosmetika bis hin zu Kinderspielzeug. Verständlich erklärte er, wie und wie viele chemische Stoffe davon in den menschlichen Organismus gelangten.

Warum ihn Valerie vor ihrer Zusammenarbeit als farblosen Chemie-Studenten wahrgenommen hatte, blieb ihr ein Rätsel. Jakobs Art, Dinge zu erklären, war faszinierend. Gut, er trug komische Karo-Hemden und seine Augen waren halb verdeckt von einem zu langen Beatles-Haarschnitt. Aber was er alles wusste! »Das Problem sind nicht nur Ausgangsstoffe wie Rohbenzin, sondern Zusatzstoffe wie Weichmacher, Stabilisatoren, Farb- und Flammschutzmittel«, sagte er etwa.

Valerie merkte, dass sie eine gewisse Schwäche für ihn hatte. Das war ihr wunder Punkt. Der es ihr unmöglich machte, die eigene Arbeit ins rechte Licht zu rücken.

»Ist ja alles gut und schön, Valerie«, sagte der Chef. »Man merkt, Sie stehen hinter dem, was Sie schreiben. Bloß: Es ist zu allgemein. Wegen irgendwelcher verendenden Walfische und

Müllinseln im Meer wird der Normalverbraucher sein Konsumverhalten nicht ändern. Sie müssen Verbindungen zum Einzelnen herstellen, genauer werden.«

»Aber genau das macht ja Jakob«, warf Valerie ein. »Wir ergänzen uns doch.«

Der Chef wiegte den Kopf. Es lief darauf hinaus, dass Jakob immer mehr vom kreativen Teil des Projekts betreute und ihr Text auf ein paar Einleitungs- und Rahmensätze gekürzt wurde. Wieder eine Chance vertan. In doppelter Hinsicht, denn Jakob merkte schließlich was von ihren Gefühlen und erwiderte sie nicht. Valerie träumte davon, ihm die Haarsträhnen aus der Stirn zu streichen, seinen Kopf zu packen und ihn wild zu küssen. In der Realität sprachen sie von Tag zu Tag weniger miteinander. Sie konnte es ihm nicht verdenken. Er war keiner dieser redegewandten Blender. Jakob hatte wirklich was drauf. Und sie nicht. So einfach war das.

Über zwei weitere Jahre beschränkte sie sich bis auf ein paar Ausnahmen auf ihre Assistentinnen-Tätigkeit. Immerhin war das Arbeitsklima gut, der Chef O.K., Valerie mit ihrer Kollegin Emma befreundet und alle arbeiteten sie an einer besseren Welt. Dafür musste man an einem Strang ziehen.

Im ersten Jahr nach dem Projekt redete sie sich sogar ein, eine unglückliche Liebe sei besser als gar keine. Jeden Tag das geliebte Gesicht zu sehen: Mein Nerd, dachte sie liebevoll. Fast feminin wirkte er mit seinen geschwungenen Lippen. Freilich, Valerie wusste anfangs nicht, wie ihm nun begegnen. Sie stellte Fragen zur Mülltrennungskampagne, seinem neuesten Broschüre-Text und lud ihn ab und zu auf einen Bürokaffee ein. Dass sie dabei öfters Röcke trug und sich zu dieser Zeit neue Schuhe kaufte, war reiner Zufall. Warum blieb Jakobs Blick nicht ein einziges Mal an ihren Beinen hängen? In der glänzenden Strumpfhose sahen sie doch ganz passabel aus. Warum blickte er sie nie länger als einige Sekunden lang an? Immer versteckte er sich hinter seinem Haarschopf. Weltabgewandt, dachte Valerie und liebte ihn dafür umso mehr.

Monate später hatte sie eine andere Erklärung: homosexuell. Nicht, dass Valerie sich für unwiderstehlich hielt. Aber ein dermaßen deutliches Desinteresse an ihrer Person war ihr noch nicht begegnet. Da Jakob auch nie etwas über eine Freundin erzählte, hatte er mit Frauen einfach nichts am Hut, basta. Damit konnte Valerie leben.

Leider geschah im Jahr darauf das Unerwartete – auf einem Ball der Universität für Bodenkultur in der Hofburg. Valerie, Emma und sieben weitere aus der Belegschaft hatten sich zusammengetan und beschlossen, den Ball als Gruppe zu besuchen. Eine Dame war überzählig, aber das machte nichts, da sowieso einige ihr privates Gespons mitbringen würden. Valerie staunte, dass Jakob, der Schweigsame, überhaupt mitkam. Und noch mehr staunte sie, als sie sah, wen er mitbrachte: Weder einen Freund, noch war es seine Schwester. Eine Blonde war es, mit himmelblau-silbernem Kleid samt Dekolleté bis zum Nabel. So kam es Valerie zumindest vor. Wie er sie hielt, wie sie miteinander lachten und tanzten. Dass Jakob überhaupt tanzte! Eine Hochsteckfrisur trug sie, mit links und rechts perfekt fallenden Goldlocken, die ihr Gesicht umrahmten – eindeutig ein Friseur-Kunststück. Valerie zupfte an ihrem selbst hochgesteckten Haar und leerte ein Sektglas. So eine entsprach also Jakobs Geschmack. Marlene hieß sie, ein verwöhntes Mädchen aus gutem Haus – das sah man ihr gleich an. Und blond ... Valerie lachte laut über den lahmen Scherz von Rufus, einem Kollegen aus der Grafikabteilung. Sie hielt ihm ihr leeres Glas hin. Er schenkte nach.

Rufus ... Das war Jakobs Schuld, Jakob und seine Blondine. Rufus war ein lieber Kerl, pummelig mit Ehestandsecken. Valerie tanzte mit ihm. Seine fleischige Hand auf ihrer Hüfte, er schwitzte. Jakob schwebte mit seiner Goldblonden übers Parkett. Valerie ließ sich von Rufus in der Cocktailbar auf einen giftgrünen Mojito einladen und danach auf einen blauen Curaçao. Nach dem rosa Cosmopolitan lag seine massige Hand auf ihrem

Knie, nach dem feurigen Tequila Sunrise lehnte sie den Kopf an seine Schulter. Ihren Kopf mit dem brünetten Wuschelhaar und dem sommersprossigen Gesicht. Dazu keine Hüften – jetzt erst war Valerie klar, dass sie einfach überhaupt nicht Jakobs Typ war. Die Goldblondine mit den süßen Rundungen war es. Valerie stellte sich vor, wie sich sein rabenschwarzer Haarschopf auf weißem Kissen mit ihren Goldlocken vermengte.

Sie küsste Rufus. Vor Überraschung schluckte er Luft und unterdrückte ein Aufstoßen. Valerie drängte ihre Zunge in seinen Mund. In Rufus' Bauch grummelte es. Über den zumindest hab' ich Macht, dachte sie und begann diese alkoholbedingt gleich zu erproben.

»Rufus-Schatzerl«, gurrte sie, »was würdest du für mich tun, wenn ich noch heute …?« Sie flüsterte ihm ins Ohr.

Er riss die Augen auf, seine Wangen glühten. Valerie streichelte seinen Nacken, wartete. Er schüttete den Rest seines Tequilas hinunter und antwortete: »Alles.«

»Pass auf, was du versprichst.« Sie kicherte. »Es wird nicht leicht sein.«

Schon nahm Valerie seine Hand und legte sie erneut auf ihr Knie. Ermutigt ließ er sie höher rutschen. Der Satinstoff ihres fliederfarbenen Abendkleids rutschte mit.

»Du sollst«, begann sie verschwörerisch, »der Goldblonden vom Jakob einen Drink, von mir aus auch ein Glas Sekt, anbieten.«

Rufus verschwitzte Hand auf ihrem Oberschenkel. Er nickte. Valerie zwang sich, nicht darüber nachzudenken, ob seine Hand Schweißabdrücke auf dem Stoff hinterlassen würde.

»Das ist der leichte Teil der Übung«, fuhr sie fort. »Und dann, wenn du ihr das Glas reichst, wirst du ihr den Inhalt ins Dekolleté schütten – alles. Und schön darauf achten, dass ihr Kleid ordentlich nass wird.«

Um Rufus' linkes Augenlid zuckte es, seine Mundwinkel hingen herab.

»Naa, willst du …«, Valerie blickte vielsagend, »oder nicht …?« Sie rückte sich auf dem Barhocker zurecht, sodass seine Fingerspitzen in ihrem Schoß zu liegen kamen. Zum Glück war es dunkel im Barbereich und keine Leute in unmittelbarer Nähe. Schweißtropfen auf Rufus' Stirn – Valerie fasste nach seiner Hand und drückte sie gegen sich. Er schnaufte. Sie bewegte sich etwas unter seiner Pranke und fand sogar Gefallen daran. Dann entzog sie sich, stand auf und bestellte beim Barkeeper noch einen Tequila Sunrise. Die Rottöne würden sich gut von Marlenes himmelblau-silbernem Kleid abheben.

Rufus leistete ganze Arbeit. Gemessen an ihrem Alkoholkonsum war es ein Wunder, wie genau Valerie sich an alles erinnerte. Marlenes spitzer Aufschrei und Jakob, der Rufus ärgerlich beiseitestieß. Es war noch vor der Mitternachtseinlage. Das Kleid für die Nacht ruiniert. Einmal noch tauchte der blonde Engel nach seinem unfreiwilligen Gang zur Waschgelegenheit bei den Damentoiletten auf. Sie ging an Jakobs Arm. Mit einem Winken in die Runde verabschiedeten sie sich. Valerie wagte es nicht, Jakob in die Augen zu sehen. Marlene aber bedachte sie mit einem glitzernden Blick.

»Ups, ich hab' ein bissl zu viel getrunken«, meinte sie, kurz nachdem die beiden gegangen waren. Dann nahm sie Rufus am Arm und sie entfernten sich mit einem angedeuteten Winken ebenfalls Richtung Garderobe. Dort kam sie gerade noch rechtzeitig, um zu sehen, wie Jakob seiner Gold-Marlene in den Mantel half und sie tröstend in den Nacken küsste. Die Würfel waren gefallen. Es war alles egal. Heute Nacht würde Valerie aufs Ganze gehen.

So setzte sie sich eine halbe Stunde später in Rufus' chaotischer Zweizimmerwohnung nackt auf seinen massigen Leib. Zuvor hatte sie – ihr Versprechen wenigstens ansatzweise einhaltend – einige flüchtige Lippenstiftspuren in seiner Leistengegend hinterlassen.

Ein Dreivierteljahr dauerte ihr Verhältnis. Die ganze Belegschaft wusste davon. Valerie war es recht. Allerdings musste sie sich eingestehen, dass sie Jakob damit nichts zu Fleiß machte.

Rufus ließ sich immer mehr auf sie ein. Wollte nicht nur eine Affäre, wollte Liebe. Also endete es. Valerie durfte es nicht zu weit treiben. Er war ein lieber Kerl. Sie durfte ihn nicht benutzen. Außerdem wofür? Sich eine Reputation als spät berufene Nymphomanin aufbauen? Ha! Die Valerie mit dem drahtigen Schultergestell und dem flachen Popo hat's in sich! Es war grotesk. Also Schluss mit Rufus, Schluss mit Machtspielchen.

In der Folge musste sie Tag für Tag seine verletzt fragenden oder stumm bittenden Augen ertragen. Als ob sie ihm nicht alles erklärt hätte. Als ob Erklärungen je etwas gegen Liebe geholfen hätten. Liebe ... Warum konnte sie nicht aufhören, etwas für Jakob zu empfinden? Alle zerrissen sich weiter den Mund. Das war das Einzige, was sie mit ihren Eskapaden bewirkt hatte. Keine Situation, in der es sich bleiben ließ.

Valerie schmiss die Arbeit und ließ sich die Haare kurz schneiden. Wenn schon flach, dann gleich burschikos, scheiß drauf. Nachdem sie mit den Bewerbungen vom Arbeitsamt aufgehört hatte, wusste sie nicht mehr, warum morgens aufstehen. Ihr wuscheliges Haar stand den ganzen Tag in alle Richtungen ab. Warum noch duschen, wofür aus dem Haus gehen, wozu essen? Emma rief mehrmals in der Woche an. Besuchte sie am Wochenende. Sie dürfe sich nicht so gehen lassen. Auf jedes Ende folge ein neuer Anfang. Rufus ginge es schon besser. Jakob? Musste man gar nicht drüber reden ... Valerie begann sich vor Messern zu gruseln. Wie scharf die waren, vor allem das Fleischmesser. Oder war das Stanleymesser schärfer? Sie sah die Klinge verführerisch im Sonnenlicht blitzen. Emma begann von der Beratungsstelle im Krankenhaus zu reden.

Frau Mag. Spierling nickte. »So weit der Anlass. Darum sind Sie zu mir gekommen. Die Frage ist: Warum haben Sie den beruflichen Konflikt über den Umweg eines persönlichen gelöst?«

Valerie schaute die Therapeutin an. »So hab' ich das noch nicht gesehen.«

Sie dachte nach.

»Fehl am Platz ...«, murmelte sie schließlich. Und fühlte, wie ihr Tränen in die Augen stiegen: »Ich bin immer fehl am Platz, schon als Kind, aber da kann man ja nicht weg. Das sucht man sich nicht aus.«

Die Therapeutin schwieg. Schaute. Valerie wandte den Blick ab. Sie wollte keinen Spiegel, in dem ihr Leid in neuem Licht erschien. Sicher nicht. Aber warum war sie dann hier? In der Stille auf diese stumme Frage hörte sie ein klatschendes Geräusch. Ein Mädchen weinte.

»Ich bin nur einmal«, begann sie, » ... einmal bloß schlimm verprügelt worden. Da haben ja andere viel Furchtbareres ...«

Schweigen. Valerie war allein im Raum. Ausgesetzt. Die schmutzigen Fenster ließen kaum Licht herein. Alles war alt hier, wie die Schwester Oberin. Um ihren Mund ein Faltenkranz. Sie roch. Nach dem süßlich-staubigen Mief, der auch von den Vorhängen und kratzigen Bastläufern ausging. Valerie heftete ihren Blick auf eine Ecke des Fensterrahmens, als die Gestalt erneut ausholte. Jetzt war sie im Wald. Ein Kauz räusperte sich. Räusperte sich?

Sie schrak hoch. Schaute in die Augen der Therapeutin. Ein Rinnsal lief über Valeries Wangen. Abrupt wischte sie es weg und fuhr sich mit der Hand über die Nase. Nicht schniefen, nicht weinen, nicht vor jemand anderem. Im Gesicht der Therapeutin las sie: Sie haben es wieder gemacht. Sich vor der Lösung eines Problems in der Wirklichkeit zurückgezogen. Ein Wort kreiste in Valeries Kopf.

»Warum?«, warf sie der Therapeutin entgegen.

»Weil man im Leben Muster wiederholt, die einem vertraut sind.«

Valerie verzog das Gesicht. »Aber wenn sie schlecht sind für einen ...«

»Das Neue könnte ja noch schlechter sein.«

Ab diesem Tag war Valerie entschlossen. Sie würde etwas Neues wagen. Eine entscheidende Veränderung in ihrem Leben herbeiführen, bald. Schluss mit alten Mustern! Ein für alle Mal.

Im weiteren Therapieverlauf erzählte sie Frau Mag. Spierling alles Schlimme, an das sie sich aus ihrer Kindheit erinnerte. Weg damit! Gleichzeitig begann sie, Pläne zu schmieden. »Neubeginn«, schrieb sie auf einen Zettel. Und darunter: »Ortswechsel«. Das strich sie durch und notierte stattdessen: »Landwechsel! Frankreich? Wollte doch schon immer besser Französisch lernen ...« Sie überlegte und schrieb weiter: »Sprachwechsel!« Und schließlich: »Berufswechsel ... Au-pair?« Das war es! Damit würde Valerie ihre unbewussten Muster durchbrechen.

Als sie der Therapeutin von ihren Plänen erzählte, zog diese die Brauen hoch: »Die wichtigste Veränderung beginnt immer bei einem selbst: von innen.«

Valerie nickte. »Ich weiß. Aber diesmal werde ich nicht versäumen, auch außen Entscheidendes zu ändern. Zurückgezogen hab' ich mich lange genug. Jetzt durchbreche ich das Muster.«

»Gut.«

Die Therapeutin nickte. Aber Valerie spürte, dass sie die Sache für übereilt hielt.

Zugegeben ging dann alles wirklich recht schnell. Einige Male auf das Kind einer früheren Schulkollegin und das einer Bekannten aufgepasst. Dann schrieben ihr die beiden Mütter die nötigen Empfehlungsschreiben für die Agentur. Sie kündigte ihre Einzimmerwohnung, die sie möbliert übernommen hatte und so auch wieder verlassen konnte. Ihre restliche Habe verstaute sie in Kartons, mietete einen Kleintransporter mit Arbeiter und ließ alles zu Emma bringen. Gemeinsam räumten sie die Kartons in ihre Kellerräume.

Die Freundin jammerte: »Wirklich für ein Jahr, Valerie? Du bist schon verrückt, weißt du das?«

»Du wolltest doch, dass ich in Therapie gehe. Und das ist eben dabei herausgekommen.«

Emma schniefte.

»Ich komm' ja wieder.« Valerie umarmte sie und dann flossen auf beiden Seiten Tränen.

Würde sie wirklich zurückkommen? Valerie wusste es nicht. Wenn alles anders werden sollte ... Offen wollte sie sein, für jede Möglichkeit. Mit diesem Vorsatz ließ sie Freundin, Therapie, Sprache und Land hinter sich, um ihr neues Leben zu beginnen.

Die sechsköpfige Familie entstammte altem Adel und lebte in einer luxuriösen Dreihundert-Quadratmeter-Wohnung in der Nähe des Jardin du Luxembourg. Die Frau wollte mit »*Madame*« angesprochen werden und zeigte Valerie ihr Zimmer. Es lag außerhalb der Wohnung im ehemaligen Dienstbotentrakt. Vier Stockwerke über Wendeltreppen hoch pries *Madame* den Ausblick über die Dächer von Paris, den die neun Quadratmeter große *chambre* hatte. Darüber hinaus gab es ein Waschbecken, ein Bett, einen kleinen Kasten, einen Sessel und ein herunterklappbares Brett vor dem Fenster. Das war der Tisch. Das Klo befand sich am Gang. Die Bewohnerinnen der anderen Zimmer des Trakts waren, wie Valerie bald herausfand, drei maghrebinische Haushaltshilfen, ein schwedisches Au-pair und ein Wirtschaftsstudent der nahe gelegenen Sorbonne. Valerie bekam einen Schlüssel zum Hintereingang der Residenz der De la Fabourges. Er führte direkt in die Küche. Ihr Aufgabengebiet umfasste Haushalt und die Betreuung der zwei jüngeren Buben von acht und elf Jahren. Nach der dritten Woche überblickte Valerie die Lage.

»Wir nehmen uns keine Putzfrau mehr, weil die stehlen«, hatte der Achtjährige ihr die Einstellung seiner Eltern verraten.

Valerie überlegte. Täglich staubsaugen, vier Kinderzimmer aufräumen, zwei Badezimmer, eine Küche und einen Essraum reinigen, war viel. Aber wenn sie mit der Familie doch noch warm wurde ... Immerhin hatte sie es nicht weit zum Sprachinstitut. Zu Fuß durch den Park, dann noch ein paar Straßen und sie war angekommen in ihrer neuen Rolle als *étudiante*, Sprachstudentin. Am Institut lief es gut. Valerie freundete sich mit Magda an, einem polnischen Mädchen, das auch als Au-pair arbeitete.

»Man muss es als Studentenjob betrachten«, meinte Magda zu den Anforderungen.

Valerie gab sich Mühe. Was waren schon zwei Stunden Hausarbeit, wenn nachher im Sprachkurs ihr neues Leben begann? Sie freute sich auf die Aufgaben, die ihr im Unterricht gestellt wurden, und auf das studentische Klima dort. Es fiel Valerie leicht, sich in der anderen Sprache auszudrücken. Buchstaben und Wörter waren bloß Boten. Sie griff auf ihren begrenzten Wortschatz zurück und passte, was sie sagen wollte, einfach daran an. Als *étudiante* war sie erfolgreich. Was zählte da schon, dass die Fabourges-Kinder lachten, wenn sie Aussprachefehler machte? Oder dass *Madame* »*pardon*« näselte, als versprühe sie diskret Insektenspray, wenn sie an Valerie vorbeimusste?

Freilich, ganz machten die Erfolgserlebnisse in der Sprachschule nicht wett, dass sie in dieser Stadt vor den hochmütigen Mienen einer Pariser Adelsfamilie Essen auftragen musste. Statt Kaffee im Büro kochte Valerie nun *potage*, Gemüsesuppe, Hühnchen mit Reis und Erdäpfel oder, freitags, gebratenen Lachs mit Schlagobers-Sauce aus dem Tetrapack. Erstaunlicherweise waren die Anforderungen bei Kochkünsten in dieser Familie nicht hoch.

Eines Tages bezichtigte *Madame* sie, zu viel von dem teuren Käse aus dem Kühlschrank zu essen. Valerie ließ sich den Käse zeigen. Gut, sie hatte davon gegessen, aber nicht viel. Aus Stolz aß sie ab diesem Tag gar keinen Käse mehr aus dem Kühlschrank der Familie. Sollten sie sich ihren exquisiten *fromage* sonst wo hinstopfen! Sie hielt es ohnehin lieber mit Süßem. *Flan*, der köstliche Karamellpudding aus der Mensa der Sprachschule, hatte es ihr zum Beispiel angetan. Es dauerte nicht lange, da fiel *Madame* etwas anderes ein. Valerie würde einen Saft und Gläser nehmen, die nicht für sie bestimmt wären. Valerie zuckte die Schultern. Ob man ihr so was bitte nicht vorher erklären könne, antwortete sie.

Aber das waren nur die Spitzen des Eisbergs. Weitaus schlimmer war die tägliche Arroganz und Unfreundlichkeit, mit der sie alle Familienmitglieder behandelten. Für die war sie eine *bonne*, ein mindergestelltes Mädchen für alles, was letztendlich ja auch ihrem Betätigungsfeld entsprach. Selbst mit den Kindern konnte sie sich nicht anfreunden. Wenn sie den Achtjährigen spätnachmittags aus der Ganztagsschule abholte, blieb er bockig und stumm. Valerie kontaktierte die Au-pair-Agentur. Die riet ihr, mit der Familie zu reden. Bestimmt ließe sich was ändern. Also fasste Valerie sich ein Herz und erklärte, in die unbewegten Mienen von *Madame* und *Monsieur* blickend, auf ihren eingeschränkten Wortschatz zurückgreifend, was ihr zu schaffen machte. Umgehend begann *Madame* zu flöten: *Ma pauvre*, meine Arme, *pourquoi*, warum, und ab nun würde alles anders werden, *bien sûr, pas de problème.*

In den folgenden Wochen gaben sich tatsächlich alle Mühe. Man bedankte sich mit Blickkontakt, wenn Valerie Essen austeilte, der Achtjährige war angehalten, ihr nicht mehr »*Tu es trop bête!*« – »Du bist zu blöd!« – an den Kopf zu werfen, wenn sie Sprachfehler machte, und die magere *Madame* sorgte eigenhändig dafür, dass auf Valeries Teller genug Essen landete. So gingen drei Monate dahin, in denen man merkte, dass die Familie sich nach und nach wieder gehen ließ. Bald waren Unfreundlichkeiten und Hochnäsigkeit gegenüber Valerie wieder an der Tagesordnung. Aber nun hatte sie ein Ziel vor Augen: In zwei Monaten wollte sie zum Sprachdiplom antreten. Und dann wäre ohnehin Schluss. Nur zwei Monate noch sich durchbeißen: putzen, die Achseln zucken, wenn die Kinder nicht mir ihr reden wollten, und sich an Magda und die Sprachschule halten.

Valerie arbeitete, lernte, flanierte durch Paris und fand sich damit ab, dass sie sich hier fast nie einen Kaffeehausbesuch leisten konnte. Diese Stadt war einfach zu teuer. Als sie das Sprachdiplom mit *mention très bien* bestanden hatte, verabschiedete sich herzlich von den anderen Kursteilnehmerinnen und versprach Magda, zu schreiben. Glorreiche Stunde, da sie der Familie verkündete, sie würde statt des geplanten Jahres nunmehr nach der Halbzeit gehen. *Madame* bekam einen schmalen Mund, *Monsieur* schüttelte missbilligend den Kopf und die Kinder taten es ihnen gleich.

Valerie packte zwei Koffer und eine Sporttasche mit französischen Taschenbüchern. Dann fuhr sie mit der Métro zur Gare du Nord. Mithilfe eines Formulars versandte sie einen ihrer Koffer und die Sporttasche mit den Büchern per Bahn nach Österreich. Dort würde sie sie in einer Woche von der Aufbewahrungsstelle am Westbahnhof in Empfang nehmen. Und bis dahin ...? Eine Woche mit leichtem Gepäck in der Bretagne wartete auf Valerie! Das musste sein. So konnte sie die erste Etappe ihres neuen Lebens nicht beenden.

Rasch und leise ließ sie sich vom TGV aus Paris über die Vorstädte in die Provinz bringen. Die Landschaft flog vorbei, die Fahrzeuge auf der danebenliegenden Autobahn krochen dahin. Abgesehen von der furchtbaren Familie hatte sich auch die Stadt selbst Valerie nicht als romantische Touristen-Metropole präsentiert. Paris war für sie ein Ort, in dem alles kostete, vieles nicht erlaubt und etliches nicht erwünscht war. Gleichmäßige Beschleunigung des Zuges. Valerie schloss die Augen. Sah sich wieder im Jardin du Luxembourg sitzen, den schmiedeeisernen Stuhl gedreht, sodass ihre bloßen Füße das Gras berührten. Ein schrilles Pfeifen. Sie blickte auf. Tatsächlich stand ein *flic* mit abstehenden Ohren vor ihr. Mit der Trillerpfeife in der Hand wies er auf das Schild: »*Pelouse interdite*«. Ein verbotener Rasen ... Nur zum Ansehen gedacht, nicht einmal ankommen durfte man hier an die Natur. Alles nur repräsentativ. Auch Jeans und Rucksack waren *interdits*, verboten, in den Boulevards der Nobelbezirke nämlich. Rempelte einer der Vorbeihastenden Valerie dort unabsichtlich an, war ihre Aufmachung Freibrief zur Unhöflichkeit. Statt einer Entschuldigung erntete sie einen indignierten Blick. Trotzig hatte sie den Rucksack weiter benutzt, auch wenn sie und Magda – Letztere schon wegen ihres Akzents – damit auch Perlustrierungen im *supermarché* über sich ergehen lassen mussten. Nicht einmal bei einem *café au lait* im Kaffeehaus sitzen konnte man in Paris.

Die Blasiertheit der Pariser *garçons*, wenn sie Valerie alle zwanzig Minuten nötigten, noch etwas zu konsumieren, war einfach kostspieliger als das Granteln eines Wiener Oberkellners.

Eine Durchsage im TGV riss Valerie aus ihren Gedanken. Bald wären sie in Rennes und nach etwas über zwei Stunden in Quimper. Quimper, das hörte sich nach Behaglichkeit an, eine kleine Ortschaft, überschaubar. Natürlich hatte Valerie versucht, sich ihren Aufenthalt in Paris mit Kunst und Kultur schmackhafter zu machen. Jeden ersten Montag oder Mittwoch im Monat war der Eintritt in ein Museum gratis. Trotzdem hatte etwas gefehlt. Und das würde sie nun am Ziel dieser Reise nachholen. Leuchttürme in Wellengetöse, grün überwachsene Klippenschluchten und endlos weiter Ozean. Dazu uralte Menhire und irrationale Kraftplätze – irrational, ja! Und landschaftliche Wildheit als Gegenpol zur überzüchteten Lebensform der Metropole. Valeries Gedanken flogen mit der vorbeiziehenden Landschaft. Alles ging zu schnell. Aber bald würde Entschleunigung eintreten. Sie lächelte. Bekam sie, das Stadtkind, mit einem Mal Sehnsucht nach urtümlichem Landleben? Das wäre wirklich etwas Neues.

In der privaten *auberge* mit Halbpension war für die Gäste morgens ein Buffet mit selbst gemachter *confiture*, Butter, Käseköstlichkeiten, frischer *baguette*, duftendem Kaffee und Kräutertee vorbereitet. Die Herzlichkeit des Gastgeber-Ehepaars war nach der Blasiertheit der Pariser Balsam für Valeries Seele. Öffnete sie die blauen Fensterläden ihres Zimmers, strömte salzige Atlantik-Luft herein. Ein Mountain-Bike – auch das hatte sie vorab geklärt – stand zu ihrer Verfügung. Valerie packte ihren in der Hauptstadt so geschmähten Rucksack, dachte: »*Va te faire foutre, Paris!*«, und radelte los.

Durch altertümliche Gassen, vorbei an romanischen Kirchen und blau-lila-rosa Hortensiensträuchern, ging es an die Küste. Manchmal war der Himmel bedeckt, mehrmals nieselte es und immer war Wind überm Ozean. Die Regentropfen schmeckten salzig. Die Brise vertrieb Grübeleien. Mit windzerzaustem Haar fuhr Valerie die Küste entlang. Freiheit, mit jedem Tritt in die Pedale, mit jedem Blick über die zerklüftete Landschaft. Keine Verpflichtungen mehr! Niemand, der sie kränkte. Bisweilen ging es keinen Meter neben ihr jäh hinab. Valerie sah in den Abgrund und schwankte nicht, wich nicht ab von ihrem Weg. So und nicht anders musste ihr neues Leben sein. Ruhte sie auf einer Klippe zwischen Heidekraut und hohen Gräsern, ließ sie sich in ihrer Vorstellung vom Rhythmus der Brandung wiegen. War sie in einer der zahllosen kleinen Buchten, bot der Ozean ihr Vergessen. Welle um Welle spülte er den Schmutz weg, den die Menschen aus Paris in ihrer Seele hinterlassen hatten. Nebel und Gischt verflossen am Horizont zu einem verschwommenen Band.

Unwirklich die Vergangenheit, ungewiss die Zukunft. Alles, was Valerie hatte, war die Gegenwart. Wer war sie in diesem Moment? Wach wie schon lange nicht mehr, stand sie bis zur Hüfte im Wasser. Dann gab sie dem Drängen der Dünung nach. Ein paar Schritte, schon zog es ihr den Boden unter den Füßen weg. Valerie schaukelte auf einer Woge und durchtauchte die nächste. Paris war nur ein schöner Mythos, Wien ein Ort, in dem sie zufällig geboren war. Ihr neues Leben begann hier und jetzt, im Ozean. Leise vernahm Valerie eine Melodie in ihrem Kopf. Sie erinnerte sich vage. Das waren die guten Momente ihrer Kindheit gewesen. Konnte man an so was anknüpfen? Alles andere überspringen …?

»Bald, bald«, raunte der Wind.

»Jetzt, jetzt!«, brausten die Wellen. Verlockend in ihrem wilden Treiben.

Aber Valerie durfte sich nicht hinausziehen lassen. Es galt, ihre eigene Richtung zu finden. Sie schwamm gegen die Strömung. Tosend schlug eine Welle über ihr zusammen, dann noch eine. Plötzlich war Valerie ein Spielball im Weltenmeer. Den Kopf über Wasser halten, dachte sie und sah keine fünf Meter vor sich eine Wellenwand senkrecht emporwachsen. Sie wälzte heran. Valerie holte tief Luft. Dann packte es sie, wirbelte und zerrte, ließ sie nicht mehr aufkommen. Unmöglich, Atem zu schöpfen. Valerie verlor jeglichen Orientierungssinn und dachte erstaunt: Hier endet es also – mein Leben. Auch das war eine neue Erfahrung: die Herrschaft über ihren Körper vollständig zu verlieren. Nichts vermochte ihr Wille gegen den Sog der Wassermassen.

Dann war es mit einem Mal vorbei. Luft! Ihr Kopf war wieder über Wasser. Ihre Füße berührten wieder Boden. Als wäre nichts gewesen, schäumte das Wasser weiß und unschuldig um sie. Der Nebel lichtete sich etwas und ließ einige Sonnenstrahlen durch. Valerie hustete und drückte eine Hand gegen den schmerzenden Brustkorb. Sie verstand. Bevor ihr neues Leben beginnen konnte, hatte ihr altes sterben müssen. Das war die ultimative Katharsis, Reinigung des Ozeans gewesen. Jetzt hieß es: Abstand gewinnen zu alten Mustern und zum Einflussbereich überbordender Elemente. Rasch watete Valerie Richtung Strand.

Kam der letzte Urlaubstag. Valerie verwahrte ihr Erlebnis sorgfältig im Herzen und deckte es mit dem Gesang des Küstenwinds zu. Zu gegebener Zeit würde sie es, zurückgekehrt in ihr Land ohne Meer, wiederfinden. Gegen die Endgültigkeit des Abschieds summte sie *La vie en rose*. Im Bahnhof wurde es zu *Je ne regrette rien*. Der Zug fuhr ein.

Wien. In der Station ein vertrautes Gesicht mit dunkel glänzenden Augen: Emma. Langsam kam sie ihr entgegen. Ein guter Anfang. Neuanfang im alten Land. Vorläufig konnte Valerie bei Emma wohnen. Auch wenn sie wusste, dass sie einander bald auf die Nerven gehen würden. Sie musste schnell etwas Eigenes finden. Fürs Erste aber war sie angekommen.

In den folgenden Wochen suchte sie nach einer günstigen Altbauwohnung und kümmerte sich um den finanziellen Teil ihrer Zukunft. Durch die vorangegangene Berufstätigkeit hatte sie Anspruch auf ein Selbsterhalterstipendium. Denn in ihrem neuen Leben würde Valerie studieren. Sie hatte die Wellenprobe bestanden. Vom Ozean zurück ans Land. Vom Land zurück in die Stadt. In der Stadt zurück zu den Ursprüngen. Valerie würde sich mit der Erde beschäftigen: Erdwissenschaften, Geologie, Schwerpunkt Umwelt. Und dabei nicht das Wasser aus den Augen verlieren, bloß nicht. Also beschäftigte sie sich mit der Limnologie von Schotterteichen, Auswirkungen von Wehr, Wechselsprung und Tosbecken auf den Stoffhaushalt von Bächen, Geschiebe-Entwicklungen der Donau im Nationalpark und ökologischen Verbesserungen durch fischpassierbare Sohlrampen im Wien-Fluss. Vom Allgemeinen zum Besonderen, von stehenden zu Fließgewässern arbeitete Valerie sich vor. Im Frühling, Herbst und Winter erwarb sie Kenntnisse in Fluvialmorphologie. Sommers hielt sie sich so oft wie möglich in den Fluten auf. Allerorten trieb es Wasser aus den unteren Schichten des Planeten nach oben. Was entsprang, floss dem Meer zu.

Endlich hatte Valerie Auftrieb. Vorbei die Rolle als Assistentin, *adieu*, Au-pair-Wahnsinn in Paris, und *adios, los amores*: Weit und breit kein Mann, der sie von ihrem Weg abbringen würde. Valerie führte endlich ein Leben, in dem es nur mehr um das ging, was sie interessierte. Studienzeit – die schönste Zeit des Lebens. Und das Beste daran war: Sie wurde sich dessen nicht erst im Nachhinein bewusst – eindeutig ein Vorteil des Zweiten Bildungswegs.

Auch Emma schlug in der Folge einen solchen ein. So schließt sich der Kreis, dachte Valerie. Die Freundin hatte ihr zur Therapie geraten. Die Therapie hatte Valerie auf ihren neuen Weg geführt. Und das wiederum hatte der Freundin Lust gemacht, ihr Leben ebenfalls umzupolen. Emma begann eine berufsbegleitende Ausbildung zur Waldorfpädagogin. Wenn sie abgeschlossen wäre, würde Emma bei Öko-Life kündigen und sich eine Stelle als Lehrerin suchen. Zu dieser Zeit hieß ihre Mission: biologische Ernährung.

Es war wegen Emma, dass sich Valerie an jenem sechzehnten September mit Bio-Orangensaft beim Wien-Marathon unter den Schaulustigen fand. Während sie mit dem Getränk auf die Freundin wartete, wurde sie plötzlich in den Jubel der Staffel-übergabe zwischen dem zweiten und dritten Läufer hineingezogen. Schon war sie im Tumult nach vorn gedrängt worden und bot im Reflex dem schweißglänzenden Läufer ihre Trinkpackung an.

Dreiundzwanzig Minuten und zwölf Sekunden später lief Emma durchs Ziel. Und wer lehnte da mit einem blonden Sunnyboy an einem Eisstand? Valerie. »BRG Albertgasse«, stand in gelber Schrift auf der Vorderseite des Sunnyboy-T-Shirts.

»Mein Bio-Orangensaft, bitte«, schnaufte Emma.

Valerie reichte ihr die Packung. Emma trank, zuerst gierig, dann mit Genuss.

»Ist das Eis gut?«, deutete sie auf das Stanitzel in Valeries Hand.

»Mmhm«, machte die Freundin.

Der Sunnyboy grinste. »Roland, dritter Staffelläufer«, streckte er Emma die Hand entgegen.

»Emma, Halbmarathon-Mitläuferin«, antwortete sie, seine Hand schüttelnd.

»Welche Zeit?«

»Zwei Stunden, fünfunddreißig Minuten und zwölf Sekunden.«

Er nickte: »Dabei sein ist alles.«

Eine leichte Röte überzog Valeries Gesicht.

»Valerie spielt Volley- und Federball«, beeilte sich Emma zu sagen.

»Echt?« Der Sunnyboy wandte sich wieder ihrer Freundin zu. »In einem Sportclub?«

Valerie machte eine wegwerfende Geste: »In diesem Donau-Sportclub halt.«

»Geh, hör auf. Ich auch!«

Emma konnte sich ein Grinsen nicht verkneifen. Schau, schau, und sie hatte gedacht, Valerie stünde nur auf Dunkelhaarige mit tiefem Blick. Als Emma, die sich auch ein Eis gekauft hatte, mit ihrem Stanitzel fertig war, hatten Valerie und Roland ihr erstes Rendezvous – im Donau-Sportclub.

Roland

Einige Wochen und etliche Badminton-Matches später fand er, dass Valerie beim Verlieren keine allzu schlechte Figur machte. Heute würde Roland es darauf ankommen lassen. Sie blieben länger als sonst in der Club-Bar und er erzählte ihr über Konrad Zuse und zelluläre Computer.

»Klingt nach Maschinen-Frankenstein«, meinte sie zu Letzterem.

Er lachte. »Frankenstein, genau. Und zu Zuse merkst du dir: Urgroßvater aller Computer.«

Sie kräuselte den Mund und nahm einen Schluck Vitaminsaft. War er schon wieder lehrerhaft? Verstohlen schaute Roland auf ihren fliederfarbenen Pulli. Ihr Körper darunter ... frisch geduscht und noch pulsierend vom Sport ... Jetzt war es so weit.

»Wollen wir nächstes Wochenende mal ins Restaurant gehen?«

Überrascht sah sie ihn an: »Du meinst, einfach so, ohne Sport vorher?«

Roland nickte. Seine Pulsfrequenz stieg. Wurde sie jetzt rot? Nein, ihr Gesicht war einfach nach Spiel und Dusche erhitzt, wie immer.

»O.K.«, sagte sie und hielt für einige Sekunden seinen Blick. Roland atmete auf. »Gern«, fügte sie leise hinzu.

Er hatte ein für seine hervorragende Qualität bekanntes vegetarisches Lokal gewählt. Als sie sich bei Artischocken-Gnocchi und Borschtsch mit Räuchertofu gegenübersaßen, kamen ihm Zweifel. Warum kaute sie so auf den Tofu-Würfeln herum? Konnte es sein, dass ...

»Prost!«, riss sie ihn aus seinen Gedanken.

Er beeilte sich, das Glas zu heben. Als die filigranen Kelche aneinanderklangen, sagte er: »Auf gute Küche!«

Valerie spitzte die Lippen und nippte kurz. Schmeckte ihr der Wein denn auch nicht? Den Kopf leicht nach links geneigt, leckte sie sich mit der Zungenspitze über die Lippen. Dann hob sie ihr Glas noch einmal und nahm einen kräftigeren Schluck. Der Wein war's also nicht. Roland versuchte, in ihren braunen Augen zu lesen. Sie senkte den Blick. Ohne dass sie sich bewegte, hatte er den Eindruck einer Katze, die ungeduldig mit dem Schweif hin und her peitschte. Ungeduldig …? Was erwartete sie …? Oje, der Trinkspruch! Natürlich. Er hätte irgendwas Romantisches sagen sollen. Zu spät. Hilfesuchend blickte sich Roland im Raum um.

Prompt kam der Kellner an ihren Tisch. »Wünschen Sie noch etwas?«

»Könnten Sie bitte die Kerze anzünden?«, hatte Roland eine Eingebung.

Im flackernden Schein beobachtete er dann, wie Valerie in ihrer Krautsuppe rührte. Lass es stehen, wollte er sagen.

Da fragte sie: »Wie lang lebst du eigentlich schon vegetarisch?«

Er lachte. »Leben«, wiederholte er. »Ich weiß nicht, wie man vegetarisch *lebt*, aber seit zehn Jahren esse ich kein Fleisch mehr.«

»Aha.«

So. Jetzt hatte er es vergurkt. Roland sah es an Valeries Gesichtsausdruck. Scheiß-Essensthema auch. Besser, sie hätten sich wieder zum Sport getroffen. Der Kerzenschein zauberte Lichtreflexe in Valeries Locken. Roland dachte an Eichhörnchen und Kastanien.

Sie spürte die Richtung seiner Aufmerksamkeit und strich sich mit einer Hand ein paar Strähnen hinters Ohr. Eine widerspenstige Locke fiel erneut nach vorn. Ohne nachzudenken, streckte Roland die Hand aus und strich sie ihr wieder hinters Ohr. Sie zuckte zusammen. Er erschrak, zog die Hand zurück und murmelte etwas von »eichhörnchenfarben und schön«. Sein Herz schlug wild wie nach einem Marathon.

»Was hast du gesagt?« Sie beugte sich vor.

Das war der Moment. Roland umfasste das Oval ihres Gesichts und küsste sie.

Valerie und Roland

Ein paar Minuten zuvor hatte Valerie noch gedacht: Der spinnt ja! Gute Küche und vegetarisch *leben* ... Was anderes fällt ihm nicht ein. Und jetzt küssten sie sich.

Sie wurde sein »Eichhörnchen«, er ihr »Sonnyboy«. Letzteres war freilich auf eine Bemerkung Emmas zurückzuführen. Nach einem Jahr galten sie als das verturteltste Pärchen im Bekanntenkreis. Unter der Woche telefonierten sie jeden Tag. An den Wochenenden trafen sie sich. Kam die Zeit, als der Nachbar über Valeries Wohnung begann, Trompete zu lernen. So fing es an. Zuerst war es bloß eine Idee. Dann wurde es zum Wunsch und schließlich fragte Valerie Roland geradeheraus: »Sag, wollen wir nicht zusammenziehen?«

Roland schaute sie an. Sicher, Valerie hatte die längste Zeit am Wochenende bei ihm übernachtet. Aber einziehen ...?

»Ich mein'«, setzte Valerie nach, »es muss ja nicht unbedingt bei dir in Boboville sein. Aber vielleicht was gemeinsames Neues?«

Roland schnitt eine Grimasse: »Boboville beginnt erst im Siebten.«

Er versuchte, Zeit zu gewinnen. Wenn er zu lang überlegte, würde sein Eichhorn-Mädchen ... Jedenfalls wollte er seine Wohnung in einem renovierten Jugendstilgebäude im sechsten Bezirk nicht aufgeben. Neunundsechzig Quadratmeter plus ein feuchtes Kellerabteil ... Es wäre möglich.

»Gut«, sagte er in Valeries sich verdunkelnden Blick hinein, »ziehen wir zusammen, Schatz. Und zwar zu mir! Es wird was gemeinsames Neues werden. Das versprech' ich dir.«

Und Roland hielt Wort. Auch wenn sich in der Folge zwischen seiner Ansage »Du sollst dich hier zu Hause fühlen!« und dem Akzeptieren von Valeries Gestaltungsideen der Abgrund zwischen Theorie und Praxis auftat. Nicht nur, dass sein Schatz

Nippes, die ihm nie zuvor in ihrer Wohnung aufgefallen waren, an allen möglichen Stellen platzierte, nein, Valerie entdeckte auch noch ihr Faible für Feng-Shui. Ecken im Wohnzimmer wurden durch orangene Leuchten belebt. Und in der Küche musste ein Windspiel Qi-Energie in Fluss bringen.

»Übertreib's nicht, Eichhörnchen«, schüttelte Roland den Kopf, wenn er von der Arbeit heimkam und sie von Zimmerbrunnen schwärmte, die Harmonie zum Yang-Bereich bringen.

Valerie küsste ihn und lachte: »In deinem Bourgeois-Haushalt fehlen einfach die Bohémien-Elemente, mein Sunnyboy.«

Roland blätterte im Feng-Shui-Katalog. »Bagua-Spiegel, die schlechte Sha-Energie aus der Toilette abschirmen sollen ... Geh bitte, Valerie ...«

Sie zuckte die Schultern. »Sieh's mal so: Es sind einfach hübsche Sachen. Die Philosophie dahinter muss man ja nicht übernehmen.«

»*Philosophie* ist ein bissl inflationär gebraucht in dem Fall«, motzte er.

Trotzdem gab er meistens nach. Valerie hatte ihn außerdem davon überzeugt, dass einmal im Monat Staubsaugen nicht reichte. Darum saugte nun sie einmal pro Woche. Auch sonst erledigte Valerie den Großteil der Hausarbeit. Schließlich arbeitete er und sie studierte noch. Was sie gemeinsam zelebrierten, war das Einkaufen: auf dem Naschmarkt, in kleinen Bioläden, auf dem Bauernmarkt im ersten Bezirk. Der Kühlschrank war immer voll. Das war tatsächlich neu.

»Zwei Minus ergeben ein Plus!«, scherzte Roland.

Und es stimmte: Als sie beide einen Single-Haushalt geführt hatten, waren sie schlechte Vorratshalter gewesen. Er aus Nachlässigkeit, sie aus Figur-Gründen. Erst zu zweit fanden sie zur Mitte. Vorbei die einsamen Mahlzeiten, bei denen sie zu viel in sich hineinstopfte und die er zu oft ausließ. War Emma zu Besuch, lobte sie das Bio-Essen und brachte ihnen Kataloge für zertifizierte Öko-Kleidung mit.

»Zu teuer«, meinte Roland.

»Dann ist die Baumwolle bio angebaut, aber die Färbemittel sind immer noch reine Chemie«, war eins von Valeries Argumenten.

Emma schüttelte den Kopf. »Ihr werdet schon noch draufkommen. Man muss sich nur informieren. Bei den Lebensmitteln wart ihr zuerst auch skeptisch. Habt ihr etwa gewusst, dass Insektizide ein Nebenprodukt der Forschungen für die Herstellung von Giftgasen und Chemiekampfstoffen vor dem Zweiten Weltkrieg waren?«

Roland schüttelte den Kopf: »Esoterischer Weltverschwörungsquatsch.«

Valerie sprang der Freundin bei: »Aber dieses Entlaubungsgift, *Agent Orange*, das haben sie doch auch für den Vietnamkrieg entwickelt.«

Emma nickte: »Um dem Feind seine Deckung und gleichzeitig seine Nahrungsmittelgrundlage zu rauben. Und die Überproduktion haben sie nach dem Krieg den Bauern als Unkrautvertilger verkauft.«

Valerie blickte Roland triumphierend an. Er zuckte die Schultern, unbeeindruckt.

»Ist's nicht bezeichnend, dass die chemische Vernichtungsindustrie gegen Kerbtiere aus Kriegen stammt?«, setzte Emma nach.

Jetzt tupfte er sich den Mund mit der Serviette ab. »Und woher hast du das, wenn ich fragen darf? Informationsquellen?«

Emma verzog keine Miene: »Wolf-Dieter Storl: *Der Garten als Mikrokosmos*. Borg' ich dir, wenn du magst.«

»Nein, danke.«

Roland trank einen Schluck Wein. Emma stand auf und stopfte halb beleidigt ihren Katalog zurück in die Tasche. Valerie beeilte sich, das Dessert zu holen: Rhabarber-Topfen-Tiramisu. Ein paar Bissen später war wieder Friede zwischen Freundin und Freund eingekehrt.

Friede, Freude, Eierkuchen. Valerie konnte zufrieden mit ihrem neuen Leben sein. Jeden Morgen wachte sie neben dem von ihr geliebten Mann auf. Jeden Abend schlief sie an ihn gekuschelt ein. Was auch immer der Tag brachte, diese beiden Dinge waren gewiss. Zum ersten Mal konnte sie anderen länger in die Augen schauen. Und endlich war sie vor mündlichen Prüfungen an der Uni nicht mehr so nervös. Jetzt gehörte sie dazu.

Verglichen mit dem zehnten Bezirk, aus dem Valerie kam, war Rolands Wohngegend sehr wohl Boboville. Reformhäuser, Second-Hand-Shops, Alternativ- und Weltläden, dazu Theater, Kinos und Museen – es fehlte an nichts. Trotzdem kam etwas hinzu. Nach knapp zwei Jahren wurden im Gefolge des Mallorca-Urlaubs die Karten neu gemischt. Die schöne Wohnung drohte mit einem Mal zu klein zu werden. Valeries Masterstudium rückte in die Ferne. War ihre Beziehung denn schon stabil genug für ein Drittes? Für Roland war alles klar. Familiengründung? Warum nicht. Studieren mit Baby? Kein Problem. Ein eigenes Haus? Muss man sich anschauen. Schon ab der ersten Hausbesichtigung bewarb er den nahe gelegenen Nationalpark als geologisches Forschungsfeld. Das erste Haus war diese neu gebaute Passivenergie-Schachtel gewesen. Nie könnte Valerie in so was wohnen. Beim anschließenden Au-Spaziergang wusste Roland genau, welche Richtung einschlagen. Bald standen sie vor einer spiegelnden Wasseroberfläche. Gelbe Seerosen, am Ufer Weiden, da und dort ein umgeknickter Baum.

»Biber«, sagte er, »ein naturbelassener Auwald.«

»Geh bitte ... Hemerobie«, antwortete Valerie und wies auf den Weg, den sie gekommen waren, gesäumt von Silberpappeln.

Roland nickte zufrieden, wie immer, wenn sie ein geologisches Fachwort benutzte. »Will heißen ...?«, fragte er.

»Das Maß für den menschlichen Einfluss auf die Natur.«

»Sehr gut.«

Fehlte nur noch, dass er »setzen« sagte. Valerie verdrehte die Augen: »Wir sind hier nicht in der Schule, O.K.?«

Er legte ihr eine Hand auf die Schulter. Leichter Wind war aufgekommen. Die Wasseroberfläche vor ihnen kräuselte sich. Lichtreflexe tanzten auf den Spitzen der Schilfgräser.

»Mein Schatz«, sagte Roland. Wenn er ihr auf diese Art kam, wollte er was. »Wie ein Kind hier spielen könnte …«

Ah, darauf wollte er hinaus. Valerie spürte es ja selbst. Wald und Wasser versprachen Entspannung und Ruhe. Das konnte man sicher brauchen, wenn man ein Kind hatte.

»Aber man fährt über eine Stunde öffentlich hierher«, warf sie trotzdem ein.

Mittlerweile hatten sie sich ans Ufer gesetzt. Roland hob einen Zweig auf und drehte ihn in der Hand.

»Was wird aus unserem Burgtheater-Abo, den Kinos, dem Konzerthaus und den Biorestaurants?«, fuhr sie fort.

Er rührte mit dem Zweig im Wasser. »Kultur holen wir uns übers Internet. Und statt ins Restaurant gehen wir hier picknicken. Da!« Schon holte er einen Apfel aus seinem Rucksack und hielt ihn ihr vors Gesicht.

Valerie verzog den Mund. »Kultur aus dem Internet …? Das ist jetzt aber nicht dein Ernst?! Ein Theaterstück auf dem Laptop, oder was …?«

»Natürlich nicht«, sagte er schnell und biss in den von ihr verschmähten Apfel. »Ich mein' ja bloß« – es krachte, als er das Apfelstück mit seinen Zähnen zermahlte – »weil mit Kind sowieso alles anders sein wird.«

»Aber davor habe ich ja Angst!«

Valerie sprang auf und Roland verschluckte sich an einem Apfelstück. Während er hustete und sie ihm auf den Rücken klopfte, dachten beide das Gleiche: Wir müssen die richtige Entscheidung treffen. Das Apfelstück löste sich aus Rolands Speiseröhre. Nun schauten sie schweigend aufs Wasser. Geht so mein neues Leben weiter, fragte sich Valerie. Oder hört es so auf? Wenn ich sie bloß überzeugen könnte, dass hier für uns als Familie alles leichter sein wird, dachte Roland.

»Wenn alles anders wird, werden wir's in vertrauter Umgebung leichter haben«, sagte Valerie wie in Antwort auf seine Gedanken.

Roland brummte etwas und biss wieder in den Apfel.

»Emma wohnt in der Nähe!«, rief sie aus. »Die würde mir ab und zu aufs Kind aufpassen.«

»Pah!« Roland stand auf. »Emma, die Bio-Tante, sollte die Erste sein, die hier ins Grüne rausfährt. Komm!« Er reichte Valerie die Hand und holte sein Handy aus der Tasche. »Wir machen jetzt gleich Lobau-Werbefotos für deine Öko-Freundin.«

Valerie lachte und schüttelte den Kopf. »Emma hat weder ein Auto noch Zeit, wo sie doch berufsbegleitend ...«

Aber Roland ging schon in die Hocke und fotografierte grüne Wasserspiegel und windgebeugtes Schilf. »Na und? Vielleicht werden wir ein Auto haben. Dann kannst du sie von der U-Bahn abholen.«

Valerie beugte sich zum Wasser und ließ ihre Fingerspitzen ins kühle Grün gleiten. »Aber am Land ist man so« – sie fuhr mit der Hand einen Kreis im Wasser – »abgeschnitten von allem. Und im Winter ...«

»Werden wir's warm haben, Eichhörnchen. Ich versprech's dir.«

Er beugte sich zu ihr und murmelte den letzten Satz in ihre Halsbeuge. Lau strich sein Atem über ihre Haut. Es war schwer, gegen Rolands Zuversicht anzukommen. Sie versuchte es trotzdem.

»Ein Riesenschritt, den wir nicht mehr rückgängig machen könnten.«

Roland stand wieder auf. »Manchmal muss man einfach was wagen.«

Sprach's und streifte sich T-Shirt, Jeans und Shorts ab. Einen Moment sah Valerie seinen drahtigen Oberkörper und den blanken Hintern. Dann lief er los. Sonnenlicht und Tropfenregen. Sie bekam einige Spritzer ab. Das Wasser glitzerte, schwankte und schlug Wellen um seinen Körper.

»Bist du verrückt?!«

»Fluviale Deregulierungsmaßnahmen!«, rief Roland und durchpflügte mit Armen und Beinen den Teich.

»Ist das Wasser nicht zu kalt?« Valerie floh ein paar Meter vom Ufer zurück.

Lachend kam er aus dem Wasser. Unwillkürlich starrte sie auf sein Geschlecht – vor Kälte geschrumpelt. Er bemerkte ihren Blick. Mit seinem T-Shirt rubbelte er sich trocken und setzte sich neben sie. Seine Hand an ihrem Rücken.

»Na, Frau Geologin? Wie schaut's aus mit Geländeanalysen?«

Es muss ein Mirabellenbaum gewesen sein, wenn Valerie sich nicht täuscht, in den sie geschaut hat, als er sich zwischen ihre Beine legte.

Im Hochsommer zogen sie nach Essling.

Minna

Ende November. Der Herbst dauert lang dieses Jahr. Im Oktober konnte ich noch Blüten zum Zeichnen sammeln. Von den Skizzen und fertigen Werken, die ich in den letzten Wochen auf Facebook gestellt habe, hat *Anemone hupehensis* die meisten Kommentare erhalten. »*Looks like created with honeydew at the last breath of the evening sun*«, hat eine geschrieben. Ich hab' mich auf das Geschlecht der Herbstanemone konzentriert: die Staubgefäße mit den Filamenten und Antheren, das prallgoldene Nektarienrund, *Andro-* und *Gynoeceum*. Herbstblüher fangen das Sonnenlicht in besonderer Weise ein. Und Hahnenfußgewächse wie die Anemone sind die Ausdauer-Experten unserer gemäßigten Zonen. *Tribus Anemoneae*, die Gattung Windröschen, bildet mit radiärsymmetrischen Blütenblättern um ihr zwittriges Geschlecht etwas vom Wesen der Sonne ab. Ist's mir gelungen, das einzufangen, bin ich zufrieden.

Heute früh zeigte das Außenthermometer zum ersten Mal null Grad. Der Winter kommt. Ich male, halte fest, erinnere. Pflanzen auf Papier vergehen nicht. Kein Verblassen der Farben, kein Nachlassen des Turgors – und wenn, ist es, weil ich das Verwelken der Pflanze festhalte. Auf die gold-orangene Anemone folgen Herbstblatt-Arten. Mit der sich gelb, grün und rostrot verfärbenden Zaunwinde verabschiede ich den Herbst.

Morgen ist der erste Dezember. Der Igel in meinem Garten hat seinen Platz zum Überwintern gefunden: am Fuß von Omas Lebensbaum. Als ich den kugelförmigen Laubhaufen sah, wusste ich Bescheid. Zur Sicherheit hab' ich noch etwas Laub und Reisig drübergetan. Seit so viele neue Häuser gebaut werden, findet man auf der Straße vermehrt überfahrene Igel. Auch zum Überwintern schaut's schlechter aus für die Tiere. Die Leute in den neuen Häusern kehren das Laub zusammen und stecken es in von der Stadtverwaltung bereitgestellte Plastiksäcke. Für jedes neue Haus wird ein Grundstück gerodet. Bäume und Sträucher haben keinen Kaufwert. Die spätere Begrünung besteht meist aus Rollrasen und Kübelpflanzen.

Natürlich, gerodet hat man auch früher. Die Frage ist, was man stattdessen pflanzt. Als ich nach der Scheidung ins Haus übersiedelt bin, habe ich den Thujenhecken den Garaus gemacht. Großvater hatte sie im Westen als Gartengrenze gepflanzt. Thujen machen den Boden sauer, wusste schon Mutter. Bloß unternommen hat sie nie etwas dagegen. Also war es an mir, den hartnäckigen Tiefwurzlern mit Schaufel und Spitzhacke beizukommen. Einzig Omas hochgewachsenen Lebensbaum im Vorgarten ließ ich stehen. Einen halben Meter Erde abgraben, wegschütten und gute Erde darüber, hatte eine Bekannte geraten. Ich grub, riss aus, schaufelte und schmiss saure Erde in die Biotonne. Ab und zu half mir Nadja: eine Viertel-, maximal halbe Stunde. Dann verschwand sie im Haus und bearbeitete ihre Finger mit der Nagelbürste. Schon als sie klein war, musste ich mir eingestehen: Liebe zum Gärtnern kann man weder vererben noch anerziehen.

Der Sommer kam. Wir machten Ausflüge in die Lobau, meist mit dem Rad und einige spezielle mit dem Auto. Borgte ich mir den Citroën 2CV, die »Ente«, einer Freundin aus, wusste Nadja Bescheid. Es hatte alles frühmorgens unmittelbar am Eingang zur Au stattzufinden. Da hielten sich Spaziergänger in Grenzen und ich musste nicht weit tragen. Bis heute weiß ich nicht, ob es legal war. Allein aufgrund der Menge schien es verboten. Für Nadja war es ein Abenteuer. Mit roten Wangen stand sie auf dem mittleren der drei Holzbrückchen der Esslinger Furt und schaute unauffällig ins Wasser. Kam jemand, begann sie, ein Liedchen zu pfeifen. Das war unser Zeichen. Sofort hörte ich, obwohl vom Weg aus verborgen, auf, Erde zu schaufeln. Ganze Müllsäcke voll Erde habe ich vom Auboden abgetragen.

Wie auch immer wir es angingen, der letzte Schritt blieb auffällig: Eine junge Frau, die einen großen Sack schultert und damit aus dem Wald stapft. Natürlich haben wir aufgepasst, dass keiner da war, wenn's so weit war. Einmal aber sind zwei Radfahrer von der Straße her aufgetaucht. Ich war nur noch ein paar Schritte vom Auto entfernt. So selbstverständlich wie möglich habe ich einen Fuß vor den anderen gesetzt. Nadja war schon mit den Schlüsseln beim Auto und hat mir die Tür zur Beifahrerseite aufgehalten. Ich ließ den schweren Sack auf den Sitz plumpsen, neugierige Blicke im Rücken. Als ich um das Auto zur Fahrerseite ging, hörte ich die Räder im Freilauf surren. Jetzt bleiben sie stehen, dachte ich, und fragen. Wir stiegen ein. Ich drehte die Zündung. Mein Arm zitterte so, dass ich den Retourgang nicht gleich reinbekam.

»Sie sind weitergefahren, Mama.«

Schnaubend stieß ich die Luft aus. Wir lachten. Die Anspannung ließ nach. Das war der Moment, wo ich beschloss, dass wir nur noch einen Sack brauchten.

Die Auerde war fruchtbar. Ich bestückte sie mit Pflanzen aus der Lobau. Samen, Stecklinge, Ausläufer und Jungpflanzen – im Juli und August sammelte, schnitt und grub ich aus, was ging. Tauschte mit Bekannten: Flieder-Ausläufer gegen Clematis-Ableger und so weiter. Es durfte ja alles nichts bis wenig kosten. Im Osten legte ich meine ersten Gemüsebeete an: Paradeiser, Karotten, Salat. Einen Luxus leistete ich mir: Schwarzwurzeln. Sie waren damals etwas Exotisches. In einer Zeitschrift wurden sie als »Spargel des unterirdischen Reichs« angepriesen: »außen schwarz, innen alabasterweiß und süß«. Ich musste sie haben! Leicht waren sie nicht aufzutreiben. Ich fragte Freunde, hörte mich um und wurde schließlich in einer Floridsdorfer Gartenhandlung fündig.

Meine Pflanzen gediehen. Ich hatte bereits Pläne für das nächste Frühjahr. Als Erstes: den ehemaligen Goldfischteich umgestalten. Meine Mutter hatte diese etwas tiefere Bodenmulde – sie war kaum als Teich zu bezeichnen – in himmelschreiendem Babyblau gestrichen. Als Nächstes würde ich den Großteil des Gartens in einen Abenteuerspielplatz verwandeln. Die Wiese verwildern lassen. Klee, Spitzwegerich, Gänseblümchen, Löwenzahn und Schafgarbe durchwachsen ohnehin alles, wenn man sie lässt. Wie hat der Riese in Oscar Wildes Märchen gesagt? »In meinem Garten gibt es viele schöne Blumen, aber die schönsten sind die Kinder.« Nadja, ihre Freundinnen und Schulkinder, die zu Besuch kamen, sollten herumtoben können. Im Süden standen mittig zwei Kirschbäume und ein Apfelbaum, im Norden wuchsen Föhren, im Westen der Nussbaum. Der Osten blieb bis auf eine Eibe den Gemüsebeeten vorbehalten. Unter Omas Lebensbaum im Vorgarten hatte Bernhard, ein guter Freund und Kollege aus der Schule, ein Baumhaus mit Holzrutsche gezimmert. Vom stärksten Ast hing ein Seil mit einem alten Reifen: die perfekte Kinderschaukel.

Bald legte ich mir zwei Katzen zu, Minzl und Junior. Nadja ließ sie in ihrem Bett schlafen. Sie kletterten auf Bäume und Zäune. Und morgens fand ich manchmal eine tote Maus mit abgebissenem Kopf vor der Haustür. In Nadjas letztem Volksschuljahr trieben die ersten Stecklinge aus: Pfaffenkapperl, Schneeball und Dirndlstrauch. Im Herbst, als sie mit dem Bus ins Gymnasium fuhr, waren sie so hoch wie die Flieder-Ausläufer.

Zu dieser Zeit musste mein Blumenkind jeden Morgen zwanzig Minuten vor mir aus dem Haus. Kostbare Zeit für mich. Batik-Stoffe, gefranste Röcke, langes, offenes Haar – das war ich. Rosa Shirts, pinke Hosen und Popper-Haarschnitt – das war Nadja. Ich war achtundzwanzig. Allmählich hielt die Freiheit wieder Einzug in mein Leben. Vorm Badezimmerspiegel probierte ich neue Gesichter und setzte mit Lidschatten und Lipgloss Akzente. Den Morgenkaffee konnte ich wieder im Sitzen genießen. Von der Küche aus sah ich den Garten. Aus den Zweigen des Kirschbaums lugte Minzls getigertes Fell hervor. Der Hollerbusch, den Vater gesetzt hatte, wucherte. Efeu rankte.

Ich war dabei, mich selbst neu zu entwerfen. In der Schule galt ich wegen meines Hippie-Looks als »Alternative«. Ich wusste, dass sie sagten: »Die Minna wechselt ihre Männer wie die Röcke.« Als ob es meine Schuld wäre, dass sich die meisten nach einer Weile zu stark in mein Leben einmischten ... Gibt's für eine Alleinerzieherin was Unerträglicheres als einen Mann, der ihr die Welt erklärt? Gut, später akzeptierte ich Psychotherapeuten in dieser Rolle. Aber das wusste ich zu dieser Zeit noch nicht.

Zuerst war da noch Georg. Etwa ein halbes Jahr lang führten wir eine unbekümmerte Wochenendbeziehung. Georg war viel beschäftigt. Das war gut. Ein Schauspieler, der sich zum Theaterregisseur hochgearbeitet hatte. Engagierte Kleinbühnen, ambitionierte Projekte, dazwischen Förderansuchen. Unterhielten wir uns über Kunst und Kultur, merkte ich: Er lebt in einer anderen Welt. Einer pulsierenden voller Intrigen, die mich faszinierte und mir fremd blieb. Früher oder später würden wir wegen dieser Welt wieder eigene Wege gehen. Das war mir klar.

Dann passierte das Unverzeihliche. Ich wurde erneut schwanger. Eine temporäre Unverträglichkeit der Pille, unregelmäßige Blutungen und ein minimales Zeitfenster hatten genügt. Die schönsten Blumen sind die Kinder. Aber musste ich deshalb noch eins in die Welt setzen? Alles wieder von vorne beginnen und diesmal allein? Denn in Georgs Welt war kein Platz für ein Kind. Seine Innenstadtwohnung war der überteuerte Abklatsch seines exzentrischen Lebensstils. Dort passte kein Kind hinein. Oh ja, er würde mir viel versprechen, Pläne machen. Ich war schließlich der solide Teil seiner Welt. In unserem komplementären Beziehungsgebilde hatte ich den handfesten, praktischen Part, während Georg in seiner Theaterwelt von einer Möglichkeit zur nächsten schwirrte. Nein und nochmals nein. Ein Kind ist nicht der Kitt, Menschen aneinanderzubinden, die auf Dauer nicht zusammengehören. Nicht zweimal den gleichen Fehler machen.

Ich sprach mit Georg. Er wollte, wie ich mir gedacht hatte, das Kind, ohne dass sich an unserer Beziehung etwas änderte.

»Es wird nicht funktionieren«, sagte ich.

Er zuckte, machte eine hilflose Geste. Ich hoffte, er würde nicht über Geld reden. Haushaltshilfe, Kinderbetreuung, was weiß ich anbieten, nur nicht sich selbst als Vater. Einen Augenblick lang sahen wir uns an. Er wusste, dass ich wusste. Auf seine Dachterrassenwohnung hatte er einen Kredit laufen. Dazu war er an unergiebige Kunstprojekte gebunden und reiste im Schnitt jeden zweiten Monat zu einem Festival. Es war der Anfang vom Ende.

Mit meinem ersten Kind hatte ich versucht, ein eigenes Leben zu leben. Ich hatte keine andere Wahl gehabt – 1970. Nun hatte ich sie. Ich dachte an die einzige Fallschirmspringerin damals auf dem Flugfeld. Erinnerte mich an das abrupte Ende meiner Jugend und sprang. Die Reißleine hieß Fristenlösung. Der Schirm ging auf. Ich landete trotzdem hart. Es hieß Abschied nehmen von Georg und meiner Tochter eine unschöne Wahrheit zumuten. Damals war ich überzeugt davon, die Wahrheit sei besser, als dieses Geheimnis vor ihr zu haben. Heute bin ich mir da nicht mehr so sicher.

Nadja. Wie also einer Zehnjährigen erklären, dass man ihr Geschwisterkind nicht will? Ich begann mit dem Ende von Georg und mir. Nadja nickte. Es überraschte sie nicht. Kinder sind Meister im Erfühlen von Unausgesprochenem. Aber der Embryo im Bauch, noch kein Baby – dieser Unterschied war mir wichtig –, beschäftigte sie länger.

Nadja

Ein halber Tag im Spital, Mama blass mit Ringen unter den Augen. Nadja glaubte nicht, dass Mama geweint hatte. Kein Platz und keine Zeit für ein zweites Kind in ihrem Leben, hatte sie gesagt. Alles sei gut, so wie es war. Aber für Nadja war nichts gut. Mama brachte ihr Geschwisterl um. Ein kleiner Bruder oder eine Schwester – das wäre was gewesen. Vielleicht später, hatte Mama sie getröstet. Später ... Pah! In acht Jahren? Da wäre Nadja achtzehn und würde ausziehen. Das hat zumindest Mama gesagt: Mit achtzehn kannst du ausziehen, wenn du magst. Vielleicht wollte sie ja nicht. Ein eigenes Leben ... Nadja wusste, dass Mama in ihrer Jugend nichts sehnlicher gewollt hatte. Und dann war sie, Nadja, gekommen. Genauso unerwartet wie das Kind jetzt. Genauso unerwünscht? Immerhin hatte Mama sie bekommen. Bereute sie es? Waren die Jahre danach mit ihr und Papa so schrecklich gewesen, dass sie jetzt kein Kind mehr wollte? Dann wäre ja Nadja selbst der Grund ...

Minna

Ich hoffe, es ist mir wenigstens gelungen, in Nadja keine Schuldgefühle aufkommen zu lassen.

In den ersten Monaten nach dem Eingriff träumte ich wiederholt von Wölfen. An einen dieser Träume erinnere ich mich noch heute. Georg, Nadja und ich waren zu dritt auf einem Feld vor einer abgelegenen Winterhütte. Der Schnee lag hoch. Nadja war etwa drei und wuselte warm eingepackt im Weiß herum. In einiger Entfernung sahen wir Wölfe, die in den hohen Schneewechten herumsprangen. Sie pflügten sich ihre Wege. Irgendwann merkte ich, dass sie in scheinbar absichtsloser Balgerei einen unsichtbaren Kreis um uns zogen.

Ich bat Georg, mit der Kleinen in die Hütte zu gehen. Das Kind würde zu sehr auskühlen.

»Du wirst doch keine Angst vor Wölfen haben?«, scherzte er.

Ich schüttelte den Kopf, rief: »Geht's rein, bitte!«

Die Wölfe hatten ihren Kreis enger um uns gezogen. Georg schien das nicht zu merken. Trotzdem nahm er Nadja bei der Hand und ging mit ihr in die Hütte. Ich war allein. Die Wölfe beachteten mich nicht, kamen aber unauffällig immer näher. Ich rief tief klingende Worte. Sie drehten nicht einmal die Ohren in meine Richtung. Eigentlich sahen sie wie Schäferhunde aus, wären da nicht ihre Fangzähne gewesen, die aus den Lefzen ragten.

Mit einem Mal stand einer vor mir. Prachtvolles Fell, graubraun und eine milchkaffeebraune Schnauze mit schwarzer Nase, aus der weiß sein Atem dampfte. Mit eng beisammenstehenden Augen fixierte er mich. Man riecht sie nicht in der Kälte, dachte ich. Weil alles weiß und steril ist. Ich nahm mir vor, auf keinen Fall zu laufen. Ein Wolf war schließlich auch nur ein Hund.

Wie in Trance streckte ich den Arm zu seiner Schnauze. Er hob die Lefzen und lächelte. Dann biss er zu. Es tat gar nicht weh. Wahrscheinlich, weil mein Handgelenk von einer dicken Jacke geschützt war. Trotzdem war ich gekränkt. Beißen ist Beißen. Ich riss meinen Arm los, drehte mich um und ging zur Hütte. Der Wolf folgte mir nicht.

»Was ist?«, wollte Georg wissen.

»Er hat mich gebissen.«

Ich zeigte ihm mein Handgelenk. Man sah nichts.

»Wo ist Nadja?«, fragte ich.

»Im Kinderwagen.«

»Gut, gehen wir.«

Wir stapften, den Kinderwagen schiebend, Richtung Bahnhof. Die Wölfe waren wieder weiter entfernt und hatten kein Interesse mehr an uns. In letzter Minute erwischten wir den Zug. Im Abteil atmete ich auf. Nadja gab keinen Laut von sich. Sie musste erschöpft sein. Ich beugte mich über den Kinderwagen und schob den Windschutz zurück. Der Wagen war leer.

»Wo«, schrie ich, »ist das Kind?«

Im gleichen Moment tauchte ein Mann auf, der uns eine traurige Geschichte erzählte und seine Hand ausstreckte. Georg bedeutete mir, still zu sein. Geduldig hörte er dem Mann zu und gab ihm hundert Euro.

Ich tobte. »Wir haben keine Zeit für so was! Und auch kein Geld! Wo ist das Kind, Georg?!«

Georg war mein Verhalten peinlich. Er entschuldigte sich bei dem Mann. Der murmelte irgendetwas und verschwand so plötzlich, wie er gekommen war.

Georg wandte sich zu mir. »Das Kind ist da«, lächelte er und deutete auf den Kinderwagen. Als sich seine Mundwinkel hoben, sah ich die Fangzähne. Georgs Haarmähne war mit einem Mal mehrfarbig: grau, braun und beige. Die runden Murmeln seiner Augen flackerten.

Ich warf den Kinderwagen um und rannte aus dem Waggon. Plötzlich war ich wieder auf dem Schneefeld.

»Nadja!«, brüllte ich, »Nadja!!«

Das stumme Weiß verschluckte meine Schreie. Ich wollte laufen, aber meine Beine steckten fest. In einiger Entfernung lag umgestürzt im Schnee – der Kinderwagen.

Nach der Abtreibung ließ ich außer meinem guten Freund Bernhard keinen Mann mehr in mein Leben. Bernhard B. war evangelischer Religionslehrer in der Schule, wo ich unterrichtete. Er kam aus Kärnten, wohnte im 18. Wiener Bezirk und schrieb Gedichte und Lieder im Dialekt seiner Heimat. Das Kärntnerische war für ihn ohne den Einfluss des Slowenischen nicht denkbar. Dank ihm bekam ich ein Gefühl für die Melodik und Sprachgewalt des Kärntner Dialekts fernab von nationalistischer Volkstümelei und kitschiger Naturpoesie. Bernhard wollte den Begriff »Heimat« und Mundartdichtung auf kritische, linksintellektuelle Weise neu beleben. Er stand in der Nachfolge der Wiener Gruppe. In seiner Altbauwohnung im 18. hielt er zeitweise einen Literaturzirkel ab. Politische Weltanschauung, künstlerische Aktivität und Liebe zur Natur – uns einte vieles. Es war wohl nur eine Frage der Zeit, wann die Freundschaft zu mehr würde.

Bernhard hatte im Waldviertel ein winziges Wochenendhaus, denkbar einfach, gerade mehr als eine Hütte. Dorthin lud er mich manchmal ein, wenn Nadja bei ihrem Vater war. Wir fuhren zum Stausee Ottenstein fischen. Eines Nachmittags passierte es. Wir waren an einer seiner Geheimbuchten. So nannte er Plätze am Wasser, die schwer zugänglich und abgeschieden waren. Die Angel hing, am Gestell befestigt, ins Wasser. Bernhard rauchte und kritzelte ins Notizbuch. Ich entwarf in meinem Skizzenbuch mit flüchtigen Rötelstiftstrichen das Muster des Winds auf dem Wasser. Obwohl wir sonst beim Fischen nicht sprachen, sagte er plötzlich: »Hör mal.«

Dann las er mir vor, was er eben geschrieben hatte. Es war ein Gedicht über mich, meine malende Hand, sehnig und stark, das wogende Schilfhaar, den Fuß in die Erde gestemmt, Zehen im Schlamm, Geruch nach Kiefer und Föhren und Brüste in

Hülle und Fülle ... Eine Grenzüberschreitung. Wir sahen uns an. Ich erinnere mich noch an seine feste, behaarte Hand, die mein Kinn sacht anhob, bevor er mich küsste.

Es war wie ein Heimkommen. Wir entdeckten im anderen das Vertraute im Fremden und das Fremde im Vertrauten. Jeder Zentimeter Haut und Fleisch, der berührt, gerochen und gekostet wurde, war unerhört und selbstverständlich zugleich. Bernhard liebte, wie er dichtete: wild, unmäßig, saftig.

Leider trank er auch dementsprechend. Ja, ich liebte seine hemdsärmelige Art. Alle liebten sie, auch die Schüler und Schülerinnen. Aber mit dem Alkohol trieb er es zu weit. Einmal, als er mich wieder ins Waldviertel eingeladen hatte, stand ich vor dem verschlossenen Wochenendhäuschen. Ich rief ihn, begann zu schimpfen. Da kam der Nachbar und sagte mir, Bernhard sei im Spital. Alkoholvergiftung, erfuhr ich dort. Mit erschreckend bleichem Gesicht unterm Vollbart lag er da. Nur seine Augen waren wie immer: warm, braun und mit einem schwachen schelmischen Aufflackern, als er mich erkannte. Mit der Zeit driftete unsere Beziehung wieder Richtung Freundschaft.

Als Nadja in der Pubertät war, lernte ich Frank kennen. Obwohl dem zahmen Popper-Kult zugetan, waren Nadjas Bemerkungen damals so unmäßig wie ihr Haarspray-Gebrauch. »Männersucht«, warf sie mir an den Kopf und schüttelte ihre toupierte Haarpracht, aus der pink die Ohrgehänge leuchteten. Ich verbat mir den Ton und Nadja entging nur knapp der ersten Ohrfeige ihres Lebens. Die fing sie zwei Jahre später, mit sechzehn. Da hatte ich sie abwechselnd tot, in einer sich rasch am Asphalt ausbreitenden Blutlache, oder mit versteinertem Blick, die Kleidung in Fetzen, am Waldboden kauernd vor mir gesehen. Um zwei Stunden und achtundzwanzig Minuten hatte sie ihre abendliche Ausgehzeit überschritten.

Frank nahm die Querelen mit Nadja locker. Kunststück, er war ja nicht für ihre Erziehung zuständig. Sich nicht provozieren lassen, Grenzen setzen – so einfach ist die Theorie. Und die Praxis? Was wird aus der Tochter einer kommunistisch erzogenen Jugendlichen, die auf Alternativ-Hippie umsattelt? Richtig, eine Teenagerin, die sich für Markenjeans und -sneakers begeistert und ihr Zimmer in Rosa einrichtet. Als wäre das noch nicht genug, wünschte Nadja sich zum Geburtstag einen Aerobic-Kurs und trug in Anwesenheit Franks meist hautenge Leggings und Body. Freilich, ich selbst hatte ihn als Abenteurer vorgestellt. Aber doch nur, damit sie ihn als väterliche Figur akzeptierte. Von einem Trainingsobjekt fürs Flirten war nicht die Rede gewesen. Frank tat auch das mit einem Schulterzucken ab.

»Ich hab' schon Schlimmeres erlebt«, lachte er.

Vier Jahre war Frank als Ethnologe in Australien gewesen. Für ein Feldforschungsprojekt im Rahmen seines Studiums hingereist, hatte ihn die Lebensweise des indigenen Volks, das er erforschte, zunehmend fasziniert. »Die Untersuchung der Reste nomadischer Lebensweisen nach der britischen Kolonialisierung im Stamm der Aranda«, war sein Thema gewesen. Ihre Sprache hatte er mit Mühe gelernt. Franks Augen leuchteten, wenn er von ihrem friedlichen Miteinander, dem starken Zusammenhalt und den wie selbstverständlich in der Stammesgemeinschaft aufgezogenen Kindern erzählte. Je mehr Frank sich auf die Menschen einließ, desto mehr trat sein Forschungsprojekt in den Hintergrund. Natürlich war Liebe im Spiel gewesen: Pangari, zwanzigjährig, mit großen Kinderaugen, unerschöpflicher Neugier und einem erstaunlichen Talent, sich Franks Sprache und Gesten anzueignen. Als sein Visum ablief, tauchte Frank kurzfristig unter und hinterließ in Pangari ein gebrochenes Herz. In der Folge lebte er in Papua-Neuguinea in einem anderen Stamm weiter.

Meine ersten Monate mit Frank schlugen sich in schemenhaften Bildern von Tanzenden nieder. Sie stampften mit bloßen Füßen rotbraune Erde. Gauguin in Ehren – aber diese Phase des Malens wollte ich damals so schnell wie möglich überwinden. Exotismus! Es war nicht auszuhalten. Die Flucht gelang mir letztendlich mit dem Schritt ins Abstrakte. Augenhöhlen verflossen zu fremdartigen Schriftzügen, Konturen verloren sich im umgebenden Raum. Nur die Farben behielt ich bei: Grün-, Kupfer-, Braun- und Rottöne.

Wer in schillernden Pastellfarben umherflatterte, war meine Tochter. Ich warf Frank vielsagende Blicke zu und verdrehte die Augen, wenn sie Po wackelnd vorbeizockelte.

»Lass sie«, sagte er, wenn sie weg war. »Hat dir in dem Alter gefallen, was deinen Eltern gefiel?«

Also gut. Ich mit vierzehn ... Geriet Nadja denn so sehr nach mir? Was hatten wir noch gemeinsam? Fliegertochter und Waldkind. Das Erste war uns durch die Väter beschieden, das Zweite war mein Erbe an Nadja. Lockende Lobau – zu jeder Jahreszeit zog sie uns an. Heilsame Natur: eine Erkenntnis, die ich meinem Kind weitergeben wollte. Damit sie etwas hat, das ihr keiner mehr nehmen kann. Wie oft habe ich mich als Heranwachsende in den Wald geflüchtet? Die Au war eine geschützte Zone. Es begann mit dem Überqueren der Furt auf einer schmalen Holzbrücke. Eine Welt aus Wasser und Grün tat sich auf, in deren Baumschatten und Bachrauschen ich begierig tauchte. Ich wusste: Ab da haben Vaters Geschichten keine Macht mehr über mich. Ab da erreicht Mutters Kälte mich nicht mehr. Das Wasser war mein Vertrauter. Ich kannte seine Strömung, wenn es so hoch war, dass es bis zehn Zentimeter unter die Brücke reichte. Dann musste man beim Durchschwimmen den Kopf einziehen und wurde bei der Mündung schwungvoll in den langen Teich gespült. Heute sind es drei kleine Brückenstege, die über die Furt führen. Der Bach fließt nur mehr unter einem von ihnen durch. Danach gibt es drei Wege in die Lobau. Zwei davon verlaufen parallel zum Wasserarm, der hinter Silberpappeln, Strauchweiden und Schilf verborgen liegt. Der dritte führte damals tiefer in den Wald, in jenen Teil, in dem Vater sich später erschoss. Aber davon wussten Nadja und ich zu dieser Zeit noch nichts.

Wenn Kurt am Wochenende für ein Fliegerabzeichen trainierte, fuhren wir oft mit dem Bus nach Essling, um in der

Au zu spazieren. Mit kurzen Beinchen trippelte die Kleine über Wurzeln und abgebrochene Äste. Mit vier fing sie Frösche. Ab fünf schwamm sie selbst wie eine Kaulquappe. Als Schulkind kletterte sie bis in die Wipfel ihrer Lieblingsbäume, auch winters, wenn sie Stiefel mit dicken Sohlen trug. Wir sammelten Ebereschen und Hagebutten, Barbara-Zweige und Kastanien. Wir pflückten wilde Mirabellen und beobachteten Rehe, die neben Teichrosen ihr Maul ins Wasser steckten und tranken.

All das habe ich nie gemalt – als Bild-Sujet die reinste Kitschfalle. Es reichte, dass wir dort waren und es auf uns wirken ließen. Mitten in einem Naturparadies zu sein, macht etwas mit einem. Das weiß ich seit meiner Kindheit. Daraus schöpften Bernhard und ich Inspiration für unsere Kunst. Freilich, die Lobau hat sich im Lauf der Jahre verändert. Besser gesagt, Menschen haben sie verändert. Bäume wurden abgeholzt, Äcker angelegt, Wanderwege geschaffen. Aber noch immer ist es eine Au. Und noch immer findet man Plätze, die wild und naturbelassen wirken. Der Lobau bleibt hoffentlich das Schicksal des Praters erspart. Es war in Nadjas Geburtsjahr, dass man mitten über seine Waldfläche eine Stelzenautobahn eröffnete. Seitdem ist die Natur dort vor allem eine schöne Kulisse für den durchfahrenden Verkehr. Keine Ahnung, ob es vor dem Bau Proteste gab. Hainburg war noch über ein Jahrzehnt entfernt und ich war versponnen in die tägliche Überforderung zwischen Ausbildung und Kind.

In den darauffolgenden Jahren gab es allerdings einen Tag, an den ich mich noch gut erinnere. Einen Monat, bevor Nadja in die Schule kam, stürzte die Reichsbrücke ein und Niki Lauda verunglückte bei einem Autorennen am Nürburgring. Die Zeitungen waren voll von Bildern zu beiden Katastrophen: Hier die riesige zerbrochene Brücke, über die mit reißender Gischt der Fluss strömt – und darin ein Wiener Linienbus, auf dessen Dach sich der Buslenker gerettet hat. Dort das lichterloh brennende Rennauto, über dem sich eine schwarzflockige Rauchwolke ballt. Wassermassen auf der einen und Feuerinferno auf der anderen Seite. Weil die Menschen nie genug haben. Immer mehr und immer schneller muss es gehen. Ohne an Sibylle Stockingers Esoterik-Schmus anknüpfen zu wollen, aber der gemeinsame Nenner beider Unglücksfälle lässt sich nicht wegleugnen: die Unersättlichkeit der Menschen nach motorisierter Fortbewegung. Dass die zwei Fälle an ein und demselben Tag passierten, war Zufall, Koinzidenz. In Wien reagierte man mit der typischen Mischung aus Schock und Sensationslust. »Gemma Bruck'n schaun«, war der gängige Spruch zum hiesigen Unglück. Damit nicht genug, schleppten etliche Stücke und ganze Brocken der Reichsbrücke als Andenken mit nach Hause. Nadja und ich hielten uns weiterhin lieber an die Brücken der Esslinger Furt.

Nach Nadjas erstem Schuljahr waren die Biber in der Lobau wiederangesiedelt worden. Wir bewunderten ihre Landschaftsgestaltung: zugespitzte Bäume, sauber genagte Stämme, Äste und Zweige rund um die Biberburgen im Wasser. Der Bach wurde unser Bote. Zu jeder Jahreszeit berichtete er anderes. Im Frühjahr teilte er dem langen Teich rauschend Schneeschmelze und Regen mit. Im Sommer stand er im Zeichen der Biberdämme: In spiegelnden Tümpeln staute sich sein Wasser vor der Mündung, in die er nur mehr als Rinnsal floss. Im Herbst gab er auf unter- und oberirdischen Wegen Nachrichten von der Donau, flutete die Biberdämme und sprang plätschernd in seine Mündung ein. Im Winter schlief er reglos in seinem Bett.

Nadja wuchs mit der Lobau auf, ich war mit ihr verwachsen. Mein Waldkind begeisterte sich nicht fürs Gärtnern. Sie will eben lieber wilde als kultivierte Natur, tröstete ich mich. Mir war hingegen spätestens nach Scheidung und Umzug klar: Der Garten ist der einzige Raum, den ich ohne gesellschaftlichen Widerstand ganz nach meinen Vorstellungen gestalten kann. Alle anderen Freiräume muss ich mir erkämpfen oder bezahlen.

Im ersten Jahr unseres Umzugs schickte ich Nadja manchmal zu Mutter. Jetzt war sie ja nur mehr eine Straße entfernt. Der

Preis dafür war ihre vermehrte Einmischung in unser Leben. Bald wusste Nadja, dass es mir lieber war, sie ging zu Uroma, wenn ich keine Zeit hatte. In diesem Alter war sie ohnehin bereits öfters allein zwischen Zuhause, Freundinnen und der Spielwiese im Park unterwegs.

Kamen Abtreibung, Trennung von Georg, Nadjas Pubertät und Frank. In der Arbeit hielten mich die Schulkinder auf Trab. Die Unmöglichen, Sturen, Lärmenden, die Stillen, Verschreckten, Angepassten – mittlerweile kannte ich fast alle Masken einer verstörten Kinderseele. Überforderung und Einsamkeit waren die Begleiterinnen meiner Kindheit gewesen. In meiner Klasse hatten sie nichts verloren. Es durfte über alles gesprochen werden. Freiräume erkämpfen – dafür war ich zuständig. Leichter gedacht als getan. Ich beneidete Frank, der aus Australien mit den Erfahrungen anderer Lebensweisen zurückgekehrt war. Vielleicht brauchte auch ich die Erfahrung eines anderen Wegs, um am gleichen Ort besser wirken zu können.

Ich begann, mich umzuhören. Bald wurde ich fündig. Kein anderes Land, ein anderes Berufsbild: Beratungslehrerin. Die Ausbildung war berufsbegleitend und dauerte zweieinhalb Jahre. Vier Abende pro Woche – keine Kleinigkeit für eine berufstätige Alleinerzieherin. War Frank nicht da, blieb Oma bei Nadja, wenn ich ins Zentrum für Verhaltenspädagogik fuhr. Bis zur Schlafenszeit des Mädchens sahen sie fern. Dann strickte Oma Socken.

»Socken kann man immer brauchen«, pflegte sie zu sagen.

Und während sie Masche um Masche schlang und Reihe für Reihe die Wolle zu etwas Tragbarem machte, saß ich in Seminaren über sozialpädagogische Familienhilfe und hörte Vorträge wie »Lerne dein inneres Kind kennen«. Dabei entwarf ich – vom psychedelischen Kleid einer Seminarleiterin inspiriert – im Kopf Skizzen, die Muster in Flächen auflösten. Oder ich fragte mich, ob der Vortragende Haare auf der Brust hatte. Andere Kursteilnehmer trommelten mit den Fingern auf ihrem College-Block, zappelten mit den Beinen unterm Tisch oder lackierten sich heimlich die Fingernägel. Wir waren der erwachsene Abklatsch einer Schulklasse.

Schuld daran war die Gruppendynamik. Gruppendynamik war damals der letzte Schrei. In den gruppendynamischen Spielen wurden Rollenflexibilität, Konflikt- und Kommunikationsfähigkeit sowie Kooperations- und Führungskompetenz trainiert. Beliebt war etwa der »Kontrollierte Dialog«: eine Art Stille Post, nur laut und zu dritt. Kontrolliert sollte werden, ob man dem anderen wirklich zuhörte und nicht schon in Gedanken mit der eigenen Antwort oder sonst was beschäftigt war. Es lief so ab: Der Erste behauptet etwas. Der Zweite wiederholt in eigenen Worten, was er davon verstanden hat. Das darf der Erste, wenn nötig, korrigieren und der Zweite muss es zusammenfassen. Das geht so lang hin und her, bis sich der Erste zu hundert Prozent verstanden fühlt. Der Dritte beobachtet das Ganze nur und verweist auf die Spielregeln. Dann wechseln die Rollen. Ich machte bei allem mit, gab mir Mühe und wollte alles gut finden, auch die Trommel- und Bachblüten-Workshops. Das hier war mein Australien, meine Feldforschungsstudie.

Eine Gegentendenz zu den gruppendynamischen Spielen war das neurolinguistische Programmieren. NLP war gerade erst neu von den USA zu uns herübergeschwappt. »Der Sinn von Kommunikation liegt nicht in der Absicht, sondern in der Reaktion, die sie beim Gegenüber auslöst. Nicht, was du tust, zählt, sondern, wie man auf dich reagiert.« Noch heute weiß ich einige der Prinzipien auswendig. Statt zuzuhören und sich einzufühlen, galt es, sein Gegenüber zu beobachten und zu analysieren. Noch heute sehe ich das Gehabe eines Kursleiters vor mir. Ausgebreitete Handflächen, strahlendes Lächeln und die frohe Botschaft: Wir haben eine Mission!

Gut, dass es auch den Kursleiter H. gab. Sonst hätte ich NLP gleich zu Beginn als misslungene Mischung aus Pawlowscher Konditionierung und linguistischen Methoden abgetan. Kein

Wunder, dass sich später daraus Kommunikations-Manipulation entwickelte, betrieben von fragwürdigen Politikern. Kursleiter H. ließ sich mit mir auf Diskussionen über NLP ein. Er hatte sich ausgiebig in Amerika damit beschäftigt und war von diesem Weg überzeugt. Offenbar war es sein erklärtes Ziel, auch noch die letzte Skeptikerin zu missionieren. So ernst war es ihm damit, dass er mich nach Kursende ins Kaffeehaus einlud, um angefangene Diskussionen fortzusetzen. Ich gestand ihm zu, dass Freud ebenfalls einen gewissen neurologisch-technischen Ansatz verfolgt hatte. Mit diesem Zugeständnis gab er sich nicht zufrieden.

»Wir müssen das Ganze peripatetisch weiter erörtern«, meinte er. »Ist der Körper in Bewegung – das wussten schon die alten Griechen –, kommen auch die Gedanken besser in Fluss.«

Was ich davon hielte, mit ihm am Wochenende im Park laufen zu gehen. Ich hielt nichts davon. Erklärte, an diesem Wochenende bereits etwas mit meinem Freund Frank vorzuhaben. So schnell aber gab H. nicht auf. Er schrieb ein Lied für mich und überreichte mir, da ich neuerlichen Treffen nicht zustimmte, Text und Noten kurzerhand in einer Pause. Ich war geschmeichelt. Trotzdem vermied ich fortan, dass er mich alleine traf. In den Kurspausen verdrückte ich mich nach draußen und rauchte versteckt hinter der nächsten Hausecke. Nach den Kursen machte ich, dass ich schnell wegkam. All das half freilich nicht, dass die anderen wussten, was los war. Ich willigte einmal noch in ein Treffen ein. Auf meine Sätze von »Gefühle respektieren« und »Zuneigung schätzen« hin winkte er ab. Als ich Frank zu meiner großen Liebe hochstilisierte, kniff er die Augen zusammen. Ist das so, fragte sein Gesichtsausdruck. Ich blickte ihm fest in die Augen, die Arme vor der Brust verschränkt. Er erwiderte meinen Blick, ohne mit der Wimper zu zucken. Nach gefühlten fünf Minuten Schweigen akzeptierte er. Ich sah es an seinen Augen.

Die Ausbildung ging dem Ende zu und auch an mir war es, etwas zu akzeptieren. Lange hatte ich meine Eindrücke nicht wahrhaben wollen, aber nun hatten sie sich zu einem Urteil verdichtet. Viele der Kurse waren idealistische Missionen und nicht nur die Bachblüten-Esoterik war empirisch zweifelhaft. Ein paar Monate vor dem Abschluss war ich also bereits wieder auf der Suche nach etwas Besserem. Man legte uns die Beschäftigung mit Verhaltenstherapie nach Frederick Kanfer nahe.

»Was ist mit Psycho- und Existenzanalyse?«, fragte ich.

»Setzt nicht in der Gegenwart an. Wir müssen die Kinder dort abholen, wo sie im Moment des Konflikts stehen«, hieß es zu Ersterem.

Und zu Zweiterem: »Was Frankl als Reduktionismus kritisiert, ist Fokussierung, Fokussierung und nochmals Fokussierung. Die Kinder müssen umgehend aus der für alle belastenden Situation genommen werden. Mit der Suche nach geistigem Sinn kommt man da nicht schnell genug weiter.«

Verhaltenstherapie und Gegenwart also … schön und gut. Aber man brauchte doch eine solide Basis, um anderen helfen zu können. Tiefer ansetzen … Ich hörte mich um. Zwei Namen fielen immer wieder, wenn man nach Psychotherapie und Analyse fragte: Harald Picker und Klaus Rückert. Je mehr ich über die Schule der beiden herausfand, desto sicherer wurde ich mir. Das ist es: der Olymp psychologisch-pädagogischer Ausbildung! Harald Picker war Begründer und Leiter des ersten sozialtherapeutischen Instituts in Wien und der ersten therapeutischen Wohngemeinschaft für Jugendliche. Gemeinsam mit Klaus Rückert schuf er das Wiener Psychoanalytische Seminar und den Beweis, dass profunde Psychologie und praktisch-konkrete Lebenshilfe einander nicht ausschließen. Ich war vierunddreißig, frischgebackene Beratungslehrerin und wusste: In diese Richtung will ich gehen!

Psychoanalyse und Sozialtherapie war eine dreijährige Ausbildung mit Gruppentherapie und Literaturseminaren, die nur einen Haken hatte: Sie wurde nicht als Berufsausbildung anerkannt. Wer als Psychotherapeut arbeiten durfte, war damals nicht klar definiert. Picker war es wichtig, dass auch soziale Unterschichten zur Therapie fanden. Ob sein Weg offiziell anerkannt wurde oder nicht, war ihm egal. Also hatte es auch mir egal zu sein. Mit Fachliteratur arbeitete ich mich in die Materie ein. Eine neue Welt tat sich auf. Ich machte mich mit dem aus Amerika kommenden diagnostisch-statistischen Leitfaden psychischer Störungen vertraut. Es hieß, er sei erst vor wenigen Jahren »revolutioniert« worden. Nun böte er eine objektive, deskriptive Klassifizierung. Inwieweit das zutraf, ist eine andere Geschichte.

Jedenfalls: Das neue Wissen arbeitete in mir. Wollte erprobt werden. Es war die Zeit, in der ich niemandem mehr normal zuhören konnte. Alle versteckten etwas hinter ihren Worten. Warum versucht Sibylle Stockinger mich zu ihrer Esoterik zu missionieren? Wozu erzählt mir der Nachbar so ausführlich über das Pfadfinderlager seines Enkelkinds? Weswegen steigert sich die Kollegin vor den Ferien derart in ihren Ärger über die Direktorin hinein? Meine Seminararbeiten schrieb ich zu Angststörungen bei Kindern und Jugendlichen. Meine Referate hielt ich mit ausdrücklicher Aufforderung zur anschließenden Diskussion. Jeden Vormittag konfrontierte mich die Beratungslehrtätigkeit mit Problemen von Menschen. Die Suche nach Lösungen war eine Geschichte ohne Ende. Man musste sich laufend in Theorie und Praxis weiterbilden.

»Wofür brauchst du die dreijährige Ausbildung jetzt wieder?«, mäkelte Mutter. »Du hast doch schon einen Beruf.«

Ich zuckte die Schultern. Sie wollte ohnehin keine Erklärung. Auch Vater stand dem Ganzen verständnislos gegenüber. Und Bernhard war zu dieser Zeit mit eigenen Problemen beschäftigt. Aber mit einem Mal gab es in meinem Leben jemanden, der ausnahmsweise mir uneingeschränkt zuhörte.

Es geschah im Rahmen meiner Ausbildung. Fünfmal in der Woche machte ich mich abends auf den Weg zu mir selbst. In die Unterwelt des Unbewussten begleitete mich als Fährmann S.K., mein Psychoanalytiker in Einzeltherapie. In so einer Beziehung versucht man, besser zu machen, was vorher schiefgegangen ist. Er lobt mich nicht, schätzt mich nicht. Ich bin unzureichend. Solche und hundert andere widersprüchliche Gefühle werden durchlebt und kommuniziert.

»Wie kommen Sie darauf?«, fragt S.K. dann. Seine Stimme warm und neutral.

So sucht und versinkt man in vergangenen Missverständnissen, Kränkungen und Verletzungen, bis man irgendwann wieder beim Therapeuten in der Gegenwart landet. Dort sitzt man dann heulend und weiß: Ich muss das Ganze vernünftig durchdenken. Das geht nicht in Stunden, auch nicht in Tagen und Wochen. Es braucht Monate und Jahre. In Anbetracht des Berufs, den ich ausübte, und des Berufsbilds, das ich anstrebte, veranschlagte ich etwa zehn Jahre.

Frank sagte nichts, wenn ich mit verweintem Gesicht von der Therapie nach Hause kam. Psychotherapie war für ihn ein Dekadenz-Phänomen westlicher Wohlstandsgesellschaften. Nur ein einziges Mal ließ er sich zu der Bemerkung hinreißen: »*Call me old-fashioned*, aber früher waren für so was Freunde, Familie oder der Partner zuständig.«

Er ist eifersüchtig, dachte ich. Die Diskussion fiel kurz aus. Ich sparte mir den Umweg, ihn sachlich vom Unterschied überzeugen zu wollen, und konfrontierte ihn gleich mit dem Problem. Er wies es zurück. Ich lächelte nachsichtig. Das gab ihm den Rest.

»Immerhin lässt du dich von mir vögeln. Das wenigstens bleibt in eurem System dem Partner vorbehalten – noch!«

So endete das Ganze in der Wiese unterm Nussbaum. Einmal mehr dachte ich mir, dass das Aneinanderklammern, Hin-und-Her-Wälzen und schlussendliche Auf und Ab der Körper einem Kampf ähnelte – Kampf der Geschlechter. War der schwer atmende Mensch über mir wirklich der Gleiche, der im Institut für Völkerkunde zu »Wesen und Bedeutung der Gruppen-Totems im Clan der Aranda« lehrte? Er war es. Sofort setzte meine physiologische Reaktion auf Intellekt ein: Ich kam.

Beruflich war ich damals zur Gänze für Problemlösungen zuständig. Das war besser. Ich arbeitete für beide Esslinger Volksschulen. Man schickte mir Kinder, die sich auffällig oder untragbar verhielten. Verglichen mit dem Regelunterricht hatte ich alle Zeit der Welt, mich auf sie zu konzentrieren. Mein Gebiet war klar abgegrenzt. Niemand mischte sich mehr ein. Wurden mir die Probleme aus verschiedenen Perspektiven geschildert, hatte ich unterschiedliche Versionen ein und der gleichen Geschichte. Sehr aufschlussreich. Die Kinder waren mehr oder weniger zum Gespräch bereit, aufgeweckt bis nervös, überschwänglich bis distanzlos, ängstlich bis verschlossen. Ich bat sie, mir einen Baum, ein Haus und ihre Familie zu zeichnen. Dann sollten sie mir die Zeichnung erklären. Manche verweigerten die Zeichnung, manche die Erklärung. Ansonsten bekam ich kahle, schwarze Baumstumpen, deren Äste abgebrochen waren, vom Blitz gespaltene Bäume, Bäume mit zerstörten Vogelnestern, Bäume ohne Wurzeln, frei schwebend auf dem Blatt, Bäume, in denen Giftspinnen lauerten, und Bäume ohne Blüten, Blätter und Früchte, weil »immer kalter Winter ist«. Die Häuser hatten zerbrochene, vergitterte oder gar keine Fenster, bedrohlich große, auffällig kleine oder überhaupt keine Türen. Sie waren ohne Dach oder mit einem schwarzen Mann am Dach, mit nur zwei Wänden, die schief zueinander standen, hinten, vorne oder seitlich kaputt, schutzlos im Unwetter, schwarz verbrannt, mit einem Monster im Keller und einem Boden, in dem sie versanken. Die Eltern der Kinder waren in die Mitte oder an den Rand gezeichnet, der Vater oft mit übergroßen Händen und Armen, die Mutter, das Kind oder beide manchmal ohne Arme oder Gesicht, das Kind meist von den Eltern entfernt, manchmal auch auf der Rückseite des Blatts, womöglich mit erhobenen Armen, auffällig klein, ohne Mund, Augen oder Beine, im Sitzen, am Boden liegend, die Beine oder das Rückgrat gebrochen.

Es gab Zeiten, da blockierte etwas in mir, wenn ich auf die schmalen Schultern und mageren Oberkörper der Kinder vor mir schaute, oder umgekehrt, auf die in einem übergewichtigen kleinen Körper Verschanzten. Wie das Leid, das sich in den Bildern offenbarte, mit diesen jungen Menschen in Verbindung bringen? Was war los mit jemandem, der solches einem Kind antat? Empfindungen, Wahrnehmungen und Gedanken reflektieren – es war eines, das in der Therapie zu lernen, ein anderes, es praktisch umzusetzen. Abgrenzen – sonst kann man die therapeutische Rolle nicht einnehmen. Ich pendelte zwischen Allmacht- und Ohnmachtsgefühl, Sicherheit und Unsicherheit, Kompetenz und Inkompetenz.

»Introspektion«, sagte S.K., »keine Beobachtung ohne Beeinflussung. Sie müssen sich selbst genau kennen, um sich aus der Gleichung herauszurechnen.«

Ich gab mir Mühe. Nadja bot mir auf ihre Art Anlässe. Zu ihrem sechzehnten Geburtstag hatte sie mir eine Vespa abgebettelt. Pink mit schwarzem Sitz und Lenkstange – damit sah ich sie in den folgenden Jahren auf verschiedene Arten verunglücken.

»Es gibt keinen Schalter, den ich umlegen kann, um Ihre Angstfantasien abzustellen. Sie wissen das.« S.K. war wie immer von entwaffnender Ehrlichkeit.

Trotzdem stellte ich mir die Muskeln in Nadjas Armen vor, wie sie das Gefährt in der Kurve hielt – umsonst. Ich rief mir ihr Verantwortungsbewusstsein ins Gedächtnis, das sie bloß altersbedingt überspielte – umsonst. Ich zeichnete in meinem Kopf ein erbsengrünes Plakat mit roten Lettern: »Angstfantasie!« Das strich ich durch und hielt es vor die Schreckensbilder – umsonst. Dass ich sogar auf Psycho-Tricks kognitiver Verhaltenstherapie zurückgriff, zeigt, wie verzweifelt ich war.

Nadja selbst hatte eine simple Strategie, meine Ängste nicht an sich heranzulassen. Sie übernahm einfach die gängige Meinung: »Wer eine Psychotherapie-Ausbildung macht, hat selbst einen Knacks.«

Ich wies sie nicht darauf hin, dass dieser Knacks innerhalb einer fundierten Ausbildung behoben wird. Besser eine unterminierte Mutter-Autorität als übertragene Angstfantasien.

5/2020
M. Skorecz

3:1
1:2

Nadja

Übersteigerte Vorstellungen aus Filmen und Büchern. Eh klar! Mama und ihre Vergleiche … pfff! Was ihr in Nadjas Alter die Musik gewesen sei, das sei für Nadja der Film. Als ob sich nicht einfach die Zeiten geändert hätten. Alle sahen heutzutage fern: Amerikanische Soaps, englische Serien und Science-Fiction, was denn sonst?

»Raumschiff Enterprise«, hat Mama einmal allen Ernstes zu Frank gesagt, »kommt der pubertären Sehnsucht nach anderen Welten und Werten entgegen.«

Und der stieg auch noch darauf ein: »Erkunden unbekannter Bereiche des Universums und Konfrontation mit neuen, gefährlichen Lebensformen – wenn das nicht *die* Metapher für den Übergang vom Kind zum Erwachsenen ist …«

Manchmal gingen die beiden Nadja gehörig auf den Wecker. Außerdem ist Mama nach *Krieg der Sterne* und *Zurück in die Zukunft* auch begeistert aus dem Kino gegangen. Es war ein Spiel zwischen ihnen: Sie redeten von den Figuren aus den Filmen wie von wirklichen Menschen.

»Yoda würde wissen, was davon zu halten ist«, sagte Mama etwa, wenn sie in den Fernsehnachrichten über den Machtmissbrauch eines Politikers berichteten.

Als Nadja sie nach *Zurück in die Zukunft* gefragt hatte, in welches Jahr ihres Lebens sie reisen würde, hatte sie »1974« gesagt. Da war sie seit einem Jahr Volksschullehrerin und hoffte, in diesem Beruf nachhaltig etwas zu ändern – so ihre Erklärung. Typisch Mama. Ob sie nicht lieber 1969 etwas verändert hätte, bohrte Nadja nach. Da gab sie zu, dass einiges leichter für sie gewesen wäre, ohne Kind. Aber nun, da es Nadja gebe, wollte sie nicht mehr, dass es anders gelaufen wäre. Manchmal war Mama gar nicht so übel. Und Nadja durfte ja auch oft ins Kino.

Nach *Flashdance* und *Footloose* war klar: Tanz sprengt alle Grenzen – zwischen Reich und Arm, Schüchtern und Lässig, Jung und Alt. Also war es nur logisch, dass sie Frank gefallen wollte. Würde es nach Mama gehen, wäre Nadja natürlich nur im Schlabberoverall gartenarbeitend unterwegs. Als ob Mama anders gewesen wäre in Nadjas Alter! Mit fünfzehn ist sie doch schon mit Papa ... Und Nadja wollte Mama Frank ja nicht ausspannen. Es war bloß so ein Ausprobieren. Sie wollte sich vor Frank wie die verkannte Alex oder die rebellische Ariel aus den Filmen fühlen. Auch wenn sie nicht wie ein Wirbelwind tanzen konnte, das Zurückwerfen der Haare auf diese eine Art hatte sie sich von den Schauspielerinnen abgeschaut. Wilde rote Locken: So viel Nadja an sich auszusetzen hatte, über ihre Haare ließ sie nichts kommen. Wie hatte Mama sie früher immer genannt? Mein irisches Blumenkind, *My Lady Rose* mit rostrotem Haar. Nadja wusste Bescheid über *Bloomsday* und Joyce. Den *Ulysses* hatte sie allerdings nach etwa fünfzehn Seiten weggelegt: unverständliches, verworrenes, langatmiges Zeugs.

Minna

Es war klar, dass ich Nadja die technische Errungenschaft des Video-Recorders nicht lang vorenthalten konnte. Ab da gab es kein Halten mehr für sie. Das Bedürfnis nach Wiederholung war stark in meinem Kind. Unzählige Male sah sie *E.T.*, *Die unendliche Geschichte*, *Dirty Dancing* und *Indiana Jones*. Nicht schwer zu erraten, warum sie danach Frank noch mehr anschwärmte und in eine Tanzschule im ersten Bezirk gehen wollte. Als Nadja wieder einmal anlässlich anstehender Hausübungen jammerte, dass ich ihr keine Freizeit gönne, riss mir der Geduldsfaden.

»Glaubst du, die Schauspielerinnen aus deinen Filmen haben keinen Schulabschluss? Die mussten auch lernen, damit sie diese Geschichten spielen können!«

Das gab Nadja den Rest. Ich hatte unser »Spiel« verraten. Wo wir doch immer von den Filmcharakteren so gesprochen hatten, als wären sie real. Im Zorn passierte es dann.

»Wenigstens werd' ich nicht vor der Matura schwanger – so wie du!«, schrie sie.

Mir war immer klar gewesen, dass sie mir das einmal an den Kopf werfen würde. Überrascht war ich bloß darüber, dass es trotzdem so wehtat. Die Zeit zwischen Nadjas zwölftem und achtzehntem Lebensjahr war ein Balanceakt. An der geringsten meiner Bemerkungen konnte sich ein Streit entzünden. Wann lasse ich es darauf ankommen, wann lasse ich es gut sein? Fragen, die man sich nicht unbedingt in der Situation stellt. Wenn Grenzen überschritten werden, werden Grenzen verteidigt. Punkt. Was ich lernte, gut sein zu lassen, waren Vergleiche zu meiner Jugend. Obwohl die Wände von Nadjas Zimmer voll mit Postern aus der *Bravo* waren, erwähnte ich mit keinem Wort, welche Rolle die Zeitschrift für mich in jungen Jahren gespielt hatte. Ähnlichkeiten akzeptierte Nadja nur zwischen sich und ihrer besten Freundin Evelyn.

Wenigstens war es in dieser Lebensphase möglich, dass ich mich ab und zu zurückzog, um zu malen. Was aber nicht bedeutete, dass ich den Einflüssen des Alltags ganz entkam. Ich erinnere mich noch, dass *Die Hexen von Eastwick* einen auch für mich wichtigen Paradigmenwechsel herbeiführten. Nachdem Nadja Susan Sarandon rotgelockt im Film gesehen hatte, wurde ihr bewusst: Auch sie war eine Hexe! Damit war die ebenfalls haarfarbenbedingte Identifikation mit der Heldin aus *Pretty in Pink* endlich Geschichte. Vorbei Nadjas Pastellfarben-Wahn, vorbei die tägliche Prüfung für meinen Blick. Bis dahin waren nicht nur ihre Kleidung, sondern auch ein Teil ihrer Zimmereinrichtung und sogar ihre ab und zu nach Hause gebrachten Jünglinge in diesen Tönen gehalten. Und ich, gerade erst Franks Aborigine-Einfluss durch die Flucht ins Abstrakte entkommen, musste mein Undingliches gegen eine permanente Bedrohung durch lachsfarbene Hintergründe und mintgrüne Schattenrisse verteidigen. Weiß, hatte ich gedacht, man müsste Bilder in Weiß malen. Eine Farbe, die sich als solche entzieht. Dabei wirkt sie in ihrer Intensität auf uns wie Sonnenlicht. Bilder in Weiß, die Geschichten erzählen von dem, was man auf den ersten Blick nicht sieht. Es sollte noch dreizehn Jahre dauern, bis ich so weit war: Ein Jahr nach Vaters Selbstmord kamen die weißen Bilder.

Damals jedoch, als Nadja sich für eine verkannte Hexe hielt und sich mit dunklen Mächten zeitgenössischer Märchen auseinandersetzte, waren es dringliche Frauenkörper, die ich malte. Dringlich, weil zur Gänze aus Empfindung und Gefühl gestaltet. Sie drangen in einer Heftigkeit aus der Fläche in den Raum, die ich bei Acrylfarben nicht für möglich gehalten hatte. Mangels eindeutiger Konturen offenbarte sich ihre Präsenz dem Unbewussten noch vor dem Urteilsvermögen. Arbeitete ich an meinen Bildern, war ich für Angstfantasien unerreichbar.

Anders Nadja: Ihr machte der Horror zu schaffen, den sie sich zu dieser Zeit von außen zuführte. *Nightmare on Elm Street*, *Aliens* – und als seien solche Filme noch nicht genug, las sie auch

Stephen King und dergleichen. Über ein Jahr lang ließ sie zum Einschlafen ihre Nachtlampe an. Ich sagte nichts. Wachte ich nachts auf, weil ich aufs Klo musste, machte ich einen Umweg über ihr Zimmer und schaltete die Lampe aus. Faszination des Grauens … Ist es, weil man dabei die Furcht auf etwas Bestimmtes fokussiert und sie so fassbar macht? Vielleicht. Vielleicht mündet das Ganze aber erst recht wieder in gesichtsloser Angst.

Nadja

Es war ihre Sucht. Kein Heimweg im Dunkeln, bei dem sie nicht erwartete, dass Gruselclowns aus Gullys auftauchten. Kein Schlaf, bei dem sich nicht tote Katzen, nach saurer Erde riechend, auf ihren Brustkorb setzten. Kein Ende von Blutspuren, die nur Nadja sehen konnte, an den Wänden alter Häuser. Dagegen verblassten tropfende außerirdische Riesenmolche und brandvernarbte Mordzombies mit Messerhänden fast als »Nur-Schauspieler«. Trotzdem: Nadja konnte nicht damit aufhören – Filme, Bücher, Horror und Mystery.

Erst nach einigen Jahren schworen *Das Schweigen der Lämmer*, *Gattaca* und *Matrix* sie auf den Horror des menschlich Möglichen ein. »Amerikanische Action-Dystopien«, nannte Mama diese Filme. Und lobte Sartre, Beauvoir und Camus, die sich Nadja ebenfalls in dieser Zeit reinzog.

Minna

Letztendlich war die Horrorsucht meines Blumenkinds auch nur eine Phase. Eine Feuersbrunst, aus deren Asche die Vernunft gestärkt in ihr austreiben würde. Ich war sicher. Nadjas bald darauffolgende Lektüren lieferten den Beweis: französischer Existenzialismus. Auch wenn das bei ihr erst einmal bloß zu schwarzen Rollkragenpullis und einem aufgesetzten Feminismus führte.

Nadescha, Nadja ... Natürlich hatte Vater den russischen Namen seiner Enkeltochter gemocht. Mit dem Kind selbst hatte er nicht viel anfangen können. Ich war darauf bedacht gewesen, dass sie nichts von seinen schwarzen Geschichten abbekam. Es reichte, dass ich seine Mission übernommen hatte: »Sei was Besseres! Mach die Qualen wett, die ich gelitten habe!« Meinem Kind würde ich das nicht antun. Nadja sollte frei aufwachsen, auch von Erwartungen. Ein unerreichbares Ideal, sicher. Aber, so viel hatten Kurt und ich geschafft, sie musste zumindest nicht zur nachträglichen Retterin ihrer Eltern werden. Nicht einmal nach der Scheidung. Bis heute sieht sie ihren Papa regelmäßig. Ich weiß, für ein Kind ist's nur ein schwacher Trost, wenn die Mutter den Vater schätzt anstatt liebt. Aber wenigstens das hoffe ich, ihr vermittelt zu haben.

Kurt nahm den privaten Rückschlag zum Anlass, sich beruflich weiterzuentwickeln. Bald holte er auf dem Zweiten Bildungsweg die Matura nach und einige Jahre später gründete er eine Autoverleihfirma. Schließlich – und darüber freute ich mich mehr, als ich Nadja zeigen durfte – heiratete er wieder. Kurt: meine erste Liebe mit Folgen. Wir haben wohl das Beste aus der Situation gemacht, ein Jahrzehnt als Familie gelebt – immerhin. Vor Nadja war es jugendliche Liebelei gewesen, eine On-Off-Beziehung, wie man das heute nennen würde. Zwei Jahre lang wussten wir mehr schlecht als recht, was der andere trieb und mit wem. Ich hielt mich als Jugendliche mangels anderer Ausgehmöglichkeiten an Burschen, die ich nach der Schule oder in einer Freistunde im Kaffeehaus traf. Auch dieses Problem hatte Nadja nicht. Wobei ich bis heute nicht immer weiß, wo genau sie ihre Freunde herhat. Selbst wenn sie mir vorgestellt werden, muss ich später die Einzelheiten zum Wo und Wie kunstvoll erfragen. Den ersten hatte Nadja, wenn mich nicht alles täuscht, mit sechzehn. Ob ihre Schwärmerei für Frank sie abgehalten hat, sich früher eine reale Beziehung zu suchen? Unsinn. Schwärmerei ist gerade das Richtige für dieses Alter. Ich bin froh, dass sie nicht schon wie ich mit dreizehn …

So, Zeit aufzustehen. Wenn ich länger sitze, spüre ich es in den Knochen. Alles wird spröder und starrer mit dem Alter. Dabei ist meine Eckbank gemütlich. Den Platz dafür verdanke ich Oma. Sitzplätze waren ihre Leidenschaft.

»Schau! Da kann man so schön sitzen. Da stellen wir an' Sessel her«, sagte sie öfters.

Oma hat das Elternhaus später vergrößert. Wo jetzt der Durchgang von Küche zu Eckbank ist, war früher die Eingangstür. Auch den ebenerdigen Raum, der nun mein Schlafzimmer ist, hat Oma dazubauen lassen. So viel zu Sibylles Bemerkung: »Gebäude speichern die Erinnerung an ihre Bewohner ganz stark.« Es ist doch vielmehr umgekehrt: Bewohner drücken den Gebäuden ihren Stempel auf. Meine Großmutter hat dieses Haus geprägt.

Und jetzt bin ich es, die diesen Platz auf Erden gestaltet. Erde – das passt für mich, weil es in meinem Fall vor allem den Garten betrifft. Durch das große dreiflügelige Fenster sehe ich auf Rosensträucher, Herbstanemonen, Hortensien, wilden Wein, Farn, Schilf und ein Stück des Steinwegs, den ich gebaut habe. Mein Leben – ein steiniger Weg? Nicht mehr als bei anderen und weniger als bei vielen. Oft geriet ich durch Zufall an etwas, das mir zu schade war, um nichts daraus zu machen. Jemand hat

Pflastersteine übrig und der Boden ist nach Regengüssen aufgeweicht? Ich baue einen Weg damit. Tierknochen und Wurzelstücke im Wald, über die man stolpert? Ich verknote sie mit Schnüren – ein Windfang für den Garten. Mutter zwängt mich in eine geradlinige Lehrerinnen-Laufbahn? Ich forme sie zur Spirale und beschäftige mich näher mit den Menschen dort.

Als meine Beziehung mit Frank in ihre Endzeit schlitterte, wusste ich noch nicht, dass sich beruflich bald wieder eine Möglichkeit zur Veränderung auftun würde. Die Symptome dieser Endzeit waren meine Passion für M. und Franks Seitensprünge mit einer Kollegin. Dem Eingeständnis, uns nach fast sechs Jahren auseinandergelebt zu haben, folgte die Trennung. Die so entstandene Leerstelle nagte bereits einige Monate an meinem Gemüt, als ich zu einem dringlichen Fall an eine Schule außerhalb Esslings gebeten wurde. Ich kannte keinen der Beteiligten und ging den Problemkomplex als Außenstehende an. Ein erster Überblick aus der Distanz, der Gold wert war. Es funktionierte so gut, dass ich mit einer Kollegin beschloss: Das müssen wir professionalisieren! Beratungslehrerinnen, die standortübergreifend für Notfälle und Krisen allen Schulen zur Verfügung stehen.

Gesagt, getan. Im Gespräch mit Kolleginnen gewannen wir zwei weitere Interessierte. 1991 wurde das Geburtsjahr des Krisenteams. Ab da war im Rahmen unserer Arbeit an den Stammschulen ein Tag in der Woche für Krisenintervention an anderen Schulen reserviert. Lehrerinnen – es gab damals keine Männer in der Volksschulpädagogik –, Schülerinnen, Schüler, Eltern, Direktoren, Inspektoren und Psychagoginnen, sie alle konnten sich an uns wenden. Teamarbeit war das Stichwort, auch wenn anfangs zu wenig Zeit für die Besprechung der Fälle blieb.

Sieben Jahre lang waren wir auf diese Weise zu viert unterwegs. Im Programm der Sonderpädagogischen Zentren bekamen wir einen fixen Platz. Bald wurde klar, dass es dringend einen weiteren verfügbaren Tag und personelle Aufstockung brauchte. Ich schrieb für das *Psychotherapie Forum* einen Bericht zur Organisation und Arbeitsweise des Projekts. Man sollte auf unsere Lage aufmerksam werden. Die detaillierte Dokumentation unserer Arbeit – vom Einzelprotokoll bis zum Jahresbericht – ermöglichte es, Zahlen sprechen zu lassen. Wenn ich das heute nachlese, bin ich selbst beeindruckt: »1159 Klassen an 113 Pflichtschulen, 189 von uns betreute Fälle an 40 Schulen in 7 Jahren.«

Und wie immer in Pädagogik und psychologischer Hilfe war die direkte Kommunikation mit allen Beteiligten ja bloß der erste Schritt. Wochen- bis monatelang waren wir damit beschäftigt, ein Netz aus verstrickten Beziehungen, psychischen Problemen, Missverständnissen, Lernschwierigkeiten von Kindern, Erziehungsschwächen von Eltern und schulinternen Kalamitäten zu entwirren. Es war grotesk, dass dafür – abzüglich einer Teamstunde – nur fünf Stunden pro Woche vorgesehen waren. Als ob das eine Person allein ohne fachlichen und sozialen Austausch bewältigen könnte. Supervision, Weiterbildung und die Zusammenarbeit mit anderen Einrichtungen waren notwendig.

Daneben machte ich die Analyse bei S.K. und eine Gruppenpsychotherapie-Ausbildung. Letztere war nötig, um Einzeltherapie anbieten zu können. Der Abschluss bei Picker und Rückert wurde ja nicht offiziell anerkannt. Gut, dachte ich, mache ich halt noch eine Ausbildung, meine vierte oder fünfte, wenn man die Analyse bei S.K. dazuzählt. Man musste guten Willens sein und genug Kraft für diesen Weg haben, um das Ganze nicht einfach als Schikane abzutun. Zum Glück traf beides für mich mit neununddreißig zu. Ich hatte Freud als theoretisches und S.K. als praktisches Vorbild dafür, wie ich selbst danach Einzeltherapie anlegen wollte.

Das Krisenteam lief seit zwei Jahren, als ich meine letzte Zusatzausbildung beendete. Offiziell anerkannte Therapeutin: Ich hatte es geschafft. Durfte mich – ein nicht unwillkommener Nebeneffekt – nun M. ebenbürtig fühlen. Frank war Geschichte. Ich holte mir von M. beruflich Ratschläge und privat einen Korb. Zur Sicherheit legte ich noch ein Wochenende Organisationstraining bei einem Berater ab. Dann ging es los.

Mein Plan war, ein Institut mit einem Therapeutenkollektiv aufzubauen. Durch all die Ausbildungen und die Arbeit im Krisenteam war ich gut vernetzt. Bald hatte ich vierzehn andere Therapeuten und Therapeutinnen gefunden. Es konnte beginnen. Wir mieteten Räumlichkeiten im dritten Bezirk, in der Apostelgasse. In Bezug auf die Einrichtung waren wir uns schnell einig: nichts Neumodisches, klinisch Anmutendes, lieber Möbel vom Altwarenhändler und ein Flair à la Freud. Was das Funktionieren der Praxis und Klientenannahme betraf, wollten wir in regelmäßigen Konferenzen klären. Weil wir mit dem Namen unseres »Instituts für Psychoanalyse und Sozialtherapie« auf Pickers Schule verwiesen, half er uns zu Beginn ein wenig und nahm an den ersten Fallbesprechungen teil. Alles lief basisdemokratisch ab. Auf Dauer war das mühsam. Man kann nicht ständig auf jede Einzelmeinung eingehen. Manchmal müssen schnelle Entscheidungen getroffen werden. Also doch jemand, der die Leitung übernahm. Natürlich blieb es an mir hängen.

Psychoanalytisch orientierte Therapie – die Nachfrage war unerwartet groß. Die Praxis lief gut. Einmal fragte mich Oma in dieser Zeit: »Wird dir das nicht zu viel, dauernd die kranken Leut'?«

Ich atmete tief durch. »Wenn über Wochen und Monate das Gefühl bleibt, nicht helfen zu können, rinnt einem die Kraft weg«, gestand ich.

Sie legte mir eine Hand auf die Schulter. Ich schloss einen Moment lang die Augen und war wieder ihr kleines Mädchen. Omas warme Hände, ihr lächelnder Blick.

»Zum Glück hab' ich als Kind dich gehabt.«

Ich hatte es ihr schon oft gesagt und wusste nicht, dass ich es ihr in weniger als zwei Jahren ein letztes Mal am Sterbebett sagen würde. Diese alte Frau hat mir Kraft gegeben. Kraft, der ersten

Abweisung und der folgenden Überforderung durch meine Eltern standzuhalten. Auch an dem Platz, den ich mir nun in meinem Leben geschaffen hatte, wollte ich standhalten.

Freilich ist auch eine Therapeutin nicht vor Gefühlen der Hilflosigkeit gefeit. Beruflich besprachen wir so etwas im Plenum. Der Rahmen, der uns für unsere Arbeit zur Verfügung stand, gab Sicherheit: Auf der einen Seite Aufmerksamkeit und Anteilnahme, aus der Neigungen, Abneigungen und Urteile herausgehalten werden – auf der anderen Vertrauen, Preisgabe und Nähe innerhalb einer geschützten Situation. Damit bleibt trotz aller Intensität eine professionelle Distanz gewahrt. Am Ende macht sich die gelungene Therapie selbst überflüssig. Ist der berufliche Kontakt beendet, darf kein privater hergestellt werden. Klare Verhältnisse. Ich hab' meine Lektion bei Dr. M. gelernt.

Kontakte mit Menschen, denen ich zu helfen versucht habe, gibt es nur aus meiner Zeit als Beratungslehrerin. Einmal hat mich ein ehemaliger Schüler besucht, der zwischenzeitlich im Gefängnis gelandet war. Und dann gab es noch dieses Mädchen. Als Schülerin hatte sie nur Einser. Trotzdem hat sie die Schule abgebrochen: Wohlstandsverwahrlosung, die Eltern hatten ihr alles gekauft, nur Zeit und Liebe gab es nicht. Mit siebzehn war sie auf Drogen, mit neunzehn auf Entzug. Was habe ich in solchen Fällen bewirkt? Sicher, Zeit und Möglichkeiten waren knapp. Und manchmal, das weiß ich, reicht ein ganzes Leben nicht, um jemandem zu helfen.

Vater. Ihn habe ich mein Leben lang gekannt. Ihn habe ich, seit ich als Kind seine Geschichten gehört habe, retten wollen. Es ist mir nicht gelungen. Als alter Mann von siebzig, mit grauem, schütterem Haar und einem verletzten Zug um den Mund, hat er sich erschossen. In diesen Mund hinein ... sein verletzter Mund ... In den Jahren nach seinem und Omas Tod verfiel Mutter – obwohl gerade einmal siebzig – mehr und mehr der Unselbstständigkeit. Mindestens dreimal pro Woche rief sie mich an. Ich musste ihre Arzttermine ausmachen, sie an

Medikamenteneinnahmen erinnern und fallweise sogar Einkäufe erledigen. Als hätte mein Leben nicht schon genug mit Hilfe für andere Menschen zu tun.

Eines Tages stolperte ich beim Hinausgehen aus der Schulklasse so unglücklich, dass ich stürzte und mir ein Bein brach. Sibylle Stockinger, die ich immer noch ab und zu beim Spaziergang mit dem Hund treffe, wiegte beim Anblick meines Gipsbeines den Kopf: »Du bist zu schnell durchs Leben gelaufen.«

Ich winkte ab. Sibylle, mittlerweile Humanenergetikerin und Reiki-Meisterin, ist ein rotes Tuch für mich. Was psychische Hilfestellungen betrifft, sieht sie sich als meine unmittelbare Kollegin.

»Und was war das für eine Ausbildung, in Reiki zum Beispiel?«, hab' ich sie einmal gefragt.

»Sechs Monate über drei Grade bis zur Meisterin«, war ihre Antwort. »Aber«, setzte sie mit glasigen Augen nach, »das lässt sich gar nicht in unseren Zeiteinheiten messen. Man taucht in diesen Monaten tiefer in Zusammenhänge ein, als das in unserer Gesellschaft für möglich gehalten wird.«

»Aha.«

Wie zu allen Zeiten beschränkte sich Sibylles Hilfe mir gegenüber auch in diesem Fall auf kryptisch anmutende Äußerungen. Zum Glück hatte ich Nadja. Sie war damals zweiunddreißig, arbeitete im Institut für Theaterwissenschaft und wohnte im Fünfzehnten. Bis zu zweimal pro Woche besuchte sie mich, als ich das Gipsbein hatte, erledigte mir Einkäufe und das Gröbste im Haushalt. Wundersamerweise schaffte Mutter in dieser Zeit mit einem Mal ihre eigenen Einkäufe wieder alleine.

Beruflich ging es bei mir weiter wie bisher: vier Stunden vormittags als Beratungslehrerin, vier Stunden nachmittags Therapie in der Praxis. Dazu einmal in der Woche verpflichtende Supervision: In fünfzig Minuten wird man 120 Euro und einige Sorgen los. Leider kamen täglich neue dazu. Ich hatte den Eindruck, dass hundert Leute etwas von mir wollten, ich aber immer nur jeweils einem helfen konnte. Aus all den Fällen den dringlichsten herauszusuchen, war schlicht unmöglich. Wie immer ich mich entschied, es blieb das schlechte Gewissen allen anderen gegenüber.

Manchmal glaubte ich, keine Luft mehr zu bekommen. Ich schob es auf zu wenig körperliche Bewegung und fuhr wieder öfters mit dem Rad. Aber komisch: Auch bei der Bewegung an der frischen Luft geriet ich in Atemnot und einmal sogar in Panik. Was war los mit mir? Schließlich kamen noch Bauchschmerzen dazu, obwohl ich nichts Schlechtes gegessen hatte. Sollte ich zum Arzt? Ich wartete ab. Wenn es was Ernsthaftes wäre, hätte ich doch andere Symptome.

So vergingen noch ein paar Wochen. Als ich schließlich begann, schlecht zu hören, dämmerte es mir: Ich will das alles nicht mehr hören. Kann nicht mehr. Am darauffolgenden Tag ging ich zum Neurologen. Mein Verdacht bestätigte sich: Burnout. Als Erste Hilfe gab's Medikamente. Sie unterdrückten die kräftezehrende Dauererregung, die ich Körper und Seele jahrzehntelang zugemutet hatte. In der Folge sollte ich bei der Frau des Neurologen in Therapie gehen. Ich sträubte mich. Sie war mir unsympathisch. Außerdem: Konnte ich das nicht selbst in die Hand nehmen? Jetzt, wo ich die Diagnose hatte, wusste ich doch, was zu tun war. Wusste ich das?

Ich legte eine Pause in der Therapie-Arbeit ein und gönnte mir Malseminare. Das war doch auch ich: malen. Ein Ich abseits von helfen, retten und für andere da sein. »Wer nach außen schaut, träumt. Wer nach innen blickt, erwacht«, lautet ein Spruch von Carl Gustav Jung. Nun wollte ich endlich beides auch für mich verbinden. Schauen, aufnehmen, träumen und das Wahrgenommene in meinem Inneren wiederfinden, damit es in Kunst erwacht. Meine Eltern, das erkannte ich jetzt, hatten mich letztendlich erfolgreich von meiner ursprünglichen Neigung abgehalten. Schluss. Dreißig Dienstjahre als Lehrerin sind genug. Es bestand die Möglichkeit, mit finanziellen Einbußen in Frühpension zu gehen. Das war meine Chance. Ich ergriff sie.

Die ersten fünf Jahre in Pension arbeitete ich noch als Therapeutin weiter. Seit ungefähr zwei Jahren nehme ich nur mehr in Ausnahmefällen jemanden an. Zum ersten Mal in meinem Leben habe ich täglich Zeit zum Malen. Vater hätte den Kopf geschüttelt.

Valerie

Minna, so heißt Frau Mag. Spierling mit Vornamen. Valerie spricht es aus, anfangs zögerlich, dann fest: Minna. Sich den Namen vertraut machen, damit es auch der zugehörige Mensch bald wird.

Leider umgibt Frau Mag. Spierling – nein, Minna! –, kaum dass Valerie sich ihr nähert, ein unsichtbarer Widerstand. Natürlich weiß Valerie, dass es so was wie einen Therapie-Zölibat gibt. Aber das macht doch nur bei bestehender Therapie Sinn? Es ist ja schon sieben Jahre her, dass sie zu Minna in Sitzungen gegangen ist. Kein Hindernis für eine Freundschaft. Schließlich hat es was zu bedeuten, dass sie beide einander hier begegnet sind: quasi als Nachbarinnen.

Minnas Haus ist voller Bilder. Nicht, dass sie ihre Wände damit vollgehängt hätte. Die meisten stehen hintereinander gelehnt neben Regalen, beim Fenstersims oder liegen auf Sofa und Eckbank. Einige hat Minna ihr auf Bitten hin gezeigt. Abstrakte Gemälde, von denen Valerie nichts versteht, darunter großflächige Leinwände mit vielen weißen, einigen grauen und vereinzelten schwarzen Übermalungen. Außerdem gezeichnete Akte und schließlich: Pflanzen, Früchte, Insekten und Kleintiere, die nicht gemalt aussehen, sondern körperlich auf dem Papier zu liegen scheinen. Valerie spürt: Hier wird ein Schleier gelüftet und sie kann sehen, was sonst im Verborgenen bleibt – Gefühle, Empfindungen, Verletzungen, Unnennbares, Geheimnisvolles, Bilder in Weiß und das Wesen der Natur. All die Jahre hat Valerie nun Erdwissenschaften studiert und sich mit der Natur beschäftigt. Aber hat sie je vor einem durchscheinenden Blattgerippe den Atem angehalten? Mit geschlossenen Augen die pelzigen Härchen einer Pflanze ertastet? Mit dem Mund das Blatt eines Lippenblütlers berührt? Nein. Wegen Minnas Zeichnungen erkennt sie ihre Versäumnisse.

Als der Besuch zu Ende ist, schaut Valerie noch einmal Minnas Veranda an. Die hellblaue Mauerfront, die man von außen sieht, täuscht, denkt sie. Minnas Veranda ist weiß. Wenn man hindurchgeht, wird man von milchigem Licht übergossen wie die Goldmarie mit Goldregen. Und so wie in der Welt jenseits des Brunnens Frau Holle wohnt, wohnt für Valerie ab diesem Tag jenseits der weißen Veranda die Kunst. Minnas Haus ist eines, in dem sich andere Welten in Bildern spiegeln. Botanische Malerei, so Frau Spierling, also Minna, wird auch zu wissenschaftlichen Zwecken herangezogen. Nie zuvor hat Valerie die Überschneidung zwischen Wissenschaft und Kunst so bildlich vor sich gesehen. Mit Wissenschaft hat sie Erfahrung. Kunst kann sie nur genießen.

»Danke für jeden guten Morgen, danke für jeden neuen Tag …«

Die helle Kinderstimme, rein und stark, kam von dem Mädchen mit Wuschelkopf. Es sang zur Gitarre, die eine junge Frau spielte. Dieses Mädchen war Valerie. Auf Erholung in einem Feriencamp. Viel gesungen wurde dort. Für den Abschluss studierten sie ein Stück ein. Valerie wurde für die Hauptstimme ausgewählt. In ihren Ohren machte es klack, in ihrem Kehlkopf öffnete sich etwas. Sie sang und ließ sich überfluten. Warme Wellen im Brustkorb, sanft. Die Melodie war ein Fluss, der das Mädchen trug. Es würde nicht untergehen.

Wo war die Kraft dieser Töne versickert? Im Internat, wo Valerie nicht durch ihre Singstimme auffiel. »Nimm dich zusammen, sonst kommst du ins Heim für schwer erziehbare Kinder!«, hieß es dort. Und: »Krause Haare, krauser Sinn.«

Na gut. Wenn das so war, würde sie ihnen eben zeigen, was in ihr steckte. Valerie gehörte nicht hierher und auch in kein anderes Heim. Leider hatte sich Valeries Mutter im Unglück eingerichtet. Es blieb ihr nichts anderes übrig. Sie hatte kein Recht, Entscheidungen über ihr Kind zu treffen. Die hatte das Jugendamt.

Warum? Weil Hermine Kriethner ihr Kind 1975 unehelich zur Welt gebracht hatte und als schlecht bezahlte Verkäuferin arbeitete. Zu wenig Geld, zu wenig Zeit für das Kind – schon fiel ein für Valeries Schicksal bedeutsames Wort: »verwahrlosungsgefährdet«. Nicht ganz eineinhalb Jahrzehnte später, 1989, hätte Hermine Kriethner automatisch die Vormundschaft für ihr Kind bekommen. 1975 blieb ihr nur das theoretische Recht, grundsätzlich zum Vormund bestellt zu werden. Das wurde durch das Wort »Verwahrlosungsgefährdung« sofort wieder verwirkt. Von der Ära Kreisky mit Johanna Dohnal, Freda Meissner-Blau und den mühevollen Ausläufern der Zweiten Frauenbewegung wussten Valerie und ihre Mutter nichts.

Erst später, während der Psychotherapie, begann Valerie sich mit den sozio-politischen Ursachen ihres »Schicksals« auseinanderzusetzen. Und verstand. Nach der Wut kam die Traurigkeit. Mit Mutter darüber reden ... Aber Mutter war damals bereits sieben Jahre tot. Sieben Jahre zu spät. Nein, ein ganzes Leben oder zumindest Valeries erste Lebensjahre bis hin zu ihrem zehnten. So lang hatte sie warten müssen, bis sie bei Mama leben durfte.

Bis fünf musste Valerie in einer Pflegefamilie ausharren. Dort machte das Wort »Verwahrlosungsgefährdung« Sinn. Aber das bemerkte das Jugendamt mit seinen wenigen angekündigten Besuchen pro Jahr nicht. Was Valerie sagte, was sie und ihre Mutter wollten, zählte nicht.

Von fünf bis zehn Jahren kam sie ins Internat der »Englischen Fräulein«. Eine geistliche Institution mit Ordensschwestern, die in schwarzem Ornat mit oft schwarzer Pädagogik für Ordnung sorgten. Nur einmal in der Nacht aufs Klo gehen. Auch bei Hitze nicht mehr als ein Glas Wasser und das nur zu den Mahlzeiten trinken. Beten vor dem Essen. Aufessen, was am Teller ist. Zweimal pro Woche Andacht in der Kapelle. Geschickt versteckten sich die unmöglich einzuhaltenden Regeln hinter den harmlosen und vernünftigen. Wehe aber, man übertrat auch nur eine einzige und wurde erwischt oder verpetzt. Einen Satz hundertmal zu schreiben, ging ja noch an. Sogar Essensentzug für einen Tag war nicht so schlimm. Aber am Morgen nach dem Aufwachen mit dem Lineal Hiebe auf die ausgestreckten Hände zu bekommen, war keine gute Art, den Tag zu beginnen. Noch schlimmer war das Verbot, am täglichen Waldspaziergang teilzunehmen. Am schlimmsten aber war es, verleumdet und zur Schwester Oberin zitiert zu werden. Das war Valerie passiert. Bei der Oberin setzte es Hiebe mit dem Rohrstab. Noch und noch, weil Valeries Weinen als Sturheit interpretiert wurde. Heulen statt Schuldeingeständnis, auch wenn es keine Schuld gab. Es wurde als Bockigkeit und Affront gegen die Geistlichkeit ausgelegt.

Trotz Blutergüssen am Körper ihres Kindes beschwerte sich Hermine Kriethner nicht beim Jugendamt. »Gegen die da oben kommt man sowieso nicht an«, sagte sie.

Also: aushalten, durchhalten und nicht auffallen. Valerie gab sich Mühe. Passte sich äußerlich an, während innerlich ihr Grimm wuchs. Und mit ihm wuchs all die Jahre die Gewissheit, sie müsse sich um sich selbst kümmern. Die Erwachsenen schafften das einfach nicht. Sie gaben ihr genug zu essen, das stimmte. Aber schon um ausreichend trinken zu können, musste sie ein Verbot übertreten. Sie war im Winter warm gekleidet, das stimmte. Aber gegen die Kälte der Einsamkeit, die spätestens am Abend zu jedem Kind ins Metallbett kroch, unternahm keiner was.

Vorbei, Schluss. Valerie zieht die Schultern hoch und setzt sich gerade hin. Nach dem Internat wurde es besser. Mittelschule, Beruf ... Sicher, Öko-Life war nicht ideal. Aber von dort ist sie ja dann auch weggegangen. Genauso wie von Paris. In ein neues Land gehen, eine neue Sprache lernen – Minna hatte als Therapeutin recht gehabt: Damit ist es nicht getan. Man muss sich selber ändern. Und ist Valerie diese Änderung mit dem Studium, mit Roland und jetzt mit dem Kind gelungen? Gesellschaftlich ist es zweifellos ein Aufstieg. Aber dreimal in der Nacht aufstehen, Fläschchen machen, Baby füttern, baden, wickeln, Hausarbeit erledigen, kochen und ... und ... Das ist doch schon wieder fremdbestimmt.

Mit Daumen und Zeigefinger massiert Valerie ihre Nasenwurzel. Wenn nicht alles so kompliziert wäre. Jammern darf man heutzutage in Bezug auf die Mutterpflichten schon. Aber nur mit einer gehörigen Portion Humor. Da ist diese eine Kolumnistin, die das perfektioniert hat. Seit Valerie sie kennt, vernachlässigt sie ihre Lieblingshomepage. Lachen über die Zumutungen und sich sonst an all das Gute halten. Natürlich, Julians Engelslächeln, sein Greifreflex und all diese ersten Male: das Ausprobieren des Tragetuchs – so umständlich, mit dem umgehängten Baby aufs Klo zu gehen –, die erste Mutter-Kind-Pass-Untersuchung, das erste vorsichtige Schneiden der winzigen Finger- und Zehennägel, der erste Babyschnupfen. Und zwischen all den ersten Malen die stunden-, tage- und wochenlangen Wiederholungen: Babys Blähungen, Babys Geschrei, Fliegergriff, Milch geben, wickeln, nachts aufstehen. Obwohl Valeries Energiereserven nach zwei Monaten erschöpft sind, geht es einfach so weiter.

Das erste Weihnachten mit Kind: Julians leuchtende Augen vorm Christbaum, eine Plüschkuh, die bald nach Baby duftet, ein Mobile aus lachenden Stoffblumen. Von Roland bekommt Valerie das neueste Smartphone und Theaterkarten zum *Sommernachtstraum*. Er kriegt von ihr den neuesten Terry Pratchett sowie ein Poloshirt und eine Cordhose aus Biobaumwolle. Silvester: Das Kind kann nicht einschlafen wegen der Knallerei. Valerie und Roland prosten einander über Julians Gegreine hinweg zu. Ein neues Jahr.

Schon ist es über zwei Monate her, dass Valerie Minna besucht hat. Julian braucht wieder die nächste Kleidergröße und über dem Garten liegt der erste Schnee des Jahres. Wenn das Baby schläft, versinkt Valeries Blick in weißer Stille. Glitzernd stäubt der Schnee von der Fichte. In Valeries Brustkorb wird ein Gitarrenriff angeschlagen: Sehnsuchts-Akkord. Ihr Herz schlägt im Bass. Schwarze Vögel am Himmel. Mit dem Ausatmen kommt die Stimme. Die Bedeutung der Worte kommt mit der Melodie. Nie wollte das Wuschelkopf-Mädchen das vergessen: »Danke für diesen guten Morgen.« Im Moment des Singens glaubte Valerie daran. Ergriffen von etwas, das sie überstieg. Wie alt mochte sie da gewesen sein? Acht. Auch das Erholungscamp war geistlich angehaucht gewesen – aufgezogen wie ein Jungschar-Lager. Und später? Natürlich hörte Valerie immer gern Musik: Lieder aus dem Radio, CDs, manchmal Konzerte, seltener Opern. Und jetzt singt sie ihrem Baby was vor, Liedchen mit variierten Texten wie: »Hey, hey, Julian, hey, Julian, hey – mach fest die Windel voll. Hey, hey, Julian, hey, Julian, hey, du machst die Mama toll. Nananana, nanananana – Julian!« Oder: »Julian, Julian, mach nicht weiter, treib Mama nicht auf die Leiter.« Weil Julian die Sätze noch nicht versteht, geht das. Auf Spazierfahrten mit dem Kinderwagen summt Valerie Beatles-Balladen und intoniert Italienisches, wenn sie das Kind bei Laune halten will, und Französisches, wenn es einschlafen soll.

Trotzdem, es ist erst mit Minnas Bildern wieder gekommen: Das Gefühl, wie es sein kann, Kunst zu machen. Dieses Mädchen, das sein Solo sang, kannte es. Leider blitzt Valeries frühe Kindheit immer in Bildern auf, deren ursprünglich dunkle Seiten nun überbeleuchtet sind. Das Schöne bleibt im Schatten.

Sie schließt die Augen. Wenn sie es noch einmal mit der Musik versuchte? Aber dafür braucht man Zeit und Energie. Nicht grade etwas, von dem eine junge Mutter viel hat. Also auf später verschieben. Jetzt ist erst mal Julian dran. Warum überhaupt diese Sehnsucht nach etwas anderem?

Valerie geht ins Kinderzimmer und betrachtet ihr Wunder von einem Baby. Sein winziges Gesicht ist leicht bestürzt. So jäh kam der Schlaf über ihn. Seine Oberlippe ist nach vorn gestülpt, seine Stirn rund und verletzlich. *I can't help falling in love with you*. Gleich zwei Menschen in seinem Leben zu haben, die man liebt und die einen zurücklieben, ist viel für jemanden, der ohne Vater, Geschwister und streckenweise auch ohne Mutter aufgewachsen ist.

Welche Melodie fällt ihr zu Roland ein? Die Erinnerung an Mallorca: Abends am Strand, Roland hängt ihr seine Jacke um die Schultern, weil sie fröstelt. Sie hat an den Tod ihrer Mutter gedacht. Dass es gut war, dass sie dabei war. Dass es schrecklich war, dass sie ihn miterlebte. Der Tag ihres Sterbens wird Valerie nie mehr verlassen. Rolands Geste in diesem Moment war mehr als ein Trost. Sie war ein Versprechen: Valerie würde nie mehr allein sein müssen. Jetzt hat sie die Melodie dazu gefunden: Irgendeine Nocturne in Moll müsste es sein, eine sehnsüchtig dunkle Frage mit einer Variation als Antwort. Vielleicht Chopin. Bei Klassik kennt Valerie sich nicht aus. Mündete dieser Abend in die Nacht, in der Julian entstand? Sie möchte es glauben. Es wär' so romantisch, schicksalhaft.

Und jetzt? Jetzt ist Valerie buchstäblich nie mehr allein, weil sie ein Kind hat. Roland an ihrer Stelle würde sagen: Es ist ein Marathon im Sprint gelaufen. Bei einem Staffellauf haben sie sich kennengelernt. Was, wenn Valerie nun die Staffel an Roland übergäbe? »Fläschchen machen kann auch ein Papa«, hat Minna zu ihr im Traum gesagt. Aber leider läuft Roland, seit sie ihn kennt, seinen eigenen Marathon. Es muss reichen, dass er seine Familie liebt und ernährt. Ganz bürgerliche Arbeitsteilung.

Valerie seufzt und schaut wieder aus dem Fenster. Auf der verschneiten Fichte lässt sich ein Vogel nieder. Die Luft ist klar. Der Vogel hüpft seitwärts den Ast entlang. Sie muss das Vogelfutter im Häuschen nachfüllen. Die Schneedecke am Boden lässt einen Kreis um den Baum herum frei. Schlafende Natur. Bald wird auch Valerie wieder schlafen, die ganze Nacht durch. Dann wird sich Zeit und Raum für die Kunst finden. Sie kann zwar, wenn das Kind schläft, nicht im Haus trällern und auch, wenn es wach ist, nicht aus voller Kehle singen, aber vielleicht passt ja Roland ab und zu aufs wache Kind auf. Wobei – damit sie singen kann? Ein Luxus, wird er sagen. Und hat er nicht recht? Seine Eltern kommen als Babysitter nicht in Frage. Die wohnen zu weit weg. Ja, wenn Valeries Mutter noch da wäre ... Aber von ihr können sie höchstens das Grab besuchen. Schon hat Valerie wieder das Beethoven-Stück in miserabler Tonqualität im Ohr. Das Bestattungsinstitut hatte es ihr eingeredet. »Ohne Musik ...« Die Angestellte breitete ihre Arme mit nach oben gerichteten Händen aus. Also erklang beim Begräbnis dieser jeiernde Abklatsch von Beethovens *Die Himmel rühmen des Ewigen Ehre.*

Valerie hebt die Schultern und schiebt die Erinnerung weg. Der Vogel draußen hat die Fichte verlassen. Julian schläft. Eine Kanne Tee machen. Und hoffen, dass das Zischen des Wasserkochers den Kleinen nicht weckt. Wenigstens Denken ist geräuschlos. Eine Schneewechte fällt von der Fichte und zerstäubt in der Luft: noch ein Sehnsuchts-Akkord. Erst muss es wärmer werden, denkt Valerie. Dann geh' ich in den Wald zum Singen. Mit Baby und Kinderwagen. Julian muss sich eben dran gewöhnen, dass Mama nicht gleich wieder mit Singen aufhört, wenn er Aufmerksamkeit will. Ein paar Minuten singen, dann wird er quengeln. Wenn Valerie es ignoriert, wird er weinen. Und wenn sie ihn dann nicht tröstet ... Wie oft würde sie das wiederholen müssen? Valerie seufzt. Sie wird es nicht schaffen. Die Lust am Singen wird ihr dabei vergehen. Ein längerer Atem, sie braucht einen längeren Atem und muss einfach wieder einmal nur warten. Aber keine zehn Jahre mehr. Das nicht.

Minna

Nadja war sechsundzwanzig, als ich die Analyse bei S.K. beendete. Nach zehn Jahren kamen wir überein, dass ich es gut sein lassen würde. Zum gleichen Schluss kam ich nach vier Jahren Sozialtherapie-Institut. Es war Zeit, etwas Neues zu beginnen. Überschaubarer als die Arbeit im Therapeutenkollektiv. Also machte ich mit nur mehr einem Kollegen eine Praxis in Floridsdorf auf. Walter, mein Kollege, war auf Organisationsberatung spezialisiert, ich auf Psychotherapie.

Mittlerweile wohnte Nadja nicht mehr bei mir. Sie war geblieben, so lange ihr Studium dauerte – eine Geldfrage. Theaterwissenschaft und Kulturanthropologie. Ersteres überraschte mich angesichts ihrer Filmleidenschaft und Theaterworkshops in der Mittelschule nicht. Sie interessierte sich vor allem dafür, was die Theaterwelt im Innersten zusammenhält. Mit Anthropologie war es ähnlich. Trotzdem hat diese Studienwahl mit Frank zu tun. In den sieben Jahren, die wir zusammen waren, wandelte sich Nadjas Schwärmerei für den »Abenteurer Frank« nach und nach in Bewunderung für seine Arbeit an der Uni, um schließlich in »objektive« Leidenschaft für sein Fach zu münden. Dass sie nicht Ethnologie studierte wie er, sondern nur etwas Ähnliches, war wohl eine Frage der Abgrenzung. Wobei ich den Unterschied zwischen Kulturanthropologie und Ethnologie nie wirklich durchschaut habe.

Jedenfalls lebte Nadja in dieser Zeit noch bei mir im Haus. Besser gesagt, sie aß und übernachtete dort. Wenn sie nicht gerade bei einem Freund über Nacht blieb. Ich hatte diesbezüglich keinen Überblick. Bekam bloß mit, dass Konstanz ihre Sache nicht war. Wenn mich nicht alles täuscht, war es fast immer sie, die den Jungs den Laufpass gab. Meine Tochter, geboren am literarisch am ausführlichsten erzählten Tag, ist eine Meisterin der Schnelllebigkeit.

Als ich in ihrem Alter war, tickte vieles langsamer. Man war gewohnt, manchmal zu warten. Auf Anrufe, auf Informationen, auf die Tramway, eine halbe Stunde für den Gegenzug, weil es nur eine Schiene gab. Jeden Tag brauchte ich allein in die Mittelschule im dritten Bezirk fast zwei Stunden. Von zehn bis dreizehn Jahren verbrachte ich auch die Nachmittage im dortigen Tagesheim. Erst gegen fünf Uhr abends kam ich nach Hause. Abgeschoben, dachte ich, die Eltern wollen mich so wenig wie möglich sehen. Im Heim wurde ich wegen des Mittagessens gehänselt, das man von zu Hause mitbringen musste. Die anderen hatten Schnitzel-, Leberkässemmeln oder Wurstbrote. Ich hatte jeden Tag einen Thermosbehälter mit Matsch. Mag sein, dass es am Vortag ein gekochtes Abendessen gewesen war. Zu Mittag, wenn ich den Behälter öffnete, war es jedenfalls: Matsch.

»Ihhh, was hast du denn da drin? Das stinkt!«, sagten die anderen. Und es war nicht zu leugnen. Ein Geruch nach abgestandener Pampe verdarb mir den Appetit noch gründlicher als der Geschmack des Essens und die Lästereien der anderen. »Wäähh, schwarze Nudeln, wie grauslich …«, sagten sie, wenn ich eine Mehlspeise namens »Schlosserbuben« mithatte.

Natürlich war Beschweren ausgeschlossen. Mutters Reaktion konnte ich mir lebhaft vorstellen: »Du bekommst ein *warmes* Essen! Ich steh' in der Früh als Erste auf, mach' euch Frühstück und wärm' dir ein Mittagessen.« Dazu ihre Leidensmiene: Kerben in den Mundwinkeln, kalte, feuchte Augen.

Also aß ich den Matsch gegen den Hunger und dachte an Vaters KZ-Geschichten. Das nutzte meist bis zu zwei Dritteln des Breis. Dann grauste mir derart, dass ich den Rest im Thermosbehälter ließ und später heimlich ins Schulklo schüttete. Ich war nicht hungrig, nicht verzweifelt genug. Ich wusste ja gar nicht, wie gut es mir ging. Undankbar gegenüber dem Glück der später Geborenen, sagte Vaters Stimme in meinem Kopf.

Ab und zu steckte mir Großmutter ein wenig Geld zu. Dann leistete ich mir beim Greißler Brot mit Sauerkraut: die billigste Jause. Manchmal sparte ich auch auf die *Bravo* und kaufte statt Essen eine neue Zeitschrift. Aber Mutters Kälte hinterließ ein beständiges Gefühl der Leere in mir. Ich sehnte mich nach essbarem Luxus. Tag für Tag ging ich beim Schulweg an einem Süßwarengeschäft vorbei, wo bunte Seidenzuckerl in durchsichtigen Gläsern mit einladenden Schäufelchen ausgestellt waren. Einmal nur ihrer Süße bis auf den Grund nachschmecken. War die Schale weichgelutscht und brach, floss einem süß-klebriger Saft in den Mund. Das wusste ich von den wenigen Malen, als ich so ein Zuckerl von der Mitzi-Tant' geschenkt bekommen hatte.

Es war Mutters Schuld, dass die Leere Tag für Tag an mir nagte. Mutters Schuld, dass ein schwarzes Loch in mir pulste. Also stahl ich eines Tages aus Mutters Geldbörsel fünf Schillinge. Damit ging ich wie im Traum nach der Schule in das Süßwarengeschäft und erstand vier Arten von Näschereien. Für den Moment des Genusses war ich aller Sorgen enthoben. Es gab nichts außer dem Geschmack auf der Zunge und dem Trost in meinem Bauch. Ich hatte, was ich wollte. Niemand wurde gerettet davon, wenn ich es nicht bekam. Die Toten standen nicht auf, die Qualen wurden nicht ungelitten. Seelenhunger, Seelenfutter, Zucker. Vielleicht war es doch auch Vaters Schuld. Vater mit seinen Geschichten, Vater mit seinem vergangenen Leid hinterließ in mir ein schwarzes Loch, das alles Licht verschlang. Ich versuchte es zu stopfen – mit Süßem. Wenigstens ein paar Tage hatte ich nun Vorräte dazu.

Die kostbaren Näschereien waren noch nicht einmal zur Hälfte aufgebraucht, als Mutter den Diebstahl bemerkte. Anstatt mich darauf anzusprechen, stellte sie mir eine Falle. Sie ließ das Geldbörsel offen auf dem Fernseher liegen, um zu schauen, ob ich noch einmal etwas einsackte. Tatsächlich nahm ich mir zwei Schillinge heraus. Eine Viertelstunde später holte sie das Geldbörsel, baute sich vor mir auf und zählte mit eisiger Miene ihr Geld.

»Du stiehlst«, sagte sie und hielt ihre Hand hin.

Wortlos griff ich in meine Westentasche und gab ihr das Geld zurück. Mein süßer Trost fiel in ihre schweigende Verachtung wie in einen bodenlosen Brunnen.

Zum Glück gab es ab der zweiten Klasse Betty. Betty wohnte in der Erdbergstraße, hielt gegen die Thermos-Matsch-Lästerer zu mir und war meine stetige Wurstquelle. Wurst gab es bei uns zu Hause nicht.

»Wer weiß, was da reingemanscht wird«, sagte Mutter, die Brauerin des Thermoskannen-Matsches.

In Bettys Familie hatte man einen unverkrampften Zugang zu Lebensmitteln. Und Betty ließ mich – als wahre Freundin – in der Schule wiederholt von ihren Wurstsemmeln mit Gurkerl abbeißen. Im Gegenzug erzählte ich ihr über meine Fliegerei mit Vater. Was für mich so normal war, fand sie abenteuerlich. So trösteten und lenkten wir uns gegenseitig vom endlosen Schulalltag eines Tagesheimkinds ab. Auch den Nachmittag hatten wir größtenteils sitzend im Klassenraum zu verbringen. Schulhof gab es keinen.

»*Silentium!*«, zischte die Lateinlehrerin, die meist Nachmittagsbetreuung hatte, wenn die Lernzeit begann. Wurde es trotzdem unruhig, riss sie schon mal eins der Mädchen an den Zöpfen. Erst wenn sie »*Silentium ex!*« verkündete, durften wir reden und aufstehen, um uns auf dem Gang die Beine zu vertreten. In Latein fiel ich durch und die Lehrerin behauptete, bei mir am Ende ihrer Weisheit zu sein.

Weil auch Mutters frostiges Gebaren nichts daran änderte, kam ich im nächsten Schuljahr ins Wiedner Gymnasium. Dort gab es statt Latein- Französisch-Unterricht. Es war das Gymnasium, das später als Sir-Karl-Popper-Schule für Hochbegabte bekannt wurde. Damit kann ich von mir sagen: Ich bin in eine Schule für Hochbegabte gewechselt. Leider verlor sich durch diesen Wechsel die Freundschaft zu Betty.

Ich war vierzehn und seit einem Jahr mit Kurt zusammen. Ein Jahr! Eine Ewigkeit für eine Teenagerin in den 70ern. Im

Radio spielten sie *Yellow Submarine* und The Mamas & The Papas: »*Monday mornin' couldn't guarantee that Monday evenin' you would still be here with me.*« Morgens wusste man nicht, ob man abends noch zusammen sein würde. Mein Tagesheim-Drill war Vergangenheit und obwohl die neue Schule wieder ein reines Mädchengymnasium war, brachte sie neue Freiheiten. Kurt und ich drifteten auseinander.

Da ich keine Jungfrau mehr war und rauchte, suchte ich Anschluss bei den Lässigen. Wie beiläufig schlenderte ich mit, wenn sie nach dem Unterricht zum Alois-Drasche-Park zockelten. Dort, umgeben von schmucken Gründerzeit- und gediegenen Otto-Wagner-Wohnhäusern, gesellte sich jeweils bald eine Gruppe Burschen dazu. Es waren immer die gleichen. Wir standen in der Wiese herum und rauchten. Die Mädchen kannten einander von der Unterstufe. Die Burschen kannten die Mädchen vom Park. Ich war die Neue. Die Mitschülerinnen ignorierten mich. Die Burschen taxierten mich. Ich versuchte es mit den Ersteren und erwähnte – eingedenk Bettys diesbezüglichen Interesses –, dass mein Freund Sportflieger gewesen sei.

Eine warf ein: »Hast du das nicht letztens auch über deinen Vater gesagt?«

»Vielleicht ist bei der Vater und Freund dasselbe«, witzelte eine andere. Sie lachten.

Ich schluckte meinen Ärger runter und schaute zu den Burschen. Bei denen wusste man wenigstens, woran man war. Möglichst lässig steckte ich mir eine Zigarette in den Mund und marschierte zu demjenigen, der mir am längsten auf den Busen geschaut hatte. Er gab mir Feuer.

Ab diesem Tag hielt ich mich an die Burschen. Trug ich meine auf Minilänge hochgerollten Röcke und schüttelte mein Blondhaar, waren sie oft bereit, mir auszuhelfen: mit Zigaretten, Kaugummis, Süßem. Von einem ließ ich mich sogar ein paarmal in der Freistunde ins nahe Café *Charles* einladen. Das mündete schließlich in einem exklusiven Aufenthalt hinter den Parkbüschen. Wir küssten und tatschten uns ab. Mehr war wegen der Parkbesucher nicht drin. Er hieß Werner oder Walter. Mit den Jahren verblassen die Namen wie die Gesichter. Nur an Peter, den ich im *Charles* kennengelernt habe, erinnere ich mich noch wegen meiner Ausreißer-Geschichte.

Und an manche Aktionen erinnere ich mich auch. Beim Schikurs in der Oberstufe etwa. Dort glaubte ich, es der Auflehnung gegen das Establishment schuldig zu sein, mit einem »alles« zu machen. Immerhin war die Gelegenheit da und ich keine Jungfrau mehr. Reines Glück, dass unser Treiben im Abstellkämmerchen keine Folgen hatte. Kondome traute sich damals keiner zu kaufen: zu verrucht. Nur aufgepasst wurde bei den Quickies. Alles ging so schnell, dass ich keine Zeit hatte, zu kommen. Blieb nur das kleine Machtgefühl über den sich triebgesteuert abrackernden Burschen. Junges Ding, das ich war, fand ich's anregend genug.

Kurze Freiheitsmomente – einige Jahre später war's vorbei damit. Sicher, dazwischen gab es Irland. Dort war ich fast vier Wochen lang vergleichsweise frei. Aber nach Irland kam wieder Kurt und mit Kurt kamen bald Schwangerschaft und Heirat. Meine zehn Ehejahre sind eingerahmt von einem rebellischen Vor- und einem kompensierenden Nachleben. Die frühe Verantwortung unterbrach meine aufkeimende Rebellion. Umso ausgeprägter war mein Unabhängigkeitsdrang nach der Scheidung. Ich ließ mich mit Männern ein, aber geheiratet wurde nicht mehr. Daniel, Georg, Frank und Bernhard ... Meine ambivalenten Neigungen für berufliche Vorbilder wie Dr. M. führten ohnehin zu nichts.

Als ich mich von Frank trennte, war Nadja fast zwanzig. Zeit, dass ich mir selbst etwas vergönnte! Vater und Kurt hatten die Fliegerei gehabt und Kurt außerdem sein Motorrad. Auch ich wollte etwas haben, das mir dieses Gefühl abgehobener Freiheit verschaffte, das ich als Fliegertochter so gut kannte. Etwas Eigenes.

Reiten! Das war es. Gedacht, getan. In den kommenden Jahren verbrachte ich jedes Wochenende einen Nachmittag lang mit Pferdeputzen und Reitstunden auf einem Islandhof im Marchfeld. Den dortigen rauen Umgangston steckte ich angesichts der Ausritte in der Gegend weg. Kurz spielte ich sogar mit der Idee, mir selbst ein Pferd zuzulegen. Immerhin hatte ich mir in jahrzehntelanger Arbeit ein wenig Geld zur Seite gelegt. Ein eigenes Pferd ... Das hieß eine Beziehung zu einem Lebewesen, mit dem man sich auch beschäftigen muss, wenn's einen nicht freut. Wenn Zeit und Energien knapp sind. Wo bleibt da die Unabhängigkeit?

Kurs auf die Freiheit! So waren meine Motorradfahrten mit Kurt auf der Puch 250 gewesen. Also doch lieber vierzig PS statt einem? Ich sattelte um und machte den Motorrad-Führerschein. Rot sollte meine Maschine sein und schnell. Bei einer gebrauchten Honda VT 600 Shadow mit achtunddreißig PS wurde ich fündig. Vorbei flogen die nach außen gebogenen Alleebäume der Schnellstraßen. Vorbei rasten Äcker und Felder, die die Straßen säumten. Mein Körper lenkte das Gefährt, legte sich in Kurven, spürte Fliehkraft und Wind. Abends fuhr ich in die Dämmerung eines Milchschlieren-durchzogenen Himmels, dessen Rand lachsfarben glühte. Ich raste hinein in seinen Brand: Flammend-Rosa und Goldorange, das erst nach und nach zu Flieder, Mauve, Altrosa und Grau-Lila verlosch. Untertags fuhr ich kurvige Passstraßen wie die Kalte-Kuchl-Strecke und lernte andere Biker kennen. Es war nicht zu übersehen, dass Frauen meist nur mit- aber nicht selbst fuhren. Umso besser – war ich also etwas Besonderes: eine Bikerin. Fast jedes Wochenende machten wir Ausflüge in der Gruppe. Fast jedes Quartal wechselte ich die Männer. Unabhängigkeit wurde in der Biker-Szene großgeschrieben. Ich hatte endlich, was ich wollte. Oder doch nicht?

Mein vierzigster Geburtstag nahte. Vor Kurzem war Nadja ausgezogen. Nach dem Verlust unserer Katzen hatte ich mir kein

Haustier mehr angeschafft. Auch das gehörte zur Unabhängigkeit. Haus und Garten waren still. Noch bevor der Winter kam, legte ich mir meinen ersten Hund zu: Artus.

Wochenendtrips und Gspusis, wie man Affären auf Gut-Österreichisch nennt, hatten mit einem Mal einen schalen Beigeschmack. Bloß zum Spaß, sagte ich mir, als ich mit abschätzigem Interesse Kontaktanzeigen im *Falter* überflog. Und nur aus purer Langeweile schrieb ich zwei davon an. Mit einem traf ich mich tatsächlich: Steve.

Steve, dessen Name eigentlich Stefan Obermüllner ist, schaffte es nach Frank und Bernhard, mich wieder in eine dauerhafte Beziehung zu verstricken. Er war acht Jahre älter als ich, trug sein Haar zu einem Zopf geflochten und lachte beim ersten Treffen zu viel. Unsicher, war mein erster Gedanke. Wie zur Bestätigung erzählte er mit verlegenem Lächeln von seiner Villa in Klosterneuburg, die auf einem riesigen Grundstück stand.

»Und beruflich?«, wollte ich wissen.

Er lachte wieder und zuckte die Schultern. »Kunstwissenschaftsstudium, danach hab' ich geerbt.«

Aha, daher weht der Wind, dachte ich. Einer, der sich selbst nichts aufgebaut hat. Dem fehlt's an Ecken und Kanten. Da wurde nichts an Widerständen geschärft. Steves Gang verriet ihn. Er schritt leicht einwärts gedreht und wirkte linkisch. Im Gespräch verlor sich dieser Eindruck. Unsere Lieblingsthemen waren schnell gefunden: Natur und Kunst. Auch für Steve war das kein Gegensatz. Natur wird durch Kunst überhöht. Und Kunst lernt von Natur.

Nie werde ich vergessen, wie es war, als er mich das erste Mal zu sich einlud. Ende April. Wir stiegen aus seinem Mercedes. Ich kannte die Gegend vom Vorbeifahren. Im benachbarten Stadtviertel war Omas Wohnung gewesen. Die Lage, in der Steve wohnte, war freilich eine andere: feudal, eine Hanglage mit fantastischer Aussicht. Dort thronte das weiße, drei Stockwerke umfassende Gebäude, versetzt mit Backsteinziegeln inmitten von Grün. Eine pseudo-imperiale Treppe führte – flankiert von rosafarbenem Oleander und leuchtend violettem Rhododendron – an Marmor-Balustraden vorbei zum Eingang.

Fast hätte ich aufgelacht. War das die ultimative Rebellion gegen meine Eltern? Ich mit vierzig, Tochter aus kommunistischem Haus, die sich mit einem kapitalistischen Bonzen einließ? Mutter würden die Grausbirnen aufsteigen. Späte Rebellion … Das würde allerdings bedeuten, dass ich mein Leben noch immer in Hinblick auf die Eltern gestaltete. Sicher nicht. Steve war Steve und kein Bonze. Er spielte das Repräsentationstheater, das seine Position verlangte, bloß mit. Deshalb die Villa, deshalb der Prunk.

»Drinnen ist's gemütlicher«, grinste er nun tatsächlich verlegen.

Mein Blick glitt über den Garten, der sich rund um die Villa ausbreitete. Weiße Marillenblüten, wogende Tamarisken-Fächer, gerüschtes Zierkirschen-Rosa und ein Duft von aufblühendem Flieder. Ich bat Steve, mir zuerst seinen Garten zu zeigen. Magnolien, Prachtspieren, Forsythien – in lockendem Ornat plädierten die Pflanzen für den Mann, der sie pflegte oder wohl eher pflegen ließ. Narzissen, Primeln, Hyazinthen – auch vom Boden her zielte alles auf Frühlingsgefühle. Vor einem Backsteinziegelmäuerchen prangte in leuchtenden Rottönen eine Liebeserklärung an Tulpen: ein Meer aus Blumenbechern, deren Fläche die Form einer radiärsymmetrischen Blüte ergab.

Ich vergaß alle Zurückhaltung und rief: »Ein Paradiesgarten!«

Steve strahlte. »Du hast noch nicht alles gesehen.«

Wir gingen durch Obstbaum- und Zierstrauchwiesen, bis wir auf der großzügigen, südseitig gelegenen Hangfläche angelangt waren.

»Schau!« Er breitete seine Arme aus, als zaubere er alles einzig für mich herbei.

Hinter der Grundstückgrenze fing die Hügellandschaft an. Über Weingartenterrassen und Polsterflecken aus Laubbaumkronen blickten wir direkt auf das blausilberne Band der Donau. Es war perfekt. Zu perfekt. Einen Kontrapunkt, schnell, irgendwas, das Steves Zaubererpose vor dem Panoramaausblick ein Ende setzte. Vor einigen Monaten hatte ich in meinem Garten einen Teich angelegt. Also sagte ich das Nächstbeste, das mir einfiel: »Der Teich fehlt.«

»Welcher Teich?« Wirklich sanken Steves ausgebreitete Arme zugleich mit seinen Mundwinkeln herab.

Das Wasser vorm Ausblick aufs Wasser, das die Dekadenz zum Überlaufen bringt, ein wenig Luxus-Fluxus, dachte ich und sagte: »Na, das Wasser vorm Ausblick aufs Wasser, das die Idylle perfekt macht.«

Steve ergriff meine Hand. Seine Augen leuchteten. Ich biss mir auf die Unterlippe. Das Lächeln rutschte mir trotzdem heraus. Ich ahnte, was jetzt kommen würde: eine absurde Cinderella-Version. Sich mit vierzig auf ein Traumschloss einladen zu lassen, von einem linkischen Prinzen mit eingedrehtem Gang und popolangem Zopf ...

»Wo«, fragte nun wirklich mein spät berufener Prinz, »soll der Teich hin?«

»Genau da, wo ich steh'!« Herausfordernd reckte ich das Kinn empor.

Eine Woche später überraschte Steve mich dann doch. Anstatt Arbeiter zu beauftragen, begann er bei meinem nächsten Besuch, an der von mir angezeigten Stelle selbst Erde auszuheben.

»Ich hab' viel Geld, geb's aber nach Möglichkeit nicht aus«, meinte er.

Ja, von Steve konnte man sparen lernen. Tatsächlich wurde er nicht oft von der Notwendigkeit angefochten, Geld auszugeben. Besonders, wenn er auf Kosten anderer leben konnte. So zahlte er – selbst wenn er eine Woche lang bei mir übernachtete und aß – bei unseren Einkäufen im Supermarkt einfach nicht mit. Warum ich nichts einforderte, weiß ich nicht mehr. Anfangs war ich wohl zu baff. Auch für die Pflege seines dreitausend Quadratmeter großen Gartens hielt Steve die Ausgaben gering. Da er sonst nichts zu tun hatte, kümmerte er sich um fast alles selber. Sein Geld arbeitete für ihn: Ein paar Wertpapieranlagen da, ein paar Aktienspekulationen dort waren offenbar alles, was es zu dessen wundersamer Erhaltung und Vermehrung brauchte.

Wenn ich ihn besuchte, schaufelten wir zu zweit an der Teichgrube. Dazu das Ritual des Gießens seiner Orchideensammlung und – wann immer es das Wetter zuließ – Picknicken auf der Wiese. Ich glaube, wir waren fast ein Jahr zusammen, bis die Teichgrube auf diese Art in der gewünschten Größe ausgehoben war. Steves Lachen war mittlerweile nicht mehr unsicher. Er kannte meine zynische Cinderella-Version unserer Geschichte. Sie wurde Teil unseres Spiels.

»Mein spätkapitalistischer Spareprinz«, spottete ich, abgeschwächt durch ein Lächeln.

»Mein marxistisches Aschenputtel«, konterte er und küsste die Innenseite meiner linken Hand.

Wir spielten außerdem, dass die Inserate im *Falter* – geschaltet von ihm, beantwortet von mir – nur ein harmloser Zeitvertreib gewesen wären. Keiner von uns war damals wirklich einsam gewesen, nie im Leben. Wir spielten, dass ich mit vierzig noch frech und jung war und er sich Hals über Kopf in meine unverstellte Art verliebt hatte. Wir spielten, dass Sex – in Wirklichkeit mittelmäßig – zu den besten Sachen unserer Beziehung gehörte. Wer einer Frau eine Teich-Grube gräbt, darf selbst bei ihr hinein, hätte Freud gesagt. Und Steve durfte, auch wenn ich schon bessere Liebhaber gehabt hatte.

Was uns einte, war unser Naturverständnis. Was uns anregte, war unser Kunstverständnis. Wir konnten uns prächtig in Dispute über Malewitsch, den Suprematismus und Matisses Nizza-Periode hineinsteigern. Umgekehrt wurden wir, was den Garten betraf, nicht müde, Details über das Ideal der Permakultur zu besprechen. Aus Zeitmangel konnte ich diese nicht hundertprozentig in meinem Garten umsetzen. Aber wenigstens war es ein Naturgarten mit gewachsenen Pflanzengesellschaften aus einheimischer Vegetation, wilden Ecken, Schattenflora, Gemüse- und Kräuterbeeten – und natürlich einem anständigen Teich.

Ihn auszuheben war ungleich schneller gegangen als bei Steve. Offenbar brauchen nur Millionäre und Müßiggänger für so was ein Jahr. Ich war nicht so sparsam gewesen wie Steve und hatte mir von Bekannten, denen ich etwas Geld gab, helfen lassen. Wir entfernten große Steine aus dem Erdreich und – mit einigem Bauchweh meinerseits – auch große Wurzeln, auf die wir stießen. Ich hoffte inständig, der Baum oder Strauch, zu dem sie gehörten, würde es mir verzeihen. Nach einigen Wochen wölbte sich links von Omas Lebensbaum ein Aushubhügel. Die Teichgrube war fertig: über einen Meter tief in der Mitte mit fünf Metern Durchmesser und sanft ansteigenden Ufern. Statt einer Sandschicht nahmen wir zum Schutz der Teichfolie fein gesiebte Erde vom Aushub. Die zwei Männer, Anton und Norbert, hievten die fünfundneunzig Kilo schwere Folie aus dem Auto. Zu dritt begannen wir, sie über die Grube zu breiten. Die endlosen Fallschirm-Stoffe auf dem Flugplatz fielen mir ein. Wir zogen und verschoben – es durften sich keine großen Falten bilden.

Dann fehlte nur noch das Wasser. Der Gartenschlauch hing schon in der Grube. Mir war feierlich zumute, als ich den Hahn aufdrehte. Das Wasser plätscherte und plätscherte und doch dauerte es eine halbe Ewigkeit, bis das Becken auch nur zur Hälfte befüllt war. Schwitzend, mit Dreck unter den Fingernägeln und zufrieden ob unseres Werks, saßen wir schließlich in Gartenstühlen davor. Ich hatte Pizza bestellt. Wir aßen sie mit der Hand. Dazu tranken wir Soda und Bier. Norbert hatte die Beine ausgestreckt und kaute geräuschvoll.

Anton fragte mich zwischen zwei Bissen: »Und die Pflanzen holst dir aus der Lobau?«

Ich nickte.

»Algen«, fuhr er fort, »brauchst nicht zu holen, das wächst von selber.«

Ich machte eine wegwerfende Handbewegung: »Weiß ich. Wenn alles passt, werden auch die Viecherl von allein kommen.«

Anton hob die Bierflasche. »Auf Frösch' und Libellen – Prost.«

Wir stießen an.

In den folgenden Wochen und Monaten wuchs die Aushuberde, die ich im Garten verteilt hatte, mit Gras, Klee und Spitzwegerich zu, während sich Hornblatt, Wasserknöterich, Laichkräuter und Mikroorganismen im Teich ansiedelten. Die ersten Kaulquappen schwammen zwischen den Algen. Die ersten Libellenlarven fraßen Mückenlarven und die ersten Teichmolche schlängelten sich unter der Wasseroberfläche. Ich hatte ein sich selbst regulierendes System geschaffen, das nur weniger Eingriffe bedurfte, um im dynamischen Gleichgewicht zu bleiben: Permakultur pur.

Auf seinen dreitausend Quadratmetern stellte Steve natürlich andere Ansprüche. Er wollte ein Konglomerat an permakulturellen Subsystemen heranbilden. Seine Wildhecken für Tiere mähte er erst, wenn die Samen der Blumen reif waren, und als einzige permakulturelle Schwäche leistete er sich seine große Tulpenfläche. Damit es zu keiner Unternutzung von Ressourcen oder einer negativen Gesamtenergiebilanz kam, maß und zählte Steve viermal im Jahr seine Pflanzen. Eine Akribie, die – wie er mir erklärte – nur scheinbar im Widerspruch zu Naturbelassenheit stand.

»Ohne dass der Bestand genau erfasst wird, kann man keine Nachkorrekturen vornehmen. Es muss alles passen, damit die naturnahen Kreisläufe funktionieren.«

»Du vertraust zu wenig auf Selbstregulation«, widersprach ich.

Aber Steve wollte nichts davon wissen. Ein Garten sei keine wirklich wilde Natur. Genau darin bestünde eben die Kunst. Ich zuckte die Schultern und dachte an die vielen Zufälle in meinem Garten. Jemand hat ein Pflänzchen zu verschenken, mir gefällt eins in der Au – schon wird es im Garten gesetzt. Oder der Wind trägt Samen herein und der Hund macht mit seinem Gepinkel an der immer gleichen Stelle ein Wiesenstück kahl. Gartengestaltung war mein Luxus gewesen in den Jahrzehnten, in denen ich gearbeitet, mein Kind großgezogen, mich weitergebildet, umorientiert und therapiert hatte. Steves Aufmerksamkeit war hingegen lediglich fünf Jahre lang geringfügig durch eine kinderlose Ehe vom Garten abgelenkt worden. Sie hieß Solmaz, war Iranerin und nach der Scheidung ging ihre zeitweise Präsenz in Steves Leben scheinbar nahtlos in Pflanzenbetreuung über.

»Ich brauche Solmaz, um die Orchideensammlung zu gießen, wenn ich auf Urlaub bin oder woanders übernachte«, sagte er.

Solmaz ... Ich malte mir eine aparte persische Schönheit aus: Katzenaugen, glänzend schwarzes Haar, voller roter Mund. Wer weiß, was da noch zwischen ihnen lief. Dann war sie eines Tages noch da, als wir vom Urlaub zurückkamen. Ein grobknochiges Gesicht mit einer breiten Nase, die großporige Haut von einer dicken Make-Up-Schicht überzogen. Ihre Katzenaugen waren vor allem ein Werk von Mascara und Lidstrich. Meine Eifersucht verpuffte und kam auch nicht wieder, als Solmaz mit rauchig tiefer Stimme zu sprechen begann. Wie oberflächlich wir doch alle sind, auch ich als Therapeutin. Die Iranerin war unattraktiv – na und? Was wusste ich schon von ihr?

Steve antwortete ausweichend auf meine Frage zu ihrer Beziehung: »Ich war jung und sie wollte als Iranerin unbedingt heiraten.«

Vielleicht wollte sie das auch wegen dem Geld, dachte ich kurz und schämte mich im gleichen Moment dafür. Vorurteile über Vorurteile – offenbar wird man das nie los.

Der Urlaub, von dem ich damals mit Steve zurückgekommen war, blieb unser einziger gemeinsamer. Weniger angeregt von seiner Pflanzenzählung als von den vorteilhaften Urlaubskonditionen, hatte er mit einem Mal unbedingt zur Vogelzählung auf eine britische Insel gewollt. Wer sich an der Zählung beteiligte, bekam zwar nicht die Reise, aber Kost und Logis spottbillig angeboten. Das passende Angebot für einen sparsamen Millionär also.

Wir buchten einen günstigen Flug nach London, fuhren von dort mit dem Bus nach Wales und setzten dann mit dem Boot nach Skokholm Island über. Die Insel wurde vom Wildlife Trust verwaltet und war so klein, dass man sie in einer halben Stunde zu Fuß umrunden konnte. Wir hatten die Zeit zu unserer freien Verfügung, lasen, schwammen, zeichneten und zählten nebenbei alle Vogelarten, Nester und Robben, die uns unterkamen. Zum Erkennen der Ersteren hatten wir eine kurze Einführung und ein Prospekt erhalten: Tordalken, Krähenscharben, Lummen, Eiderenten, Möwen und als Highlight: Papageientaucher und Kegelrobben.

Nach zwei Tagen schwirrte einem der Kopf von all dem Geschnatter, Gezwitscher, Möwengelächter, Quieken, Fiepen und dem Heulen der Jungrobben. Dazu das leuchtende Orange von den Schnäbeln und Krallen der *puffins*, der Papageientaucher, ihr adrettes schwarz-weiß-graues Gefieder, das rauchgrau-flauschige der Küken, mit Vogeldung geweißte Klippen, ockergrün bemooste Rundfelsen und winzige, silbrig glänzende Fische im Wasser und in den Schnäbeln der Seeschwalben. Voll mit Farben und Tönen tat die Seebrise ein Übriges, dass uns bald der Rhythmus der Meereswellen durchs Blut pulste. Den besten Sex hatten wir an verborgenen Küstenplätzen inmitten von atlantischem Wasserrauschen und Vogelgeschrei. Man muss nicht Freud sein, um bei den vielen Vögeln ans gleichlautende Vergnügen zu denken. Abends wurden wir in der Unterkunft einfach aber gut von Studenten bekocht.

Schade, dass wir keinen weiteren Urlaub mehr machten. Aber Steve musste ja sein Geld beisammenhalten. Steve und sein Garten, Steve und sein Teich. Wenn ich durchs große Fenster bei der Essecke schau’, sehe ich meinen Teich. Jetzt ist er zugefroren. Es ist Februar, einer der kältesten Monate in diesem Land. Aber Kälte macht mir ja nichts. Da weiß man wenigstens die Wärme des Zuhauses besser zu schätzen.

Auch meine Hunde haben Kälte immer besser vertragen als Hitze. Artus, mein schwarzer Neufundländer ... Nachdem mir Minzl, ein prächtiger grau-schwarzer Tigerkater, vor Jahren gestorben war, hatte ich mir geschworen: Kein Haustier mehr. Die jüngere Katze, Junior, war schon zuvor entlaufen. Dass ich Minzl eine Nacht lang sich im Todeskampf winden sah, dass ich ihn vor Schmerz schreien hörte und ihm nicht helfen konnte, war das eine. Tags darauf begrub ich ihn stumm weinend im Garten bei Großmutters Lebensbaum. Das andere waren die ersten Tage, Wochen und Monate gewesen, in denen Junior abgängig war.

Junior war ein hoch nervöser, anschmiegsamer Kater mit weiß-rotem flauschigem Fell. Die ersten Tage seiner Abgängigkeit hoffte ich noch, er würde wie ein Schneeflöckchen über den Zaun huschen: sein üblicher Weg in unseren Garten. Er kam nicht. Also sah ich ihn, den unteren Leib zerquetscht, blutend auf einer Straße liegen. Er ist geschickt und schnell, sagte ich mir. Leider auch neugierig bis dort hinaus, antwortete es in mir. Im Folgenden glaubte ich, dass er hungrig und frierend durch eine fremde Gegend strich, weil er in einen offenen Lieferwagen gesprungen und weiß Gott wohin verschleppt worden war. Natürlich war ausgerechnet Winter gewesen zu dieser Zeit. In jeder Frostnacht fürchtete ich, dass mein zartes weiß-rotes Katerchen, in einem Gartenzaun verhängt, mit offener Wunde und gefrierendem Blut litt. Dann wieder lag Junior vom Fuchs gerissen in der Lobau, dachte in seinen letzten Sekunden an mich und verstand nicht.

Erst als sich die Wochen zu Monaten fügten, nahmen die Schreckensbilder in meinem Kopf ab. Blieb die Gewissheit von Juniors Tod. Nachdem Jahre später auch Minzl gestorben war, beschloss ich: Nie wieder ein Haustier. All seine Liebe hängt man an diese Wesen, obwohl man weiß, dass sie lang vor einem gehen. Nicht mehr mit mir. Das hielt ich ein paar Monate durch, nachdem Nadja ausgezogen war. Dann kam Artus.

Einen Hund hätten sich meine Eltern nie angeschafft. Von einem Hund riet mir meine Mutter dringend ab. Ein Hund war das, was ich brauchte!

»Ein Neufundländer hat mal eine Ziege ins Wasser gezogen, um sie anschließend retten zu können«, erzählte mir jemand, als ich nach einer Hunderasse fragte, die Wasser liebt. Ich erkundigte mich weiter. Englische Fischer, hieß es, hätten die Rasse auf Neufundland entdeckt und zum Schutz von Schiffen und Ladungen mitgenommen. Die europäischen Fischer seien sofort von diesen Hunden begeistert gewesen. Sie hätten beim Einholen der Boote und Netze geholfen und sogar Schiffbrüchige gerettet. Große, schwarze, kuschelig sanfte Tiere – genau so einen wollte ich! Meine Wanderungen zu Au-Gewässern, das Biotop im Garten und die stillen Abende unter der Woche, seit das Kind außer Haus war – all das wartete nur auf einen Neufundländer.

Sommers spazierte ich mit Artus in die Lobau und wir schwammen von der Esslinger Furt bis fast ans Ende der Stadler Furt. Dabei hielt ich ihn an der Leine und er zog mich regelrecht im Wasser nach. Das sorgte für nicht wenig Aufsehen. Einmal applaudierten sogar welche vom Ufer aus.

Sieben Jahre blieb Artus an meiner Seite. Dann starb er qualvoll an einem Schädeltumor und ich schwor mir: Kein Hund mehr. Fetzen reißt es einem aus der Seele, wenn man so einen Gefährten leiden und sterben sehen muss. Das schaffe ich kein zweites Mal.

Ein halbes Jahr später traten durch Zufall Polt und Ferdi in mein Leben: ein schwarzer und ein weiß-schwarzer Neufundländer. Artus hatte eine Riesenlücke in meinem Leben hinterlassen. Zwei Hunde waren das Mindeste, was ich als Trost brauchte.

Valerie

Julian schläft durch. Seit fast zwei Wochen, jede Nacht von halb elf bis halb fünf. Ist es Valeries neue Art, ihm Gute-Nacht-Lieder vorzusingen? Nein, es ist einfach Zeit vergangen. Er wird größer, sein Brabbeln geht in neue Laute über: »Huh«, macht er, wenn er das Mobile überm Stubenwagen entdeckt, und »Lada«, wenn er den Schnuller in seiner Hand anschaut. Sein Blick ist bewusster. Und er kann mehr mit seinem Körper anfangen: sich vom Rücken auf die Seite drehen, in der Bauchlage hochstemmen und – wenn ihm der Ball vor der Nase davonrollt – nachrobben. Geht man mit ihm im Kinderwagen einkaufen, saugt er nicht mehr nervös am Schnuller.

Und Valerie? Die ist neuerdings voller Musik. Die erste halbe Stunde von Julians Mittagsschläfchen entspannt sie jetzt mit Kopfhörern: Pop, Jazz, Klassik – worauf sie gerade Lust hat. Julian ist kein zartes Flämmchen mehr, das im Schlaf erlöschen könnte. Wenn sie ihn sicher im Bett weiß, darf Valerie auch einmal loslassen. Nicht immer zu hundert Prozent auf Abruf bereit sein – ein Luxus! Allmählich löst sich etwas in ihr. Sechs Stunden Schlaf jede Nacht wirken Wunder.

Eines Morgens erwacht Valerie und spürt: Sie ist vierunddreißig und hat noch ein Leben vor sich! Unternehmungen mit dem Kind, raus aus Essling, und zwar nicht nur, wenn sie zur Kinderärztin müssen. Noch in derselben Woche beschließt Valerie, Emma zu besuchen.

Als der Tag da ist, hebt sie Julian in die Babytrage vorm Bauch und hängt sich den Wickelrucksack auf den Rücken. Ob das zu schwer wird auf Dauer? Nein. Sie wird öfters sitzen als gehen oder stehen. Und in Bus und Straßenbahn ist es praktischer, keinen Kinderwagen dabeizuhaben. Auf der Rolltreppe zur U-Bahn melden sich Valeries Rückenwirbeln. Egal, bald sitzt sie in der U-Bahn. Julian gluckst. Mit ihm allein zwischen fremden Menschen unterwegs zu sein, macht etwas mit Valerie. Sie schaut ihr Kind an, fühlt sich stark. In Julians Augen: Die ganze Welt – stürzt auf ihn ein.

Julian

Stimmen, Gesichter, Bewegung. Fremd, neu, laut. Ein Zischen, ein Knallen. Ein Gehen, ein Kommen. Nichts bleibt. Oja, in der Mitte: Mama. Um sie herum: das Kreisen. Hand auf Mamas Körper: Wärme. Kopf an Mamas Körper: Pochen. Wie immer. Mamas Gesicht, Mamas Stimme. Mamas Hand. Lacht, spricht, streichelt. Alles gut. An Mamas Bauch, Augen zu, dunkel. Wie früher. Aber jetzt: neue Gier – Augen auf. Schauen! Gesichter groß, Stimmen fremd, nah, fern. Mama steht auf. Ein Zischen, Tür auf, ein Knallen, Tür zu. Mama geht und geht. Atmet laut. Bewegt die Schultern, schüttelt die Arme. Seufzt. Mama steht. Hinaufrollen – huh! Lada baumelt. Hand hin – Mund rum, mamam. Mama sagt was. Macht sich rund, macht sich gerade. Seufzt.

Valerie

Valerie steigt aus der Straßenbahn und geht die Gasse entlang. Mit Julians fünfeinhalb Kilo vorne und dem Gewicht des Rucksacks hinten sagt sie sich: Gleich kommt der schön renovierte Jugendstilbau in Sicht. Ihr Rücken schmerzt gemein. Dann sind sie da. Zweiter Stock, ohne Lift. Valerie drückt den Klingelknopf. Ein Surren und dann ein Klicken, als sie die Tür öffnet. Sie atmet tief ein. Jetzt kommt der Endspurt. Los geht's!

»Hau«, sagt Julian und fuchtelt vor ihrem Gesicht herum.

Nach dem ersten Stock lockert Valerie ihre Schultern. Im zweiten steht sie schnaufend vor Emmas Tür. Geschafft. Die Freundin wartet schon.

»Schatzis!«, ruft sie und breitet ihre Arme aus.

Im Vorzimmer befreit sich Valerie von ihrem Rucksack. Dann zieht sie Julians Beinchen aus der Babytrage.

»Kannst du mal ...?«, hält sie Emma den Kleinen hin.

»Wu, lada, dada ...«, kommentiert Julian.

Valerie senkt das Kinn und dreht den Kopf von links nach rechts, von rechts nach links. Es knackst hörbar.

»Du Arme«, kapiert Emma endlich. »Komm ins Wohnzimmer. Machen wir's uns bequem. Wart, ich hol' nur noch schnell den Kaffee.«

Kurz schaut sie ratlos auf das Baby in ihrem Arm. Dann gibt sie es Valerie zurück.

»Dada, hah ...«, zeigt sich Julian von seiner freundlichen Seite.

Valerie lässt sich mit ihm in den Sessel bei der Couch plumpsen. Dankbar nimmt sie die Tasse heißen Kaffee, die ihr Emma reicht. Ein paar Schlucke, dann stellt sie das Getränk außer Reichweite von Julians fuchtelnden Händen. Auf der gläsernen Couchtischplatte steht eine filigrane marmorierte Vase. Julian strampelt mit den Beinchen. Schnell rutscht Valerie mit dem

Sessel vom Tisch weg. Jetzt kommt sie allerdings nicht mehr an ihren Kuchenteller ran.

»Könntest du mir bitte …?«, deutet sie auf ihr Stück Kuchen.

»Ah so, ja sicher.«

Emma steht auf und reicht ihr den Kuchen auf einer Serviette. Bevor Valerie es verhindern kann, führt ihr Söhnchen seine neue Greiftechnik vor. Danach hängt die Serviette wie eine geöffnete Bananenschale rund ums Kuchenstück und auf dem Teppich liegen Brösel.

»Tschuldige …«

Emma winkt ab. »Ich räum's später weg. Jetzt erzähl mal: Wie geht's euch?«

Valerie beginnt mit den Rückenschmerzen, erwähnt kurz ihre Dauermüdigkeit, die aber jetzt, wo Julian endlich durchschläft, Gott sei Dank nachlässt. Schlimm seien sein erster Schnupfen und die zweite Windeldermatitis gewesen. Da hörte er überhaupt nur mehr auf zu weinen, wenn er sein Fläschchen trank, zumindest in Valeries Erinnerung. Emma schweigt und hört zu. Julian zappelt und hascht nach dem letzten Kuchenstück. Bevor er es zerbröseln kann, steckt Valerie es sich in den Mund. Prompt beginnt er zu greinen.

»Na, da hat sich jetzt was von der Negativität der Mama aufs Kind übertragen«, meint Emma.

Valerie schluckt das letzte Kuchenstückchen hart hinunter. Statt der Süße im Mund bleibt ein Kratzen im Hals zurück. Emma trinkt ihren Kaffee und streckt die Beine aus.

»Nach Rudolf Steiner«, sagt sie, »führen Krankheiten bei Kindern zu Entwicklungsschritten. Ein Babyschnupfen zum Beispiel …«

Valerie zerknüllt ihre Serviette und steht auf. »Entschuldige. Ich muss mal aufs Klo. Hältst du den Kleinen so lang?« Schon hat sie ihr raunzendes Baby der Freundin auf den Schoß gesetzt.

»Bobobo-buh«, macht Emma, um ihn aufzuheitern.

Zwei Stunden, denkt Valerie, am liebsten würde ich sie jetzt zwei Stunden allein mit ihm lassen. Dann kann sie ja schauen, wie weit sie mit ihren Weisheiten kommt. Die Negativität überträgt sich aufs Kind ... Ja – eh! Und wie soll eine Mutter ständig ausgeglichen und stoisch sein?

Valerie sitzt auf dem geschlossenen Klodeckel, die Ellbogen auf die Knie und den Kopf in die Hände gestützt. Die ziegelroten Fliesen unter ihren Füßen entpuppen sich auf den zweiten Blick als Terracotta. Schön hat's Emma hier, in ihrem Single-Haushalt. Und jetzt ist sie Waldorfpädagogin. Noch während ihrer Ausbildung bekam sie einen Platz als Biologie- und Geografielehrerin, in einer Schule im Süden Niederösterreichs. Sie kündigte bei Öko-Life und pendelt seither voll Idealismus über eine Stunde mit Öffis an ihren neuen Arbeitsplatz. Auto kommt natürlich keins in Frage. Ökologie *oblige*. Anthroposophie offenbar auch. Verschanzt sich Emma wirklich allen Ernstes hinter pädagogischen Leitsätzen und lässt Valeries Erfahrungen – immerhin ist sie hier die frischgebackene Mutter – überhaupt nicht gelten? Nein, das kann nicht sein. Energisch drückt Valerie die Spültaste und verlässt das Klo.

Im Wohnzimmer steht Emma mit Julian im Arm vorm Fenster. Das Kind schaut groß und ruhig. Valerie lässt die Schultern sinken. Natürlich kann sie nicht einfach sagen: Wart nur, wenn's bei dir so weit ist mit einem Kind, dann komm' ich dir auch mit Theorien. Emma und Kind – das ist ein heikles Thema. Einmal war's bei Emma fast so weit. Als sie mit Stefan zusammen war. Dann klappte es nicht. Über ein Jahr lang versuchten sie einiges, außer In-Vitro. Das war der Freundin zu künstlich. Wenn man Emma glaubt, zerbrach ihre Beziehung daran. Aber sicher ist alles wie immer viel komplizierter gewesen. Es war der einzige Fall, wo Emma sich ihr nicht zur Gänze anvertraut hatte. Vielleicht, wenn sie die Freundin jetzt fragte ...?

Strahlend dreht sich Emma zu ihr: »Ich halt ihn noch ein bisschen, ja?«

Valerie nickt. Eindeutig nicht der richtige Zeitpunkt, sie zu fragen. Auch nicht der Zeitpunkt, über das Hintanstellen ihrer

Grundbedürfnisse fürs Baby zu erzählen. Wahrscheinlich gibt es dafür keinen richtigen Zeitpunkt. Ist nicht vorgesehen.

Und es stimmt ja: Ein kleiner Mensch ist ein Wunder. Gestern stemmte Julian sich auf Valeries Schoß so fest mit seinen Beinchen gegen sie, dass sie ihn probehalber unter die Achseln fasste und aufrichtete. Tatsächlich stand er. Sie schauten sich an. Wieder begann etwas Neues. In solchen Momenten kommt es Valerie manchmal vor, als spüre sie ein Echo aus der Vergangenheit. Aus einer Zeit vor der bewussten Erinnerung.

»Weißt du noch, Jakob?«, holt Emma sie in die Gegenwart zurück. »Der hat doch vor zwei Jahren geheiratet. Und dieses Jahr bekommen sie auch ein Kind.«

Valerie zuckt die Schultern. »Jakob, Rufus, die Plastikaufklärungskampagne und Öko-Life ... Das ist doch alles schon eine Ewigkeit her«, sagt sie.

»Na, wenn das so ist ...«, lacht Emma.

Julian beginnt zu strampeln und streckt die Ärmchen nach Valerie aus: »Mamam!«

Es ist Zeit, das Fläschchen zu bereiten. Die Thermoskanne mit abgekochtem Wasser und das Pulver hat Valerie im Rucksack.

»Er braucht seine Milch«, sagt sie zu Emma und verschwindet in die Küche. Eins, zwei, drei, vier ... zählt sie im Kopf, als sie die Flasche unterm Wasserhahn abkühlt.

»Wähah, wähaaaaah!«, fängt Julian pünktlich auf fünf mit dem Brüllen an.

Valerie beeilt sich. Dann hält sie Emma das Fläschchen hin: »Magst du ...?«

Die Freundin nickt. Valerie zeigt ihr, wie das Kind in einem Arm halten und mit dem anderen das Fläschchen geben. Kurz darauf ist nur noch das Gluckern der Milch und das Saugen des Babys zu hören. Fast andächtig schaut Emma Julian beim Trinken zu. Valerie findet, dass sie definitiv jünger aussieht, als sie, Valerie, sich fühlt.

Die restliche Zeit des Besuchs vergeht mit Geschichten aus Emmas neuem Beruf. Statt einem hat die Freundin nämlich gleich mehrere Kinder, um die sie sich kümmern muss, hört Valerie.

»Nur, dass eine Anstellung mit festgelegten Arbeitszeiten einhergeht, während man rund um die Uhr Mutter ist – und das jeden Tag«, wendet sie ein. Und lächelt dazu. Soll ja nicht besserwisserisch rüberkommen.

»Jetzt kommst du mir aber nicht damit, dass Lehrerin ein Vormittagsjob ist«, reagiert Emma trotzdem gereizt.

Valerie stutzt. Schaut auf ihre Hand, schließt und öffnet die Finger. Dann entscheidet sie sich: Keine Diskussion.

Ab diesem Moment ist jedes Wort, das sie über etwas anderes sprechen, ein Stein zu einer unsichtbaren Mauer. War's das jetzt, fragt Valerie sich und eine seltsame Erschöpfung macht sich in ihr breit. Können wir uns nichts mehr anvertrauen? Nicht mehr diskutieren, weil sich keine mehr in die andere reinversetzen mag? Valerie möchte »Stopp!« rufen, aber die Erschöpfung verschließt ihr den Mund. Ja, ihr gegenüber sitzt die Frau, die geweint hat, als Valerie alles hinter sich ließ und nach Paris ging. Und diese Frau spricht nun über Anthroposophie und Waldorfpädagogik, aber Valerie kann ihr nicht mehr zuhören. Weil Emma ihr auch nicht mehr zuhört. Valerie kann über ihr Leben mit Kind erzählen, was sie will. Emma wird's weder verstehen noch glauben. Genauso wenig, wie Valerie Rudolf Steiner versteht, geschweige denn an ihn glaubt.

Einmal hat Emma ihr ein Buch von ihm geborgt.

»Das ist mir zu esoterisch, sorry«, sagte sie der Freundin, nachdem sie reingelesen hatte.

Emma lachte bloß: »Ja, es ist gewöhnungsbedürftig. Aber du musst diese Philosophie an ihren Früchten messen: biologischer Landbau, pflanzliche und homöopathische Heilmethoden, Waldorfpädagogik.«

Valerie nickte und schwieg.

Und jetzt? Jetzt wächst diese unsichtbare Mauer aus gegenseitigem Unverständnis. Sie reden aneinander vorbei und Valerie hat immer noch nicht »Halt!« gerufen. Weil sie schon wieder müde ist. Weil die Freundin das nicht verstehen will. Weil … Ach, warum muss immer alles so kompliziert sein!

Auf dem Heimweg nimmt Valerie kaum die vorbeiziehenden Häuserfronten wahr. Julian hängt schwer an ihr und schläft. Eine enge frühkindliche Beziehung … Die hat ihr das Jugendamt gestohlen. Kann sie deshalb die Freundschaft zu Emma nicht erhalten und keine neue knüpfen? Findet sie deshalb keinen bleibenden Platz im Berufsleben? In der Gesellschaft? Aber gesellschaftlich hat sie ja ihren Platz. Und die Beziehung zu Roland ist stabil. Mann, Kind und Haus. Valerie wirft einen Blick auf Julians Kopf im Baumwollhäubchen.

Küchenpsychologisch gesehen ist sie, ohne selbst eine primäre Bezugsperson in früher Kindheit gehabt zu haben, emotional gar nicht fähig, ein Kind aufzuziehen. In der Therapie wurde das natürlich differenzierter behandelt. Valeries früheste Erinnerungen … Hitze, und ein kleines Mädchen allein im Garten. Es klaubt eine Zwetschge auf, beißt hinein und schreit dann vor Schmerz. Eine Biene war drin. Ob jemand kommt oder nicht, dieses Bild ist aus Valeries Kopf gelöscht. Ein andermal hat das kleine Mädchen Hunger. Es sieht, was das Nachbarbaby zum Essen bekommt: geriebener Apfel. Staunen: So viel Aufwand, um ein Kind zu füttern. Später erzählt man ihr, dass sie Reste von Heurigenjausen zu essen bekam. Ein anderes Bild: Es regnet und das kleine Mädchen ist in Sekundenschnelle triefend nass. Es friert und geht ins Haus. Niemand ist da. Und als Letztes: Das kleine Mädchen will abhauen. Es packt seine Puppe in den Buggykinderwagen und geht die Straße entlang. Ein Bahnübergang, einige Kurven den Hügel hinauf, dann fängt man es wieder ein. Keine Erinnerungen an Schönes. Keine Beziehung zu den Pflegeeltern. An den Wochenenden wurde Valerie von ihrer Mutter besucht. Das war es, was sie als Kind hatte: eine Sonntags-Besuchsmutter.

»Also habe ich kein Urvertrauen entwickelt?«, fragte sie Frau Mag. Spierling.

»Sie kannten beides«, antwortete die Therapeutin. »Das Schlechte und das Gute. Also hielten sie sich an das wenige Gute, das sie hatten.«

Valerie lehnt mit geschlossenen Augen den Kopf gegen die Scheibe der Straßenbahn. Das wenige Gute ... Julian soll es besser haben: viel Gutes. Und auch zu sich selbst muss Valerie endlich gut sein. Das ist schließlich ihr neues Leben, ihr zweiter Versuch nach Öko-Life und Paris.

Und Emma? Es gibt Valerie einen Stich in die Brust. Sie richtet sich auf. In zwei Monaten ist ihr Geburtstag. Julian ist mehrere Monate alt und Emma hat noch kein einziges Mal auf ihn aufgepasst. Valerie wird sich das zum Geburtstag wünschen. Als letzte Chance für eine Fortsetzung ihrer Freundschaft. Außerdem wäre es herrlich, einmal wieder für ein paar Stunden was mit Roland allein unternehmen zu können. Und wenn sie nur an einen ihrer Lieblingsplätze in der Lobau gehen – als Paar und nicht als Eltern.

Valeries nächster Lieblingsplatz ist eine kleine Bucht beim Wasser, flach abfallend mit Schotter. Einige Meter vom Ufer entfernt schwimmt eine Seeroseninsel dort. So nennt es Valerie, auch wenn es sich bloß um einen kleinen Flecken aus Seerosenblättern handelt. Das Wasser ist grün und glatt wie überall in der Au. Nur manchmal kräuselt der Wind seine Oberfläche.

Nicht einmal diesen Platz kennt Emma. Sie war erst zweimal zu Besuch. Und nach den ersten beiden Stunden, die mit Reden und Kuchenessen vergingen, winkte sie jedes Mal ab, wenn Valerie einen Lobau-Spaziergang vorschlug.

»Keine Zeit! Ich muss doch wieder ...«

Pah! Als ob man ohne eigenes Kind wüsste, was es heißt, keine Zeit zu haben. Könnte Valerie nur endlich Minna als neue Freundin gewinnen! Aber die verhält sich noch immer, als wären sie Klientin und Therapeutin.

Die Straßenbahn hält. Valerie muss aus- und umsteigen. Mit einer Hand schirmt sie Julians Kopf von der Menge ab, die

Richtung U-Bahn-Station drängt. Donnernd fährt der Zug ein. Zum Glück ist jetzt Julians Schlaf ein tiefer Brunnen, in dem alle Schallwellen ertrinken. Der Waggon ist voll. Valerie arbeitet sich zu den Plätzen mit den Piktogramm-Pickerl durch: Schwangeren, Menschen mit Kleinkind sowie Blinden und Alten ist ein Sitzplatz zu überlassen. Prompt steht ein junger Mann mit Handy am Ohr auf und nickt ihr zu.

»Danke«, sagt Valerie.

Aber er schaut schon nicht mehr her. Sie nimmt ihren Rucksack vom Rücken und stellt ihn auf ihre Füße. So nimmt er am wenigsten Platz ein. Fünfundzwanzig Minuten bis zur Endstation. Valerie fallen die Augen zu. Dunkelheit. Was bleibt, sind die Stimmen, das Zischen der sich öffnenden und schließenden Türen und der Mief im Waggon. Dann rückt auch das in die Ferne.

Valerie sieht Minna, die ihr von draußen durch die Scheibe zuwinkt. Valerie weiß: Diese Frau erfasst das innerste Wesen von Pflanzen und Menschen. Valerie durchschreitet die verwunschene Veranda. Leben ist Kunst. Eine Ballade von Leonard Cohen hebt sie empor, sodass sie einige Meter über dem Boden auf eine vergrößerte Pflanze zuschwebt. Ihre Hände berühren die Blattpigmente, streichen über besenlange, pelzige Stiele und ertasten handgroße Dornen. Valerie ist umgeben von glänzenden Fruchtoberflächen, welken Blüten und freigelegten Pflanzenadern. Irgendwo kommt ein Rahmen in Sicht und das Bild wechselt. Jetzt schaut Valerie von oben auf einen Seerosenteppich im Wasser. Sie gleitet hinunter und taucht eine Hand in den grün-glatten Spiegel. Unter der Oberfläche erscheint ihre Mutter. Der letzte Akkord der Ballade verklingt und Valerie fällt. Fällt und sinkt und singt. Die Haare der Mutter verfließen zu welligen Linien. Darauf tanzen Noten. Wie in Zeitlupe öffnet die Mutter ihre Augen. Die Iris ist schwarz. Ein Kind beginnt zu weinen.

Valerie fährt hoch. Julian ... Wo sind sie? Tatsächlich, Julian weint. Und in drei Stationen sind sie da. Als sie in den Bus umsteigen, hat er sich wieder beruhigt. Valeries Rücken erzählt eine andere Geschichte: Nie wieder ein längerer Ausflug mit Baby ohne Kinderwagen.

An diesem Abend nimmt Valerie Roland in die Pflicht. Sollte das Kind in den nächsten Stunden noch mal aufwachen – hier ist das Milchpulver, dort das abgekochte Wasser, er weiß ja Bescheid. Dann holt sie ihren iPod und lässt sich ein Bad ein. Lavendelöl und Leonard Cohen – *Hallelujah*.

In den nächsten Tagen geht das Leben wie gewohnt weiter. Nackenverspannung und Julians neue Essversuche sind das Thema. Er hat zum ersten Mal ein Stück Banane probiert. Was er danach ausspuckt, ist neben der Banane noch eine ansehnliche Portion Milch. Zum Glück ist alles unverdaut, denn das meiste davon landet auf Valeries T-Shirt. Also wenigstens bloß Nässe und Klebrigkeit, kein säuerlicher Geruch, während sie dem erschrocken in Schluckauf verfallenen Kind den Mund abwischt. Trensbarterl, trensen, sabbern – bei so viel Flüssigkeit hilft auch der umgebundene Latz nichts. Valerie legt ihr Baby auf die Wickelunterlage und zieht sich das besudelte Shirt aus. Leider ist auch der BH nass, aber jetzt heißt's erst mal Kind säubern. Sonst beruhigt sich das so bald nimmer. Ein neuer Body und eine frische Windel – die war auch schon wieder angepinkelt – für Julian. Als er geputzt, bekleidet und ruhig ist, kann sich Valerie endlich auch selber kurz mit einem Waschlappen reinigen. Frische Wäsche und rosa Pulli, fehlt nur noch ein Spaziergang an der frischen Luft. Das wird ihnen beiden guttun.

Den iPod hat Valerie jetzt immer dabei. *Keep Me Hangin' On*. Ja, sie hängt ganz schön drin momentan. Weil ihr *babe* sie nicht freilässt, wie Kim Wilde singt. Zu dieser Musik hat Valerie als Teenagerin abgetanzt. Ab der Mittelschule durfte sie ja dann bei ihrer Mutter leben. Alles normalisierte sich: ein Alltag mit Pubertät, Freundinnen und Rebellion. Mutter war eifersüchtig auf ihre Freundinnen. Gut, das war vielleicht nicht so normal. Aber zu dieser Zeit dachte Valerie ohnehin, dass Mütter spinnen. Das mit der Eifersucht hat sie sich erst später zusammengereimt. Sie hatten Mutter die ersten zehn Lebensjahre ihres Kindes gestohlen. Also wollte sie mit der Elf-, Zwölfjährigen und der Teenagerin alles nachholen. Es ließ sich aber nicht nachholen.

»Aagluuu … agluu …«

Valerie hat den iPod so eingestellt, dass sie Julian noch hören kann. Sie drückt auf »Stopp« und nimmt die Ohrstöpsel heraus. Schade, dass es für Baby-Gegreine keine Stopptaste gibt. Eine Viertelstunde, ein paar Bussis, aufmunternde Worte und eine Runde Fliegergriff später liegt Julian schlafend im Kinderwagen.

Valerie nimmt ihren Gedankengang wieder auf. Wie waren sie also gewesen, die ersten wirklich gemeinsamen Jahre mit ihrer Mutter? Mutter hat sich Mühe gegeben. So viel steht fest. Sie war vierzig Stunden berufstätig. Aber ihr Arbeitsplatz war nur zwei Straßenbahnhaltestellen entfernt. Im ersten Jahr besuchte Valerie sie manchmal im Supermarkt, wo sie arbeitete. Und allein zu Hause genoss sie ihre neue Freiheit. Keine unsinnigen Regeln, keine Schläge mehr. Sie konnte essen, was sie wollte, Hausübungen machen, wann sie wollte, und dazwischen lesen, zeichnen und mit ihren Barbie-Puppen spielen.

An den Wochenenden im Frühling spielten Mutter und sie im Innenhof des Wohnhauses Family Tennis und Federball. Im Sommer gingen sie ins Laaerbergbad schwimmen, kauften Eis beim Tichy und Kebab beim Türken. Im Herbst machten sie Ausflüge in die Umgebung: Wienerwald, Kahlenberg und die Weingärten des Wilhelminenbergs. Im Winter besuchte Mutter mit ihr das Naturhistorische und das Kunsthistorische Museum. Sie hielten nie bis zum Ende der Dauerausstellung durch. Spätestens nach eineinhalb Stunden waren sie reizüberflutet. Dann gab es Torte und Kakao im Museumscafé. Allein schon deshalb mochte Valerie die Museumsbesuche.

So ging es dahin, bis sie zwölf war. Dann wandte sich Valerie mehr und mehr ihrer besten Freundin Alice zu und wurde wie alle Heranwachsenden: undankbar. Kaum hatte sie jeden Tag zumindest abends die Mutter und nahm deren Liebe mit allen

Poren wahr, verbrachte sie immer mehr Zeit mit der Freundin. Kein Wunder, dass Mutter eifersüchtig wurde. Ihre Nähe suchte Valerie fast nur noch nachts. Es war bis vierzehn, dass sie neben Mutter in dem großen Bett schlief und ihren Kopf auf Mamas linke Hand bettete. So schlief sie ein und bekam kaum mit, wenn Mama ihr die Hand entzog. Murmelte vielleicht im Halbschlaf einen schwachen Protest, woraufhin die Mutter flüsterte: »Mir ist die Hand eingeschlafen. Lass aus.«

Untertags war Valerie immer mit Alice unterwegs. Sie waren ein ungleiches Paar. Valerie, eine schlaksige Teenagerin mit kaum wahrnehmbarem Busen und wuscheligem Haar, Alice eine resolute Rabaukin mit Birnenfigur, die den Mitschülern schon mal auf die Schulter haute, dass es krachte. Gemeinsam waren sie untragbar. Das fand zumindest Valeries Mutter. Ein Grund mehr, mit Alice zusammen zu sein. Sie trafen sich im Arthaber- und später im Laaerbergpark. Dort rauchten sie ihre ersten Zigaretten. Es war mit Alice und nicht mit Mutter, dass Valerie ihren ersten BH kaufte, und natürlich hatte sie auch ihren ersten Rausch mit ihr – nach zwei Rüscherl in der Volksgarten-Disco.

Außerdem erlebte sie mit Alice – auf ewig unvergesslich – ihr erstes Konzert: Rainhard Fendrich bei den Wiener Festwochen am Rathausplatz, 1992. Es war eine Wahnsinnsstimmung dort. So hatten sie beide mit siebzehn die Gewissheit: Gott ist kein tschechischer Schlagersänger, sondern ein österreichischer Dialektliedermacher. Mit seinem spöttischen Gschau, seiner feschen Föhnfrisur und seinen mit leiwandem Zungenschlag gesungenen Seitenhieben bescherte ihnen der Wiener Barde Schauer das Rückgrat hinauf und hinunter wie der Monroe im *Verflixten 7. Jahr.*

Valerie sucht und findet auf ihrem iPod: *Malibu*. In Gedanken singt sie ihre eigene Version: Achtzehn Stund mit Kind, dann is ma durchn Wind. Und ihr fällt ein, sie will noch was. Was anderes im Leben und darum hört sie jetzt Fendrichs Musik. Das Baby im Wagen rührt sich wieder. Valerie bleibt bei einer Parkbank mit Tisch stehen. Julian schaut groß, greint ein bisschen und fängt zu strampeln an.

»Schon gut.«

Sie hebt ihn aus dem Wagen und legt ihn bäuchlings auf die Tischoberfläche. In seinem Winteroverall fängt Julian zu robben an, so gut er kann. Bevor er am Tischende runterfällt, dreht Valerie ihn um – und die gleiche Strecke retour. Sie reibt sich die Hände. Auch sie könnte etwas mehr Bewegung gebrauchen. Julian streckt die Ärmchen nach ihr aus. Valerie greift ihm unter die Achseln – einmal ist er ja schon gestanden – und wird zur Zeugin einer weiteren witzigen Idee der Natur. Dank ihrer Lieblings-Homepage weiß Valerie Bescheid: Schreitreflex. Eins, zwei, drei, vier Schritte macht Julian. Seine Augen sind große Murmeln. Erstaunlich, die Welt, liest Valerie darin. Sie drückt ihre Stirn gegen seine. Vollkommener kleiner Mensch. Hört seinen Atem – eilig, wie's kleinen Lebewesen zu eigen ist.

Dann liegt er wieder im Kinderwagen und sie fahren weiter. Einmal rutscht Valerie auf dem Schneeboden aus und kann sich gerade noch am Wagengriff festhalten. Mein einziger Halt, denkt sie und dreht ihren Fuß. Nichts verknöchelt, nichts passiert. Was wird heute noch passieren? Wird heute noch etwas passieren? Gegen vier kommt Roland heim. Dann hat Valerie einen Erwachsenen zum Reden.

Den Rückweg legt sie so an, dass sie an Minnas Haus vorbeikommt. Schon wieder die Rothaarige. Es ist das dritte Mal, dass sie die bei Minna sieht. Eben hat sie die Gartentür hinter sich zugemacht. Valerie geht schneller. Gleich ist sie bei Minnas Zaun angelangt. Die junge Rothaarige und Minna umarmen sich zur Begrüßung. Dann stapfen sie durch den Schnee Richtung Veranda.

»Hallo!«, ruft Valerie, ohne nachzudenken, und winkt.

Die beiden drehen sich um. Etwas im Gesicht der Jüngeren erinnert Valerie an Minna.

»Grüß Sie, Frau Granbirger«, antwortet diese freundlich. »Ich hab' heute Besuch von meiner Tochter.«

»Grüß Gott«, sagen Valerie und die Tochter fast gleichzeitig.

Valerie kann nicht verhindern, dass sich ein Grinsen auf ihrem Gesicht ausbreitet. Die Tochter – natürlich! Gerade zur rechten Zeit macht Julian auf sich aufmerksam.

»Prsssss …«, prustet er und Minnas Tochter lacht: »Na, der redet ja schon fleißig mit.«

Valerie nickt, verabschiedet sich und denkt: Jetzt ist wirklich noch was Interessantes passiert. Bis zum Wochenende wird sie davon zehren. Minna hat eine Tochter. Und die wirkt sehr sympathisch. Valerie muss überlegen … Seit Julian durchschläft, hat sie ja wieder Energie, ihre Gedanken zu ordnen. Fort sind die grauen Spinnweben im Kopf, wo sich nur ein einziger Gedanke hielt: Schlaf! Nur die Tage, an denen Roland später heimkommt, weil er Elternabend hat, ziehen sich noch. Aber auch solche Wochen münden in einen Freitag.

Ihm das Baby hinzuhalten und »Da, nimm!« zu sagen, ist Valeries erster Impuls, wenn er heimkommt. Aber das macht sie nicht. Sagt stattdessen: »Abendessen ist in einer halben Stunde fertig.« Und tut sich selber leid.

Roland plagt sich eben beruflich mit einem Haufen Halbwüchsiger herum. Da kann er nicht auch noch daheim … Wobei, hat sie nicht kürzlich gerade zu Emma gesagt, man könne das nicht vergleichen? Rund um die Uhr Mutter zu sein und eine Anstellung als Lehrerin. Natürlich hat auch Roland begrenzte Arbeitszeiten. Nein, sie ist ungerecht. An Roland sieht man, wie schwammig die Arbeitszeiten von Lehrern definiert sind. Unterricht vorbereiten, Tests und Schularbeiten verbessern, Organisatorisches erledigen und vor allem: die Kommunikation mit den Eltern.

Da ist diese Sache mit der Telefonnummer. Ganz hat Valerie sich noch immer nicht damit abgefunden. Roland hat den Eltern seiner Schüler und Schülerinnen seine private Handynummer gegeben. Sie können ihn zu allen möglichen und unmöglichen Zeiten anrufen.

»Was ist mit der Sprechstunde?«, wandte sie das erste Mal ein, als sie es mitbekam.

»Die ist am Vormittag und da können eben nicht alle Eltern, weil sie arbeiten. Tschuldige, aber das entspricht nicht meinem Verständnis des Lehrberufs.«

Sie hatte sich eine Erwiderung verkniffen und es dabei belassen.

Das war vor Julian. Jetzt schaut die Sache anders aus. Ihr Baby ist am Einschlafen, sie flüstern rücksichtsvoll, als – Rolands Handy läutet. Valerie hat das Kind fertig angezogen, alle Siebensachen gepackt, um den Familienausflug zu starten, als – Rolands Handy läutet. Oder sie hat Roland überredet, endlich zu probieren, seinen Sohn zu wickeln, als – sein Handy läutet. Gar nicht zu reden von den Momenten, wo Roland Julian im Arm hat und sich mit ihm beschäftigt, bis – sein Handy läutet.

Einmal platzte Valerie der Kragen.

»Weißt du nicht mehr, was Emma über Mobilfunk-Strahlen und das kindliche Gehirn gesagt hat?«, schimpfte sie. Wütend nahm sie ihm Julian ab.

Roland redete weiter in sein Handy und schüttelte mit erbostem Blick den Kopf.

Nach dem Telefonat ging es los: »Ist dir klar, wie unhöflich das ist? Ich rede gerade und du quatscht drein!«

»Fragt sich, wer mehr Recht auf deine Aufmerksamkeit hat«, meinte Valerie, »die, mit denen du gerade zusammen bist, oder irgendwer, der anruft …«

»Nicht irgendwer, Valerie. Das sind Leute, mit denen ich beruflich zu tun habe. Ich arbeite.«

»Aha! Und ich arbeite nicht!«, schrie sie. »Die Hausarbeit und alles, was ich fürs Kind mache, ist mein Privatvergnügen!«

Julian begann zu weinen.

»Schau, was du anrichtest!«

»Wer richtet hier was an?!«

Das Kind bekam einen hysterischen Schluckauf. Mit aufgerissenen Augen blickte es die Eltern an. Roland kam als Erster zur Vernunft. Er machte einen Schritt auf Valerie zu. Instinktiv wandte sie sich ab, um das Kind zu schützen. Dann sah sie seinen verletzten Gesichtsausdruck. Eine Welle von Mitleid erstickte ihren Zorn. Sie streckte die Hand aus. Roland trat zu ihr, ließ sich umarmen und begann zu weinen. Im gleichen Moment hörte Julian damit auf. Das Gefühl, das nun von den Eltern ausging, war wieder Einigkeit.

Valerie zupft an ihrer Nagelhaut. So war das. Alles wieder gut, so wie heute. Sogar bestens, weil morgen das Wochenende beginnt. Sie werden sich mit Rolands Bruder und seiner Frau zu Mittag treffen. Im China-Restaurant bei der Esslinger Furt. Roland hat ihnen weiß Gott was erzählt, um sie herzulocken. Es half, dass beide gern asiatisch essen.

»Bitte keine Dreiviertelstunde Autofahrt irgendwohin, wo ich dann beim Verdauungsspaziergang den Kinderwagen auf einem Gehsteig neben der Straße schieben muss«, hatte Valerie Roland zuvor gebeten.

Also kamen die Verwandten zu ihnen. Lotte ist Valeries Lieblingsschwägerin und hat aus der vorigen Ehe einen erwachsenen Sohn.

Samstag. Kaum treten sie durch die dunkel getäfelte Holztür des China-Restaurants, umsäuselt sie asiatische Musik. Sie gehen in den Nichtraucher-Bereich und Valerie schickt schnell ein paar indignierte Blicke Richtung Raucher. Als sie ihre Mäntel auf die Garderobe hängen, hört sie schon Lottes fröhlichen Gruß. Umarmung, Küsschen links und rechts, dann wird Julian im Kinderwagen bestaunt.

Hannes und Roland vertiefen sich nach der Bestellung des Essens in ein Gespräch über Technisches. Lotte verdreht die Augen. Sie grinsen einander zu. Zum Glück haben die Frauen anderes zu besprechen. Julian auf Valeries Schoß möchte auch seinen Teil Aufmerksamkeit. Gekonnt führt Lotte Reis und Fleisch mit den Stäbchen zum Mund, während Valerie mit normalem Besteck Chop Suey auf ihr Kind patzt. Mit abgespreizten Armen die Gabel an Julians Grapschhändchen vorbeizubringen, ist eine Kunst. Als Lotte zwei Drittel ihrer Acht Schätze verspeist hat, erbarmt sie sich. Julian kommt auf den Schoß der Tante und Valerie kann endlich auch essen.

»Na, der wird gleich Appetit kriegen«, meint Lotte mit einem Blick auf das Kind.

Zu zweit schaffen sie es dann tatsächlich, seinem Hunger-Gebrüll zuvorzukommen. Noch bevor Julian »Ahh …« machen kann, bekommt er sein Fläschchen an den Mund gesetzt. Bald darauf macht er die Windel voll. Wie voll, sehen sie, als Valerie ihm auf der Wickelunterlage im Damen-WC die Hose runterzieht.

»Auweia«, schüttelt Lotte den Kopf.

»Was sind das für Windelgrößen …«, flucht Valerie und schält Julian aus seinen besudelten Schichten. Der Windelabschluss bei den Beinchen hat dicht gehalten, aber nach oben hin hat es alles rausgedrückt. Julian wird unruhig und verzieht schon den Mund.

»Guckguck!«, macht Lotte mit einer lustigen Grimasse.

»Pfuh, das stinkt«, sagt Valerie und deutet Richtung Waschbecken.

Jetzt kommt der schwierige Part. Das Kind nicht merken lassen, was es erwartet. Schwupp landet die verschmutzte Wäsche in einem Plastiksack und noch mal schwupp hält sie Julian übers Waschbecken. So viele Feuchttücher kann Valerie gar nicht benutzen, um alles richtig wegzukriegen.

»Wuähhh …« Julian schwant nichts Gutes.

»Guguggu!«, kitzelt Lotte ihn an den Füßchen.

Rasch dreht Valerie den Wasserhahn auf und stellt ihn auf lauwarm. Klares Wasser läuft über Rücken, Popsch und Beinchen des Babys. Weg mit dem Dreck. Nach gefühlten fünf Minuten haben sie es geschafft. Julian windet sich, hat aber dank Lotte nicht auf volles Gebrüll gesetzt. Valerie zieht ihm das Reservegewand aus dem Wickelrucksack an. Die Männer am Tisch haben gar nicht bemerkt, dass sie gute zwanzig Minuten weg waren.

Nach dem Essen kommt der Lobau-Spaziergang. Julian wird im Kinderwagen flauschig verpackt. Schmusetuch, Schaffelldecke, rollende Bewegung des Wagens – der Schlaf kommt mit leisen Schwingen. Sie gehen in Richtung des kleinen Badeteichs in Groß-Enzersdorf. Endlich kann Valerie in Ruhe mit Lotte reden. Irgendjemandem außer Roland erzählen, was ihr seit Neuestem am Herzen liegt.

»Hier in der Nähe ist es. Da wollen sie den Lobau-Tunnel bauen«, sagt sie. »Noch ist die Umweltverträglichkeitsprüfung nicht durch, aber ...«

»Und das wollen die Leute hier wegen der Südosttangente«, unterbricht Lotte sie. »Kann ich mir vorstellen. Im Radio hört man ja dauernd: Stau auf der Südosttangente.«

»Ma bitte, komm mir nicht damit!«, ruft Valerie. »Als ob weniger Leute Auto fahren würden, wenn's mehr Autobahnen gibt. Das Einzige, was passieren würde, wäre, dass wieder ein Stück Natur kaputt ist. Und das in der Hauptstadt!«

»Sie bauen«, mischt sich nun Hannes ein, »die Tunnelvariante doch, um den Nationalpark zu schonen.«

Valerie macht eine wegwerfende Geste. »Erstens treten über die Belüftungsschächte Abgase und Lärm zutage, zweitens hört der Nationalpark nicht unter der Erde auf und drittens kommt der Tunnel gleich in Groß-Enzersdorf wieder an die Oberfläche.«

»Wer weiß, ob der Bau sich finanziell ausgeht«, wirft Roland ein. »Momentan haben sie kein Geld dafür.«

Hannes lacht kurz auf. »Wo eine Lobby, da finanzielle Unterstützung.«

Er muss es wissen. Hannes ist Pharmareferent eines internationalen Konzerns. Es ist nicht das erste Mal, dass seine Sicht der Dinge mit derjenigen Valeries kollidiert.

Roland

»Öko-Life versus Life Sciences«, scherzte er anfangs, bemüht, ein besseres Klima zwischen seinem Bruder und seiner neuen Freundin zu schaffen.

Im Großen und Ganzen ist Roland das gelungen. Nur bei manchen Themen muss er aufpassen. Lobau-Autobahn geht natürlich gar nicht. Vor Kurzem erst hat Valerie dieses Thema für sich entdeckt. Das war Rolands Schuld. Monatelang lag er ihr in den Ohren, wie interessant eine Masterarbeit zum Nationalpark Donau-Auen wäre. Selbstverständlich später, wenn das Kind größer sei. Schließlich googelte Valerie zur Lobau und stieß dabei prompt auf das Autobahn-Projekt. Bei einer Plauderei mit den Planningers, den ursprünglichen Besitzern ihres Hauses, wurde Roland bewusst, wie sehr sie sich bereits auf die Materie eingelassen hatte. Sie waren dem Planninger-Ehepaar zufällig bei einem Spaziergang begegnet.

»Irgendwas muss man tun. So kann's nicht weitergehen mit dem Verkehr«, klagte der alte Planninger.

Da legte Valerie los. Arbeitete sich von der geologischen Zerrungszone des Wiener Beckens in den instabilen Untergrund von Sanden, Schotter, oberem und unterem Grundwasserhorizont vor.

»Zuerst«, erklärte sie, »wird der obere Grundwasserspiegel sinken, weil ihn der Tunnel beim Ab- und Auftauchen queren muss. Das ruiniert die Au-Gewässer in Baunähe und mit ihnen alle Tiere und Pflanzen, die drin und drumherum leben.«

»Ach was, die paar Hasen und Fisch'«, winkte der alte Planninger ab. Seine Frau nickte.

Valerie ließ sich nicht beirren. »Dann wird man eine chemische Stützflüssigkeit in den Boden einbringen, damit man bauen kann.«

Die Planningers zuckten die Schultern.

»Gift wird ins Erdreich gespritzt, bis in tiefe tertiäre Schichten, wo die Trinkwasserreserven der Stadt liegen!«, rief Valerie aus.

Die alten Leute schüttelten bloß den Kopf. Das glaubten sie nicht. »So was können sich der niederösterreichische Landeshauptmann und der Wiener Bürgermeister gar nicht leisten«, sagte Planninger.

»Wie kommen Sie da drauf?«, fragte Valerie.

»Na, weil die beiden zusammen sich das ausgedacht haben. Die Lobau-Autobahn soll die Wirtschaft hier draußen ankurbeln.«

Valerie stieß hörbar die Luft aus. Roland beeilte sich, das Gespräch Richtung Small Talk zu lenken: »Ist ja so eine schöne Gegend hier. Sicher muss man gegen den Stau was machen. Wenn man zum Beispiel die öffentlichen Verkehrsmittel ...«

Frau Planninger winkte ab. Ihr Mann schniefte verächtlich.

»Man muss ja nicht gleich einen Teil der Au opfern«, versuchte es Roland anders. »Die nächsten Generationen sollen's schließlich auch noch schön hier haben.«

»Da können wir leider nix machen«, meinte der alte Planninger.

»Bestimmen tun immer die da oben«, pflichtete seine Frau ihm bei. Sie unterstrich ihre Aussage, indem sie mit der Hand in den Himmel zeigte.

Roland spürte, wie Valerie sich neben ihm anspannte. Schnell drückte er ihre Hand. Hat keinen Sinn, lass es, bedeutete das. Glücklicherweise wurde in diesem Moment Julian unruhig. »Also dann, wir müssen weiter.«

Sprach's, drängte Valerie vor den Kinderwagen und schob beide halb physisch, halb durch reine Willensanstrengung an. Sie entfernten sich.

Zwei Straßen weiter brach es schließlich aus Valerie hervor: »Das gibt's ja nicht! So informationsresistent und autoritätshörig sein!«

»Na ja«, meinte Roland. »Das sind ältere Leut', Alteingesessene noch dazu. Die lassen sich von jüngeren Zugezogenen wie uns nichts sagen. Hier ist's wie am Land. Glaub mir, ich kenn' den Menschenschlag.«

Valerie schnaubte und hob Julian, der quengelte, aus dem Kinderwagen.

Was Roland nicht sagte, war, dass Valerie sich für seinen Geschmack zu viel in die Sache reinsteigerte. Sicher, das Ganze ist ökologisch gesehen ein Wahnsinn. Aber haben sie zurzeit nicht andere Sorgen? Ein Baby, die anstehende Renovierung eines feuchten Kellers und, und ... Als junge Mutter sollte Valerie ihre Nerven schonen. Was Roland sich vorgestellt hat, ist eine mit dem Kind durch die Lobau streifende Mutter und Geologin. Dass Valerie für die Au kämpfen soll, ist nicht vorgesehen. Gut, Julian war der Anlass, ins Grüne zu ziehen. Sein heranwachsender Sohn soll sich nicht mit mickrigen Parks zufriedengeben müssen.

Das Knarzen seiner eigenen Schritte auf dem gefrorenen Boden holt Roland in die Gegenwart zurück. Neben ihm geht Hannes, die Hände in die Jackentaschen vergraben. Was, fragt sich Roland, wenn mit der geplanten Autobahn die prächtige Au-Landschaft hier in den nächsten Jahren auch zu einem mickrigen Park verkommt?

Noch schläft die Natur. Die einzigen Farben, die mit dem Weiß des Schnees kontrastieren, sind das dunkle Grün der Nadelbäume und das nasse Schwarz der Baumstämme. Nein, stimmt nicht. Vor ihm, die Frauen, sie bringen mit ihren Mänteln Farbtupfer in die Landschaft: Rot und Senfgelb. Eben beugt sich Valerie über den Kinderwagen und zupft die Decke zurecht. Für die Au kämpfen ... Im Vorbeigehen greift Roland eine Handvoll Schnee von einem Fichtenast. Seine Finger formen sich zur Faust. Patsch, klatscht der Schneeball auf den nächsten Baumstamm. Lieber hätte er ihn gegen eine Hochspannungsleitung geworfen, aber die ist – zum Glück für den Wald – weit weg.

»Na, wie ist dir denn?«, lacht Hannes.

»Ich hab' gerade an die Autolobby gedacht«, antwortet Roland.

»Die imaginäre Zielscheibe«, grinst sein Bruder.

»Genau.«

Vor ihnen biegen Valerie und Lotte auf den Weg zum Teich ab. Bald sehen sie ihn auch. Seine Oberfläche ist zugefroren, bedeckt von einer feinen Schneeschicht.

Lotte und Hannes

Saatkrähen fliegen auf, als die Männer sich nähern.

»Valerie hat mir den ganzen Weg vom Untergrund erzählt, auf dem wir gehen«, sagt Lotte. »Aus Geologinnen-Sicht natürlich.«

»Und?«, gibt Hannes sich neugierig.

»Er sinkt ab«, sagt Valerie. »Jedes Jahr um einen Millimeter. Sande und Schotter sind mit dem Grundwasserkörper in Verbindung – das heißt: Instabilität. Es ist nicht bloß ökologisch, sondern auch sicherheitstechnisch ein Wahnsinn, hier einen Tunnel bauen zu wollen.«

Hannes zieht seine Brauen hoch. Seine Schwägerin und Technisches?

Roland sagt schnell: »Valerie hat sich ausführlich mit der Sache beschäftigt.«

»Das mit dem Biberdamm erscheint mir auch problematisch«, meldet sich Lotte wieder zu Wort.

»Biberdamm?« Hannes und Roland schauen sich an.

»Also, die Dammwirkung, die der Tunnel unterirdisch haben wird«, beginnt Lotte und Valerie setzt fort: »Der Vergleich ist folgender: Die Leute hier werden sich mit dem Lobau-Tunnel einen unterirdischen Damm der besonderen Art einhandeln. Statt harmlosen Biberdämmen, die Bächlein aufstauen, wird mit einem Mal der Grundwasserstrom unterbrochen sein. Auf der Groß-Enzersdorfer Seite kann das zum Austrocknen der Brunnen und auf der Donaustädter Seite zu Überflutungen der Keller führen. Die geplanten Rohre, die das Wasser durchlassen sollen, sind weder groß noch zahlreich genug, um die Dammwirkung auf Dauer zu verhindern.«

»Solche Argumente«, wirft Hannes ein, »werden aber weder Politiker noch die Wirtschaft samt Autolobby überzeugen.«

»Also Taten statt Worte?«, fragt Lotte.

»Immerhin«, Valerie streckt den Rücken durch, »hat schon mal eine Au-Besetzung einen Bau verhindert: Hainburg. Und wegen der Lobau-Autobahn hat's auch schon zwei Au-Besetzungen gegeben. Die haben das Ganze zumindest bis jetzt verzögert. Leider machen die anderen trotzdem weiter.«

»Wer sind die anderen?«, fragt Lotte.

»Die Politiker aus Niederösterreich und Wien, die sich auf eine Autobahn-Trasse durch die breiteste Stelle des Nationalparks geeinigt haben«, seufzt Valerie.

»Und was ist mit der Autobahnfirma?«, will Hannes wissen.

»Was soll mit ihr sein?«, antwortet Roland statt Valerie. »Ein riesiges Infrastrukturunternehmen im Eigentum der Republik, dessen Geschäftsziel es einfach ist, Straßen zu bauen. Der Bevölkerung verspricht man, bestehende Straßen und Autobahnen damit verkehrsmäßig zu entlasten. Das Unternehmen kriegt seine Aufträge. Das kommt wiederum der Wirtschaft zugute – angeblich.«

»Und, tut's das etwa nicht?« Hannes schaut seinen Bruder an.

Roland hebt einen Stein auf und wirft ihn über die Eisfläche. Mit einem Geräusch, als striche man mit dem nassen Finger über einen Glasrand, schlittert der Stein darüber. »Nein«, sagt Roland. Hannes bückt sich ebenfalls nach einem Stein.

»Männer sind auch nur Kinder«, lacht Lotte und wechselt endgültig das Thema. Sie hat sich vom Spaziergang mit Valerie anderes erwartet. Dass sie über Julian und den Alltag mit Baby reden würden, wie beim letzten Treffen.

»Schau«, hatte Lotte damals zur Schwägerin gesagt und ein Jäckchen des Kinds zusammengerollt. Ihr war aufgefallen, dass Julian immer in Rückenlage schlief. »So«, sie drehte das Baby vorsichtig und legte ihm das Jäckchen als Stütze an den Rücken, »bringst du ihn in Seitenlage, ohne dass er gleich wieder zurückpurzelt.«

Valerie freute sich über den Tipp. Heute haben sie nur im Restaurant entspannt geplaudert. Aber kaum war Julian eingeschlafen … Offenbar hat Valerie nach kurzer Babypause die Umweltschützerin in sich wiederentdeckt. Das passt zu Roland, denkt Lotte und sieht zu den Männern hinüber. Sie stehen am Rand des Teichs, als wollten sie einen Fuß aufs Eis setzen. Roland mit seinem Outdoor-Sportsgeist … Es war wohl nur eine Frage der Zeit, wann es ihn wieder ins Grüne ziehen würde. Wenigstens für den Stadtrand hat er Valerie gewonnen.

Ganz anders Hannes: Der braucht keine Grünruhelage. Er gondelt beruflich so viel durch die Welt, dass ihm die Wohnung, die Lotte gestaltet, als Zuhause reicht. Und Lotte gestaltet viel. Es ist ihr Beruf: Innenarchitektin. Freilich kann sie sich in der Arbeit kreativ nicht so austoben, wie sie möchte. Das Unternehmen, in dem sie angestellt ist, hat sich auf Pflegeheime und Krankenhäuser spezialisiert. Neben bau- und sicherheitstechnischen gilt es dort auch hygienische, thermophysiologische und ergonomische Anforderungen zu erfüllen. Da muss sich die ästhetische Gestaltung noch mehr als sonst Normen unterordnen. Zum Glück kann Lotte ihren Gestaltungswillen zu Hause ungehindert umsetzen.

»Solang's gemütlich ist und ich meine Sachen wieder finde …«, gibt sich Hannes pragmatisch.

Also wird zwei- bis dreimal im Jahr ein größerer Gegenstand umgestellt. Das ist Lottes Konzept: Ein erster Schachzug und das Spiel kann beginnen. Auf die Bewegung des einen Gegenstands reagieren die anderen. Wie bei Schachfiguren ist auch den Dingen im Raum eine bestimmte Art der Bewegung inhärent. Eine Lampe kann nur stehen oder hängen, ein Kerzenhalter nur Platz mit einem in etwa gleich großen Objekt tauschen. Eine Topfpflanze muss auf der Lichtseite bleiben, ein Bild dem neuen Platz an der Wand entsprechen. Anders als beim Schach verbleiben die meisten Figuren aber auf der Spielfläche. Nur selten passt ein Gegenstand am Ende nicht mehr ins ästhetische Gesamtbild. Dann wird er entfernt. Das Ganze dauert so lange, bis die Harmonie im Raum neu hergestellt ist. Meist überkommen Lotte solche Umgestaltungsphasen, wenn Hannes auf Geschäftsreise ist. Dann warten jedes Mal kleine Überraschungen auf ihn und sie kann's kaum erwarten, bis er alle entdeckt hat.

Wenn Hannes ehrlich ist, stresst ihn das ein wenig. Jede noch so kleine Veränderung soll er erraten, aber egal. Lotte macht ihm keine Vorwürfe wegen seiner langen Arbeitszeiten und vielen Geschäftsreisen. Sie hat den bürgerlichen Lebensentwurf mit Kind bereits hinter sich. Lottes Sohn aus erster Ehe ist erwachsen, Lotte selbst einige Jahre älter als er – die ideale Lebensgefährtin.

Bei seinem Bruder scheint's in dieser Hinsicht auch zu passen. Zuerst hat Hannes sich schwergetan mit Valerie. Eine typische Grüne: Durch und durch Städterin, keine Ahnung vom Landleben, aber die Natur retten wollen. Ganz fuchtig ist sie einmal geworden, als er meinte, die Fichte im Garten gehöre weg. Damit sie mehr Licht hätten und auch ostseitig einen Rasen anlegen könnten.

»Diese Fichte«, sprach sie pathetisch, »ist mein Beitrag zu besserer Luft. Photosynthese!«

Und dann begann sie tatsächlich zu erklären, wie Lichtenergie in chemische Energie umgewandelt und Sauerstoff erzeugt wird. Pfff ... Hannes hätte da Interessanteres zu erzählen gewusst. Dass auch Menschen zu Photosynthese fähig sind etwa. Wenn ihr Körper unter Einwirkung von ultravioletten Strahlen Vitamin D bildet nämlich. Nach einem Blick seines jüngeren Bruders verkniff er sich das aber. Leider hatte Lotte diesen Blick nicht mitbekommen und schlug Valerie vor, statt der Fichte doch einen Obstbaum zu pflanzen.

»Die Fichte ist mein Schutzbaum!«, rief Valerie daraufhin aus. »Wenn sie stirbt, passiert auch mir etwas.«

Das war der Moment, in dem Hannes klar wurde, warum diese Frau so gut zu Roland passt. Ein Ansatz zum Fanatismus – genau so hat Roland das auch. Schon als Kind verausgabte er sich bei Bewegungsspielen bis zur völligen Erschöpfung. Mutter jammerte, wenn er wieder einmal durchgeschwitzt und rot im Gesicht vom Spielplatz heimkam. Das konnte Hannes nicht passieren. Er teilte sich seine Kräfte schon damals ein. Roland war der Sportliche, er der Kluge. Spätestens nach der Pubertät zeichnet sich ab, was einer mal werden wird, ist Hannes überzeugt. Schon mit elf erklärte Roland Jüngeren, wie man Steine weit wirft. Und hast du nicht gesehen, hatten die's nach fünf Minuten heraußen. Der geborene Sportlehrer.

Es knackst. Roland ist in der Zwischenzeit aufs Eis gegangen. Krrrrrk! Rechts von ihm beginnt sich eine zackenförmige Linie durchs Eis zu schlängeln.

»Pass auf!«, ruft Valerie und endlich kommt Bewegung in Roland. Schlitternd läuft er Richtung Ufer, verfolgt vom Sprung im Eis, der wie eine Laufmasche rasch an Länge gewinnt. Knapp einen Meter, bevor Roland an Land ist, holt ihn der Sprung ein. Unter seinem rechten Stiefel bricht das Eis. Mit einem Satz ist Hannes bei ihm und streckt die Hand aus. Roland ergreift sie, aber zu spät. Sein rechter Fuß ist im Wasser. Glücklicherweise ist es am Rand nicht tief.

Kaum an Land, grinst er: »Ein Adrenalinkick bei vier Grad minus, soll nix Schlimmeres passieren ...« Damit lässt er sich auf den Hintern plumpsen und zieht den triefenden Schuh aus.

Valerie flattert um ihn: »Bist du verrückt! Wenn du jetzt eine Lungenentzündung ... Und ich hab' doch nur fürs Baby Reservegewand mit.«

Hannes und Roland schauen sich an und prusten los.

»Als Kind bist auch immer nass vom Sporteln heimgekommen«, sagt Hannes.

Roland schüttelt sein Bein und zieht sich den eiswasserdurchtränkten Socken aus. »*No risk, no fun*«, verkneift sich Hannes in Anbetracht von Valeries Kopfschütteln gerade noch zu sagen.

Lotte legt der Schwägerin eine Hand auf die Schulter. »Lass sie. Das ist die Art der Granbirgers, mit solchen Situationen umzugehen. Bis die ihren Humor verlieren ...«

Valerie schnaubt, geht zum Kinderwagen und holt eine Stoffwindel. Die reicht sie Roland als Handtuch. Er hat seine nasse Hose bis zum Knie hochgekrempelt und rubbelt mit der Windel den eiskalten Fuß trocken. In der allgemeinen Aufregung ist Julian wach geworden.

Julian

Blauer Himmel. Niemand kommt und nimmt hoch. Kann nix sehen. Mamas Stimme schwingt auf und ab.

»Wuäääh!«

Sie kommt, sagt: »Alles gut«. Schiebt den Kinderwagen vor und zurück. Sie versteht nicht.

»Wuääähhhhhh!!«

Endlich. Mama tut die Decke weg, nimmt ihn heraus. Papa tanzt auf einem Bein und schüttelt das andere. Lustig!

»Aglu, lada, babab ...«

Mamas Stimme schwingt schon wieder auf und ab.

»Roland! Er hat das erste Mal ›Papa‹ gesagt!«

Alle sind begeistert. Julian ist zufrieden.

Minna

Bei jedem Bild gibt es ein Stadium, wo ich denke: Das wird nichts mehr. Gestern hab' ich eine *Nicandra physaloides* begonnen. Heut' bin ich unzufrieden mit dem Bild. Ich drehe es ins Querformat und wieder zurück – nützt alles nichts. Die echte Pflanze daneben lacht mich aus. Kleine, hexenlila blühende Giftbeere aus den Bergen Südamerikas. Leuchtet knisternd und wölbt sich pergamenten. Ich wende den Blick ab. Gut. Mach' ich eben nur noch Skulpturen.

Die Dinge am Tisch wollen mich beruhigen. Geduldig wartet der Malblock, auf Freds Pinselhalter gelehnt. Links davon weilt das Transparentpapier für den ersten Entwurf. Rechts bieten mir zwei dickwandige Fleischteller ihre Mulden zum Farbmischen an. Ein goldener Spitzer mit Schraube, der halb in einem schwarzen Lederetui steckt, prangt am oberen Tischrand. Georg hat ihn mir geschenkt. Die handflächenförmige Holzschale daneben hingegen stammt von Bernhard. Er hat im Waldviertel einen Schuppen als Werkstatt eingerichtet. Dort macht er feine Arbeiten aus Holz. In der Schale sind kleine Samenkapseln, die aussehen wie winzige afrikanische Trommeln: *Papaver rhoeas*, Klatschmohn. Tatsächlich kommt Klatschmohn ursprünglich aus Afrika.

Mit Daumen und Zeigefinger nehme ich eine Kapsel und schüttle sie. Das helle Rasseln unzähliger Mohnkörner erklingt. Ich rufe mir ins Gedächtnis, was ich über die Pflanze weiß. Tausendsassa, fällt mir ein. Weil die Samen »Tausendkornmasse« genannt werden: Ein einziger hat höchstens einen Millimeter Durchmesser. Und weil die Pflanze seit über zehntausend Jahren erfolgreich ist. Der Fruchtknoten ihrer Blüte bietet Insekten ein sternförmiges Stigma als Landeplatz und Millionen von Pollenkörnern.

Aber typisch, kaum soll ich mich der *Nicandra* widmen, fängt mich die *Papaver* zu beschäftigen an. Hauptsache Ablenkung. Hin und her rollt die Mohnkapsel in meiner geöffneten Handfläche. Wie in einer Wiege. Schlafmohn, *Papaver somniferum*, ist die Schwester des Klatschmohns. Und Schlafes Bruder ist der Tod. Was die Wirkung von *Papaver somniferum* betrifft, liegen beide eng beieinander. So war die Mohnkapsel den alten Griechen zugleich Symbol für Hypnos, Thanatos, Morpheus und Nyx, nach Schlaf und Tod also auch dem Gott des Traums und der Göttin der Nacht zugehörig. Kräfte der Pflanzen – was den Griechen höheren Ursprungs zu sein schien, galt den Christen später als Werk des Teufels. Tausende Jahre vor der christlichen

Zeitrechnung hatte man den Schlafmohn als Nutzpflanze entdeckt. Der getrocknete Milchsaft war ein besonderes Säftchen, das wussten schon die Ägypter. Und die Griechen benannten ihn so: Opium, Mohnsaft. Römer und Araber nutzten ihn und Letztere brachten ihn nach dem Verbot durch christliche Machthaber wieder nach Europa.

Dort, nämlich in Deutschland, experimentierte Jahrhunderte später ein Apotheker damit und entdeckte so eine Substanz, die er nach dem griechischen Gott des Traums benannte: Morphium. Rausch für Erwachsene, Ruhe für Säuglinge. Der Mohnzuzel legt ein schauerliches Zeugnis davon ab, wie eine arbeitende Landbevölkerung ohne viel Federlesens ihre schreienden Babys sedierte. Freilich, sie wussten's nicht besser. Schlafes Bruder war nie weit weg. Und wenn ihm die Kleinen trotz atemdämpfender bis lähmender Wirkung entkamen, so trugen sie Gehirnschäden davon. Den Großen aber erklärte man, von einem Wundermittel aus der Natur zu einem synthetischen Allheilmittel gegen Husten, Kopfweh und Bluthochdruck gelangt zu sein.

Wieder geschah es in Deutschland, diesmal war es eine Pharmafirma, die die angebliche Wundersubstanz aus dem Morphium gewonnen hatte: Heroin. Ende des neunzehnten Jahrhunderts bewarb es die Firma Bayer im großen Stil als Medikament. Es wurde ebenso bedenkenlos verschrieben und eingenommen, wie die Bauern damals ihren schreienden Babys Mohnzuzel in den Mund gesteckt hatten. Einen wirtschaftlichen Erfolgstrip legten Opium, Morphium und Heroin dann im Land der unbegrenzten Möglichkeiten hin. Absurderweise brauchte es erst die Behauptung, Opium- und Heroinkonsum kämen von chinesischen Einwanderern, um die Substanzen zu illegalisieren. So wurde das Ganze zum Politikum und galt mit einem Mal als unerwünschter asiatischer Sittenimport. Die Firma Bayer sah sich erst in den Dreißigern des zwanzigsten Jahrhunderts gezwungen, die Produktion einzustellen.

Solche Details zur Geschichte eines Pflänzchens aufzuspüren, gehört zum botanischen Malen. Die *Papaver* habe ich vorigen Sommer gemalt. Bernhard hat das Bild gekauft. Deshalb ruhen die in seiner Holzschale. Und jetzt ... gilt es, endlich die *Nicandra* weiter zu malen.

Ich rücke die Gleitsichtbrille auf der Nasenwurzel zurecht und greife nach der rechteckigen Lupe. Der Stift in der Hand folgt meinen Anweisungen: Da geht's um die Kurve, da hinunter, das muss dunkler werden. Ich zeichne von außen nach innen – was im Raum die Grenzen der Pflanze, sind auf dem Papier die Konturen. Kontrast ist wichtig. Fest steckt die Lupe in meiner linken Faust, während in meiner rechten Hand der Stift tanzt.

Allmählich stimmen die Konturen bis in die nadelfein spitzigen Ausläufer der Frucht. Ich gehe zur Fläche über, male eine erste helle Schicht. Manchmal muss so was mehrere Stunden trocknen. Heute zeichne ich, während es trocknet, die Schatten. Hingehaucht, wie gedacht müssen sie aussehen. Das gelingt am besten mit dem härtesten Blei. Er hat das schönste Grau. Mit einer weichen Mine wird alles schnell zu dunkel. Ich schraffiere: ein Streichgeräusch verdoppelt zum rhythmischem Pendelton. Mandy räkelt sich in dem Geräusch und gähnt.

Nach dem Stift kommt der Pinsel. Einmal leicht darübergewischt, wende ich mich wieder der Fruchtfläche zu: trocken genug. Die oberste Physalis ist eine unreife: Grüngelb-Lila. Um sich den Farben einer Pflanze anzunähern, braucht es mehr Farben, als man sieht. Ich taste mich von Chromgelb-Dunkel über Lichtgelb-Lasierend bis zu Olive-Noir und Grünerde-Gelblich vor. Noch eine Spur Ocker-Gebrannt? Nein. Die Pinselspitze wird ins Wasser getaucht und auf Küchenpapier abgetupft. Die Farben müssen durchscheinen, leuchten. Farbe ist die Wahrnehmung der Unterschiede der spektralen Zusammensetzung des Lichts. Wellen von Licht in unterschiedlichen Frequenzen ergeben den Farbreiz auf der Netzhaut unserer Augen.

Aber ich denke schon wieder zu viel. Mehr schauen. Auch meine Physalis hat eine Netzhaut: ein hauchzart gesponnenes Geflecht, das ich nun mit dem Zweierpinsel einfange. Geschafft. *Nicandra physaloides* ist auf dem Papier ein zweites Mal erwachsen. Herrliche, Lampion-umschlossene Frucht, die ihrer ungiftigen Schwester, *Physalis peruviana*, so ähnlich sieht. Ich lege den Pinsel zur Seite.

Vielleicht ist Malen eine Flucht. Ich könnte ja sonst alles Mögliche machen. Nein, Malen muss es sein. Es gibt Zeiten, da kann ich nicht einmal ruhig sitzen ohne einen Stift in der Hand. Und manchmal, nach ausgiebiger Schaffensphase, male ich noch im Kopf weiter. Auch abends, wenn ich in den Schlaf drifte. Hypnos, Thanatos, Morpheus und Nyx – Schlaf, Tod, Traum und Nacht. Ich male, also bin ich. Wenn das Flucht ist, bin ich eben auf der Flucht.

Und Gärtnern? Wie der Winter beweist, kann ich auch ohne Gärtnern leben. Seit November schlafen die Pflanzen. Winterstille, Winterstarre – in dieser überdauern meine Teichfrösche den Frost. Unter Erde, Stein und Laub oder am schlammigen Gewässergrund. Wenn sie sich nicht bewegen, reicht ihnen der Sauerstoff, den sie über ihre Haut aufnehmen. Das Schilfrohr bietet auch bei zugefrorenem Wasser genug Luftaustausch.

Ich schließe die Augen: sommerliches Froschkonzert. Es beginnt immer erst einer, dann setzt ein zweiter, ein dritter und schließlich alle anderen ein. Die Melodie schwillt auf und ab und breitet sich in Wellen in der Luft aus, bis mit einem Schlag alle wieder aufhören. Keine vier Wochen hatten sich die Amphibien bei mir angesiedelt, als ein Nachbar sich beschwerte: nächtlicher Lärm.

»Kommens halt Frösch' fangen und siedeln sie in der Lobau aus«, schlug ich ihm vor.

»Frösch' fangen ...!«, empörte er sich.

Eine Woche später war die schriftliche Anzeige im Briefkasten. Die polizeiliche Forderung lautete auf Messung der Dezibel. Würde ein bestimmter Wert nicht überschritten, hätte ich keine Kosten zu tragen. Wir hatten Glück, ich und die Frösche. Mit dem Nachbarn rede ich kein Wort mehr.

Es ist derselbe, der sich über Vaters Hollerbüsche beschwert hat. Die Äste hängen über den Zaun auf seine Seite. Die Beeren machen schwarzblaue Flecken, ob sie herunterfallen oder von Vögeln gefressen und anschließend in seinen Garten gekackt werden. Er macht ausgiebig von seinem Recht Gebrauch, überhängende Äste abzuschneiden. Ich lasse ihn, weil ich weiß, dass Holunder umso mehr wuchert, je mehr man ihn zurückschneidet.

Der Garten ist ein Rückzugsort, in dem man sich darstellt und der einen darstellt. Solcherart stellt sich mein Holler-zwickender Nachbar als Kleingeist dar. Will man unter Freigeistern bleiben, müsste man sich die Nachbarn aussuchen können. So wie ich's bei meinen Pflanzen mache. Wo es geht, pflanze ich mit Bedacht auf natürliche Vegetations-Gemeinschaften: Schneeglöckchen bei Holler, Taglilien unter Flieder, Ringelblumen um Rosen. Ein Versuch, nachzuahmen, was in freier Natur allein zustande kommt.

Wachsen, Vergehen, Neu-Entstehen – wie Pflanzen altern, sieht man an Bäumen und Sträuchern. Aber was ist mit den Pflänzchen, die im Herbst verwelken, sich zur Gänze ins Erdreich zurückziehen und im Frühjahr neu auskeimen? Wiederkehr des ewig Gleichen – ein Privileg der Natur. Bei Menschen ist das nicht so. Selbst wenn ich die gleichen Dinge wie im Vorjahr mache, fühlen sie sich im nächsten Jahr anders an.

Wenn man jung ist, will man freilich von der Unwiederholbarkeit der Gegenwart nichts wissen. Die Zukunft ist im besten Fall ein Meer, groß und spiegelnd, das nach allen Richtungen lockt. In den meisten Fällen ist's bloß ein See und die Eltern geben die Windrichtung vor. Umso schlimmer, wenn dort auch noch ein Boot wartet, beladen mit der Vergangenheit der Eltern. So war's bei mir. Kein Wunder, dass ich Angstfantasien entwickelte.

Auf den Fotos von früher bin ich eine schlanke Blonde mit spöttischem Blick. Heute ist mein Körper meine Festung: massiv und nicht so leicht umzustoßen. Genuss oder Disziplin? Mit dem Wechsel hatte ich die Wahl. Hochdisziplinierte, überzüchtete Organismen – das waren die Clematisarten, von denen ich im

Lauf der Jahrzehnte Dutzende gepflanzt habe. Keine einzige hat überlebt. Wer sagt also, dass Disziplin gesünder ist als Genuss? Und wenn auch. Ich muss keine achtzig werden. Wenn's an der Zeit ist, zu gehen, werde ich's wissen. Ich werde sicher kein Pflegefall so wie Mutter.

Seit fast fünf Jahren hat sie einen Gehirntumor, metastasiert, inoperabel. Seit einem Jahr ist sie vom Becken abwärts gelähmt und bettlägerig. Zwei slowakische Pflegerinnen betreuen sie abwechselnd zu Hause. Sie machen ihre Sache gut: kein Liegedruckgeschwür, keine chronischen Venen-Thrombosen, keine hygienisch bedingte Dermatitis.

Mandy streckt den Rücken durch, Popsch in die Höh', und steht auf. Recht hat sie: Zeit für die Mittagspause.

»Faschierte Laibchen und Erdäpfelpüree ...?« Fragend schau ich sie an. Sie trottet Richtung Küche.

Die Erdäpfel der hiesigen Bio-Gärtnerin sind ein Traum von Knollenfrüchten. Ich stelle sie zu und mach' mich an die Fleischlaibchen. Rosa-weiße Fleischfädchen vermischt mit Eigelb, gepresstem Knoblauch, Thymian und Rosmarin kleben mir an den Fingern. Ich knete und forme. Werfe die ersten Stücke ins Bratöl und will mir die Hände waschen. Mandy hat die rundesten Hundeaugen der Welt. Also gut, ich halte ihr die Hände hin. Sie schleckt die restliche Fleisch-Ei-Gewürzpaste ab. Ich halte meine Hände kurz unters Wasser und wende die Fleischlaibchen mit dem Holzschieber. Bald duftet es in der Küche nach Gebratenem.

Würde es mir besser schmecken, wenn ich meine Mahlzeit mit einem Menschen teilte? Aber was. Ich hab' schon genug bekocht, bemuttert, umsorgt. Auch Bernhard wusste das von Anfang an zu schätzen. Früher kochte er mir in seinem Waldviertelhäuschen Hausmannskost und briet die selbst gefangenen Fische. Später verbrachte er öfters ein paar Tage in meinem Haus und ließ sich kulinarisch von mir verwöhnen. Bernhard ist ein Fan meiner Kochkünste. Ab und zu besucht er mich noch heute und wir genießen Mahlzeiten und Gespräche miteinander. Aber ich brauch' zunehmend meine Ruhe. Malen und dann Mittagessen mit dem Hund reicht mir.

Das Erdäpfelwasser dampft. Ich hebe mit der Hand im Topflappen den Deckel und steche probeweise mit der Gabel eine Knolle an: Ist durch. Kurz unter Wasser abgeschreckt, dann mit dem Messer die Schale abgezogen. Erstaunlich, wie es Menschen im Lauf der Geschichte verstanden haben, auch das unter der Erde Wachsende für sich bekömmlich zu machen. Soviel ich weiß, ist nicht überliefert, wie die Inkakulturen Südamerikas auf die Kartoffel kamen. Die spanischen Eroberer fragten bekanntlich nicht lange. Sie nahmen sich einfach, was sie wollten, und importierten es nach Europa. Dort ist die Pflanze natürlich gründlich dokumentiert, nicht zuletzt durch botanische Malerei. Ich sollte sie auch wieder ... Wenn sie blüht, im Frühjahr, weiß oder violett, und wenn aus der zartgrünen Mitte orangegelbe Staubbeutel ragen.

Jetzt aber heißt's ihre Knollen essen. Erdäpfel-Zuspeis mit Butter. Mandys Futterschüssel steht unterm Tisch. Wir schmausen. Im Radio spielen sie das *Capriccio Nr. 24.* Mein Musikgeschmack ist im Lauf der Jahrzehnte von Ö3 Richtung Ö1 gewandert. Und dem Geschmack des Essens hab' ich im Lauf der Jahrzehnte mehr und mehr nachgegeben. Nur mein Geschmack für die Natur ist unverändert. Ist er das? Wahrscheinlich ist er morbider geworden. Oder nein, das kommt mir bloß heute so vor, wegen *Nicandra*, Thanatos und Schlafmohn. Die ersten kalten Märztage bringen immer eine eigene Stimmung mit sich: Kein Winter mehr und noch kein Frühling. Eine Zwischenzeit, in der vieles möglich zu sein scheint: Übergänge, Neuanfänge.

Als ich den Teller spüle, läutet das Handy. Muss warten, denke ich, während ich mir die Hände trockne. Aber der Klingelton schellt diesmal besonders dringlich. Mit noch feuchten Händen greife ich mir das Telefon vom Küchenkastl.

Es ist Slávka, eine der slowakischen Pflegerinnen. Noch bevor ich abhebe, weiß ich Bescheid: Mutter ist gestorben.

Valerie

Wie jedes Jahr keimt Anfang März in ihr die Hoffnung, dass der Winter vorbei ist. Die ersten Blumen trotzen in Winterfarbe dem Nachtfrost: Schneeglöckchen. Schüchtern nicken sie in der Lobau aus geschmolzenen Schneeresten, schwarzkalter Erde und vereistem Laub hervor. Nordsturm, Frost, Erkältungen – lange genug!

Aber wie jedes Jahr muss Valerie hinnehmen, dass milde Tage bis in den April hinein eine Ausnahme sind. Dabei ist der Garten seit Mitte März ein Hort an Versprechungen. Licht und Wärme verspricht der gelbe Blütenschleier der Forsythie. Kaum aber hat Valerie Julians Winteroverall ins hinterste Regalfach der Garderobe verbannt, bricht noch einmal der Winter aus: minus sieben Grad – Ende März!

Da Roland sich im Februar keine Lungenentzündung von dem Abenteuer auf der Eisfläche geholt hat, tendiert sein Respekt vor zugefrorenen Augewässern gegen Null. Eislaufen will er gehen – in der Au! Valerie bleibt nichts anderes übrig, als mitzukommen. Jemand muss schließlich da sein, falls wieder was passiert. Mit dem üblichen Trara bekommt sie das Kind in seine Wintermontur. Zum Schluss noch eine Thermoskanne Tee, eine Packung Kekse in den Wickelrucksack und Julian in den Kinderwagen gepackt. Dann stapfen sie los.

Das nächstgelegene Gewässer ist der Groß-Enzersdorfer Arm. Er ist nur durch einen Schilfgürtel vom Elferl getrennt. Sie gehen zu dem Platz, wo im Sommer die Seeroseninsel ist, und – Überraschung! Noch bevor das verstrohte Winterschilf den Blick auf die Eisfläche freigibt, hören sie es: ausgelassene Kinder, fröhliche Erwachsene, aufgeregte Jugendliche. Und alle haben die gleiche Idee wie Roland gehabt. Das sonst so abgeschiedene flussähnliche Gewässer hat sich in einen Eislaufplatz verwandelt.

»Na, glaubst du mir jetzt, dass das Eis nach fünf Tagen sieben Grad minus trägt?«, fragt Roland.

»Mhm«, grummelt Valerie und beschattet mit einer Hand die Augen. Unter der Sonne glitzert die Szenerie wie eine Wintersportidylle. Einige Leute ziehen mit breiten Besen dunkel spiegelnde Schneisen auf der angezuckerten Oberfläche. An einer Stelle ist ein ovaler Platz freigefegt worden: zum Eisstockschießen. Eine Frau gleitet auf ihren Kufen mit einem Kinderwagen übers Eis. Schade, dass Valerie nicht auch ihre Schlittschuhe ... Mittlerweile hat Roland seine angezogen.

»Schatz!«, nimmt er sie bei den Schultern. »Schau dir das Prachtwetter an und nicht so grantig drein!«

»Ich kann als Einzige nicht eislaufen hier«, mault Valerie.

»Na und? Dann rutschst du eben ohne Schlittschuhe übers Eis. Komm!«

Valerie protestiert schwach. Roland zieht sie auf die Eisfläche, den Kinderbuggy hinterher. Was, wenn die Leute, die hier sorglos ihre Spuren ziehen, sich täuschen? Valerie blickt auf den Kinderbuggy und denkt an das dunkle Wasser unter der Oberfläche. Julian ist still und blinzelt.

Julian

Warmes Licht, das blendet und froh macht. Mama zaubert Schatten. Zieht am Kinderwagendach, zupft an der Haube. Luft angreifen. Weg mit den Fäustlingen. Arme schütteln, Hände patschen.

»Ja, Mäuschen«, sagt Mama und klatscht in die Hände. Sie versteht nicht.

Jetzt: viele Stimmen – hell, dunkel und Papa gibt Mama die Hand. Huiiiii! – bewegen sie sich plötzlich komisch.

»Bsss – Pui!«, mit den Armen rudern.

Mama lacht. »Genau«, sagt sie, »Bsssss und Pui.«

Lachen in Mamas Augen. Papa nimmt sie in den Arm. Mund auf Mund.

»Bis gleich«, sagt Papa, winkt und Sssssssssh – rutscht er davon.

Neuer Sessel-Kinderwagen. Julian sitzt und sieht alles. Das Komische geht vom Boden aus. Kein Tapp-Tapp-Tapp, nur Bsssss und SuSuSuSsss oder Krschtschhhh. Weißer Boden mit schwarzen Stellen.

»Blubb, blubb, blllläh …«

Mama spitzt den Mund und holt ein Tuch. Kopf weg, schnell. Mama ist schneller. Tuch übers Kinn.

»Wäh!«

Mama nickt und tupft.

Valerie

Für einige strahlend sonnige Eistage findet sich Valerie in den erneuten Kälteausbruch drein. Dann wird sie unruhig. Minna sieht sie höchstens kurz auf der Straße. Sie grüßen sich und aus. Wie soll das je was werden mit ihrer Freundschaft? Minna ist so kurz angebunden. Valerie kommt nicht mal dazu, sich nach ihrer Tochter zu erkundigen. Dabei hatte sie bei ihrer ersten Begegnung so ein gutes Gefühl.

Eines grau-stürmischen Apriltages – Valerie hat gerade den realen und den virtuellen Postkasten geöffnet: nichts – reicht es ihr. Jetzt wird sie machen, worüber sie vor Roland schon einmal laut nachgedacht hat.

»Ein Zeitfresser, Schatz«, hat er geantwortet. »Du hast wirklich anderes zu tun mit einem sechs Monate alten Kind.«

Es ist wahr. Sie hat genug zu tun, und sei es Schlaf nachholen. Trotzdem, die früheren Freundinnen sind zu weit weg. Und Minna, die in der Nähe wohnt, ist aus anderen Gründen unerreichbar. Roland sieht sie unter der Woche ohnehin nur spätnachmittags bis abends, wenn er müde ist. Das gibt zu wenig Erwachsene und zu viel Kind für Valerie. Sie wird sich ein Fenster zur Welt einrichten, das man auch von zu Hause aus öffnen kann. Dann – so stellt sie es sich vor – lehnt sie sich hinaus, guckt in anderer Leute Wohnzimmer und erzählt ein bisschen aus ihren eigenen vier Wänden heraus.

»Manche Leute posten sogar Fotos von ihrem Essen«, hat Roland gesagt.

O.K., kann sein, dass der Alltag anderer auch nicht spannender als ihrer ist. Jedenfalls gibt es einen Menschen, dessen Alltag Valerie brennend interessiert: Minna.

Zehn Uhr zweiundzwanzig zeigt die digitale Computeruhr am oberen Bildschirmrand. Julian sollte noch etwa fünfzig Minuten schlafen. Valerie gähnt. Sie könnte auch sofort … obwohl sie eh seit einiger Zeit sechs Stunden Schlaf in der Nacht abkriegt. Fünfzig Minuten sind ein kostbarer Schatz. Ja, im Bad ist der Schmutzwäschekorb voll. Und in der Gemüselade war eine verschimmelte Gurke. Man sollte die Lade leeren, mit Essig putzen und das Gemüse waschen. Aber nicht jetzt. Waschmaschine einräumen geht auch, wenn Julian wach ist. Und die Gemüselade muss eben warten. Manchmal hält Julian es fast eine Viertelstunde im Laufstall aus, ohne dass man sich mit ihm beschäftigt.

Ein Blick auf die Computeruhr: Zehn Uhr fünfundzwanzig. »Facebook-Account eröffnen«, tippt Valerie in Google ein. »Für Facebook registrieren«, antwortet dieses. O.K. Sie klickt darauf und folgt den Anweisungen. Von Roland weiß sie schon, dass die verlangte Mail-Adresse vertraulich behandelt wird. Und Facebook erklärt ihr, warum es ihr Geburtsdatum braucht: Es »hilft dabei, dir die für dein Alter entsprechende Facebook-Erfahrung zu bieten« – was immer das heißen soll. Nach kurzem Zögern klickt Valerie auf den grünen Link »Registrieren«. *Done*.

Und jetzt Fotos auswählen – eins für ihr Profil, eins als Hintergrund. Na, das hat sie gleich. Schnell die Foto-Mediathek öffnen und nach was Geeignetem suchen. Soll sie erkennbar sein? Vielleicht nicht wirklich, ein untypisches Profilbild am besten. Valerie klickt sich durch die Foto-Mediathek und staunt, wie lang sie ihr wuscheliges Haar früher getragen hat. Und da, das muss aus dem Mallorca-Urlaub sein. Da trägt sie diese grünen Kreolen …

Zehn Uhr siebenunddreißig steht am Balken oben rechts. Was soll das heißen? Wo sind die zwölf Minuten hin? Valerie beeilt sich. Wählt zwei Bilder aus und lädt sie hoch. Dann bewundert sie das neue Gesicht ihres Accounts.

Gesichtsbuch, komischer Name. Im Deutschen klingt *Geschichtsbuch* mit an. Aber wie wirkt der Name für Englischsprachige? Bei Texten von Popsongs ist sie das erste Mal draufgekommen: Man kann sie nicht übersetzen. Was sich auf Englisch so cool anhört, verwandelt sich in der eigenen Sprache in leeres Gefasel und Kitsch. Dazu ist es ähnlich sinnvoll wie die Frage, die jetzt auf Facebook erscheint: »Was machst du gerade?«

Na was wohl? Auf Facebook sein. Valerie schreibt: »Ich nutze die Zeit, wo mein Baby schläft, um …« Unwillkürlich schaut sie wieder auf die Computeruhr: Zehn Uhr sechsundvierzig! Das kann nicht sein … Ihr bleibt nur mehr weniger als eine halbe Stunde.

Valerie löscht den Satz und geht stattdessen auf die Startseite. Lieber zuerst schauen, was andere so in ihren Accounts schreiben: »Danke für die vielen Geburtstagsglückwünsche«, »Jetzt handeln! Sonst ist es zu spät« – dazu ein Link zum Klimawandel, den dreiundvierzig User liken. Auch Valerie führt den Maus-Cursor zum Daumen-Hoch-Icon: »Gefällt mir«. Als Nächstes das Bild einer knallorangenen Kürbiscremesuppe, von der zwei das Rezept haben wollen, ein Video, in dem eine Mutter ihrem Baby Britney Spears vorsingt, ein abfotografierter Artikel aus einer Tageszeitung: »Messerstecherei in Favoriten«, dann das Foto zweier Katzenbabys in einem Gitterbett mit Rüschenhimmel …

Valerie stutzt. Lauscht. Hat Julian sich eben gemeldet? Es ist doch erst zehn Uhr dreiundfünfzig. »Suche« – rasch zieht sie den Cursor ins Kästchen mit dem Lupensymbol. Sie wollte doch als Erstes nach Minna suchen. »Minna Spierling« – zu dem Namen kommt das Profilbild einer filigran gezeichneten Samenkapsel. Treffer! Einen Mausklick später ist Valerie endlich auf Minnas Seite. Facebook weiß sofort, was sie will: »Freund/in hinzufügen«. So einfach geht das hier. Jetzt muss es Minna nur noch bestätigen.

»Psychotherapeutin« steht in ihrem Steckbrief, »Universität Wien« ist ihre Schule und sie hat 355 Facebook-Freunde – wow. Ein Foto, das sie geteilt hat, zeigt »*Caleana major (known as the Large Flying Duck Orchid), found in Australia*«. Die Blüten der

Orchidee schauen wirklich wie Enten aus. Bloß, dass sie lila sind. Jetzt aber schnell noch Minnas Bilder ...

»Wuääääähh!«

Mist. Julian ist wach. Zeit fürs Fläschchen. Hat Roland recht mit seiner Warnung? Nein. Valerie geht in die Küche und schnappt sich das Milchpulver. Es ist bloß, weil heut' alles neu für sie war. Das nächste Mal wird sie sich eine bestimmte Zeitspanne für Facebook vornehmen, eine halbe Stunde oder so.

»Wuääääähh!«

»Mama kommt schon, Mäuschen«, ruft Valerie, leert Wasser aus der Thermoskanne ins Fläschchen und geht ins Kinderzimmer. Julians Gesicht ist schon wieder rot vor Schreien.

»Na, na ...«, murmelt Valerie und schüttelt das Fläschchen. »Die fünfzig Minuten waren noch gar nicht um.«

Sie hebt den Kleinen auf und geht zur Spüle. Kaltes Wasser übers Fläschchen ... noch und noch ... dazu das Kindchen im anderen Arm wiegen. Mama ist schon da. Musst nimmer schreien. Wirklich schaut Julian nur mehr groß auf das Fläschchen mit der Milch. Vor ein paar Monaten war das noch undenkbar. Halleluja, denkt Valerie. Er wird größer, alles wird leichter. Sie hält ihm das Fläschchen hin. Er greift mit beiden Händen danach und saugt. Sofort entspannt sich sein Gesicht und auch Valerie macht es sich auf dem Sessel gemütlich. Zur Sicherheit hält sie das Fläschchen noch am hinteren Rand.

Ihr Blick fällt durchs Fenster. Draußen sind einzelne Sonnenstrahlen zwischen den Wolken durchgekommen. Vielleicht können sie noch ein paar abbekommen, wenn Julian gefüttert, gewickelt und die Waschmaschine gemacht ist. Eine Dreiviertelstunde später ist Valerie fertig und Hagel prasselt gegen die Scheiben – Scheiß-Aprilwetter.

Am nächsten Nachmittag schreibt Valerie mit einer Mischung aus Trotz und Stolz »Geologin und Mama« in ihren Facebook-Steckbrief. Dann erstellt sie ihren ersten Beitrag: »Im Übrigen bin ich der Meinung, dass der Lobau-Tunnel verhindert gehört.« Dazu lädt sie eins ihrer Lieblingsfotos aus dem Sommer hoch. Es zeigt einen glatten Wasserspiegel, der im letzten Bilddrittel von einem halb versunkenen Baumstamm geteilt wird und danach seerosenbedeckt in den Schilfgürtel mündet.

Schließlich ist wieder Minna dran. »Fotos« klickt Valerie auf Minnas Seite an. Und findet die Verkündigung des Frühlings: Pflanzen, Früchte, Insekten, Samen, Sporen, Zapfen, Federn, Amphibien und Vögel. Die Farben angehaucht, ausgeführt, intensiviert, die Stadien von der Skizze bis zur fertigen Zeichnung. Es blüht, welkt, schwebt, tropft, strotzt, leuchtet, lockt, schimmert und knistert. Nach zigmal Anklicken, um das Bild zu vergrößern, und »Gefällt mir«-Antippen scrollt Valerie nur mehr langsam den Bildschirm runter und hält ab und zu inne. Wahnsinn. Jetzt hat sie ihr Fenster zum Mikrokosmos, zum Reichtum der Welt im Kleinsten. Minnas Bilder sind Koloratur und Chor, Arien und melismatisches Auskosten von Farben. Vor Valeries Augen ersteht die Natur als polychrome Oper. Ein Libretto getragen von Tautropfen, Blattadergeflecht, warzigen Knospen, flimmernden Härchen, feuerglühenden Uhu- und nachtteichschwarzen Falkenaugen.

»*If I were a mouse – would I flee? I would.* So aber kann ich mich mit dem Auge verschwestern, Drachenschuppen im Raubvogel-Gefieder ausspähen und die Wendung des Halses aus ganzem Herzen bejahen«, hat eine zum Bild des Falken geschrieben. Valerie wundert's nicht, dass Minnas Bilder zu Poesie inspirieren. Wieder ist eine Dreiviertelstunde vergangen wie nichts.

Am übernächsten Tag kommt die ersehnte Nachricht: »Minna hat deine Freundschaftsanfrage bestätigt. Schreibe in Minnas Chronik.« Ha! Auf Facebook sind sie nun schon mal befreundet. Ein erster Schritt. Aber hat Valerie das nicht auch gedacht, als sie Frau Spierling zum Essen eingeladen hat? Egal.

»Danke«, schreibt sie in Minnas Chronik und: »Ich bewundere Ihre Bilder – so lebendig und intensiv!« Das mit der polychromen Oper behält sie für sich.

Als hätten Minnas Bilder der echten Natur draußen den entscheidenden Anstoß gegeben, beginnt es nun im Garten zu sprießen und blühen. Vier kleine Blumen, die sich in Zaunnähe aufraffen und ihre zarten Blätter spreizen, veranlassen Valerie, es laut zu sagen: »Der Frühling ist da. Und jetzt bleibt er.«

»Hoffen wir's«, meint Roland.

Kommen die Tage der Erwartung. Valerie weigert sich, weiter Mützen zu tragen, und steckt sich stattdessen bunte Spangen ins Haar. Julian dreht sich das erste Mal allein vom Rücken auf den Bauch. Sie fährt mit ihm zur Blumenhandlung, kauft Märzenbecher und Tulpen.

»Frühestens in zwei Wochen im Garten einsetzen«, mahnt der Händler.

Valerie nickt und denkt nicht daran. An den Frühling muss man glauben. Sie setzt die gelben Sterne und orangenen Flammen gleich neben die Veilchen.

Jeder Blick aus dem Fenster lässt die Erinnerung ans Schwarz-Weiß-Grau des Winters mehr verblassen. Der Frühling drängt mit Farben, Blüten, Düften vor. Als die Krokusse sprießen, stößt Julians erster Milchzahn durch. Als die Tulpen sich öffnen, klappt er sich im Liegen zusammen und greift seine Füßchen. Die Natur überschlägt sich in ihrem Wachstum. Das Kind hüpft in Entwicklungssprüngen nach. Munter öffnet es sein Mäulchen für jeden Löffel Brei. Schiebt ihn im Mund herum, prustet und dreht den Kopf, kurz bevor der Löffel wieder da ist. Am Ende ist ein Gutteil des Breis um Wangen und Mund verschmiert, ein weiterer auf den Tisch gepatzt und der Rest hat seinen Zweck in Babys Bäuchlein erfüllt.

Acht Kilo dreißig bei achtundsechzig Zentimetern bringt Julian mittlerweile auf die Waage. Wülstchen an Armen, Beinen und Bäuchlein – Valerie findet das süß. Bei der fünften Mutter-Kind-Pass-Untersuchung sagt die Kinderärztin: »Seine Augen versinken im Fett.«

Zu Hause empört sich Valerie. Roland beschwichtigt: »Das war sicher nur als neutrale Beschreibung gemeint.«

»Neutral …!« Valerie bläst hörbar die Luft aus. Lässt's dann aber gut sein.

Die Jahreszeit und Julian lenken sie zurzeit erfolgreich vom Facebook-Konsum ab. Ihr erster Frühling mit eigenem Garten! Alles fühlt sich freier an, wenn man draußen ist: Kind füttern, bei Laune halten, herumtragen, Wäsche aufhängen, Pflanzen gießen. Hält sie mit Julian im Schoß ihr Gesicht der Sonne entgegen, kann sie gleichzeitig Mama und Valerie sein.

Zwölf Grad, vierzehn Grad und strahlende Sonne dazu – sooft es geht, fährt Valerie mit Julian im Buggy in der Au spazieren. Kaum zu glauben, dass sie vor einigen Wochen noch auf dem zugefrorenen Teich gelaufen sind. Hier glitzern Lichtpunkte, dort spiegelt sich neues Grün auf dem Wasser – *primavera*.

Die Tage kommen und gehen. Die Kälte kehrt nicht wieder. Julians zweiter Schneidezahn bricht durch. Valerie gibt ihm eine Karotte aus dem Kühlschrank gegen das juckende Zahnfleisch. Er mümmelt darauf herum, aber kann noch nicht abbeißen. Wenigstens keine Verschluckungsgefahr. Wie ein kleiner König thront er auf dem Hochstuhl. Die Karotte ist sein Zepter, mit dem er – ganz ungeduldiger Monarch – vor Mamas Gesicht fuchtelt.

Julian

Wusch! Öffnet er die Hand. Karotte auf dem Boden. Patsch, patsch mit Fäustchen auf den Tisch.

»Nein, nein«, hebt Mama den Finger. Schüttelt Kopf.

Karotte! Streckt er die Arme danach aus, aber Mama geht weg damit.

»Mümüm!«

Mama schaut nicht einmal. Hält die Karotte unters Wasser und sagt: »Das kommt jetzt in die Suppe.« Karotte aufs Brett, Messer und klein.

»Mmmmpff!«, protestiert Julian.

Aber Mama kippt die Karottenteile einfach in den Topf. Jetzt kommt sie her. Legt Hand auf Kopf. Nix da! Wegwinden, Karotte ist auch weg!

Valerie

Abend. Es ist wieder kühler. Die Frühlingspracht im Garten verschwindet in der Dämmerung. Ein wenig ist Valerie noch anfällig für Facebook.

»Du wirst deine Zeit verplempern«, hat Roland ihr prophezeit.

»Aber andere Mütter treffen sich und plauschen. Was kann ich dafür, dass ich hier noch niemanden kenne?«

»Ah, plauschen willst du?«, hat Roland sie geneckt. »Was ist mit Fluvialmorphologie und Hemerobie in der Au?«

»Die Lobau ist sowieso mesohemerob, sonst dürftest du dort nicht mal Radwege haben«, antwortete sie.

»Schon wieder ein Thema für eine geologische Masterarbeit.«

Roland kann es nicht lassen. Und vielleicht hat er ja recht. Bachelor ist nur eine halbe Sache. Bis Julian in den Kindergarten geht, sind's noch zwei Jahre. Sie könnte die Zeit bis dahin nutzen, um Erkundungen zu machen und im Netz zu recherchieren.

Aber nicht heute und nächsten Monat auch nicht ... Jetzt ist mal Julian dran. Es ist doch Mai, der Monat, wo die Erinnerung an den Winter verblasst und die Erwartung des Sommers beginnt. Julian kann dann vielleicht schon stehen. Von da ist's bloß noch ein Schritt zum Gehen. Außerdem ist übermorgen Valeries Geburtstag. Die Vorfreude ist ein plätschernder Bach, dessen Wellenkämme in der Sonne glitzern. Wozu jetzt schon zusätzliche Verpflichtungen, wo sie gerade erst ihre ungestörte Nachtruhe wieder hat?

An ihrem Geburtstag haben sie Glück mit dem Wetter. Es ist lau und nur ein paar flüchtige Wolken ziehen manchmal vor die Sonne. Valerie hat sich ein Picknick am Platz mit der Seeroseninsel gewünscht. Sie machen es am späten Nachmittag, wenn Roland von der Schule zu Hause ist.

Kaum in der Lobau angekommen, läutet Valeries Handy: Emma. Valerie denkt an ihr letztes Treffen. Eigentlich hat sie sich da vorgenommen, die Freundin um Babysitting für Julian zu bitten. Aber Emma hätte sicher wieder was von »keine Zeit haben« gesagt.

»Alles Gute!«, hört Valerie jetzt ihre Stimme.

»Danke.«

»Und was machst du so heute?«

Täuscht sie sich oder ist da ein gekränkter Unterton in Emmas Stimme? Valerie ist sich nicht sicher. Die Verbindung ist schlecht. Emma ruft aus der U-Bahn an.

»Hast du am Wochenende Zeit?«, fragt sie jetzt.

»Kommt darauf an.«

»Wir könnten beim Bio-Inder essen gehen und ...«

»Mir wär's lieber, du kommst zu uns. Ist einfacher mit dem Baby für mich.«

Für einen Moment hört Valerie ein Knacken und die verzerrte Lautsprecherstimme der U-Bahn-Durchsagen aus ihrem Handy.

»Mhm, na, ich dachte nur, du magst vielleicht wieder mal was anderes unternehmen. Raus aus dem Trott.«

Sie versteht's echt nicht, denkt Valerie und sagt: »Vielleicht ein andermal, ja?«

»Warte, ich muss aussteigen«, antwortet die Freundin. Dann ist die Verbindung unterbrochen. Valerie starrt auf ihr Handy. Wartet. Schließlich packt sie es zurück in den Rucksack und schiebt den Kinderwagen wieder mit beiden Händen.

»Ich soll – schon wieder – über eine Stunde mit dem Baby zu Emma pilgern«, beschwert sie sich bei Roland. »Oder erwartet sie etwa, dass ich mir für ihre Geburtstagseinladung im Restaurant einen Babysitter leiste?«

»Wenn ihr abendessen geht, könnte ich auf Julian aufpassen«, bietet Roland an.

»Abends bin ich selbst zu müde«, schüttelt Valerie den Kopf. »Es sind ja trotzdem nur sechs Stunden Schlaf, die ich nachts krieg' wegen unserem Mauserl.«

Roland zuckt die Schultern. Sie sind bei der Seeroseninsel-Bucht angekommen. Er breitet die Picknickdecke übers Ufergras und reicht Valerie einen Papierteller mit Erdbeertorte.

»Da, frisch aus der Konditorei. Alles Gute zum Geburtstag, Schatz. Entspann dich heut' einfach.«

Sie küssen sich über das Tortenstück hinweg. Als Julian »Mümümpf« macht, kümmert sich Roland um ihn. Valerie kann ungestört ihre Torte genießen und lachend zuschauen, was Julian mit den Erdbeeren in Gelee von Rolands Kuchenstück treibt. Rolands Hemd bekommt auch seinen Teil ab. Aber heute ist alles egal. Valerie hat Geburtstag und Baby ermahnen sowieso keinen Sinn. Julian verschmiert sich rosa Gelee auf seinen Bäckchen und sie schauen aufs Wasser, Schokoerdbeergeschmack im Mund. Ein letzter Rest Ärger über Emma verfließt in den leicht im Wind schaukelnden Wellen. Familienglück. Frühling!

Leider machen in der darauffolgenden Woche Pankratius, Servatius, Bonifatius und die kalte Sophie Letzterem vorübergehend den Garaus. Zwei Wochen ist der Mai alt, als Kälte- und Regenfront über Stadt und Land ziehen. An Au-Spaziergänge ist nicht mehr zu denken. Die Erde ist matschig, übersatt von Regen. In Haus und Garten lauscht Valerie dem beständigen Rauschen des Wassers durch die Regenrinnen. Roland flucht, weil im Keller kleine feuchte Flecken an den Mauern auftauchen. Am Morgen vermisst Valerie das Sonnenlicht, das ihr das Aufstehen erleichtert. Grau in Grau vor den Fenstern und alles trieft vor Feuchtigkeit. Als würde das noch nicht reichen, fürchtet sich Julian vor den nächtlichen Gewittern. Sechs Stunden Schlaf – das war einmal.

Was allerdings in der dritten Maiwoche passiert, toppt allen Unbill. Dabei beginnt der 21. Mai 2009 vielversprechend. Am Vormittag lässt sich endlich wieder die Sonne blicken. Die Luft ist dunstig und warm. Valerie geht mit Julian in den Garten und nimmt den Postschlüssel mit. Sie öffnet den Briefkasten: Werbung, ein Termin für die Wasserstandzählung, die Betriebskostenabrechnung. In der Zeitungsbox steckt eine beidseitig bedruckte Doppelseite aus kartoniertem Papier: eine Broschüre. Valerie holt sie raus.

»S1 aktuell«, lautet der Titel. Und bevor sie noch versteht, was das heißt, springen sie in orangen Lettern schon die nächsten Worte an: »Umweltverträglichkeitsprüfung gestartet!«

Die Lobau-Autobahn! Wie konnte sie nur darauf vergessen? Mit einem Mal ist alles, was sie hier am grünen Stadtrand gesucht und gefunden haben, bedroht: Natur, Luft, Auenlandschaft. Die »Bürgerinformation« mit ihren bunten Farbfotos und dem ansprechenden Design ist für Valerie ein Angriffsmanöver aus dem Hinterhalt. Betroffen sinkt sie in den Gartensessel. Julian prustet und blubbert. Die Fliederblüten sind braun und feucht. Eine Bänderschnecke kriecht langsam den Schilfsichtschutz entlang.

Valerie betrachtet die Broschüre in ihrer Hand, dreht sie um. »Projektablauf«, heißt es auf der Rückseite und darunter ist eine Zeittabelle abgebildet. Ihr letzter Punkt lautet »Baudurchführung von 2011 bis 2018«. In zwei Jahren ... da ist Julian noch keine drei. Was wird dann aus der Seeroseninsel, dem Mirabellenbaum und den Au-Gewässern? Messungen, Baufahrzeuge, die Probebohrungen durchführen, und Lastwägen, die durch die Siedlung fahren. Valerie kann es sich vorstellen. Wer von denen, die hierherziehen, will so was? Ziehen nicht alle hierher, weil sie in die Grünruhelage wollen? Grün und ruhig. Aber bequem muss es trotzdem sein. Und ein Auto ist bequem. Noch bequemer sind nur zwei Autos pro Familie. Weil abends die Busse von der U1 Richtung Essling nur viertelstündlich gehen. Und weil man von der U-Bahnstation noch fünfunddreißig Minuten mit dem Bus fahren muss. Und dann, in ihrem Fall, die Gehzeit von der Busstation bis zum Haus noch mal eine Viertelstunde beträgt.

»Unser Spätherbstbaby«, hat Valerie selbst zu Roland gesagt, »wird noch so klein sein. Mit dem in der Kälte stehen und auf den Bus warten ... brrr.«

Also haben sie vor Julians Geburt Leihwagen getestet. Leider fährt man bis zur nächsten Leihwagenfirma öffentlich eine Dreiviertelstunde. Roland hätte immer sie und das Baby samt Autokindersitz und Zubehör von zu Hause abholen und wieder hinführen müssen, dann das Auto zurückbringen und danach noch mal eine Dreiviertelstunde Öffi-Fahrt anhängen, um wieder heimzukommen. Das konnte es nicht sein. Darum sind sie jetzt selbst Teil des Problems. Auch sie haben ein Auto. Ja, Roland fährt nach wie vor öffentlich in die Arbeit. Und natürlich ist er wie immer viel mit dem Rad unterwegs. So wie Valerie zu Fuß mit dem Kinderwagen. Das Auto nutzen sie nur für Ausflüge, Familienbesuche, größere Einkäufe und als Öffi-Zubringer im Winter. Trotzdem: Valerie fühlt sich schuldig. Dabei wird nächstes Jahr im Herbst eine neue U-Bahnstation in ihrer Nähe eröffnet, U2 Aspernstraße. Und jetzt das: Die Autobahnfirma ist im Vormarsch. Man muss etwas dagegen tun! Wir können doch nicht einfach zuschauen, wie ...

Julian im Kinderwagen wird unruhig. Valerie schrickt aus ihren Gedanken hoch. Als sie aufgestanden ist und nach ihm gesehen hat, ist alles klar. Er macht sein angestrengtes Gesicht und drückt. Valerie wirft einen Blick auf die Bürgerinformation und denkt: Scheiße.

Julian

Sauber, strampeln, schauen, sagen: »Grrgel, Blbb-Schmtz …«

Mama schaut nicht, hört nicht. Hält an den Händen. Aufziehen und hoch, Rücken gerade und Kopf. Was ist das?

Valerie

»Du sitzt ja, Mauserl!«, ruft Valerie und lächelt. Julian strahlt sie an. Eine Spazierfahrt und ein Fläschchen später schläft er im Kinderwagen.

Aber Valerie kommt nicht zur Ruhe. Julian kann sitzen! Da müssen sie einen Kindersitz fürs Rad und eine Kinderschaukel für den Garten ... Die Autobahn ...! Sie muss sich engagieren, eine Umweltgruppe – da gibt's sicher was.

Wieder zu Hause zurück, fällt Valeries Blick auf den Jasminstrauch im Garten. Die Knospen werden sich bald öffnen. Duft wird alles überströmen. Der Regen ist vorbei, die Luft streichelweich. Schatten von den vielfach verästelten Zweigen der Forsythie fallen auf den Kinderwagen. Julian ist behütet. Alles grünt und blüht. Nur Vogelzwitschern und Froschgequake zu hören. Ein eigener Garten! Sie könnte den Efeu zurückschneiden und geeignete Ranken über den Schilfsichtschutz drapieren. Könnte. Aber jetzt hat diese Autobahnfirma zum Angriff geblasen. Den Kopf in den Sand stecken geht nicht mehr.

Also liest Valerie nun die ganze Broschüre durch: Von »geeigneten Schutz- und Ausgleichsmaßnahmen« ist da die Rede. Pah! Taktische Mittel, die die Bürger in Sicherheit wiegen sollen. Valeries Finger trommeln auf den Gartentisch. Julian wimmert im Schlaf.

»Schsch«, murmelt sie automatisch.

Der Plan auf den Innenseiten der Broschüre zeigt, dass die Autobahn den Auwald tatsächlich an der breitesten Stelle queren soll. Dank ausgeklügelter Techniken – so das Versprechen – wird es dabei aber weder zu Grundwasserabsenkung noch -verunreinigungen kommen. Überhaupt wird man in Nationalpark und Siedlungsgebiet von der Bauphase und von der Autobahn so gut wie nichts bemerken. Wer's glaubt, wird selig. Man braucht kein

Bachelor-Studium in Geologie, um da skeptisch zu werden. Nix bemerken! Begrünte Lüftungsbauwerke und Lärmschutzwände, eine »Modellierung« des Geländes »entsprechend den zu erwartenden Belastungen« und Gehölzpflanzungen. Na sicher. Weil man den großzügig zerstörten Teil eines in Jahrhunderten gewachsenen Ökosystems durch Ersatzpflanzungen wieder ins Gleichgewicht bringen kann … Pfff!

Der Geist, der hinter solchen Sichtweisen steht, ist der gleiche, der Fertigteilhausfirmen Grünflächen versiegeln lässt. Beim benachbarten Gartengrundstück hat es Valerie aus der Nähe miterlebt. Zuerst kam der Bagger und riss Bäume und Sträucher mitsamt ihren Wurzeln aus, als wären sie faule Zähne. Gebrochen, geknickt, manche in voller Blüte und alle im schönsten Grün, lagen sie dann am Boden.

Der Anblick machte etwas mit Valerie. Sie schalt sich eine sensible Kuh. Aber als sie den blühenden Flieder, der eben noch duftend seine Traubenwolken in den Himmel gestreckt hatte, so daliegen sah, war mit einem Mal die Melodie von *Purple Rain* in ihrem Kopf. Tränen liefen ihr die Wangen hinunter. Umsonst, dass sie sich vorsagte: Das sind doch nur Bäume und Sträucher, die mich nichts angehen. Denn sie gingen sie etwas an. Weil Zerstörung dieser Art alle etwas angeht. Warum verhalten sich Menschen so, als wären sie kein Teil der Natur? Eine Baggerklaue, gelenkt von einem Menschen, der von anderen dafür bezahlt wird, zerstückelt krachend Bäume und Sträucher, die über Jahrzehnte gewachsen sind. Die Stürme, Kälte und Hitze überdauert haben. Ein Mensch, ermächtigt von seiner Maschine, behandelt das, was von den Pflanzen übrig bleibt, wie Müll. Die Baggerklaue hievt es in den Baustellencontainer. Nein, schrie es in Valerie. Das kann es nicht sein.

Wochen später standen dann die Fertigteilhäuser dort. Der Hauptteil der spärlich verbliebenen Erde wurde als Terrasse versiegelt. Die neuen Nachbarn stellten Topf- und Kübelpflanzen darauf. Was waren das für Leute? In Grünruhelage ziehen und dann keine Gärten wollen? Wenn alle für ihr Eigenheim so viel Boden versiegeln, versteht Valerie das städteplanerische Ideal der Grünen: Möglichst viele Menschen in einem Gebäude konzentrieren. Ein Glück, dass Roland ihr Haus entdeckt hat. Dieses alte Haus samt Garten mit Baumbestand. Renovieren ist besser als Bauen. Man müsste auch die öffentlichen Verkehrsmittel renovieren, statt neue Autobahnen zu bauen.

Valerie seufzt. Auf den computergenerierten Bildern der Broschüre ist die geplante Autobahn aalglatt in die Landschaft eingefügt. Kein Wort zur jahrelangen Großbaustelle. Kein Wort zu Wirtschaftsinteressen. Der Autobahnbau soll als bürgerorientierter Akt zur Stauvermeidung auf den persönlichen Arbeitswegen der Leute rüberkommen. Eine Schildbürgerinformation ist das. Nur wenn man sich anderweitig informiert, erfährt man, dass das neue Autobahn-Teilstück die Transeuropäische Route TEN 27 komplettieren würde. Und damit wäre zufällig eine durchgehende Transitroute für den LKW-Verkehr von Danzig nach Triest geschaffen. Welchen Spruch hat Roland kürzlich zitiert? Wer Straßen baut, wird Verkehr ernten.

Valerie geht ins Haus und holt den Laptop. Googelt. Zu dem Spruch erscheint eine kanadische Studie. Valerie fällt die achselzuckende Bemerkung eines neuen Nachbarn ein: »Die Stadt wächst eben. Da wächst auch der Verkehr mit.«

Der ist sicher ein Befürworter der Lobau-Autobahn. Allein wenn man sein Haus anschaut: ein grau-weißer Quader. Wer, bitte, mag in so was wohnen? Mit Blick auf sein kahles Grundstück antwortete Valerie ihm damals: »Tja, offenbar wachsen manche Sachen von allein mit, kaum dass die Leute in Grünruhelage ziehen. Was werden Sie denn so in Ihrem Garten anpflanzen?«

Der Nachbar hob die Hände. »Pflanzen machen Arbeit. Dafür hab' ich keine Zeit.« Valerie weiß nicht, wie sie daraufhin geschaut hat. Jedenfalls setzte er nach: »Im Moment wenigstens.«

Sie beließen es dabei. Zu heikel, sich ganz mit den Nachbarn zu überwerfen. Der grau-weiße Quader gemahnt Valerie eindeutig an die Ästhetik der Portalluftabsaugungsanlage in der Autobahnbroschüre: getrimmte Rasenflächen über Betonrillen. Nur im Hintergrund stehen drei zypressenähnliche Bäumchen einsam in der kahlen Landschaft. Sauber, adrett und unter Kontrolle. So stellen sich Autobahnbauer und Quaderbewohner die ideale Natur vor. Die typische Au-Landschaft muss ihnen ein Gräuel sein: Silberpappeln, Eschen, Erlen, Nadelbäume – alles durcheinander und auch noch in allen Verwitterungszuständen am Boden rumliegend. Dazu wilde Gewässer umgeben von Weiden, Schilf und weiß-Gott-noch-was. Und wilde Tiere! So viele Tiere, die in einem Wald leben, vom Wald leben und vom Wasser.

Leider scheinen auch manche Alteingesessene nicht besser als zugezogene Quaderbewohner zu sein. Wie könnten die Planningers sonst allen Ernstes die Lobau-Autobahn wollen? An wen kann man überhaupt noch appellieren? An Radfahrer, Jogger, Nordic-Walkerinnen, Waldspaziergänger und Badende in der Au? Valerie will aufrütteln, erklären, überzeugen. Aber wie eine kritische Masse von Menschen erreichen?

Facebook. Das ist es. Die vorige Generation hat Hainburg verhindert. Und Valerie wird, wenn's nicht anders geht, vom Laptop am Gartentisch aus mithelfen, diese Autobahn zu verhindern.

Sie tippt das Wort zum wiederholten Mal in die Suchmaschine: »Lobau-Autobahn«. Der erste Treffer lautet: »Die Autobahngesellschaft liefert Rückzuggefechte.« Na also! Valerie klickt es an. Ein Artikel der Projektwerkstatt für Umwelt und Soziales, VIRUS. Die hat ihr schon viele Informationen, nicht zuletzt zum Untergrund der Lobau, geliefert. Auch in diesem Artikel wird die Behauptung der Autobahnplaner erwähnt, dass der Tunnel in dichtem Untergrund gebaut werden würde. Als »Lehrbeispiel, wie mit maximalem Mitteleinsatz und beträchtlichem Schadenspotenzial möglichst wenig Nutzen zu erzielen ist«, bezeichnet der Umweltorganisationssprecher den Tunnel. Und fügt hinzu, dass wir »auf solche Experimente gerne verzichten können«. Recht hat er.

Unter »Rückfragen & Kontakt« kann man sich an ihn wenden. Hat Valerie Rückfragen? Jede Menge. Aber jetzt muss sie erst mal handeln. Die Zeit drängt. In jeder Hinsicht. Sie hat noch knapp die Hälfte von Julians Mittagsschläfchen zur Verfügung.

Also Link kopieren, auf Facebook einloggen, einfügen und schreiben: »Wer zieht an den Stadtrand in Grünruhelage und will statt einer intakten Aulandschaft eine zusätzliche Autobahn-Strecke? Ich versteh's nicht. Bitte um Aufklärung!«

So viel zum Aufrütteln. Ein Windstoß fährt durch die Äste der Fichte. Die Zweige nicken. Valerie stellt den Beitrag auf »öffentlich«. Der nächste Schritt wird »Erklären« sein. Und dann: Überzeugen. Kurz streift ihr Blick das Icon mit den drei Punkten: Bearbeiten und Löschen – noch ist alles möglich. Noch wird's keiner gelesen haben. Aber sie will sich ja aus diesem virtuellen Fenster lehnen, will ja hinausrufen. Also abwarten, was zurückschallen wird.

»23«, prangt am nächsten Tag in roter Schrift über dem Ordner »Eingang« in Valeries Mail-Programm. »K.H. und R.P.«, ist zu lesen, »haben deinen Beitrag kommentiert.« Die Mail, in der das steht, listet erste Namen und Kommentare auf.

Valerie überfliegt die Beiträge: »Weil immer mehr hierherziehen, wird auch der Verkehr mehr. Sollen wir uns in die Arbeit und wieder nach Hause beamen? Deshalb: Ja zum Tunnel!«

»Dass die Autobahn die Au kaputtmacht, ist nur Panikmache von den Grünen!«

»Von wegen Panikmache. Wenn man sich ein wenig informiert, erfährt man, dass Tausende Kubikmeter Wasser für den Bau des Tunnelportals aus einer hundert Meter breiten Baugrube zwischen Essling und Groß-Enzersdorf gepumpt werden müssen. Das wird die umgebenden Gewässer, das Grundwasser und die davon abhängige Flora und Fauna in Mitleidenschaft ziehen.«

Endlich, atmet Valerie auf, einer, der auch gegen die Autobahn ist. Sie öffnet Facebook und markiert den Beitrag mit »Gefällt mir«. Dann scrollt sie weiter.

»Ich finde das jeder hieherziehn daf und wenn will auch Auto farn …«

»Pfff es is imma dasselbe mit den Grünen. Tun so, als ob die ganze Lobau abgeholzt und trocken gelegt werden soll. Nix passt ihnen aber selber keine Lösungen haben!«

Gekontert durch: »Bitte nicht sofort jeden Gegner als ›die Grünen‹ bezeichnen!! Das sind pauschalisierende Schubladen! Und: Ich habe Lösungen: nach den Zahlen der Baufirma zu schließen, kostet die zusätzliche Autobahn 3 Milliarden Euro. Damit kann man hunderte Kilometer Straßenbahnen im Bezirk bauen.«

Wieder klickt Valerie auf »Like« und antwortet: »Genau: Öffi-Ausbau, Parkpickerl und Maut sowie *Park & Ride* außerhalb von Wien – das wären langfristig vertretbare Lösungen.«

Ein Blick auf die Computeruhr zeigt ihr, dass höchstens noch eine Viertelstunde bleibt, bis Julian aufwacht. Auf den Kommentar mit dem Abholzen will sie noch reagieren: »Ich glaube das mit dem Abholzen und Trockenlegen nicht. Bin aber auch kein Grüner, sondern eine Grüne.« Dazu ein Zwinkersmiley und ab geht der Post.

»Fein. Dann lassen Sie uns doch gnädigerweise wissen, was Ihre Vorschläge für eine bessere Verkehrssituation in Essling sind.«

Huh! Der ist gerade online. Aber die Vorschläge hat sie ja eben geschrieben. Lesen sich die Leute die Beiträge, auf die sie reagieren, denn nicht durch? Soll sie dem überhaupt antworten? Vielleicht diesen Spruch, den sie irgendwo gelesen hat: »Die Autos stehen nicht im Stau, sie MACHEN den Stau!« So. Und das Ganze veranschaulicht: »Wenn man an der Busstation wartet und in die vorbeifahrenden PKWs schaut, sitzt in fast jedem nur ein Mensch. Würde man die alle in Bus oder Bim verfrachten, gäbe es keinen Stau.«

Valeries Puls geht schnell, als sie die Enter-Taste drückt. Wär' das ein Fremder vor ihrem Fenster, würde sie sich auf keine Diskussion einlassen. Aber so …

»Sie haben recht«, kommt prompt seine Antwort, »meist ist nur ein Mensch im PKW. Ist trotzdem unrealistisch, das abzuschaffen. Wer kann, kauft sich ein eigenes Auto und fährt individuell. Wenn kein Stau ist, geht's einfach schneller. Man fährt ja bis doppelt so lang mit den Öffis ...«

Uff, das war gar nicht untergriffig. Vielleicht kann man auf Facebook tatsächlich mit Fremden diskutieren. Valerie denkt an Emma, die so lang mit den Öffis zur Arbeit fährt. Schon hat sie ihre Replik: »Ich kenn' eine Lehrerin, die um halb sechs aufsteht und über eine Stunde öffentlich zu ihrem Arbeitsplatz pendelt.«

»Jeder, wie er will«, meldet sich eine neue Gesprächsteilnehmerin zu Wort: »Ich für meinen Teil lasse mir den Komfort einer Autofahrt auf kürzestem Weg, ohne mit anderen in den Bus gequetscht zu sein, nicht nehmen.«

»Was ist mit dem Donaukanal?«, meint ein anderer. »Da wurde doch auch drunter gebaut.«

»Ähm, es gibt aber schon geologische Unterschiede zwischen dem Donaukanal und der Lobau ...«, tippt Valerie ein.

Dann hört sie Julian wimmern. Zeit um. Diskussion verschoben. Sie wird sich am Abend wieder einklinken.

Minna

Auf der breiten Fensterbank bei der Essecke steht ein Tintling, den ich heute bereits ein Dutzend Mal fotografiert habe. Er verändert sich rasch. *Coprinus comatus*, Tintenpilz, in meinem Garten gewachsen. Nach wochenlangem Stielwachstum stülpte er sich um und wurde ein phallusförmiges Ding. Natürlich wuchs er nicht allein, sondern im Grüppchen. Das erste Exemplar, das reif wurde, hab' ich geerntet. Nach der Ernte beginnt es: Autolyse. Der Tintling fängt an, sich selbst zu verdauen. Lamellen und Eichelhut – innerhalb eines einzigen Tages verflüssigt sich alles. Die cremeweiße Pilzsubstanz wird zu einer grau-schwarzen viskösen Masse: Sporenmaterie, aus der man früher Tinte herstellte.

Meine Fotografien sind der erste Wettlauf gegen die Zeit. Der zweite beginnt mit dem Ausmalen der Skizze. Myriaden faserfeiner Schüppchen wölben sich nach oben: hell, verschattend, ausfransend, weißlinig, zimtfleckig, glanzflächig, löcherig, rüschig, wellig und keins, das dem anderen gleicht. Jedes Schüppchen ein Unikat.

Ich widme mich dem ersten. Die Zeit verrinnt wie der Tintling. Ich widme mich dem zweiten. Die Zeit löst sich auf und verwandelt sich in etwas Zähes, Undefinierbares. Ich mache mich an das dritte Schüppchen. Die Zeit beginnt zu verschwinden. Irgendwann male ich das vierte Schüppchen aus und spüre ein Kribbeln unter den Schläfen. Wo ist die Zeit hin? Wo ich doch sonst außerhalb von Zeit und Raum schöpfe. Warum dieses Drängen jetzt, die verschwundene Zeit zu suchen? Die Antwort ist, dass ich den Wettlauf verloren habe. Diese Zeichnung werde ich nie fertigstellen.

Ich lege den Pinsel ab. Die Sache mit Mutters Tod und das ganze Drumherum mit Begräbnis, Amtswegen und Abmeldungen haben mich fahrig gemacht. Habe ich doch ein schlechtes Gewissen? Weil ich das Malen, das ich mir nach so langer Zeit endlich zugestanden habe, nicht ihrer täglichen Pflege geopfert habe?

Nein. Die Spiegelung ist zu offensichtlich: Mutter hat sich in meinen ersten fünf Lebensjahren nicht um mich gekümmert. Ich hab' mich in ihren letzten fünf nicht um sie gekümmert. Das kommt vor.

Ich schnappe mir die Zigarettenpackung, gehe nach draußen und rauche mir eine an. Mandy trottet hinterher. Kaum habe ich ein paar Züge gemacht, fängt sie zu bellen an. Gleich darauf tönt es »Hallo!« vom Gartenzaun.

Tatsächlich, wieder einmal Valerie Granbirger. Ich beruhige den Hund und rufe »Grüß Sie!« zurück. Dazu winke ich von der weißen Veranda in ihre Richtung, ohne Anstalten zu machen, zum Zaun zu gehen.

Offenbar will sie den Wink nicht verstehen. Sie bleibt und fragt: »Besucht Ihre Tochter Sie oft? Sie wohnt wohl in der Nähe?«

»Ja, seit Kurzem«, antworte ich knapp.

»Ah, sie ist nach Essling übersiedelt?«, fragt sie sichtlich erfreut.

»Ja.«

»Richten Sie ihr schöne Grüße aus!«

»Mach' ich, danke.«

Valerie Granbirger verharrt noch immer vor meinem Gartenzaun. Ich sage nichts, warte und verdränge die Vorstellung, dass sie mit den Füßen im Kies scharrt wie meine Hühner im Sand. Na los, denke ich mir, sag halt, was du noch auf dem Herzen hast.

»Ob ich wohl«, sie räuspert sich, »wieder mal Ihre Bilder im Original anschauen dürfte? Ich meine, auf Facebook hab' ich schon viele bewundert, aber ...«

Aha. Sie will sich ein Hintertürchen öffnen, über das sie mehr Kontakt mit mir kriegt. Ich blase Rauch vor mich hin und dämpfe die Zigarette im Ascher aus.

»Am besten, Sie kommen in meine nächste Ausstellung.«

Ihre Schultern sinken herunter. Jetzt versteht sie. Meine Güte, es tut mir ja leid. Über Facebook weiß ich, dass sie sich auf die Lobau-Autobahn-Diskussion eingelassen hat.

»Übrigens find' ich's gut, dass Sie gegen den Autobahn-Tunnel in der Au sind«, setze ich nach.

Sie richtet sich etwas auf. »Ah, Sie waren auf meiner Facebook-Seite.«

Pause. Hätte ich das Gespräch doch lieber beim vorigen Ende bewenden lassen sollen?

»Ich hab' mich ein bisschen informiert«, erklärt sie jetzt. »Weil ich mich ja gleich in die Au verliebt hab'. Und geologisch ist sie auch interessant. Man muss was gegen dieses Autobahnprojekt tun.«

»Da haben Sie recht«, pflichte ich ihr bei. »Tun Sie, tun Sie. Am besten mit Bürgerinitiativen, die's schon gibt, vernetzen.«

Ich erwähne nicht, dass ich selbst vor sechs Jahren in Groß-Enzersdorf – es kommt mir wie eine Ewigkeit vor – bei den Umweltschutzprotesten dabei war. Auch Hainburg lasse ich tunlichst aus dem Spiel. Sonst kommen wir vom Hundertsten ins Tausendste.

»*Rettet die Lobau – Natur statt Beton* und VIRUS«, zählt sie auf. Na also, da kennt sie ja schon einige.

»Genau«, sage ich. »Und BIM und Bignot oder wie sie alle heißen. Jetzt muss ich aber wieder. Malen.«

»Natürlich. Ich will Sie nicht aufhalten.«

Wir winken uns zu. Ich huste und mache ein paar Schritte zurück, damit ich von der Straße aus nicht mehr gesehen werde. Dann setze ich mich auf die Stiege vor der Haustür, tätschle Mandy den Hals und lasse das Licht der Veranda auf mich wirken.

Facebook ... Jetzt hab' ich Valerie Granbirger wahrscheinlich doch wieder ermutigt, weil ich ihre Freundschaftsanfrage angenommen hab'. Dieser virtuelle Marktplatz ist ein Hund. Freilich, Menschen haben schon immer getratscht und sich übers Wetter unterhalten. Heut' unterhält man sich halt übers Klima und zeigt sich gegenseitig Fotos und Bilder. Neu sind bloß die Dimensionen: unüberschaubar, anonym. Den Großteil seiner Facebook-Freunde kennt man im echten Leben gar nicht. Da haben sich sicher viele eine aufgeplusterte oder neue Identität geschaffen. Spannend wär', eine regionale Gruppe für Essling zu gründen. Wo man sich dann auch wirklich trifft, eine Art Facebook-Stammtisch sozusagen. Ob manche dann weiterhin so ruppig posten würden? Man darf den Kontakt zur Realität nicht aus den Augen verlieren. Was mich betrifft, bedeutet das: Ich muss den Kontakt zur Kunst im Auge behalten.

»*Do you use a paper stump blender, too? I love to see the strokes a bit*« – das ist meine Welt, auch auf Facebook. So tausche ich mich mit Gleichgesinnten über handwerkliche Finessen des Malens und künstlerische Feinheiten aus: »*There's a lovely softness in the right areas.*«

Der Tintling, fällt mir ein. Womöglich hat er sich mittlerweile zur Gänze verflüssigt. Vielleicht sollte ich mit seiner Flüssigkeit eine Art Tuschezeichnung versuchen? Aber zuerst eine Zwischenmahlzeit.

In der Küche fällt mein Blick auf den Wandkalender: 23. Mai 2009. Du meine Güte! Der Malkurs rückt näher. Sieben Wochen, dann ist es so weit: Ich werde meinen ersten Malkurs anbieten. Es war voriges Jahr, nicht mal sechs Monate, nachdem ich bei Margareta Pertl ein Malseminar in der Zoologisch-Botanischen Gesellschaft gemacht habe. Ich wurde gefragt, als ich im Schloss Halbenrain wieder ein Seminar bei Giselbert Hoke belegte. Eine Verantwortliche der dortigen Internationalen Sommerakademie wollte wissen, was ich neben abstrakten noch für Bilder male. Ich zeigte ihr mein Skizzenbuch.

»Das ist aber gut!«, entfuhr es ihr. Spontan frage sie mich, ob ich im nächsten Jahr selbst einen Kurs abhalten wolle. Botanische Malerei hätten sie noch nicht auf der Speisekarte. Meinem

Gefühl nach hatte ich eben erst die Grundlagen bei Pertl gelernt. Aber natürlich sagte ich zu. Einmal Lehrerin, immer Lehrerin? Kunst zu unterrichten, wird anders sein.

Bloß jetzt, wo der Termin näher rückt, frage ich mich, warum ich mir das antue. Hab' ich mir nicht mittlerweile zugestanden, dass mich Menschen schon nach drei Stunden anstrengen? Wie soll ich da einen ganztägigen Kurs überstehen? Von neun bis zwölf, von dreizehn bis siebzehn Uhr und das an drei aufeinanderfolgenden Tagen ... Und was, wenn ich zu viel voraussetze, zu schnell vorgehe? Beim botanischen Malen steht und fällt doch alles mit der Genauigkeit des Malhergangs. Man braucht Geduld, unendliche Geduld, und nicht nur Liebe, sondern Leidenschaft fürs Detail. Ich werd' das Handy in der Tasche mithaben, um im Fall des Falles in der Pause die Gretl anrufen zu können. Ob sie das auch so sehen und so erklären würde.

Für heute wird's wohl nichts mehr mit dem Malen. Mutters Tod, der Tintling und jetzt die Sommerakademie ... Am besten, ich bereite ein paar Sachen für meinen Kurs vor. Das Skizzenbuch werde ich brauchen. Und Bilder in allen Stadien, um einzelne Schritte zu veranschaulichen. Dann dieses Buch, das mir selbst so geholfen hat, wo Schritt für Schritt alles beschrieben ist. Ich nehme Bücher aus dem Regal, blättere sie durch, stell' sie wieder zurück und nehme andere zur Hand. Am Ende liegt ein beachtlicher Stapel auf der Couch. Mandy schnauft. Ihre Hundesitterin habe ich gleich, als ich von dem Termin wusste, gefragt, ob sie Zeit hat. Ich tätschle das weiche schwarze Fell.

»Alles gut, Mandy-Mausi. Du wirst gut versorgt sein.«

Sie schleckt meine Hand ab, wedelt mit dem Schweif.

Eine halbe Stunde später lese ich zum wiederholten Mal auf der Akademie-Homepage meinen Ankündigungstext: »Botanische Malerei ist eine Kunstform mit jahrhundertealter Tradition und ist in vielen Kulturen zu finden. In den Aquarellen spiegeln sich die Feinheit, die Schönheit und die Perfektion der Natur. Das Essenzielle des Kurses ist das genaue Schauen – das Beobachten der Pflanzen, Blüten, Blätter, Beeren, Früchte und Knollen. Das Erkennen und Darstellen ihrer Einzigartigkeit werden geübt.« Dazu hab' ich ein paar mögliche Techniken genannt und betont: »Vorkenntnisse sind nicht nötig.«

Schau'n wir mal, wie viele Leute kommen werden. Mehr als vier, fünf braucht's ohnehin nicht. Sonst kann ich nicht so gut auf die einzelnen eingehen.

Bin ich damit offiziell Malerin? Irgendwie bin ich alles zugleich: Lehrerin, Therapeutin, Malerin. Das genaue Beobachten ist dem genauen Zuhören nicht unähnlich. Und den Blick fürs Wesentliche schärft man auch als Beratungslehrerin und Therapeutin. Einen Unterschied gibt es allerdings. So abgeschmackt es klingt: Malen ist für mich kein Beruf, es ist eine Berufung. Erst mit dem Malen bin ich bei mir selbst angelangt.

Valerie

Wieder prangt eine rote Ziffer von beachtlicher Höhe im Mail-Programm. Ist das immer so, wenn man einen Beitrag veröffentlicht, oder hat Valerie eine Social-Media-Hauptschlagader getroffen? Einer plädiert für mehr Radverkehr, weil – das muss sie Roland erzählen – angeblich fünfzig Prozent aller Autofahrten kürzer als fünf Kilometer sind. Die könnte man mit dem Rad fahren. Ein anderer vergleicht den geplanten Tunnel mit dem U-Bahn-Tunnel unterm Prater. Da hätte sich keiner beschwert, weil's um ein öffentliches Verkehrsmittel geht, beschwert er sich jetzt. Tatsächlich, auf ihrer Facebook-Seite finden Grabenkämpfe statt. Valeries Aufruf zur Verteidigung der Au hat Resonanz.

Gott sei Dank ist auch wieder einer dabei, der informiert ist: »Diese Transitautobahn werden tausende LKWs nutzen. Das bedeutet für uns Anrainer mehr Zubringerverkehr, Lärm und Abgase! Die Frage ist: Freier Warenverkehr oder Gesundheit?«

Bravo! Der Kommentar erinnert Valerie an die Artikel des Sprechers dieser Umweltorganisation. Vielleicht ist der Beitrag sogar von ihm? Nein, der hieß irgendwie anders. Aber wie? Google wird's wissen. Valerie tippt »Lobau« ein und drückt irrtümlich die Entertaste, obwohl das Wort »Autobahn« noch fehlt. Egal.

Kommt als Erstes eine Seite der Stadt Wien als Link – aha. Was schreibt die Stadtregierung eigentlich offiziell über die Lobau? »Wiens Beitrag zum Nationalpark.« Valerie trinkt einen Schluck Wasser. Der Computer surrt. Das macht er immer, wenn's heiß ist. Eigentlich ist das Wetter ja zu schön, um drinnen zu sitzen. Aber sie will ja nur noch schnell den Namen dieses Umweltsprechers ... Zahlt sich nicht aus, mit dem Laptop in den Garten zu gehen. Bald ist ohnehin Sommer. Dann werden sie schwimmen gehen – in die Au!

Spontan gibt Valerie das Wort »Naturbadeplätze« ins Suchfenster des Stadt-Wien-Artikels ein. Fürs Augebiet finden sich: Panozzalacke, Dechantlacke, Mühlwasser und Donau-Oder-Kanal. Dechantlacke kennt sie vom Hörensagen: FKK und so. In Mühlwasser und Donau-Oder-Kanal war sie sogar schon mal schwimmen. Beides abenteuerlich mit Bussen zu erreichen. Aber jetzt wohnen sie ja in der Nähe. Das müsste alles mit dem Rad durch die Lobau zu machen sein.

Wobei, zum Donau-Oder-Kanal muss sie nicht mehr unbedingt hin. Das war eine komische Sache. Ausgeschaut hat er wie viele Waldteiche: wogende Unterwasserpflanzen im Uferbereich, klares grünes Wasser darüber. Allenfalls fiel einem seine Geradlinigkeit auf. Aber das erklärte nicht das mulmige Gefühl, das Valerie hatte, als sie ins Wasser stieg. Kam es davon, dass immer wieder Wolken vor die Sonne drängten und weit und breit kein Mensch zu sehen war? In dieser Stimmung wirken stille Gewässer manchmal unheilvoll. Vor allem, wenn man in sie eintaucht. Bis zu den Hüften stand Valerie schon im Wasser, als der Himmel ganz fahl wurde. Sie schaute nach oben. Kein Gewitter. Aber die vereinzelten Wolken waren einer Wolkenwand gewichen. Da würde so bald kein Sonnenstrahl mehr durchkommen. Am anderen Ufer platschte etwas, wahrscheinlich ein Frosch. Oder etwas Größeres, dem Geräusch nach. Ein Hecht oder einer dieser Welse mit ihren tentakeligen Bartfäden. Valerie fröstelte. Schluss mit Überlegungen! Zeit, ins Wasser zu gehen.

Sie schwamm los. Einmal die Längsseite hin und zurück nahm sie sich vor. Es war kalt, wie immer am Anfang. Trotzdem begannen allmählich die Gedanken von ihr abzuperlen. Valerie war im Hier und Jetzt – das machte das Schwimmen mit ihr. Bald würde auch das unheimliche Gefühl sich verflüchtigen.

Es blieb. Auf halber Länge trieb ihr ein weißes Oval entgegen. Eine Plastikflasche? Valerie griff danach und ihre Finger sanken ein. Sie schrie, machte heftige Arm- und Beinstöße und hatte nur den einen Gedanken im Kopf: Fort! Ein toter Fisch, es ist bloß ein toter Fisch, sagte sie sich schließlich vor. Trotzdem reichte das ganze Wasser, in dem sie schwamm, nicht aus, ihren Ekel wegzuwaschen. Zu lebhaft erinnerten sich die Fingerspitzen an die schleimige Kälte des sich zersetzenden Kadavers. Es war das erste Mal, dass Valerie einen Schwimmausflug vor der Zeit beendete.

Jetzt, wo es ihr wieder einfällt, könnte sie endlich mal googeln, was es eigentlich mit diesem Namen auf sich hat. Ein Fall für Wikipedia: Valerie liest ein paar Absätze und bleibt am Wort »Nationalsozialismus« hängen. Wirklich, dieser Kanal war ein Projekt der Nazis, die dabei auf eine Idee aus früheren Zeiten zurückgriffen. »Am 8. Dezember 1939 wurde der damals so genannte *Adolf-Hitler-Kanal*, der heutige Gleiwitzer Kanal, durch Rudolf Heß eingeweiht«, heißt es. »Gleiwitzer Kanal« ist als Link markiert.

Valerie klickt darauf und erfährt, dass er in Oberschlesien, Polen, liegt. 1939 ...? Da hatte Hitler doch gerade erst Polen überfallen und damit den Zweiten Weltkrieg ausgelöst. Wahnsinn. Offenbar ließ er gleich darauf in Österreich die Arbeiten zu diesem Donaukanal beginnen, der in Polen an die Oder anschließen sollte. Der erste Abschnitt liegt am »Tankhafen Wien-Lobau« – wahrscheinlich meinen sie den Ölhafen, denkt Valerie. Sie hat einen Verdacht, der sich einige Klicks weiter bestätigt. Auch der Ölhafen geht auf die Nazis zurück. Und für beides setzten sie Zwangsarbeiter ein. Kein Wunder, dass Valerie in diesem Gewässer mulmig wurde. So eine Vergangenheit bleibt einem Ort unweigerlich eingeschrieben.

Sie klickt sich zurück zum ursprünglichen Artikel und liest ihn fertig. Eine »Art Kleingartensiedlung« hat man entlang von zweien der vier Abschnitte gebaut. Na danke, denkt Valerie. Das können ja idyllische Gärten sein. Und nicht mal die Namen der Gewässerabschnitte hat man geändert? DOK I–IV. Wahrscheinlich eine Frage der Geschichtserinnerung. Trotzdem, wie hört sich das an für einen Teich in der Lobau? Auf Google Maps schaut Valerie sich an, wo genau die Gewässerabschnitte liegen: vor dem Eberschütt- und Lausgrundwasser. Na also. Flora und Fauna – solche Namen fügen sich sozusagen organisch in die Auenlandschaft ein. So wie das weiter weg liegende Kühwörther Wasser und die Gänshaufentraverse. Davon abgesehen zeigt die Karte noch einige andere hellblaue Schlieren und Schlingen, die keinen Namen tragen, sosehr Valerie sie auch am Bildschirm vergrößert. Sind wohl zu klein, ganz wenig Wasser umgeben von Land. So wie umgekehrt ganz wenig Land, umgeben von Wasser, auch oft namenlos bleibt: Felsen, Riffe und unbewohnte Miniinseln im Meer. Valerie spürt ein Kribbeln im Nacken. Jetzt, wo sie so nah an der Lobau wohnen ... Sie könnten doch jede Woche eins dieser Gewässer entdecken – bei einem Radausflug. Wenigstens, wenn Julians Rückenmuskulatur stabil genug ist, um auf einem Radkindersitz auszuharren.

Wie auf ein Stichwort hin macht er sich im Kinderzimmer bemerkbar. Valerie schaut auf die Bildschirmuhr. Schon wieder eine Stunde vorbei. Dabei wollte sie bloß auf Facebook ... Was wollte sie dort noch mal? Und davor den Sprecher der Umweltschutzorganisation googeln. Roland hat recht. Facebook – und das Internet sowieso – sind Zeitfresser. Als ob eine junge Mutter nicht ohnehin ihr ganz persönliches Zeitfresserchen hätte ...

»Lobautunnel Umwelt«, tippt Valerie trotzdem noch schnell in Google ein. Sie findet eine Presseaussendung der Umweltschutzorganisation VIRUS. Ihr Sprecher heißt Wolfgang R.

Julian gluckst im Kinderzimmer. Rasch wechselt Valerie zu Facebook und gibt den Namen des Sprechers ins Suchfeld ein. Es kommen Vorschläge für Wolfgänger, deren Nachnamen mit »R.« beginnen, aber seiner ist nicht darunter. Immerhin, sie hat's versucht. Der Preis dafür ist, dass ihr Baby mittlerweile laut weint.

Eine Dreiviertelstunde später rollt Valerie den Kinderwagen über das dritte Brückchen der Esslinger Furt und wählt den Weg geradeaus. Kurz darauf biegt sie links ab, um zur verzauberten

Riesenmulde zu kommen. In Wirklichkeit ist es ein baumbewachsener Bombenkrater auf einer Lichtung. Frühlingsgrüne Blätter säumen die Laubbaumzweige, ein Nadelwald umschließt die Lichtung. Umschließt auch Valerie und ihr Kind. »Waldbaden«, denkt Valerie. So nennen sie das in Japan. Eine traditionelle Sache, zu der man Studien gemacht hat. Um die Heilwirkung von Waldspaziergängen wissenschaftlich zu beweisen. Pah! Dazu fallen Valerie gleich Artikel aus Broschüren von Öko-Life ein. Warum brauchen Menschen Studien, um zu merken, dass ihnen die Natur guttut? Als ob man das nicht unmittelbar erleben könnte ...

Valerie schaut auf. Julian sitzt im Buggy und brabbelt zufrieden vor sich hin. Vereinzelte Spaziergänger, die vorbeikommen, wirken ausgeglichen. Luft, Grün und Vogelzwitschern. Gut, ab und zu stört ein Flugzeug die Idylle und versaut die Atmosphäre. Aber daran mag Valerie jetzt nicht denken. Genauso wie sie die Hundebesitzerinnen mit ihren freilaufenden Tieren nicht als Bedrohung, sondern als Gleichgesinnte wahrnehmen möchte. Alle sind hier, um sich zu erholen. Mit der Sonne im Gesicht und dem leisen Rascheln der Blätter im Wind geht es von ganz allein.

Valerie liegt im Gras unter einem der Bäume, dessen Blätterdach bis über den Krater reicht. Julian robbt neben ihr auf der Wiese. Nicht einschlafen, ermahnt sie sich, solang das Kind nicht im Buggy ist. Wenn sie aus den Augenwinkeln die verzauberte Mulde betrachtet, ist sie überzeugt, dass die Natur doch über die Menschheit und ihre Geschichte erhaben ist. Hier ist nichts zu spüren von der vergangenen Zerstörung, alles gut, alles ruhig ...

Valerie schreckt hoch. Ist sie eingenickt? Wo ist Julian? Er liegt einige Meter neben ihr und rührt sich nicht. Sie springt auf. Das Blut schießt ihr in den Kopf. Schwindel, Panik, dann: ein Aufatmen. Er schläft. Am Bäuchlein liegend mit seitwärts gedrehtem Köpfchen. Sie hebt ihn vorsichtig hoch und schaut, ob er wirklich nicht verletzt ist. Dann setzt sie ihn in den Buggy und stellt die Rückenlehne auf Liegeposition. So schnell kann's gehen. So schnell schlägt das Grauen in den Frieden ein. In der Natur ist man als Mensch ausgesetzt.

Die weiß-silbernen Pappelblätter über Valerie rauschen und erzeugen mit ihrem Geglitzer die Illusion eines Fischschwarms. Der Himmel leuchtet azurblau. Unter den Fußsohlen spürt Valerie das weiche Gras. Nein, sie will sich nicht ausgesetzt fühlen in der Natur. Will vielmehr ein Gespür für das archaische Eingebettet-Sein in der Natur bekommen. Die Urmenschen … die müssen das ja gehabt haben. Aber von Menschen geht Zerstörung aus. In der Natur ist alles ein Kreislauf: Werden und Vergehen.

Valerie betrachtet ihr schlafendes Kind, ein Menschenkind. Einmal wird es ein Mann sein. Wird dieser Mann nie etwas zerstören, verletzen? Pflanzen, Tiere, Gefühle und Dinge, die ihm im Weg sind …? Eine unrealistische Erwartung. Und ihr kommt es zu, ihm Verantwortung zu lehren. Was Valerie ihm wirklich mitgeben kann, ist Liebe. Auch zu dieser Wiese, zum Duft der Erde nach Regen, zum Flirren der Luft in Hitze, zu Tier, Pflanze und Stein. Nicht nur zu ausgewählten Exemplaren der eigenen Spezies. Wer sich als Teil der Natur fühlt, hat schon was verstanden. Mit der Vernunft allein ist das nicht zu begreifen. Wissenschaft erkennt nicht das Wesentliche der Natur. Das ist Valerie spätestens beim Anblick von Minnas Bildern bewusst geworden. Kunst und Natur – komisch, wie das sonst oft als Gegensatz wahrgenommen wird.

Ihr Handy läutet. Manche Menschen haben eine Gabe, zur unrechten Zeit anzurufen. Zum Glück hat sie einen beruhigenden Klingelton ausgewählt – ein Muss mit Baby. Als sie das Handy aus dem Rucksack kramt, weiß sie schon, dass es Roland ist. Wahrscheinlich gibt er Bescheid, dass er später heimkommt.

»Hallo«, antwortet sie mit leiser Stimme und geht vom Kinderwagen weg.

»Ich wollt' dir nur sagen, dass ich vergessen habe: Heute ist Elternabend. Ich komm' erst heim, wenn ihr schlaft.«

»Ja.« Obwohl Valerie es erwartet hat, ist sie enttäuscht.

»Sei nicht böse, Schatz. Alles klar bei euch?« Roland klingt ehrlich besorgt.

»Jaja, wir sind in der Lobau. Das Wetter ist schön und Julian schläft.«

Im Hintergrund hört man einen Schüler »Herr Professor Granbirger!« rufen. »Tut mir leid. Ich muss …«, verabschiedet sich Roland.

Valeries »Tschüss« geht schon in Getute unter. Aufgelegt. Sie setzt sich wieder ins Gras und legt das Handy neben sich. Wenigstens ist Julian nicht wach geworden. Valerie wirft einen giftigen Blick auf ihr Smartphone. Gut, es ist sozusagen nur der elektronische Botschafter, ein nützliches Ding. Sie kennt noch die Zeit, wo man einen Taschenkalender, manchmal einen Walkman und seltener einen Fotoapparat mithatte. Was hat man heute mit diesem Wunderding nicht alles mit dabei? Valerie greift danach und schaut auf die Icons: Kamera, Kompass, Kalender, Uhr, Musik, Maßband, Taschenrechner, Diktafon, Notizbuch, Landkarte, Taschenlampe, Wasserwaage … Da sind die Internet-Apps noch gar nicht mitgezählt.

Seltene Erden, denkt Valerie, weil sie einmal wo gelesen hat, dass die neben Kunststoff zur Handy-Herstellung benötigt werden. Gleich tippt sie auf das blaue Kompass-Icon des Webbrowsers. Touchscreen – Berührbildschirm, wie schnell sie sich daran gewöhnt hat, mit nur einem Finger zu schreiben. Vielleicht wird Julian sie in zehn Jahren fragen, was das Zehnfinger-System ist. Auf Wikipedia liest Valerie, dass Seltene Erden großgeschrieben werden und Metalle sind. Im Artikel zu »Handy« wird sie unter »Rohstoffsituation« fündig: Tantal, Gallium, Indium und Palladium – was sich verheißungsvoll nach griechischem Helden, lateinischem Asterix und Namen aus *Tausendundeiner Nacht* anhört, sind die Seltenen Erden. Dazu kommen Edelmetalle wie Platin, Gold, Silber und noch einige andere.

Von dieser materialistischen Warte aus betrachtet wird das Wunderding Smartphone dann als »Materialgemisch« bezeichnet, das man fürs Recycling in seine Einzelelemente trennen muss, besser gesagt, müsste. Denn das macht keiner. Dafür bräuchte es einen eigenen Industriezweig und ein eigenes Pfandsystem. Das wiederum ließe den Preis für das Wunderding empfindlich steigen. Und daran hat bis auf ein paar Umweltfuzzis niemand Interesse. Vielleicht sollte Valerie Roland ans Herz legen, in Informatik bei seinen Schülern dafür ein Bewusstsein zu schaffen.

16:41 steht auf dem Handy-Display. Zeit, sich auf den Heimweg zu machen. Und? Hat Valerie in den letzten zwanzig Minuten noch etwas von den Halmen unter ihren bloßen Füßen, vom Zwitschern der Vögel und vom Duft der weiß blühenden Sträucher hier wahrgenommen? Nein. Dank ihres Wunderdings. Und ihr Gedankenschweifen ist übergegangen in Fingerstreifen über einen Bildschirm, der ihr Denken in fixe Bahnen kanalisiert, wie die Nazis früher Abschnitte der Donau und Oder.

Minna

Hortus Niger heißt die Hoke-Schule in Halbenrain: *schwarzer Garten*. Das lässt an nährreiche Erde und Fruchtbarkeit denken. Vielleicht habe ich deshalb vor einigen Tagen unbewusst die Pflanze für mein nächstes Bild gewählt: *Hyoscyamus niger* – schwarzes Bilsenkraut.

Es steht im Glas, mit Härchen auf Stiel und Blättern, grob buchtig gezähnt mit homogamen Trichterblüten – eine hochgiftige, unangenehm duftende Schönheit. Angeordnet in Blattachseln verdichten sich die violett geaderten Blütenblätter rund um die Staubfäden zu Purpur. Alles, was an der Pflanze nicht Blüte ist, wird von weiß-braunen Härchen bedeckt. Und alles ist giftig: von der Wurzel bis in die klebrigen Stängel, bis in den stachelspitzigen Kelchzipfel der Fruchtkapsel, dem Purpur der Staubgefäße und den Samen der Frucht.

Meine Linien zeichnen und bezeichnen sie. Bilden gemeinsam Fläche, so wie ein Farbpigment auf dem anderen Raum hervorbringt. Bilsenkraut, Hexenkraut – verführerisch geädert und voll von Alkaloiden. Eines davon ist Hyoscyamin. In der Psychiatrie wurde es vor der Einführung moderner Psychopharmaka zur Behandlung von Erregungszuständen eingesetzt. Angeblich haben Frauen die pupillenvergrößernde Wirkung des Saftes benutzt, um ihren Augen Glanz und Geheimnis zu verleihen. Diesen Aspekt teilt sich die Pflanze mit der Tollkirsche, ebenso wie eine Geschichte als Rauschmittel: Neurotoxizität. In den violetten Nervenbahnen des Blütenadergeflechts scheint sie sich zu offenbaren – Malefiz. Aber wehe, wenn man diese dunkle Fee nicht zu handhaben weiß. Dann stiehlt sie Erinnerungen und verflucht einen bis zum letzten Tag. Die berauschende Wirkung von Hyoscyamin hält mehrere Tage an, die Nebenwirkungen für den Rest des Lebens: Gedächtnisverlust, Verhaltensstörungen. Leicht wird die toxische

Dosis überschritten. Auf Halluzinationen, Herzrhythmusstörungen und komatöse Zustände folgt der Tod durch Atemlähmung.

Solche Informationen lese ich mir während der Zeit an, in der ich an einem Bild male. Zu Beginn will ich unvoreingenommen sein. Und am Ende ist mir – allen Kenntnissen zum Trotz – die Pflanze wieder zum Rätsel geworden. Nicht zuletzt das möchte ich diesen Sommer den Kursteilnehmerinnen mitgeben.

Es werden, wie nun feststeht, nur Frauen sein. Mein Kurs in den Räumen des ehemaligen Getreidespeichers von Schloss Halbenrain – Schloss und Schüttkasten ... Das erinnert mich an Mühldorf und Sibylle Stockinger. Wie Schloss Mühldorf war auch Halbenrain früher eine mittelalterliche Burg. Und wie in Mühldorf sind auch dort die Räumlichkeiten dazu angetan, die Vergangenheit in der Gegenwart mitschwingen zu lassen. Aber anders, als das Sibylle »energetisch« orten würde. Architektur ist schlichtweg Kunst, die sich wie keine andere als Form um Menschen schließt: ein von Menschen für Menschen geschaffener Raum. Wenn sich darin etwas von vergangenen Zeiten ausdrückt, dann in Spuren, die Menschen physisch hinterlassen haben.

Natürlich kann man mit Wortbildern spielen und sagen: Im Halbenrainer Schüttkasten speichern die weiß gekalkten Backsteinmauern heute Geist- und Seelennahrung so wie früher Getreide. Davon abgesehen, dass die Mauern früher nicht weiß gekalkt waren, sind es hier vor allem die Böden, die Zeugnis ablegen: übereinandergeschichtete Farbkleckse in verschiedenen Größen und Formen bis hin zu getrockneten Materiallachen in den Unterrichtsräumen. Dazu Rillen, Kerben, Risse und ins Holz getretene Schmutzpartikel auf den Schiffbrettböden der Ausstellungsräume. All das ergibt für mich die ganz eigene Hokeschulatmosphäre.

Es wird schon gut gehen, mit meinem Sommermalkurs. Was hab' ich zu verlieren? Mein Berufsweg ist zu Ende. Mutter habe ich bis zum Schluss enttäuscht. Und Vater wahrscheinlich auch. Jetzt ist die Zeit der Kunst. Selbst, wenn was schiefgehen sollte, das Malen kann mir keiner mehr nehmen.

Roland

Unglaublich, dass Julian schon acht Monate alt ist. Ein kräftiges Kerlchen, wie er mit dem Spielzeugauto auf den Tisch haut. Vorgestern hat er unter viel Gebrösel und Geknurre sein erstes Stück Brot gemampft. Woran Roland sich nicht gewöhnen kann, ist das ständige Sabbern. So ein Baby hat andauernd ein nasses Goscherl. Wenn man's trägt, braucht man ein Tuch über der Schulter, damit die nicht angesabbert wird.

Valerie lacht über so was. Überhaupt lacht sie, seit im Garten alles grün ist, wieder mehr. Er vergönnt ihr das. Leider hat sie umgekehrt nicht so viel Verständnis für seine Situation. Mit Ende Mai beginnt nun mal für Lehrer der Endspurt vorm letzten Schulmonat. Heuer muss Roland nicht nur Schularbeiten und Tests vorbereiten und verbessern, sondern auch noch drei vorwissenschaftliche Arbeiten betreuen. Dazu hat er zwei Maturakandidaten. Und Valerie hält ihm vor, dass er sich nicht gebührend auf ihre Pläne einlässt. Liegt ihm in den Ohren mit Julians Rückenmuskulatur, Fahrrad-Ausflügen mit Kindersitz, Au-Gewässern ohne Namen, die sie entdecken müssen, und Unterschriftenlisten gegen die Lobau-Autobahn, die sie verteilen wird.

Neulich kam sie ihm mit einem gewissen Himmelteich in der Nähe des Asperner Flugfelds. Dort, wo im nächsten Jahr die Seestadt gebaut wird. Diesen Teich, der allerdings einen Namen hat, müssten sie sich demnächst anschauen. Sie hätte da was gelesen. Irgendwas von Naturdenkmal und Altlasten.

»Eine Kiesgrube«, hat sie ausgerufen, »in die man bis in die 70er-Jahre Müll und Bauschutt geworfen hat!«

»Jaja, die Umweltsünden der vorigen Generation kennt man«, hat er ihr geantwortet.

Aber das sei nicht alles, ereiferte sie sich. Neben der Grundwasser-Verschmutzungsgefahr gäbe es da auch eine Spur, die bis zu den Nazis zurückführe. Das ist, wie Roland scheint, Valeries neues Hobby: geschichtliche Informationen zur Gegend sammeln und abenteuerliche Interpretationen daraus ableiten.

Natürlich freut er sich, dass Valerie sich so für die Umwelt ihres neuen Zuhauses interessiert. Bloß lässt sich der geologische Zugang zu Zeit und Raum nicht einfach auf die Historie umlegen. Da gibt's keine Sedimentierung, Verwitterung und Erosion. Da lagert nichts in Schichten aufeinander, sondern eins ersetzt das andere – eine zeitliche Abfolge.

Im Fall des Himmelteichs hat man – wie Valerie herausfand – in den 90ern den kontaminierten Untergrund geräumt und gereinigt. Na bitte: aus und Schluss. Das andere existiert nicht mehr. Und was die Nazi-Geschichte betrifft: Der Aushub war eine Schottergrube, aus der sie Material für den Ausbau des Asperner Flughafens als Luftwaffenstützpunkt gewonnen haben. Na ja, das haut Roland auch nicht von den Socken. Die Braunen hatten in Österreich doch überall ihre Hände im Spiel. Soviel er weiß, ist auch Schwechat 1938 als Militärflugplatz von den Nazis begründet worden.

Für Valerie hingegen ist es eine »moralische Verwitterung«, dass das Gelände rund um den Himmelteich arisiert worden ist. Und die Grube sei eine aus dieser Verwitterung resultierende Erosion gewesen. In der Geologie – so Valerie weiter – wisse man aber, dass dauernde Erosion alle Geländeformen zerstört, wenn ihr keine endogenen Kräfte entgegenwirken. Und die endogenen Kräfte müssten in diesem Fall das tektonische Gewissen der Welt sein. Wenn die Erde ob menschlicher Ungeheuerlichkeiten nicht selber Lava und Asche speie, müsste die Erinnerung daran als sedimentatives Gegenstück herhalten. Soweit ihre abenteuerlichen Interpretationen.

Fast ist Roland geneigt, Valerie zu ermutigen, doch wieder mehr ihre Lobau-Naturschutzschiene zu verfolgen. Das scheint ihm im Vergleich dazu regelrecht bodenständig. Dass sie überhaupt als junge Mutter solchen Dingen nachgeht, hängt mit ihrem Ein-neues-Leben-beginnen-Vorsatz zusammen. Eine Idee aus ihrer Psychotherapie. Als ob das neue Leben nicht spätestens mit dem eigenen Kind beginnt. Was könnte größere Veränderungen schaffen als ein neuer Mensch?

Natürlich erinnert sich Valerie vermehrt an ihre Vorsätze aus der Therapie, seit sie ihre frühere Therapeutin wiedergetroffen hat. Sich nicht mehr unterdrücken lassen. Sein Licht nicht mehr unter den Scheffel stellen. Sich nicht mehr unter seinem Wert verkaufen und so was. Sie haben darüber gesprochen. Nur bitte: Was hat das mit ihrer jetzigen Familiensituation zu tun? Sie haben ein Haus im Grünen und bevor sie noch hierherzogen, war er es, der ihr eine Masterarbeit zur Lobau vorschlug. Umzusetzen realistischerweise erst, wenn Julian in den Kindergarten geht.

Aber Valerie ist eben Valerie. Schwere Kindheit, berufliche Schwierigkeiten, dann ein neues Leben mit Studium auf dem Zweiten Bildungsweg und jetzt mit ihm und Julian. Sie will nicht mehr warten. Immer alles zugleich haben, seine Valerie. Na gut, dieses Wochenende ist Pfingsten. Soll sie ihren Radausflug zum Himmelteich haben. Den Kindersitz dazu haben sie ja schon.

Valerie

Sie weiß nicht, was sie sich erwartet hat. Ein mulmiges Gefühl wie beim Donau-Oder-Kanal, ein Zeichen der Natur oder des Wetters? Das Wetter ist wechselhaft. Und sonst? Leider haben sie mit dem Auto herkommen müssen. Niklas-Eslarn-Straße bei instabilem Wetter war dann doch zu weit. Jetzt steht Valerie mit dem Kinderwagen-Buggy auf der Holzbrücke, die über den Himmelteich führt, und überblickt ihr Ausflugsziel. Zu ihrer Linken erstreckt sich ein länglicher Wasserarm mit einem dicht gewachsenen Seerosenteppich in der Mitte. Das erinnert sie an den Groß-Enzersdorfer Arm und die Seeroseninsel. Zu ihrer Rechten endet das Wasser bald in Schilfdickicht. Valerie sucht mit den Augen ein Plätzchen am Ufer, wo sie die Picknickdecke ausbreiten können. Aber die Uferränder sind mit hohem Schilf zugewachsen.

»Na komm, gehen wir mal rüber«, stupst Roland sie an.

Tatsächlich zweigt unmittelbar nach der Brücke ein schmaler Pfad zum Ufer ab.

»Das schaff' ich nicht mit dem Buggy«, sagt Valerie, als es über Wurzeln und feuchte Erde steil bergab geht. Das Erdreich ist Richtung Wasser abgerutscht. Auch die schmalen Bäumchen finden nur mehr auf einer Seite Halt und neigen ihre Stämme hangabwärts. Sogar der Wind bläst das Schilf in diese Richtung. Roland hilft Valerie, den Kinderwagen über die steilste Stelle zu heben. Denn nun haben sie tatsächlich einen Zugang zum Wasser entdeckt. Bei näherer Begutachtung entpuppt sich der Platz davor allerdings als Pinkelstelle. Taschentücher und Zigarettenkippen liegen herum.

»Wähh«, ruft Valerie aus. »Hier können wir nicht bleiben.«

Roland zuckt die Schultern. Das Schilf bildet eine Schneise von etwa einem halben Meter, wo klares Wasser bis zum Uferrand durchkommt. Dahinter breitet sich der Teich aus. Es könnte schön sein. Aber Menschen haben die Stelle versaut.

Gut, also alles wieder retour. Diesmal nimmt Valerie Julian aus dem Buggy und Roland schiebt den Wagen allein über die Böschung hinauf.

»Und jetzt?«

»Gehen wir halt den Weg nach der Brücke ein bissl in den Wald hinein«, meint Valerie ratlos.

Im Wald liegt Totholz am Boden oder ist kunstvoll in Form von Tipis aufgestellt.

»Schau, Julian!«, macht Valerie ihn darauf aufmerksam.

Er schaut in die Richtung und fuchtelt aufgeregt mit den Ärmchen. Eine Frau mit Hund kommt ihnen entgegen.

»Entschuldigen Sie«, spricht Valerie sie an. »Gibt's hier einen Zugang zum Wasser mit einem schönen Platz davor, wo man picknicken kann?«

Die Frau überlegt. »Sie können«, deutet sie mit Kopf nach rechts, »es in dieser Richtung versuchen. Aber so wirklich zum Wasser kommt man hier kaum.«

»Danke.«

Sie biegen nach rechts ab, obwohl auf dieser Seite das Wasser in Schilfdickicht zu enden scheint. Offenbar tritt es danach als Tümpel wieder zutage.

»Servas die Gelsen«, murmelt Roland.

Aber Valerie ist nicht aufzuhalten. Sie finden einen Platz, der einige spärliche Sonnenstrahlen durchlässt, sauber ist und Ausblick auf ein Fleckchen dunkel glänzendes Wasser bietet. Kaum haben sie ihre Decke ausgebreitet, taucht die Frau mit dem Hund hinter ihnen auf. Valerie lächelt ihr zu. Die Frau nickt und setzt sich etwas entfernt auf einen umgefallenen Baumstamm.

»Wau!«, deutet Julian Richtung Hund.

»Ja, ein Hund«, bestätigt Valerie und streicht ihm übers Köpfchen. Schaut freundlich aus, das Tier. Dreifärbig wie ein Bernhardiner, nur kleiner und ohne runterhängende Lefzen. Roland packt den Proviant aus. Plötzlich steht der Hund vor ihnen.

»Nein, Fanny!«, ruft die Besitzerin, steht auf und pfeift. »Tschuldigung, ich hab' die Leine zu lang gelassen.«

»Macht nichts«, meint Valerie, die unwillkürlich mit Julian im Arm aufgesprungen ist. Um ihre Reaktion abzuschwächen, fügt sie hinzu: »So ein schönes Fell. Was ist das für eine Rasse?«

»Ein Berner Sennenhund«, antwortet die Frau.

»Ah«, nickt Valerie, die keine Ahnung von Hunderassen hat. Sie wechselt das Thema: »So eine schöne Gegend hier zum Spazierengehen.«

Die wässrig blauen Augen der Frau bekommen einen glasigen Ausdruck. Jetzt erst bemerkt Valerie, was sie im Gesicht der anderen irritiert: die gemalten Brauen. Statt einem Bogen aus Härchen ist da nur ein dünner, glatter Strich auf kahlgezupften Fleischwülstchen. Dazu trägt sie eine schwarz umrandete Brille.

»Ich bin jedes Jahr an diesem Tag hier«, sagt die Frau und betont das Wort »Ich«.

Valerie schaut fragend. Julian beginnt in ihren Armen zu strampeln. »Und warum?«

»Weil«, lächelt die andere nun verschwörerisch, »heute der Jahrestag ist. Vor zweihundert Jahren hat Napoleon an einem Pfingstsonntag Aspern und Essling überfallen. Genau am 21. Mai 1809.«

Valerie stutzt. Dieses Datum ... 21. Mai. Das war erst kürzlich. Irgendwas passierte da. Der Pfingstsonntag fällt ja immer auf ein anderes Datum. Heuer ist es der 31. Mai. Aber der 21. ... was war da?

Die Frau mit der schwarzen Brille scheint durch Valerie hindurch auf etwas hinter ihr zu schauen.

»Natürlich!«, ruft Valerie aus.

Das Angriffsmanöver gegen ihre geliebte Lobau: die Umweltverträglichkeitsprüfung! Vor Schreck beginnt Julian fast zu weinen.

»Schsch ... alles gut«, beruhigt sie ihn wieder. Täuscht sich

Valerie jetzt oder glitzern die Augen der Frau mit einem Mal triumphierend? »Warum sind Sie dann aber hier und nicht irgendwo in der Lobau bei einem Napoleonstein oder so?«, fragt sie.

»Weil hier«, die Frau legt eine Kunstpause ein, »ein Kraftfeld zwischen den Siedlungen Groß-Enzersdorf, Essling und Aspern liegt.«

Deutlich spürt Valerie Rolands spöttischen Blick im Rücken. Zugegeben, das hört sich schräg an. Die Frau ist ein komischer Kauz.

»Das Vergangene«, redet sie jetzt weiter, »bleibt in unsichtbaren Schichten an den Orten erhalten.«

Valerie starrt sie an, tritt einen Schritt zurück und stolpert fast mit Julian im Arm über einen Zipfel der Picknickdecke. Historische Sedimente, fährt es ihr durch den Kopf. Roland steht mit einem Mal hinter ihr. Er nimmt ihr Julian ab und reicht Valerie stattdessen ein Aufstrichbrötchen.

»Entschuldigen Sie«, sagte er zu der Frau und deutet auf ihren Hund, der schon halb auf der Decke steht.

»Natürlich.« Sie zieht das Tier an der Leine weg.

»Also Mahlzeit.« Herzhaft beißt Roland in sein Käsebrot und gibt Julian ein Stück Rinde zum Kauen.

Die Frau hat verstanden. »Mahlzeit«, wünscht sie, wirft Valerie noch einen bedeutsamen Blick zu und verabschiedet sich. Valerie schaut ihr nach. Ein Baumstamm knarzt.

»Na komm, setz dich auch, Schatz«, sagt Roland. »Eine verrückte Alte, was?«

»So alt war die gar nicht«, widerspricht Valerie. Und sagt dann das Unvermeidliche: »Du, aber dieser Ort ist wirklich vom Vergangenen belastet.«

Roland betrachtet Julian, der jetzt auf der Decke robbt. »Ein Kraftfeld ... geh bitte! Bleib am Boden, Eichhörnchen!«

Valerie muss grinsen: »Ein Eichhörnchen und am Boden bleiben?«

»Also gut, Frau Geologin: Bodenhaftung beibehalten.«

»Ich beschäftige mich ja mit dem Boden und mit den Erdschichten«, sagt Valerie.

Roland zieht die Brauen hoch. »Indem du das tektonische Gewissen der Au aktivieren willst?«

»Du verdrehst mir die Worte im Mund.« Schweigend kaut Valerie am letzten Bissen ihres Brötchens.

Roland legt ihr einen Arm um die Taille. »Was ist mit dem Engagement für die Au?«

Valerie entwindet sich und rückt ein Stück von ihm ab. »Aber siehst du's denn nicht? Das hängt doch alles miteinander zusammen!« Er schüttelt den Kopf. »Ja, ich werde mich gegen diese Autobahn durch den Boden des Nationalparks engagieren. Und genau der Widerstand, dem ich mich damit anschließe, soll wie eine endogene, ja, wie eine eruptive Kraft der Erde wirken. Menschen dringen in die Erde vor, betreiben Raubbau und erodieren sie zu ihrem Nutzen. Das glauben sie zumindest, selbst wenn es letztendlich zu ihrem eigenen Schaden sein wird. Und um dieses letzte Ende geht es. Der Klimawandel kommt für die Mehrheit der Menschen doch zu schleichend. Sie wollen ihn nicht wahrhaben. Es juckt sie nicht, wenn irgendwo Jahr für Jahr der Meeresspiegel ansteigt, Tierarten aussterben, in Afrika mehr Kinder verhungern, die Luft immer dreckiger wird und sich anderswo Extremwetterkatastrophen häufen.« Valerie schaut auf Julian. »Das ist so, wie wenn sich in den Ozeanen Plastikmüll-Inseln bilden. Deshalb ändert niemand sein Konsumverhalten.«

Mit diesen Worten nimmt sie dem Baby den Plastikpicknickteller weg, in den es gerade beißen will.

»Dein früherer Chef …«, wirft Roland ein.

»Ja! Und er hatte recht!«, ruft Valerie aus. »Um ihr Verhalten zu ändern, brauchen die Menschen eine sichtbare Bedrohung im Hier und Jetzt. Etwas, das alle betrifft, wie eine Seuche, ein Virus, das überall zuschlagen kann!«

»Na, na …«, hebt Roland die Hände.

»Doch! Man muss die Bedrohung, die von uneingeschränkter

Ausbeutung und Zerstörung der Natur ausgeht, im Brennglas zeigen. Aufrütteln, informieren, überzeugen! Man muss« – Valerie holt tief Luft – »der Natur eine mächtige Stimme verleihen.«

Roland schweigt. Julian sitzt an seine Beine gelehnt und schaut die Eltern groß an.

»Aber das wird doch eh dauernd gemacht«, sagt Roland schließlich, »Aktionismus von Greenpeace, Aufklärungskampagnen von Öko-Life, Demonstrationen von Linksintellektuellen und Grünen ... All das geht trotzdem in der allgemeinen Wurschtigkeit, um nicht zu sagen, im Wohlstand unter.«

»Babab, Lada, Pscht ...«, beteiligt sich Julian am Gespräch.

Valerie schaut ihn an und sagt: »Vielleicht muss auch die nächste Generation ihre Stimme für den Umweltschutz erheben. Was heute Menschen für Wirtschaft und Macht an natürlichen Ressourcen zerstören, fehlt den nächsten Generationen. Trotz oder vielleicht wegen so manchen technischen Fortschritts hinterlassen wir ihnen eine ärmere Welt.«

Roland nickt nachdenklich. Dann blitzen seine Augen. »Sag mal, magst du nicht einen Vortrag an unserer Schule halten?«

»Ich bin doch keine Expertin«, wehrt Valerie ab.

»Für Fluvialmorphologie schon«, zwinkert er.

»Also, ich weiß nicht ...«

»Doch, doch, das machen wir, Frau Geologin.« Roland ist wieder mal nicht zu bremsen.

»Ich kann versuchen«, überlegt Valerie, »Experten dafür zu bekommen.«

Sie denkt an »Rückfragen & Kontakt« der Umweltorganisation VIRUS. Jetzt ist es so weit. Valerie wird Kontakt aufnehmen. Ja, sie wird einen Vortrag halten. Das ist sie sich selbst und dem wunderbaren Wasserwald schuldig, in dessen Nähe sie jetzt leben. Einen Vortrag gemeinsam mit Wolfgang R. Wo sie nicht mehr in die Assistentinnen-Rolle abrutschen wird. Valerie wird der Jugend diese brennende Fackel mit Verve übergeben: Umweltschutz jetzt!

Nadja

Wenn sie das Mama erzählt! Nadja weiß, dass die sich schon keine Hoffnungen mehr macht. Papa auch nicht. Aber jetzt. Alle großen Dinge beginnen mal klein. Die große Änderung, die demnächst das Leben von ihr und Alex auf den Kopf stellen wird, beginnt mit einem Plastikbecher voll Harn und einem Kunststoffstäbchen, in dessen Sichtfenster zwei rosa Striche zu sehen sind.

Ein Kind! Endlich. Zugegeben, lange Zeit wollte Nadja in ihrem Leben nichts davon wissen. Ein Kind ... das bedeutet ja sein eigenes Leben aufgeben und womöglich mit jemandem zusammenbleiben, mit dem man eigentlich nicht mehr will. Nein. Nadja würde es anders machen als ihre Mutter. Keine Schwangerschaft, keine Abtreibung, kein Kind.

Und dann kam Alex. Sie hat ihn mit dreißig am Universitätssportinstitut kennengelernt. Beim Florettfechten, dem einzigen Kurs, den sie nach Studienabschluss weitermachte. Weil man das schlecht privat im Wald oder im Fitnessstudio betreiben kann. Fechten kam in den Filmen immer so ästhetisch rüber. Wenn Nadja schon beim Tanzen nicht das große Talent war, so konnte sie immer noch eine coole Kampfsportart lernen. Judo, Hapkido und wie sie alle heißen, waren ihr zu brachial. Es musste schon was Subtiles sein. »Schach mit der Klinge«, wurde das Florettfechten auf dem Infozettel am Uni-Sportinstitut beworben. Geübt wurden Bein- und Handtechniken sowie Freifechten.

Dann hieß es eines Tages, dieses Semester würden auch Schauspielschüler kommen, die sonst einen eigenen Kurs hätten. Ihre Lehrerin an der Privatschule wäre krankheitsbedingt ausgefallen. Alle waren neugierig. Schließlich waren es zwei Typen und ein Mädel, die zu ihnen kamen. Die anderen gingen in den Degenfechtkurs.

Alex hatte schwarze Locken und dunkle Augen. Bei den Partneraufwärmübungen teilte sie der Fechtlehrer zusammen ein. Setzt euch einander gegenüber, einer im Schneidersitz, der andere kniet vor ihm. Der im Schneidersitz versucht, seine Oberschenkel zu schließen, der andere legt ihm die Hände auf die Knie und presst sie auseinander. Das macht ihr eine Minute lang, dann wechselt ihr. Oh là là, bis heute ist Nadja nicht klar, was sich der Trainer dabei gedacht hat. Welche Art Aufwärmung sollte das ergeben?

Als Alex ihre Oberschenkel auseinanderdrückte, schaute er ihr in die Augen und sagte grinsend: »Den Barbiepuppen meiner Schwester habe ich immer die Haxen ausgerissen.«

»Ah ja«, gab sie betont cool zurück, »gut, dass ich keine Barbiepuppe bin.« Dabei klopfte ihr Herz schneller.

Ab diesem Nachmittag fanden Alex und sie im Kurs öfters bei den Übungen zueinander. Alex forderte Nadja heraus: ihre Reaktion im Angriff, ihren Angriff durch gezielte Provokation. *Finte*, *Parade*, *Riposte* – Nadja blieb ihm nichts schuldig. Er war ein Jahr jünger als sie und studierte im Zweiten Bildungsweg Schauspiel an einer privaten, aber staatlich anerkannten Schauspielschule. Zuvor hatte er nach dem Abschluss der Höheren Technischen Lehranstalt bei einem Telekommunikationsunternehmen gearbeitet.

»Informatiker«, zuckte er die Schultern, »eine Fehlbesetzung. Aber wenigstens hab' ich dadurch ein finanzielles Polster.«

Er machte einen Sprung vorwärts mit dem Florett in der Hand. Nadja wich aus.

»Und jetzt machst du dich für die Rolle deines Lebens fit«, kommentierte sie spöttisch, wie's zwischen ihnen üblich war. Alex nahm Klingenkontakt auf und glitt mit seinem Florett an ihrem entlang: *Filo*.

»Und, wärst du bereit für den weiblichen Part?«, konterte er. »Unterwürfig, anschmiegsam und anpassungsfähig?«

Als Antwort löste Nadja ihr Florett aus dem *Filo*, schlug seine Klinge zur Seite – *Battuta!* – und landete mit Ausfallschritt einen Treffer: »*Touché!*«

Zu Beginn ihrer Beziehung diskutierten Alex und Nadja stundenlang über Schauspiel, Theater und Film. Jahre später, nachdem sie zusammengezogen waren, lebte jeder sein eigenes Leben. Mit dem Fechten machte nur Alex weiter. Er brauchte es für die Ausbildung. Was beide beibehielten, waren ihre Wortgefechte und Kämpfe um den jeweiligen Freiraum. Nie war der Ausspruch »Sie haben sich zusammengerauft« passender als für Nadja und Alex.

Nadja arbeitete als Projektassistentin am Institut für Theaterwissenschaft, leider nur befristet. Als das Ende der Frist in Sicht kam, entschieden sie sich, ein Kind zu bekommen. Aber es kam nicht. Temperaturmessen, Kurven zeichnen, Eisprungtests und schließlich die ersten Untersuchungen: Alles in Ordnung, bei beiden. In-Vitro oder Adoption schwebten als Möglichkeiten in der Luft, ohne dass jemand die Worte ausgesprochen hätte. Kam Nadjas berufliche Chance: eine unbefristete Stelle. Sie ließ sich nicht lang bitten. Die Familiengründung trat in den Hintergrund. Ja, sie probierten es weiter, aber auch Alex musste seine Karriere vorantreiben. Finanziell hatten sie sich bis jetzt immer irgendwie durchgehantelt. Es war Zeit, dass sie beide ihren Platz in der Gesellschaft fanden.

Vor etwa zwei Monaten fanden sie ihren Platz in der Donaustadt. Nachdem Oma gestorben war, bot Mama ihnen an, ins Großelternhaus nach Essling zu ziehen. Sie entschieden sich schnell. Zum Glück hatte Alex gerade kein Engagement und Nadja konnte sich Zeitausgleich nehmen. Umzugskartons, Ummeldungen, neu ausmalen, Chaos. Wenigstens brachten sie ihre Habe von einer Wohnung leicht in dem größeren Haus unter.

Die ersten Wochen lüftete Nadja viel: Krankenatmosphäre und Tod austreiben. Dann begann sie den Garten zu inspizieren: ein Dschungel aus Blüten und Grün. Wie hatte Papa zu Zeiten überbordenden Lebens in der Esslinger Sommerfrische immer gesagt? »Zustände.« Gut so. Nadja ließ sich auf die Wiese fallen und breitete die Arme aus. Hier konnten sie bleiben. Hier ließ es sich leben.

Und dann geschah es. Als hätte es nur das passende Nest gebraucht, damit ein Ei heranreift, aus dem ein Junges schlüpft. Vor einer gefühlten Ewigkeit haben Alex und Nadja sich aufs Sofa gesetzt und versucht, vernünftig zu bleiben.

»Wir brauchen noch einen verlässlicheren Test von der Gynäkologin«, sagte sie.

»Unbedingt«, bestätigte er. »Du hast doch schon so oft geglaubt …«

»Aber ich bin seit drei Wochen im Rückstand und noch nie war ein Test positiv.«

»Wir dürfen uns trotzdem nicht verrückt machen, sonst ist die Enttäuschung nachher wieder zu groß.«

Sie pflichtete ihm bei. So ging es einige Minuten hin und her, bis Nadja zu weinen begann. Da weinte er auch. Sie hielten sich in den Armen. Alex legte eine Hand auf ihren Bauch.

»Ich glaube, es wird ein Mädchen«, sagte er.

»Wir werden ihm Fechten beibringen«, meinte sie.

Eine Nacht drüber schlafen, beschlossen beide. Noch zuwarten, bevor sie anderen davon erzählten.

Und nun liegt Nadja sicher schon eine Stunde neben Alex und findet keinen Schlaf. Lässt ihre Anfänge mit ihm, ihre Familiengründungsversuche und den Umzug Revue passieren. Schließlich hält sie's nicht mehr aus. 22:43 zeigt der Wecker. Nadja setzt sich im Bett auf.

»Ich muss es Mama sagen«, murmelt sie und zupft Alex am Arm. Aber der grummelt bloß und dreht sich auf die andere Seite.

Leise steigt Nadja aus dem Bett, schlüpft in die Hausschuhe und verlässt das Schlafzimmer. Im Vorzimmer holt sie ihr Handy aus der Tasche und geht in die Küche. Hoffentlich schläft Mama noch nicht, denkt sie, als das Telefon schon tutend die Nummer wählt.

Minna

Der Sommer ist da. Ich höre es an den Froschkonzerten und am Grillengezirpe. Mandy schnarcht und ich kann nicht einschlafen. Der näher rückende Kurs hat mich in einen Dauerzustand der Erwartung versetzt. Schlecht fürs Malen. Konzentration und Gegenwart ... Was mir jetzt gegenwärtig ist, ist Nadja. Weil sie wieder in der Nähe wohnt ... Noch so eine aufregende Neuigkeit. Wird ihr Leben im Elternhaus nach und nach die Spuren von Mutter und Vater dort verdrängen? Ich hoffe es.

Das Telefon läutet. Um diese Uhrzeit? Nadja. So mitten in der Nacht hört sich das Läuten natürlich wieder extra dringlich an.

»Hallo, Nadja?«, hebe ich ab.

»Hallo, Mama, du wirst Oma!«, platzt sie heraus und ich bin froh, dass ich schon sitze. Aus dem Zustand der Erwartung werde ich wohl das ganze Jahr nicht mehr rauskommen.

»Blumenkindl!«, ruf' ich zurück und bin nun froh, dass sie mich nicht sehen kann. Tränen laufen mir übers Gesicht. Mandy ist jetzt neben mir, wedelt mit dem Schweif und schleckt mir die Hand ab. »Ist gut, ist ja gut«, beruhige ich sie und höre, dass auch Nadja weint. Morgen werde ich sie in die Arme schließen und mit ihr mein Enkelkind.

In dieser Nacht träume ich, dass Mutter mit Vater in der Wilhelm-Kress-Maschine eine Flugtour macht. Ich stehe mit Nadja, die wieder ein Kind ist, am Asperner Flugfeld und wir sehen dem Flieger nach, bis er nur mehr ein Punkt am Himmel ist. Als sich der Punkt im Licht auflöst, nehme ich Nadja bei der Hand und wir lassen das Flugfeld hinter uns. Wir wissen, dass wir auf eine Rückkehr nicht warten müssen. Diese Geschichte ist abgeschlossen. Vor uns liegen Papier, Pinsel und eine Blumenwiese, über die ein kleines Mädchen mit dunklen Locken flattert.

»Mama!«, ruft das Mädchen und Nadja löst ihre Hand aus meiner und läuft dem Kind als erwachsene Frau entgegen. Das Lachen des kleinen Mädchens flutet in Wellen den letzten eisigen Spalt meiner Seele und füllt ihn mit glitzernd warmem Blau. Leicht liegt der Pinsel in meiner Hand, die Nadja losgelassen hat. In der Ferne steht Kurt und winkt mir zu. Ich bin frei, zu malen.

Valerie

14. Juli 2009. Heute ist Julian genau acht Monate alt. Heute vor zweihundertzwanzig Jahren löste in Frankreich der Sturm auf die Bastille die Französische Revolution aus. In ihrem Gefolge tat sich ein kleiner korsischer General in der französischen Armee hervor.

Heute ist es auch, dass die Post Valerie zum zweiten Mal in diesem Jahr ein Papier ins Haus bringt, das ihre Aufmerksamkeit über Gebühr erregt. Diesmal ist es ein Artikel in der Bezirkszeitung über den Baustart der neuen Seestadt. Die Flug- und Landebahnen des ehemaligen Flugfelds Aspern werden abgebrochen, liest sie, um Platz für den Bau des neuen Stadtteils zu schaffen. Das wird geologisch interessant. Wer weiß, was bei den Grabungen alles zutage tritt. Der Aushub für den neuen See wird sicher am spannendsten. Da müssen sie tief ins Erdreich vordringen.

Apropos tief: Vor zwei Wochen hat Valerie mit Wolfgang R. telefoniert und er hat ihr Interessantes zum Schwechater Tief erzählt. Dass die Lobau-Autobahn mitten durch diese mehrere tausend Meter tief reichende geologische Absenkzone gebaut werden würde. Es sei mit geologischen Bewegungen insbesondere entlang von Verwerfungen, Brüchen und Ähnlichem zu rechnen. Das könnte zusätzliche Probleme für Bau und Betrieb verursachen. Abgründe über Abgründe tun sich auf. Wie hat die komische Frau vom Himmelteich gesagt: »Das Vergangene bleibt in unsichtbaren Schichten an den Orten erhalten.«

Napoleon und seine Schlachten in der Gegend, die Lobau, der drohende Autobahntunnel und jetzt: Grabungen am Asperner Flugfeld und die Seestadt. All das verdichtet sich für Valerie zu einem Konglomerat an Bedeutungen, die miteinander zusammenhängen. Sie weiß noch nicht, wie. Aber bald, das spürt sie, wird sie es verstehen.

Wolfgang R. hat zugestimmt, mit ihr gemeinsam einen Vortrag an Rolands Schule zu halten. Sie sind jetzt in Mail-Kontakt und werden sich für die Feinabstimmung treffen.

Zur Feier von Julians ersten acht Monaten, ihrem ersten Vortrag in Sachen Umweltschutz und ihrem neuen Leben, das damit Fahrt aufnimmt, macht Valerie heute ihren ersten Radausflug mit Julian im Kindersitz.

Sie fahren zu Rehgehege und Lobaumuseum. Im Forsthaus erfährt sie, dass das Museum nicht mehr zugänglich ist. Es wird dieses Jahr aufgrund »desolater Räumlichkeiten« zugesperrt. Wieder etwas zu Ende. Schade.

Wenigstens zum Rehgehege können sie. Julian ist von den Tieren begeistert, die man mit ein paar Blättern an den Zaun locken kann. »*Puppet on a String*«, singt Valerie leise vor sich hin, während die Rehe ihr mit weichen Schnauzen das Grünzeug aus der Hand fressen.

Plötzlich fragt eine Frauenstimme hinter ihr: »Kennen wir uns nicht von wo?«

Valerie dreht sich um und sieht eine fröhlich dreinschauende Rothaarige. Das ist doch ... Minnas Tochter!

»Wir haben uns mal bei Ihrer Mutter gesehen«, antwortet Valerie.

Eine Dreiviertelstunde später hebt sie einen müden Julian auf den Kindersitz, setzt ihm seinen Helm auf und gurtet ihn an. Kaum ist sie ein paar hundert Meter gefahren, fällt sein Köpfchen vor und lehnt an ihrem Rücken.

»Wie süß!«, ruft Nadja aus, die neben ihr fährt. »Er ist im Sitzen eingeschlafen.«

Auch wenn Valerie nur den Rand seines Helms spürt, ist ihr der Kontakt recht. Das Kind nicht mehr vor sich im Kinderwagen zu sehen, sondern nur hinter sich am Sitz zu wissen, ist neu.

Nadja und Valerie fahren gemeinsam auf ihren Rädern zurück zur Esslinger Furt. Es gibt viel zu besprechen. Nadja erwartet ein Kind und fragt Valerie Löcher in den Bauch: Zur Geburt, wie es anfangs mit Julian war, wie es jetzt ist, und, und ... Valerie will im Gegenzug von Nadja, die die Lobau und Essling seit ihrer Kindheit kennt, wissen, wie es früher hier war, ob sie ihr Plätze in der Au zeigen kann, und, und, und ...

So beginnt die Geschichte einer Freundschaft.

Dank

Mischa Skorecz für ihre Freundschaft, ihr Vertrauen und dafür, dass ich inspiriert und fasziniert von ihrem künstlerischen Werk anhand biografischer Grundpfeiler ihres Lebens einen Roman erfinden durfte. Gespräche über Kunst und Berufliches mit ihr eröffneten mir Einblicke, die ich über dieses Buch hinaus bewahren werde. In Einzelstunden für botanische Malerei bekam ich ein Gefühl für die Feinheiten dieser Kunst, freilich ohne sie praktisch umsetzen zu können. Danke auch für ihre unvergleichliche Kunst selbst, die dieses Buch durch Drucke ihrer Bilder zu einem kostbaren Schatz macht.

Wolfgang Rehm, dem Sprecher von VIRUS und langjährigen unermüdlichen Beschützer von Natur, insbesondere der Donau-Auen von Hainburg bis zur Wiener Lobau, für alle Informationen zum neuesten Stand in Sachen Lobau-Autobahn und zu geologischen Besonderheiten im geplanten S1-Autobahnbaugebiet Obere Lobau.

Miriam Gartner, der Lektorin, für ihr hervorragendes, so detailgenaues wie einfühlsames Lektorat meines Manuskripts und ihre Kommentare.

Lisa Gamper, der Grafikerin, für ihre wunderbare optische Gestaltung des Buches und ihre Geduld für die Wünsche und Vorschläge von mir und Mischa Skorecz.

Dem BUCHER Verlag, der sich trotz finanzieller Einbußen mitten in der Pandemie entschieden hat, aus meinem Manuskript ein wundervolles Buch zu machen.

Gabriel Deißenberger, meinem Sohn, dafür, dass es ihn gibt. Lebe und liebe, mein Kind!

Und schließlich, immer wieder und immer in Liebe, Hermann Steier, meinem Mann, für sein Bestärken, seine Kritik und seinen Glauben an mich und mein Schreiben.

Quellen

Inspiration und Information entsprangen auch folgenden Quellen:

ASFINAG Bau Management GmbH: *Bürgerinformation S1 aktuell*. Redaktion: Mag. Anita Oberholzer. Für den Inhalt verantwortlich: DI Christian Honeger, DI Thomas Schröfelbauer. Grafische Bearbeitung: spreitzerdrei. Wien: Mai 2009.

Bürgerinitiative »Rettet die Lobau, Natur statt Beton«: *Autobahnprojekte bedrohen Nationalpark und Wohngebiete!* Flugblatt von www.lobau.org, 2018.

Friedrich Heller: *Das Buch von der Lobau. Erscheinungen, Gestalten und Schauplätze einer österreichischen Schicksalslandschaft*. Wien: Norbertus-Verlag 1997.

H. S. Herzka, A. von Schuhmacher, S. Tyrangiel: *Die Kinder der Verfolgten. Die Nachkommen der Naziopfer und Flüchtlingskinder heute.* Beiheft zur »Praxis der Kinderpsychologie und Kinderpsychiatrie« Nr. 29. Göttingen: Verlag für Medizinische Psychologie 1989.

Johannes Holba: *Auf den Spuren von 1809*. In: *Gedenkschrift des Museumsvereins Museum Aspern-Essling 1809*. Wien: 2. Aufl. 2016.

Reinhard Keimel: *Bilder der Luftfahrt. Der Flughafen Wien-Aspern*. Erfurt: Sutton Verlag 2009.

Christine Ranseder, Sylvia Sakl-Oberthaler, Martin Penz, Michaela Binder, Sigrid Czeika (Hgg.): *Napoleon in Aspern. Archäologische*

Spuren der Schlacht 1809. In: *Wien Archäologisch Bd. 13*. Karin Fischer Ausserer (Hg.). Museen der Stadt Wien, 2017.

Sophie Schwindshackl (Hg. und Verlegerin): *Eßling und Groß-Enzersdorf im Wandel des 20. Jahrhunderts. Heimatbuch*. Wien 2009.

Wolf-Dieter Storl: *Der Garten als Mikrokosmos. Biologische Naturgeheimnisse als Weg zur besseren Ernte*. München: Droemersche Verlagsanstalt Th. Knaur, Nachf. 1992.

Alois Wilfling, Institut für angewandte Ökologie und Grundlagenforschung Eukos, Gleisdorf, Steiermark: *Ö1 Mittagsjournal*, Hörfeature 9. Juni 2017.

https://cba.fro.at/351980

https://cba.fro.at/352932

https://www.derstandard.at/story/1233587081416/himmelteich-und-hoellenqual

https://www.diepresse.com/5721159/der-himmelteich-und-die-holle-hinter-der-seestadt?-www.facebook.com/traudl.wunder

https://www.global2000.at/lobau-keine-autobahn-im-nationalpark

http://kaktus.kpoe.at/article.php/20090521120206989

https://www.lobau.org/

https://www.oekonews.at/?mdoc_id=1029136

https://www.ots.at/presseaussendung/OTS_20090219_OTS0117

www.psychotherapie-wissenschaft.info/index.php/psywis/article/view/594

https://www.wuk.at/virus/

Bildnachweis sämtlicher verwendeter Malereien von Mischa Skorecz

Covervorderseite: Papaver rhoeas – Mohnblume (Blüte, 4/2017)
Vor- und Nachsatz: Hagebutten-Serie (2/2017)
Coverrückseite: Punica granatum – Granatapfel-Kerne (Dreierserie, 2/2018)

Seite 14: Abies alba – Weißtanne (botanische Malerei, 6/2016)
Seite 17: Prunus spinosa – Schlehdorn (11/2016)
Seite 46: Silybum marianum – Mariendistel (botanische Malerei, 6/2012)
Seite 144f: Anemone hupehensis – Herbstanemone (10/2016)
Seite 168: Canna indica – Indisches Blumenrohr (Samenkapsel, 9/2017)
Seite 169: Gentiana – Enzian (botanische Malerei, 4/2014)
Seite 170: Paeonia suffruticosa – Strauchpfingstrose (Blüte, 5/2019)
Seite 171: Allium sativum – Knoblauch (10/2020)
Seite 172: Pisum sativum – Erbse (botanische Malerei, 8/2014)
Seite 173: Eryngium alpinum – Alpen-Mannstreu (botanische Malerei, 6/2012)
Seite 174: Geum rivale – Bach-Nelkenwurz (botanische Malerei, 4/2020)
Seite 175: Iris barbata – Bart-Iris (5/2014)
Seite 176: Iris barbata – Bart-Iris (5/2020)
Seite 177: Mespilus germanica – Mispel (Dreierserie, 12/2017)
Seite 178: Banksia cone – Banksien-Zapfen (12/2014)
Seite 179: Pulmnonaria kerneri – Kerner Lungenkraut (botanische Malerei, 6/2017)

Seite 180: Passiflora superosa – Passionsblume
(botanische Malerei, 7/2019)
Seite 181: Pulsatilla vulgaris – Kuhschelle
(botanische Malerei, 10/2014)
Seite 182: Persicaria amplexicaule – Kerzenknöterich-Blatt
(10/2017)
Seite 183: Tulipa – Tulpe (Blüte, 3/2020)
Seite 184: Phaseolus vulgaris – Bohne (11/2017)
Seite 185: Helleborus niger – Schneerose (Dreierserie, 4/2021)
Seite 257: Nicandra physaloides – Physalis-Kapsel (8/2017)
Seite 259: Papaver rhoeas – Mohnkapseln (7/2019)
Seite 261: Papaver rhoeas – Mohnblume (Blüte, 4/2017)
Seite 263: Nicandra physaloides – Physalis (Dreierserie, 8/2017)
Seite 276: Falco – Falke (6/2016)
Seite 308: Hyoscyamus niger – Bilsenkraut (8/2016)